dtv
premium

Ausführliche Informationen über
unsere Autoren und Bücher
www.dtv.de

ANGELIKA JODL

Alicia jagt eine Mandarinente

Roman

dtv

Von Angelika Jodl
ist bei dtv außerdem erschienen:
Die Grammatik der Rennpferde
(26105, 21708 und 25396)

Originalausgabe 2018
© 2018 dtv Verlagsgesellschaft mbH & Co. KG, München
Dieses Werk wurde durch die Literaturagentur Beate Riess vermittelt.
Umschlaggestaltung: Katharina Netolitzky / dtv
Satz: pagina GmbH, Tübingen
Gesetzt aus der Aldus 10,5/13
Druck und Bindung: CPI – Ebner & Spiegel, Ulm
Gedruckt auf säurefreiem, chlorfrei gebleichtem Papier
Printed in Germany · ISBN 978-3-423-26193-7

Für Che

ALICIA

Schon kamen die blauen Fliesen der nächsten Haltestelle in Sicht, auf den Schienen kreischten die Bremsen, in drei Wellen brachte der Fahrer die U-Bahn zum Stehen. Bei jedem Schub taumelten die Fahrgäste nach vorne, dann zurück. Alicia ließ ihre Tasche fallen und versuchte, die bereits von etlichen Händen umklammerte Metallsäule zu fassen. Die Türen öffneten sich keuchend, und sofort brach Hektik los, Füße stolperten über Füße, Ellbogen brachen sich ihren Weg, ein Hut wurde um dreißig Grad gedreht.

Nur das Liebespaar neben Alicia behielt seine Position bei. Elastisch fing der Mann alle Bewegungen mit seinem Körper ab, er war nicht groß, er wiegte sich und die Frau, die er in seinen Armen hielt, während er sie küsste. Sie löste sich von ihm, legte den Kopf zurück, einen Moment lang sah Alicia ihr Gesicht: hell, schön, lilienhaft. Und so jung. Ein Kätzchen.

Immer noch bahnten sich einzelne Passagiere ihren Weg nach draußen, neue brachen stampfend herein, das Mädchen schob sich an ihnen vorbei zum Ausgang, den Blick weiter sehnsüchtig ins Wageninnere gerichtet. Auf dem Bahnsteig drehte sie sich um. Fauchend schlossen sich die elektrischen Schwingtüren, das Mädchen drückte weiße Zähne auf ihre Unterlippe, übermütig lachten ihre Augen, sie öffnete die Lippen, warf eine Kusshand. Die Bahn fuhr los.

Der Mann stand mit dem Rücken zu Alicia, sie hatte die ganze Zeit nur seine Schultern und den Hinterkopf gesehen und fand, dass er eine unglaubliche Ähnlichkeit mit Gregor hatte – dieser schmale Körper, der dunkle Stoppelschnitt, die feinen Ohren eng an den Schädel geschmiegt.

Der Mann drehte sich um. Es war Gregor.

Die Bahn rollte und holperte.

»Na?«, sagte er, während er nach der Metallstange neben Alicia griff. Seine Handkante berührte ihre, sofort rutschte sie mit ihrer Hand einen Zentimeter nach unten.

»Steigst du auch die Nächste aus?«, fragte er.

Mit einem Ruck zerrte sie sich ihren Jackenärmel vom Handgelenk, um auf die Uhr zu sehen. »Achtzehn Uhr hieß es doch? Didi hat achtzehn Uhr gesagt.«

»Dann bist du ja genauso früh dran wie ich«, sagte er und grinste.

Seine Dreistigkeit war unglaublich.

Sie verließen die U-Bahn, gingen nebeneinander her. Ein Spätnachmittag im März, ein paar Spatzen schrien von den Bäumen, in den Pfützen am Boden spiegelten sich die letzten Wolken.

Das Lokal lag halb verborgen hinter immergrünem Buschwerk. Gregor drückte gegen die schwere Tür, ließ sie zuerst eintreten. Sie stand im Halbdunkel des Eingangsrondells, vor sich den schweren Wollvorhang, der die Eintretenden vom Restaurant trennt. Dieses Mal kam sie ihm zuvor. Bevor Gregor weitere Galanterie beweisen konnte, schlug sie den Vorhang zur Seite und marschierte durch den langen, leeren Raum zu dem Hinterzimmer, wo sie immer zu viert saßen. Ihre Absätze tackerten auf dem Holzboden. Noch konnte sie sich ihren Hass erlauben, Didi und Theo kämen frühestens in fünfzehn Minuten. Zeit genug, um ihn zur Rede zu stellen.

Sie knöpfte sich die Jacke auf, wickelte sich den Schal vom Hals, die ganze Zeit schlug ihr Herz. Sie musste ansprechen, was sie gesehen hatte. Aber wie? Sollte sie Gregor befragen? So im Kommissarsstil? *Wer ist dieses Mädchen, wie lang geht das schon, weiß Didi davon?* Und dann er: *Dasgehtdichnichtsan, dasgehtdichnichtsan.* Aber übergehen konnte sie ihre Entdeckung erst recht nicht, das wäre Verrat an Didi. Die Stille im Raum war etwas Hörbares, jedes Geräusch schleppte ein Misstrauen nach sich wie Schritte in der Dunkelheit. Sie zog einen Stuhl herbei. Da saß sie, gegenüber von Gregor, dem Mann, der ihre beste Freundin betrog. Dass er keine Skrupel hatte, war ihr längst klar. Aber ein leibhaftiger Beweis ist noch mal etwas anderes.

Der Kellner kam mit zwei stattlichen Speisekarten. Gregor schlug die seine sofort auf.

»Ist sie nicht ein wenig zu jung für dich?«, fragte Alicia.

Gregor sah kurz hoch, dann wieder in seine Karte. »Da schau her: Die haben was Neues hier. *Ente Orange* ...« Er schnalzte leise mit der Zunge.

»Hey!«, sagte sie scharf. Sie konnte nicht glauben, wie er das Ganze auch noch genoss.

»Ja?«, fragte Gregor höflich. Seine Lippen öffneten sich zu einem Lächeln, der freche Spalt zwischen den Schneidezähnen wurde sichtbar. »Du findest das jetzt also skandalös, mein Bürzelchen?«

»Jessas, wie soll ich es denn finden deiner Meinung nach? Zum Totlachen?«

»Was meinst du, ob wir zwei uns schon mal einen kleinen Prosecco genehmigen? Oder soll ich gleich richtigen Schampus bestellen? Ist vielleicht besser, ich kenn doch meine Frau – die trinkt mir nichts außer Champagner.« Gregor blätterte in der Karte, anmutig bewegten sich seine von türkisen Adern überzogenen schmalen Hände. Aristokratenhände. Theo hatte mal bemerkt, dass Gregor Aristokratenhände habe. Zu einer Zeit, als sie gerade angefangen hatte, Gregor zu hassen. Bitte sehr, hatte sie geantwortet, dann wäre Gregor eben Aristokrat, von ihr aus könnte er gern auch noch Bluter sein.

»Ich möchte wissen, ob das was zu bedeuten hat, ob du und Didi ...«

»Bürzelchen, du glaubst, dass irgendwas auf dieser Welt eine Bedeutung hat?«

»Und du glaubst im Ernst, du kannst dich so einfach aus der Atmosphäre ziehen?!«, rief sie und brach ab unter Gregors Blick, der sich zu reinem Spott gewandelt hatte. So hatte er immer dreingesehen, wenn ihr das mit den Wörtern passierte.

Sie biss sich auf die Lippen. »Weiß Didi davon?«

Er senkte die Lider, tat gelangweilt.

»Weiß Didi davon? Hast du es ihr gesagt?«

»Herrgott, kannst du lästig sein! Natürlich nicht.«

»Haben die Herrschaften gewählt?« Der Kellner war an ihren Tisch getreten.

»Sekündchen«, sagte Gregor, »Champagner bitte, eine Flasche von dem da. Zum Essen ...«, er blätterte zurück, »die Ente, *Ente Orange* ... oder warten Sie mal, haben Sie eigentlich auch *Ente Alicia*?«

»Wie meinen?«

»Na, eine Ente eben. Klein, nicht viel dran, quakt die ganze Zeit.«

Der Kellner lächelte verständnisvoll, er war schwierige Kundschaft gewohnt.

»In Ordnung«, sagte Gregor geschmeidig, »ich nehme die *Ente Orange*.«

»Die Dame?«

Alicia schüttelte den Kopf, der Kellner schritt davon.

»Nun sei nicht gleich böse, ich bin ein hart arbeitender Mann …«

»Du bist ein …« Das Wort fiel ihr nicht ein. Wie nannte man diese Menschen, die immer andere für sich zahlen ließen? Aber traf das überhaupt zu auf ihn? Sie spürte, dass sie zu schwitzen begann.

»So in Rage bist du ganz bezaubernd, Bürzelchen!«

»Halt die Klappe! Und nenn mich nicht so!«

»Wie? *Bürzelchen*?« Mit gespielter Betroffenheit verzog er sein Gesicht. »Aber das sage ich doch nur, weil du so einen herrlichen Pürzel hast. Ich bin ein großer Bewunderer von deinem Pürzel, wusstest du das nicht?«

Nassauer! Jetzt fiel ihr das Wort ein. Aber es war zu spät, und es passte auch nicht wirklich. Gregor zahlte gerne für alle im Lokal. Vielleicht nicht immer von seinem Geld. Wütend starrte sie ihn an.

»Am besten, du schimpfst mich jetzt einfach ein bisschen«, erklärte Gregor mit samtener Stimme. »Schimpfen ist großartig. Laut Statistik sind Leute, die schimpfen, sogar intelligenter als die anderen.«

»Tut mir leid, ich schimpfe nur Leute mit Charakter.«

»Na also, geht doch.« Er zupfte an seinem Bärtchen, er war amüsiert.

»Leck mich!« Alicia presste die Füße auf den Boden, um aufzustehen. Eben da nahm sie hinter sich einen leichten Luftzug wahr, sie wusste, wer zur Tür hereinkam und sank auf ihren Sitz zurück.

»Hallo, Süße!«, sagte Didi und streifte mit den Lippen ihre Wange. »Wartet ihr schon lange?« Unaufhörlich lächelnd ging sie um den Tisch, eine große Frau mit glänzendem Pagenhaar und dunklen Augen. Tiziana Serowy, seit ihren Kindertagen Didi gerufen, Alicias beste Freundin. Sie bückte sich herab zu Gregor und hauchte auch ihm einen Kuss auf die Wange, dann setzte sie sich. Neben Gregor, ihren Mann.

»Wie war's?«, fragte der sie.

»Ganz okay. Morgen fliegt sie mit Tante Sue nach Mexiko«, – sie unterbrach sich und sprach weiter zu Alicia: »Meine Mutter. Schöne Grüße soll ich dir sagen.« Wenn sie den Kopf bewegte, schwang ihr schwarzes Haar und verbreitete einen leisen Zitrusduft.

»Danke«, sagte Alicia, bemüht, das Klopfen in ihren Schläfen irgendwie zur Ruhe zu bringen.

Der Kellner erschien mit einer Flasche und zwei Gläsern auf seinem Tablett, als er Didi sah, machte er an der Tür wieder kehrt und stieß dort beinahe mit einem langen Mann zusammen, der mit verwehtem, braun-weißem Haar, Parka und Rucksack hereinstürmte.

Theo klopfte dem Mann auf den Rücken, »Hoppla«, sagte er, »'tschuldigung!« Die Geste war typisch für Theo. Menschen wie Kellner oder Friseure lösten in ihm sofort den Impuls aus, ihnen die Hand zu geben und sich nach ihrem Befinden zu erkunden. Als er und Alicia einmal drei Tage lang Heizungsmonteure im Haus gehabt hatten, war Theo täglich zur Metzgerei gelaufen, um die Männer mit warmem Braten und Salat zu versorgen.

Er stellte seinen Rucksack auf den Boden neben Alicia, lächelte sie an – »Na, Kleine?« –, schlüpfte aus seinem Parka und setzte sich neben sie. »Tut mir leid«, entschuldigte er sich noch einmal, diesmal zur Tischrunde. »Verzwickter Fall heute, schwangere Abiturientin, aber sie schafft es.«

»Der Robin Hood der Gymnasiastinnen«, sagte Gregor grinsend, worauf Theo lachte. Jahr um Jahr wählten ihn immer neue Schüler des Gymnasiums, an dem er Latein und Altgriechisch unterrichtete, zu ihrem Vertrauenslehrer, und Theo nahm das unbezahlte und zeitraubende Ehrenamt an, ohne Klagen, ohne Stolz.

Wieder erschien der Kellner, lud vier Gläser auf dem Tisch ab und begann die Champagnerflasche zu entkorken.

Alicia presste sich die Nägel in beide Handflächen. Didis und Theos Erscheinen hatte eine Flucht ebenso unmöglich gemacht wie das von Gregor bestellte Schimpfen. Ging das? Aufgestauten Druck irgendwo ins eigene Innere zu entlassen? Oder zerriss einem das die Magenwände?

»Dann lass hören!«, forderte Theo Gregor auf. »Was hast du jetzt wieder ausgeheckt? Ich bin auf das Schlimmste gefasst.«

»Das Ganze war Didis Idee. Das musst du erklären, Baby!«

»Warte kurz«, sagte Didi. Mit hoch gezogenen Brauen beobachtete sie den Kellner bei seinem Werk. Der Korken knallte, golden zischte der Champagner in die Gläser.

»Bitte«, sagte Gregor zu Didi, »dein Auftritt, Baby.«

»Ich mach's kurz«, sagte sie, »ihr Lieben, wir möchten, dass ihr mit uns nach China reist.«

Dann weiß sie wirklich nichts, dachte Alicia und atmete unhörbar auf.

»China?«, fragte Theo.

»Na ja …«, Gregor erhob sich, in der Rechten hielt er sein Glas, mit der Linken zupfte er an seinem Bärtchen, »letzten Monat habe ich einen dicken Fisch an Land gezogen. Ein Reisejournal, ja, das ganz große, ist auf mich zugekommen wegen Fotos. Zehn Tage China. Im Mai. Eine Begleitperson wollten sie mir auch noch bezahlen. Da hat meine kluge Gattin gesagt – bitte, du bist wieder dran!« Er hielt Didi die halb leere Flasche hin, als wäre sie ein Mikrofon.

Didi lächelte, ihre Grübchen wurden sichtbar, ihre Haut leuchtete. »Es war ja nur so eine Idee von mir. Dass er vielleicht auch drei Begleiter rausholen kann, wenn sie ihn schon so beknien.« Sie sah Gregor von der Seite an, ihre Augen glänzten.

Sie liebt ihn grenzenlos, dachte Alicia, sie wärmt ihn wie eine Sonne. Und er poussiert in der U-Bahn mit einem frisch geschlüpften Teenager herum. Dass Didi bei dieser Reise als Erstes an sie gedacht hatte, war natürlich wunderbar. Aber der Gedanke an Gregor drängte die Freude gleich beiseite.

»Ich mag ja diese touristischen Reisen nicht«, erklärte Didi mit ihrer tiefen, schnurrenden Stimme, »aber das – ich meine, Gregor hat da in China zu *tun*, er kennt Leute, das sind eben nicht diese ausgetrampelten Pfade für die normalen Touris, verstehst du, was ich meine, Alicia?«

»Klar«, sagte Alicia, die Übung darin hatte, zu verstehen, was Didi meinte. Aus den Augenwinkeln nahm sie in Theos Gesicht einen minimal herabgezogenen Mundwinkel wahr und beschloss, ihn wie jedes Mal zu ignorieren. Sie warf einen schnellen Blick zu Gregor. Der Sonnenuntergang im Fenster hinter ihm verlieh seinem Kopf eine feurige Gloriole.

»Sondern Authentizität«, sagte Didi und strich sich eine dunkle Haarsträhne hinter das Ohr, ein goldgefasster kleiner Karneol im gleichen Rot wie Didis Lippen blitzte auf.

»Ja, da hast du recht«, sagte Alicia und dachte, um Gottes willen, zehn Tage Gregor, zehn mal vierundzwanzig Stunden im Flieger, in Zügen und Hotelbars. Gregor ganz authentisch, mal bissig, mal charmant, in jedem Falle unerträglich. Und dazu die neue Last der Mitwisserschaft. Irgendwann erfuhr Didi vielleicht doch von dem Mädchen aus der U-Bahn und würde sie fragen: Du hast es gewusst? Und mir nicht einmal auf dieser Reise davon erzählt? Andererseits – in China wäre Gregor zehn Tage lang an Didis Seite, weg von der anderen. Oder ließ Entfernung die Sehnsucht erst recht sprießen?

»Wenn wir in China sind, bekommt ihr Frauen kleine Glöckchen an die Zehen gebunden«, drohte Gregor, »damit ihr nicht weglaufen könnt. Und als Erstes bestellen wir Männer uns geräucherte Mopszungen!«

»Igitt, Gregor!«, lachte Didi und winkte gleichzeitig dem Kellner. »Mehr Eis, bitte!«

»Na kommt, jetzt nehmt erst mal jeder einen Schluck!«, sagte Gregor. »Damit ihr gestärkt seid für eure Zukunft. Es gibt nämlich noch was. Kulturgenuss nächsten Samstag – Filmvorführung von Gregor Serowy. Im Arri. Ich bitte um großflächiges Erscheinen. Und um Abendgarderobe, die Presse wird da sein!« Er hob sein Glas. »Herrschaften, in sechs Wochen besteigen wir zusammen die Große Mauer. Und dass mir jetzt keiner kneift – ich hab schon zugesagt, ein Zurück ist ausgeschlossen!«

Nein, dachte Alicia, gar nichts ist ausgeschlossen, es gibt ein Zurück, Theo schafft das. Theo war die notorische Reisebremse, jahrelang hatte sie Prospekte angeschleppt zu Schottland, Ägypten, Neuseeland, aber alles was dann zustande kam, waren die jährlichen Skiferien im Kleinwalsertal. Theo mochte nicht fliegen aus ökologischen wie Bequemlichkeitsgründen, er bezeichnete sich als nicht nomadisch, zitierte einen alten Philosophen, der lieber eine Tonne bewohnte, als in die Welt zu wandern, und legte gemurmelte Bekenntnisse zur Bedächtigkeit ab wie *Nicht so hastig* oder *Noch eine Nacht drüber schlafen*. Voller Hoffnung wandte sie ihrem Mann das Gesicht zu.

»Im Ernst jetzt?«, sagte Theo. »China? Ist ziemlich lange her, dass ich da mal hinwollte.«

Gregor reagierte gelassen. »Da siehst du mal«, sagte

er, »ohne mich hättest du es dein Lebtag lang verpasst!« Lachend puffte er ihn in die Schulter.

»So kann man es auch sehen«, sagte Theo und lächelte.

Was bedeutete das? Versagte die Reisebremse in Theo?

»Es sind bestimmt zwanzig Flugstunden«, warnte Alicia.

Aber Theo missverstand sie offenbar vollkommen. »Na, also«, sagte er lächelnd, »hast du mich doch endlich so weit, Alicia!«

»Dann auf China!«, sagte Gregor, sie stießen alle miteinander an, und Theo grinste ein glückliches Lausbubengrinsen.

Gregors Ente kam, dazu vier Teller, großzügig verteilte er das Fleisch.

Didi wedelte abwehrend mit der Hand. »Nicht für mich, danke. Und der Champagner ist jetzt wirklich warm geworden.«

Die beiden Männer begannen eines ihrer Gespräche. Diesmal ging es um das Erleben von Zeit. Gregor beklagte sich darüber, wie langweilig alles sei. »Scheiß Zeit! Mir dauert immer alles zu lang!«, jammerte er. Theo berichtete von der umgekehrten Erfahrung: Seit wenigstens zehn Geburtstagen verginge alles immer schneller, Wochenenden, Ferien, Jahre. »Ich hab aber ein Mittel dagegen erfunden, ich weiß, wie man die Zeit strecken kann«, erklärte er.

»Erzähl!« Gregor zupfte an seinem Bärtchen.

»Alles fühlt sich endlos an, sobald es einem schlecht geht, hast du auch schon bemerkt, ja? Okay, dann muss man sich nur möglichst oft in abscheuliche Situationen begeben: Zahnarztstuhl, Ehekrach, Einkaufszentren ...«

»Das ist Masochismus.«

»Aber effektiv.«

Die Sonne war untergegangen, Gregor bestellte Bier.

»Für mich nicht«, bat Didi und sah auf die Uhr, »ich habe

Mutter versprochen, ihr noch beim Packen zu helfen. Ich fahre nach Hause.«

»Ich auch«, sagte Alicia, die nur um Didis willen noch auf ihrem Stuhl ausgeharrt hatte.

Bis zur U-Bahn waren es etwa hundert Meter. Auf den Fußwegen glitzerten überall Pfützen im Licht der Straßenlaternen. Didi sah es und begab sich auf den trockenen Streifen Asphalt daneben.

»Das ist für Radfahrer«, sagte Alicia, die jüngst erst ihre vierte Klasse in den Verkehrsunterricht begleitet hatte.

»Jetzt ist es für uns.« Didi verzog leicht den Mund, was halb spöttisch, halb ermutigend wirkte.

Alicia schritt neben Didi her auf dem Fahrradstreifen. *Jetzt ist es für uns.* Didi konnte so etwas: Gesetze und Regeln wie Luft behandeln. Sie war kühn, eine Heldin wie aus einem alten Sagenbuch. Augenblicklich fühlte auch Alicia sich ein Stück weit erhabener, als sie neben ihrer Freundin herging, obwohl der (von ihr selbst und mit Betonung gesprochene) Satz *Als Fußgänger bleiben wir immer auf dem Fußgängerweg* beständig weiter in ihrem Kopf aufleuchtete wie eine endlos arbeitende Warnblinkanlage. Sie spürte, wie sie wütend wurde. Dass Didi, diese schöne Frau, betrogen wurde! All die Jahre schon liebt sie den falschen, dachte Alicia.

»Wie geht dir das eigentlich mit der Zeit?«, fragte sie, während sie gemeinsam die Rolltreppe zum U-Bahn-Schacht hinabfuhren.

»Was meinst du?«

»Würdest du gern zurückkehren in die Vergangenheit, um etwas anders zu machen?«

»Zurückkehren in die Vergangenheit? Nein, eigentlich nicht. Stell ich mir auch schwierig vor, das Rad der Zeit anzuhalten.« Didi lachte ihr helles, perlendes Lachen, und sofort sah Alicia das riesige Rad aus schwarzem Eisen vor sich und sich selbst als hoffnungslos winziges Strichmännchen, das sich dagegenstemmte.

»Es war sowieso nur der übliche Blödsinn, den die beiden immer reden«, erklärte Didi nachsichtig, »das werden sie da unten auch die ganze Zeit tun.«

»Wo unten?«

»Da steht schon deine U-Bahn!«

Alicia spurtete los und schlüpfte durch die letzte geöffnete Tür in den Waggon.

»Wo unten, Didi?«

»Na, China!«

»Aber China liegt doch im Osten!«, rief Alicia über die Köpfe der nachrückenden Fahrgäste nach draußen.

Offenbar hatte Didi sie nicht mehr verstanden. »Macht nichts, wir haben ja zum Glück uns!«, rief sie und winkte, während sich zischend die Türen schlossen.

Das war schön: *Wir haben zum Glück uns.* Dass Didi an ihre Freundschaft dachte. Wenn es nur hält, dachte Alicia, in der ratternden, schwankenden U-Bahn von plötzlicher Panik erfüllt, wenn es China überlebt, wenn nichts auffliegt! Sie hatte Didi schon einmal verloren, ein zweites Mal würde sie sie nicht mehr zurückgewinnen.

Schon, dass sie sich überhaupt kennengelernt hatten, kam Alicia heute noch wie ein Wunder vor. Zwei Mädchen – zwei Häuser. Ein graues, großes Mietshaus an der Münchener Verdistraße, an dem alle Fenster zur Straße wiesen, draußen donnerten Lastwagen vorbei. Und ein Haus in einer Straße, die *In den Kirschen* hieß, und kaum zu sehen war hinter dem von Vögeln besungenen, riesigen Park. Das Gymnasium in Obermenzing. Die meisten von Alicias neuen Mitschülern kamen aus Häusern wie solchen *In den Kirschen,* sie kannten sich und spielten nur mit ihresgleichen. Elf bitter einsame Monate hatte Alicia an dieser Schule verbracht, bis Didi Frank sie am Ende einer Turnstunde darum bat, ihr beim Felgaufschwung zu helfen. Im Geräteturnen war Alicia begabt, im Nu hatte sie Didi über den Stufenbarren gewirbelt. Und dann fragte Didi sie, ob sie ihre Freundin werden wollte und lud sie zu sich nach Hause ein. Didi hatte lange, dunkle Haare und olivfarbene Haut, sie konnte Klavier spielen und sie war schön wie ein Seestern. Dieses schöne Mädchen bat Alicia um ihre Freundschaft! In einer Turnhalle, im Gestank von Kinderschweiß, Gummimatten und Magnesium. Heute noch zitterte in Alicia ein Gemisch aus Dankbarkeit und Liebe hoch, wenn ihr dieser typische Turnhallengeruch in die Nase drang.

Didi, die Familie Frank und ihr Haus *In den Kirschen* hatten Alicia gerettet. Vor dem grauen Mietshaus und einer weinerlichen Mutter, vor allem vor ihrem Vater, dem Polizeihauptmann König, Herrscher über Leben und Tod seiner beiden Untertanen. Wenn er zu Hause war und trank, hielten Mutter und Tochter den Atem an, um seiner Stimme hinterherzulauschen. Monotones, halblautes Gebrabbel verhieß Gefahr. Dann konnte es passieren, dass er plötzlich herumfuhr, seine Familie aus engen Augen fixierte und mit der Pistole auf sie zielte. Erst nach seinem Tod erfuhr Alicia, dass es Polizeibeamten verboten ist, die Dienstwaffe mit nach Hause zu nehmen. Dass sie ihn hätten anzeigen können, wenn er Türen eintrat oder den Kopf seiner Frau gegen den Heizkörper drosch. Aber die Mutter zitterte vor der Gerichtsbarkeit und Alicia selbst wurde niemals geschlagen. Dennoch stand für sie fest, wem sie ihr Überleben verdankte. Auf Fragen, warum sie Didi vor ungerechten Lehrern verteidigte, eine schriftliche Hausarbeit für sie mitverfasste oder – Geburtstagsgeschenk für Didi – ihr ganzes Taschengeld für ein Nageletui hingab, antwortete sie stets: »Sie hat mir das Leben gerettet.«

Sie waren unzertrennlich, sie frisierten sich gegenseitig die Haare, was bei Didis glatter langer Mähne leichter war als bei Alicias rotem Krauskopf. Solange Didi erklärte, sie werde niemals heiraten, vertrat auch Alicia diesen Standpunkt. Wenn Didi einen Klassenabend doof fand, versagte auch Alicia sich das Tanzvergnügen. Als Didi begann, endlich ernsthaft für ihr Abitur zu lernen, verdoppelte auch Alicia ihre Anstrengung, obwohl sie Fleiß weniger nötig hatte als ihre Freundin. »Alicias Nibelungentreue«, sagte ein früher Verehrer über sie.

Nach dem Abitur verschwand Didi. Ein Studium in Perugia. Eine Weltreise. Eine Wohnung in Florenz. Wie sollte Alicia da noch nach ihrer Freundin sehen? Die Abstände, in denen Alicia Antwort auf ihre Luftpostbriefe erhielt, vergrößerten sich. Da hatten es die Nibelungen wahrlich leichter mit der Treue, denen war niemand davongelaufen. Alicia ertappte sich dabei, mit Didi zu hadern, ja, sie war drauf und dran, sich diese Freundschaft aus dem Kopf zu schlagen, aber gerade zu jener Zeit lernte sie Theo kennen. Auf einmal stürzten ganz neue Gefühle und Entscheidungen auf sie herein, ihr Lebensweg machte einen scharfen Knick, die ganze Kindheit geriet ihr aus dem Blickfeld.

Und dann traf sie Didi plötzlich wieder. Über zwanzig Jahre nach dem Abitur begegneten sie sich zufällig auf einer winterlich verschneiten Straße im Münchner Stadtteil Sendling. Alicia war nun vierundvierzig und Lehrerin, sie hieß nicht mehr König, sondern Berzelmayer. Didi hatte Kunstgeschichte studiert und eine Ausbildung zur Goldschmiedin gemacht, hie und da schmiedete sie einen Ring. Beide hatten sie ihr Wort gebrochen und geheiratet, beide gelobten regelmäßige Treffen. Didi sah großartig aus mit ihrer weißen Strickmütze, unter der das dunkle Haar hervorleuchtete. Am nächsten Tag schon stiefelte Alicia zum Friseur und ließ sich ihr bisher schulterlanges Haar im gleichen Pagenschnitt schneiden, wie Didi ihn nun trug.

»Ach«, sagte Theo, als er sie damit sah, »aha. Aber die alte Alicia hat mir auch gefallen.«

Es stellte sich heraus, dass Theo mit Didi nichts anfangen konnte. Ihre ganze Familie mochte er nicht: »*Didi*. Und der Bruder heißt Pips? Wieso haben die eigentlich so infantile Namen? Ist ja wie bei Adligen, da heißen auch immer alle Butzi oder Poldi!«

Er wollte den Glanz der Familie Frank nicht sehen? Alicia hatte mit einer anderen Reaktion gerechnet. Sofort ging sie in Verteidigungsstellung: »Die Namen sind normal! Man kann kleine Kinder doch nicht Pinkas rufen oder Tiziana. Und Didi ist keine Infantin! Oder wie hast du das gerade genannt?«

»*Infantil?*«

»*Infantil*, genau. Ist sie nämlich nicht!«

»Mit vierzig sollte man erwachsen sein oder man wird es nie«, knurrte Theo.

Aber dann, drei Wochen später, tauchte Gregor auf – aus Island, wo er fotografiert hatte, und mit ihm änderte sich alles. In Didis Mann hatte Theo einen Geistesbruder gefunden, stundenlang konnten die beiden zusammensitzen und über Schwarz-Weiß-Fotografie diskutieren oder sich über Farbe und Konsistenz des Heiligen Stuhls amüsieren. Wenn nur Gregor dabei war, schien Theo an Didi nichts mehr zu stören. Gregor Serowy, Reisefotograf, zartgliedriger Zappelphilipp. Wie der Puck aus dem Sommernachtstraum, sagte Theo. Man musste ihn mögen. Alicia mochte ihn natürlich auch. Anfangs. Bis ihr das Lachen schwerer fiel. Übertrieb Gregor es nicht ein wenig mit Theo? Er himmelte ihn ja regelrecht an. Fast nicht wahrnehmbar zu Beginn, aber dann mehr und mehr ging diese Theo-Verehrung damit einher, dass er Alicia bloßstellte. Erst war es nur Neckerei. Es wäre humorlos gewesen, sich darüber zu beschweren. Dann entdeckte er Alicias größte Schwäche: *Was hast du gerade gesagt, Bürzelchen – Theo ist eine Konifere auf seinem Gebiet?* Immer heftiger wurden die Windstöße. Alicia zwang sich zur Ruhe, sie bereitete sich vor, fischte im Internet nach Artikeln zur Schwarz-Weiß-Fotografie, bei der nächsten Debatte könnte sie doch auch mal brillieren zum Beispiel über die Fotos des berühmten Amsel Adams, ja verdammt, sie hatte *Amsel* gesagt, erst als sie Gregors Grinsen sah, fiel ihr ein, dass der Mann Ansel Adams hieß und schon schüttelte Gregor in gespielter Besorgnis sein Haupt: *Amsel Adams, ja. Oder hieß er Drossel? Sag mal, Bürzelchen, ist das nicht doch zu viel für deine arme Seele?*

Dass Theo so an Gregor hing, machte das Ganze nicht leichter. Und jetzt kommt ein neues Gespenst hinzu, dachte Alicia, eingekeilt in der röhrenden, schwankenden U-Bahn. Wie mächtig war es? Hielt Gregor es ohne dieses Mädchen so wenig aus, dass er sie sogar in der Öffentlichkeit abknutschen musste? So etwas musste einfach irgendwann auffliegen. Und dann? Würde Didi wieder auf Reisen gehen, sich in einer italienischen Stadt voller Kunstschätze niederlassen? Alicias Magen zog sich zusammen.

Ihr Leben hatte kompliziert begonnen. Mit Theo war es einfach und schön geworden. Nur Didi hatte ihr darin gefehlt. Sie hatte Didi zurückerhalten und mit ihr Gregor und seine Attacken. Wie die Blattlaus an der Rose hing er an Didi, Alicia hätte ihn so gerne abgestreift! Nun auf einmal verstand sie erst seinen Wert: Gregor war keine Laus, er war der Leim, der sie alle zusammenhielt. Ohne ihn war Didi undenkbar. Was hatte Gregor zu dieser China-Reise gesagt? Durch den röhrenden Gesang der U-Bahn schien es ihr, als könne sie Gregors Stimme hören: *Ausgeschlossen. Ein Zurück ist ausgeschlossen.*

Zwei Wochen später an einem Samstagnachmittag saß Alicia in ihrer sonnenbeschienenen kleinen Küche über einem Stapel Schülerhefte und schrieb mit Rotstift ihre üblichen, aufmunternden Kommentare unter die Aufsätze der Kinder: *Gut gemacht! Weiter so! Sehr schön!* Normalerweise zwängte die Schreiblehre die Schüler in einen engen Tunnel von Vorgaben – *wann, was, wer, wo, wie* – so dass langweilige, gestanzte Sätze herauskamen. Letzte Woche hatte sie sich jedoch ein Thema jenseits der Schulfibel erlaubt, den Kindern hatte es gefallen, nun erntete auch Alicia die Früchte ihrer Saat.

»*Mein Mann soll große Ohren haben*«, las sie mit lauter Stimme vor. »Hast du gehört, Theo?« Sie lehnte sich zurück, um durch die offene Tür ins Wohnzimmer zu spähen, wo sich Theo auf einem Arrangement aus Ratansessel und marokkanischem Pouffe ausgestreckt hatte, das Gesicht mit einem aufgeklappten Taschenbuch bedeckt. Im Unterschied zu ihr pflegte Theo an Samstagnachmittagen sogenannte Nickerchen abzuhalten, nutzlos schnaufend verbrachte Lebenszeit in der Horizontalen.

»*Er muss Doktor sein und Maximilian heißen* – was sagst du dazu?«

»Mhmpf.«

»*Aber er soll nicht dauernd in sein Handy schauen. Er darf nicht rauchen ...*« Sie brach ab, um sich eine Lachträne aus den Augen zu wischen, »*... und er darf nicht ...* hihi ... *darf nicht in der Wohnung furzen.*«

Mit einem Stöhnen wuchtete Theo die langen Beine aus dem Sessel und kam herüber zu ihr in die Küche. »Und«, fragte er, »wie soll dein Mann mal aussehen?« Er wandte sich zum Kühlschrank, holte den Rest Obstsalat mit Sahne heraus und betrachtete ihn begehrlich von allen Seiten.

»Er soll Theo heißen«, sagte Alicia versonnen, »eine große Nase haben und darf …«, sie überlegte, sah, wie Theo sich ohne Löffel über die Sahne hermachen wollte, und vervollständigte rasch: »… darf nicht mit den Fingern essen und …«, sie streckte die Hand aus, »… immerzu die Teller ablecken!«

»Mmm, warte, warte, nur ein bisschen!« Theo zog den Teller bis zur Höhe seines Mundes und schaufelte rasch mit den Fingern hinein, was er zu fassen bekam, Schattenmorellen, Ananas, Bananenstückchen und Rinnsale zerlaufener Sahne, während Alicia aufsprang und versuchte, ihn mit ausgestrecktem Arm zu erreichen. Sie hüpfte sogar, was keinen Zweck hatte, Theo war fast zwei Meter groß, sie dagegen maß gerade mal eins vierundsechzig.

»Meine Frau«, erklärte Theo listig und Sahne leckend, »muss Alicia heißen. Sie darf klüger und schöner sein als ich …«

»Theo, es ist unhygienisch!«

»Eben. Klüger, sag ich ja.«

»Ach, du!« Aber lange grollen konnte sie ihm nie.

»Mmm… warte mal, Alicia …… herrlich! Ehrlich, mehr brauch ich gar nicht zum Glück. Da halte ich es mit Epikur. Dem hat ein guter Käse gereicht, damit er glücklich war.«

»Messer und Gabel wollte er aber nicht abschaffen?« Es geschah nicht oft, dass Theo seine Klassiker zitierte. Jedes Mal fühlte Alicia sich dann schuldig, weil sie bis jetzt immer noch keinen jener Dichter und Denker gelesen hatte. Sie versuchte sich die Herren in einem schönen südlichen Licht vorzustellen: Sandalenträger im Nachthemd, die durch einen Zitronenhain schlendern. Es half nichts, Bücher mit Titeln wie *Metamorphosen* erstickten ihre Leselust sofort. Trotzdem wurmte sie diese Bildungslücke. »Epikurs Frau hätte ihm auch den Marsch geblasen«, setzte sie noch einmal nach. »Da wette ich!«

»Weißt du, Alicia, dass du eine hervorragende Hygieneministerin abgeben würdest?« Theo leckte die letzten Sahnespritzer direkt vom Teller und marschierte damit zum Küchenschrank. Dann begegnete er Alicias drohendem Blick, machte kehrt und verfrachtete den Teller brav in die Spülmaschine.

Es dämmerte. Theo band sich eine rosa-blau karierte Schürze um und legte Fleischklopfer, Holzbrett und Porzellanteller auf den Tisch, Werkzeug für den bevorstehenden Schaffensprozess. An Samstagabenden kochte immer er.

Alicia stopfte die Hefte ihrer Schüler in ihre Mappe und zog das Buch heraus, das sie gestern gekauft hatte.

»Was liest du da?«, erkundigte sich Theo freundlich.

Sie hielt es ihm hin, es war ein Reiseführer zu China, auf dem Cover war ein grellbunter Drache abgebildet. »Hab ich gestern gekauft. Ich finde, Reiseführer machen unabhängig.«

»Wieso unabhängig?«

»Dreimal darfst du raten!«

»Ach, komm, Alicia! Sei nicht so streng mit Gregor! Und du musst zugeben, du hast neulich auch gelacht.«

Hatte sie natürlich. Alle hatten sich amüsiert über Gregors »Filmvorführung«. Wie er da unschuldig im Foyer des Kinos stand. Vor ihm ein weiß gedeckter Tapeziertisch, darauf lagen ausgebreitet ein paar alte Filmrollen. Jawohl, die würde er vorführen, erklärte Gregor. Wann? Na, eben jetzt! Seht sie euch an! Drei Damen waren im langen Kleid erschienen und mokierten sich, einer der Presseleute machte das Beste daraus und fotografierte den Tisch mit Gregor, der dahinterstand und grinste wie ein Faun. Okay, ja, sie hatte auch gelacht. Und verstohlen herumgespäht. Aber das Mädchen aus der U-Bahn war nicht im Saal. Vielleicht war Gregor sein normales Leben voller Licht und Applaus ja doch lieber als die neue Fleischeslust?

Alicia ging hinüber ins Wohnzimmer, knipste die Leselampe an, legte sich in eine Flanelldecke gewickelt auf die Couch und blätterte sich durch das Buch. Die Bilder waren eindrucksvoll: schwarz glänzende Wasserbüffel auf Reisfeldern, eine prachtvolle Dschunke, die auf klarem Wasser eine Skyline ansteuerte, ein Radfahrer mit Kisten voller Geflügel. Im hinteren Teil des Buchs gab es *Top-Tipps* zum Essen, Impfen, Shoppen und Geldwechseln und sogar einen Minidolmetscher für Fragen wie *Gibt es das in einer anderen Größe?* oder *Die Spülung funktioniert nicht.* Tatsächlich, die boten an, Chinesisch zu lernen! Na ja – Überlebenschinesisch. Aber es konnte doch helfen, wenn man etwa wichtige Dinge suchte. »*Tsessuo dsai nali?* – Wo ist die Toilette?«, flüsterte Alicia. Gut, es war Gregors Reise, er würde das Programm festlegen, er würde sie hierhin und dahin dirigieren. Aber falls er glaubte, sie würde sich für jeden Gang aufs Klo an ihn wenden, hatte er sich getäuscht. Es reichte durchaus, dass sie ihm alle hinterherflogen wie die Wildgänse und sich bei ihm bedankten.

Ein schöner Frühlingstag ging langsam zu Ende. Aus der Küche drangen angenehme Düfte, Vorboten des Abendessens. Wie immer summte Theo zum Kochen kleine, selbst ausgedachte Melodien. Wenn Alicia den Kopf drehte, konnte sie ihn sehen, wie er Orangenscheiben filetierte, Käse rieb und Rosmarin klein hackte für Sizilianischen Salat. Ab und zu unterbrach er sein Summen, um einen

Schluck Wein zu nehmen (was Alicia, die nach dem Motto *Eins nach dem anderen* lebte, in dieser Phase unterlassen hätte). Das Schnappgeräusch der Kühlschranktür war zu hören – Theo nahm sich den Hauptgang vor. Tatsächlich ertönte gleich darauf das charakteristische Klatschen des Fleischklopfers auf ein Schnitzel zusammen mit Theos Tenor. »Heil dir, liebliches Schwein!«, sang er.

»*Tjing lai tsaidan.* – Die Speisekarte, bitte«, murmelte Alicia. »*Tjing dijau djintscha lai.* – Rufen Sie bitte die Polizei!« Ob ihre Aussprache stimmte?

Sie war so versunken, dass sie zusammenfuhr, als das Telefon schrillte. Didi, dachte sie sofort. Aber noch bevor sie sich aus ihrer Decke gewickelt hatte, sah sie durch die Glasscheibe in der Gangtür die Umrisse von Theos Haupt, die Bewegung, wie er den Hörer abhob. Undeutlich drangen einzelne Worte an ihr Ohr. *Gregor*, hörte sie. Also doch nicht Didi. Sondern das Kapitel Männerfreundschaft. Eine längere Zeit kam nichts von Theo. Dann unverständliches Gemurmel und das Klicken, als der Hörer aufgelegt wurde. Alicia seufzte. Hinter dem Oberlicht aus Milchglas schwebte immer noch Theos Profil, zerlegt in grau-weißbraune Prismen. Wollte er nicht zurück in die Küche und weiter kochen?

Die Tür ging auf, Theo kam herein, blieb vor ihrem Sessel stehen, das Kinn mit einer Hand umklammert.

»Was ist?«

»Didis Mutter. Wegen Gregor.«

»Ja?«

»Es hat ein Unglück gegeben.«

Alicia setzte sich auf. Ihr Magen fühlte sich plötzlich hohl an. Noch nie hatte sie einen so erblassten Theo gesehen. Als hätte er sich das Gesicht im Mehl für die Schnitzelpanade gewälzt.

»Gregor ist tot.«

Sie erhob sich vollends, ihre Decke fiel zu Boden. »Die Schnitzel ...«, sagte sie hilflos.

»Ja«, sagte Theo und bewegte sich auf die Küche zu.

Alicia folgte ihm, in ihrem Inneren flogen Bruchstücke von Gedanken auf. Speisekarte – wie hieß das auf Chinesisch? Didi. Gregors Bärtchen.

»Wie ist es passiert?«, fragte sie.

»Motorradunfall«, sagte Theo. »Die Polizei ermittelt noch irgendwas.« Er nahm den Fleischklopfer und versetzte dem einen der beiden Schnitzel einen dumpfen Schlag.

»Aber er kann doch nicht auf einmal tot sein«, sagte Alicia entschlossener als ihr zumute war. Ein Schauer durchfuhr sie.

Theo wandte sich zum Fenster und starrte hinaus.

»Was sagt Pedikur dazu?«, fragte Alicia. »Zum Tod, meine ich.«

Theo schwieg. Dann räusperte er sich. »Epikur. Das schauerlichste Übel, der Tod, geht uns nichts ...« Er brach ab.

Alicia ging zu ihm, lehnte ihren Bauch an seinen Rücken und umfasste ihn mit den Händen. Eine Weile standen sie so und etwas Warmes floss zwischen ihnen hin und her.

»Solange wir existieren, ist der Tod nicht da«, komplettierte Theo endlich. »Und wenn der Tod da ist, existieren wir nicht mehr.«

»Weißt du, wann die Beerdigung ist?«, fragte Alicia. Und dachte: Dann existiert also Gregor nicht mehr. Sie riss sich los. »Ich rufe Didi an.«

Doch wieder hob niemand ab, weder in Didis Haus noch in dem ihrer Mutter.

»Vielleicht schläft sie«, sagte Theo. »Manchmal kommt ein Arzt und spritzt etwas zur Beruhigung.«

Eine leichte Übelkeit stieg in Alicia hoch. Unwahrscheinliche Gedanken. Dass alle jetzt auf und davon flattern könnten. In den Himmel, in die Hölle. Wohin würde Didi fliegen? Oder war das nur ein Hirngespinst? Aber der Gedanke stand da wie eine große Wolke, vertreiben ließ er sich nicht mehr. Und die Nervosität, die er in Alicia auslöste, war enorm.

鴛鴦

Auf dem Flachdach über dem zehnten Stockwerk des Hospitals lebten die Bienen.

Jeden Morgen kletterte Dr. Cheng über die Feuerleiter nach oben. Er ging ein paar Schritte, schwang beide Arme nach vorne und hinten, dann stellte er sich so, dass er nach Norden blickte (das heißt auf ein paar Hochhausspitzen, die über die schwefelige Smogschicht ragten). Mit den Händen ergriff er einen imaginären großen Ball und schwenkte ihn leicht hin und her. Dann schickte er sein Qi vom Bauch hinab zu den Fußsohlen, wieder hinauf zum höchsten Punkt des Kopfes. Das Qi floss, wohin sein Geist es bewegte.

Vor vielen Jahren, als er mit den Übungen begann, hatten sich seine Gedanken eingemischt. Unentwegt schnatterten sie ihm etwas vor vom Gestern und vom Morgen, von Beleidigungen, die er erfahren hatte, von Prüfungen, die ihm bevorstanden. Mit der Zeit lernten die Gedanken, sich zur Ruhe zu setzen. In dieser Stunde zwischen fünf und sechs Uhr morgens zogen sie sich zurück wie Tiere im Winterschlaf, und wie ein schlafendes Tier, mit herabhängenden Schultern stand auch der kleine Arzt da, die Lider halb geschlossen. Nur ein sehr aufmerksamer Beobachter hätte die funkelnden Bärenäuglein dahinter wahrnehmen können.

Dr. Cheng war Meister der Sieben Künste. Wenn er Kalligraphie betrieb, schickte er Qi an die Spitze des Pinsels, es war Qi, das den Tuschestrich aufs Papier setzte und das Bild vollendete. Qi sammelte sich an der Schneide seines Schwertes, das er in der Luft tanzen ließ. Durch die Akupunkturnadel gelangte es in den Körper seiner Patienten und brachte deren gestautes Qi wieder in Fluss. Oft brauchte er nicht einmal ein Werkzeug, er stand nur vor dem Kranken und sein Geist schickte Qi zu dessen erkranktem Organ. Aus dem ganzen Land pilgerten die Patienten zu Dr. Cheng, damit er sie heilte.

Es war eines der Kuriosa in Dr. Chengs Leben, dass er seine Übungen nicht in einem öffentlichen Park machen, also auch keine chinesischen Schüler unterrichten durfte. Wohl aber Ausländer. Das lag an den Qualitäten des Stillen Qigong und an einer politischen Entscheidung. Seit Jahren schon kamen ausländische Studenten ins Land, die sich für die alte Heilkunst interessierten. Sie zahlten Gebühren für Kräuterkunde und Anleitungen im Akupunktieren. Viele von ihnen wünschten ausdrücklich Stilles Qigong. Da war die Geschäftsstelle an ihn herangetreten und hatte ihn angewiesen, die Ausländer zu unterrichten. Dr. Cheng tat, was man von ihm verlangte, seine Schüler waren begeistert, die Geschäftsleitung des Krankenhauses zählte die Einnahmen, und solange alles auf dem Dach des Friendship-Hospitals stattfand, war die Sache nicht anrüchiger als die Krankenhauswäscherei im Keller des gleichen Gebäudes. Obwohl es sich offiziell um Zauberei und Mummenschanz handelte. Seit vor Jahren Mitglieder der Falun-Gong-Sekte den Platz des Himmlischen Friedens besetzt hatten, war das Stille Qigong verboten.

Dr. Cheng wusste, dass das kein Spaß war: Einen seiner alten Lehrer hatte man verhaftet. Seit vier Jahren schon saß er im Gefängnis, nur weil die Übungen, bei denen ein

Nachbar ihn beobachtet hatte, denjenigen der Falun-Gong-Leute so ähnlich sahen. Man hatte ihn zu ebenso vielen Jahren verurteilt wie jenen anderen Meister, der sein Qi angeblich in Instant-Nudelsuppen verwandelt und diese eine Weile mit Erfolg verkauft hatte.

Dr. Cheng sah all diese Kuriosa in seinem Leben und seiner Umgebung und ging den Gefahren so gut er konnte aus dem Weg. Ein Vorteil des Stillen Qigong war, dass man manche Übungen gar nicht sah. Bei wie vielen langweiligen Betriebsversammlungen, auf denen stundenlang die Texte der Parteiführung verlesen wurden, hatte er sich die Zeit damit vertrieben, das Qi zu wecken und zu bewegen. Er brauchte dafür ja nur zwei Hände, die er unter dem Tisch sacht und leise hin und her führte.

Seine Morgenübung war beendet, er rieb die Handflächen aneinander, strich sich über den Kopf, die Schulter, rieb die Nierengegend und die Knie. Dann ging er zu einem niedrigen Verschlag unter dem Dach, holte Hut, Schleier und Handschuhe hervor und legte sie an.

Um diese frühe Stunde herrschte im Bienenstock noch Ruhe, allerdings waren die Tiere jetzt im Frühling lebendiger und reizbarer als in den kalten Monaten. Der kleine Arzt ging ruhig vor wie immer. Es geschah sehr selten, dass er gestochen wurde. Eine Biene war erwacht und am Ausgang ihres gelben Plastikgehäuses erschienen. Bevor sie reagieren konnte, strich er sie sachte mit der behandschuhten Hand in die mitgebrachte Plastikflasche, dann rüttelte er leicht an dem Bienenhaus und fasste mit der Hand von unten hinein. Ein ganzer Strang Bienen, wie zum Zopf geflochten, plumpste in die Flasche, nur zwei, drei entkamen und schraubten sich summend nach oben um seinen weiß verschleierten Kopf.

Die Idee, mit Bienen zu akupunktieren, war ihm gekommen, als er merkte, dass im Krankenhaus und im ganzen Land eine neue Zeit angebrochen war. Früher hatte er ungefähr so viel verdient wie ein Kraftfahrer, und der berühmte Dr. Cheng lebte davon auch genauso gut wie der Kraftfahrer. Früher hatte man die Leute kostenlos behandelt. Nun mussten sie Geld hinlegen, wenn sie wünschten, dass die Akupunkturnadel sterilisiert und nicht einfach vom Assistenten gerade geklopft wurde, bevor man sie wieder benutzte. Gleichzeitig stiegen die Preise ins Unermessliche. Den Lebensstandard des Kraftfahrers zu erhalten wurde immer schwieriger. Dann änderte das Krankenhaus die Bezahlung in ein Prämiensystem: Je mehr Patienten einen Arzt im Hospital aufsuchten (und nur dort konnte man als Arzt arbeiten), desto mehr Geld fiel für ihn ab. Also holte Dr. Cheng die Bienen. Es hätte noch weitere Einnahmequellen gegeben. Dr. Cheng wusste von einem Kollegen, der vor einer Operation die Verwandten seiner Patienten darüber informierte, dass er eine Kleinigkeit im Bauch des Operierten vergessen könnte, eine Mullbinde oder Schere, wenn sie sich weigern sollten, die verlangte Summe an ihn zu bezahlen. Natürlich handelten nicht alle Kollegen so. Die Kinderärztin am Krankenhaus, die »Ehrwürdige Dr. Hu« zum Beispiel, packte jedes Jahr für ihre zwei Wochen Urlaub einen kleinen Arztkoffer und fuhr damit in entlegene Bergdörfer, um die Kinder zu impfen.

Weder verlangte Dr. Cheng zusätzliches Geld, noch fand er es erstrebenswert, *dem Volk zu dienen* wie seine betagte Kollegin. Er war verantwortlich für seine Familie und für seine Patienten. Er wollte eine kleine Wohnung kaufen, die näher am Krankenhaus lag. Darin wollte er ein westliches Klosett haben. Seine Tochter sollte nach Amerika reisen können. Mehr begehrte er nicht. Er war immer ein vorsichtiger und vorausschauender Mann gewesen.

Als seine Tochter geboren wurde, hatte er ihr den Namen *Zhou Hong* gegeben, was *sehr rot* bedeutete, obwohl er selber nicht besonders kommunistisch dachte. Er hatte die Erlaubnis erwirkt, Japanisch zu lernen, als dies noch schwierig war, weil er wusste, dass die japanische Kardiologie einen höheren Standard besaß als die chinesische. Und nun behandelte er, der Herzspezialist, vor allem Patienten mit Rheuma, weil sie es waren, die wegen seiner Bienen ins Friendship-Hospital strömten. Die Bienen ließ er sich aus Europa schicken, aus der italienischen Toscana. Auch das war heute wichtig, wo alles Westliche besser ankam als chinesische Ware.

Dies war das andere Kuriosum in seinem Leben: Seine chinesischen Patienten glaubten an das Westliche seiner Akupunktur. Die Ausländer dagegen verehrten etwas, was für die neue Generation in China wertlosen alten Plunder darstellte. Im letzten Kurs hatte ihn ein deutscher Student, der Buddhist geworden war, erschrocken gefragt, wie er denn mit Bienen akupunktieren könne – schließlich starb ein Tier dabei. Das verstand Dr. Cheng überhaupt nicht mehr. Was war denn eine Biene?

In dem schmalen Gang vor seinem Sprechzimmer warteten schon die Patienten, sie plauderten und lachten miteinander, einige massierten sich gegenseitig. Dr. Cheng sperrte die Tür zu seinem Zimmer auf, in dem es nur ein paar hölzerne Bänke gab und seinen Schreibtisch. Eine Päonie im Topf stand darauf neben einer Glasflasche, in der sich eine tote Kobra wand.

Die Päonie ließ seit einigen Tagen den Kopf hängen, ihre Zeit war demnächst vorbei. Wenn Dr. Cheng sie ansah, kam sie ihm vor wie ein Sinnbild seiner selbst. Er war jetzt dreiundsechzig. Da er gesund lebte, regelmäßig aß und seine Übungen machte, durfte er wohl noch mit zehn

Jahren rechnen. Sein eigener Meister war achtundachtzig geworden.

Er nahm hinter dem Schreibtisch Platz, schon drängten die Leute vom Gang in sein Sprechzimmer. Im Nu wimmelte es in dem kleinen Raum von Patienten, fast ging es so zu wie in der Plastikflasche, in der seine Bienen aufeinanderlagen und krabbelten. Dr. Cheng rief die erste Patientin zu sich, betrachtete ihre gichtig verknoteten Fingergelenke und holte mit der Pinzette eine Biene aus der Flasche. Lachend und plaudernd suchte er nach dem Akupunkturpunkt auf ihrer Hand. Dann drückte er die Biene darauf, zog sie gleich wieder zurück und klopfte heftig auf die rote Stelle, die der Stich hinterlassen hatte. Die Biene warf er in eine Flasche mit Alkohol. Sie krümmte sich und starb.

DIDI

Das Haus war voller Bilder: Vermeer van Delfts Milchmädchen, Katzenporträts in Schwarz-Weiß und natürlich Gregors taumelnde, wilde Landschaften: Formationen im Wüstensand, Karawanen, nie versiegende, funkelnde Wasserfälle. Didi ging zwischen den Bildern im Salon umher, hob einen der schweren Folianten aus dem Regal, blätterte darin, schüttelte ihn. Er roch wie altes Holz, nirgendwo ein Zettel, ein Stück Papier, das zwischen den brüchigen Blättern zu Boden glitt.

Seit gestern suchte sie nach Schriftstücken, die Gregors Verbindung zu dieser Welt betrafen. Um sie herum drängten sich die Monster: Finanzamt, Banken, Ämter. Sie hatte nicht gewusst, wie viel Arbeit ein Todesfall macht. Natürlich besaß sie einen Totenschein, den hatten sie ihr noch in Salzburg ausgestellt. Aber nun die Versicherungen: Krankenversicherung, Rechtsschutz, Haftpflicht. Eine Leihwagenfirma. Bestellungen. Überall galt es anzurufen und abzumelden – »Wie bitte? Tot?« – Ja, zu allem Überfluss jetzt auch noch tot. In den Augen der Freunde und Bekannten hatte sie neben dem Mitleid auch den Triumph leuchten sehen: Wir anderen leben ja alle noch – nur Gregor, typisch, der musste es wieder mal übertreiben. Gregors Auftraggeber, wie viele waren es, wo lebten sie? Sie wusste von einem großen Verlagshaus in Zürich, bestimmt gab es mehr. Das Geld auf Gregors Konto – wie lange würde es reichen?

Sie ging hinauf ins oberste Stockwerk, wo sein Arbeitszimmer lag, sie würde es betreten müssen, es war kindisch von ihr, dass sie es hinausschob. In ihrem Geldbeutel steckten noch zwei Scheine. Sie war fünfundvierzig Jahre alt, natürlich konnte sie die paar Schritte bis zur nächsten Tür gehen, das quadratische kleine Zimmer betreten. Wo noch Wäschestücke auf dem Boden liegen, dachte sie angeekelt. Im nächsten Moment schrak sie zusammen, weil die Türglocke läutete.

Sie lief die beiden Treppen hinunter, dankbar für den Aufschub, gleichzeitig bedrängte sie die Erinnerung an die zwei jungen Polizisten vor einer Woche. Stramm und adrett hatten sie vor ihr gestanden in ihren Uniformen. Der jüngere hatte vor Nervosität mit den Lidern gezuckt, als er ihr das Dokument übergab. Es kam von der Deutschen Botschaft in Wien. Ihr Mann liege in einem österreichischen Krankenhaus. *Ernsthaft verletzt.*

Zwei Tage war das Schriftstück gereist, auf so vielen Umwegen. Wenn Gregor vor der Grenze verunglückt wäre, wäre es schneller gegangen. Wenn er gar nicht gefahren wäre oder nicht mit dem Motorrad oder einen Tag oder fünf Minuten später, wäre er noch am Leben. Sie setzte sich ins Auto und fuhr ohne anzuhalten in den Abend hinein, endlos rollte der Asphalt sich vor ihr ab, das Klavierkonzert aus dem Autoradio wurde überlagert von krächzenden Radiosendern, Rockmusik und Werbegeplätscher. Der frisch geputzte Gang in der Klinik. Intensivstation, Ärzte, Schwestern. Gregor flach in einem Bett. Wieso musste sie an einen Mönch denken? Ach so, man hatte ihm den Schädel rasiert. Seltsam gleichmäßig atmete er. Ach so, eine Maschine tat das für ihn. Seltsam, wie rasch sie alles verstand.

Sie gab sich einen Ruck und öffnete die Tür. Draußen

stand der Briefträger mit einem Einschreiben. Sie hatten Gregors Motorrad freigegeben.

Sie ging mit dem Brief in die Küche, legte ihn aufs Büfett, holte ein scharfes Messer, ein Schneidebrett und begann Gemüse zu putzen. Salat und rote Zwiebeln für Venezianische Leber. All die schönen Dinge im Leben: Essen an einem frisch gescheuerten Holztisch, weiße Laken, Gewisper, Gelächter, ein wehender langer Vorhang aus Spitze. Vom Spülbecken herüber klang das sanfte Dop-Dop des tropfenden Wasserhahns. Sonst war es still in der Küche. Sie hätte sich in der verfallenen Mauernische von Böcklins *Toteninsel* befinden können.

Als sie ihr Haus bezogen, waren Gregor und sie froh gewesen, dass man nichts durch seine Wände hörte: kein Klavierspiel, keine Kinderstimmen. Lärm machten sie ja selbst genug. In der ersten Zeit im Bett, später mehr und mehr außerhalb davon. Freunde saßen in der Küche, aßen, tranken, diskutierten. Gregor lachte, sang, schrie bei hitzigen Debatten. War er fort, wurde es schlagartig ruhig. Kam er zurück, begann alles von vorne. Sie hatte immer gedacht, dass dieser Rhythmus sich einmal ändern müsste: dass Babys kämen, dass sie endlich als Goldschmiedin arbeiten und Aufträge annehmen würde, dass ihr Leben sich gleichmäßiger und halblaut weiter drehen würde. Aber die Jahre vergingen und nichts davon trat ein. Gregor und sie – das war wie zwei Kinder auf einer Wippe: Wenn er mitspielte, dann wurde sie leicht und flog hoch in den Himmel, obwohl sie zwölf Kilo schwerer war als er. Aber oft genug saß er nicht auf seinem Platz. Weil er sich den Fuß gebrochen hatte und im Krankenhaus bleiben musste, weil er einen Auftrag hatte, der ihn nach Frankfurt führte oder nach Island. Oder weil er abends einfach nicht nach Hause kam, ohne gebrochenen Fuß, ohne Geysire, die fotografiert werden mussten. Dann saß sie da an ihrem Ende der Wippe so wie jetzt, bewegungslos und schwer, ein Klotz.

Das Telefon läutete. Sie wischte sich die nassen Hände an der Küchenschürze ab, sie wusste schon, dass es ihre Mutter war. Auch, wovon sie sprechen würde: Gesellschaft, *unter Leute gehen* – Ja, Mama –*Sorge um sie. Geld ja nicht* – Hm – aber es gäbe da *was im Rundfunk, du hattest immer eine schöne Sprechstimme* – Ah ja? – *Nur bei Interesse natürlich, kein Zwang* – Ja, Mama.

Didi hatte sich auf ihre *Hm*s und *Ja*s trainiert wie ein Zirkuspferd, das den Zungenschnalzer schon kennt, auf den hin es mit dem Kopf nicken soll. Sie wusste im Voraus, was gesagt würde, ein halbes Ohr genügte, um Stimmen aufzunehmen und sie phonetisch zu filtern. Fragen, Ausrufe, Bitten erkannte sie an den Wellen ihrer Satzmelodie, rhythmisch unterbrochen durch kleine Pausen, in die sie ihre *Hm*s tropfen ließ. Nur bei Gregor hatte sie beide Ohren aufstellen müssen.

Sie ging zurück ans Spülbecken, drückte sich die Salatschleuder gegen den Leib, spürte die Vibration der Plastikschüssel an den Rippen, während sie die Kurbel kreisen ließ. Gott, Mama! Welche Gesellschaft denn? Sie hatte sie doch schon alle durch, die Kunstkritiker, Redakteure und Sammlerpaare aus München und Madrid. Alle stellten sie dieselben Fragen. Wie es dazu gekommen war, wie es ihr ginge, wie sie sich fühlte. *Wenn wir irgendetwas für dich tun können, Didilein …?* Am liebsten hätte sie geantwortet: Ihr könnt die Schnauze halten und euch verziehen.

Mit einem Brummlaut kam die Salatschleuder zur Ruhe. Sie öffnete die Kaffeedose, schüttete Espressopulver in den Aluminiumfilter, stellte die Kanne auf die Gasflamme. Und der Mann, der laut Mamas Regievorstellungen schon irgendwo auf sie wartete? Hatte er dunkles Haar? Ein Surfer? Oder rauchte er Zigarren? Eine absurde Vorstellung. Niemand wartete je.

Auf Gregor hatte sie bestimmt nicht gewartet: Wer war er schon, ein unbekannter Fotograf, einen Kopf kleiner als sie – prompt hatte ihm ihr Bruder Pips zur Hochzeit einen Kompass geschenkt: »Damit du immer weißt, wo Norden ist, wenn du auf ihr rumkrabbelst.« Reiner Zufall, dass Gregor auf dem Hausball ihrer Eltern aufgetaucht war. Sie hatte in der Bibliothek gestanden mit offenem Haar, eine Schnur Korallen um den Hals, ein paar ihrer Verehrer um sich (ihre Brüder nannten sie *Pilgrim Fathers*). Jemand hatte Schostakowitsch aufgelegt, da kam dieser kleine Mann mit dem Schnauzbart herüber zu ihr, verbeugte sich, seine Augen leuchteten grün wie bei einem Kater.

»Kann es sein? Die liebe Tante Annabell?«
»Was?«
»Pardon, ich hab mich geirrt. Mizzi – nicht wahr? Nein, Titti! Kommst du?«
»Aber das ist nicht zum Tanzen.«
»Die Marschmusik? Antimilitaristisch gestimmt? Sehr schön. Aber das hier ist der Marsch der Titania!«
»Der wer?«
»Titania. Göttin. Riesenweib. Pardon, Sie wollen führen, Titania? Oder soll ich?« Abwechselnd bot er ihr den linken und den rechten Arm und kreuzte die Beine dazu. »Nicht lachen, Gnädigste, das gibt Schwingungen, davon vergrößern sich die Kanapees!« Und schon hatte er sie gepackt, quer durch den großen Raum geschwenkt und gewiegt. Ruckzuck ging das mit Gregor durch die Bibliothek ihres Vaters. Wer war er denn überhaupt?

»Ich kann dir vertrauen?« Er sah sich nach beiden Seiten um, während er sie fester an sich zog. »Asbach Uralt, mein Name, ich bin der Geist des Weines.« Er rollte die Augenbälle. »Gar nicht wahr, ich gehöre zur Gattung der Barschartigen. Ich bin ein armer, müder Barsch und tanze mit dir bieder Marsch.«

Es war dieser Marsch voller Trompeten, dann der Walzer aus der *Jazz Suite*, der kleine Mann glühte und gluckste. Unbedingt wollte er weiter marschieren mit ihr zum Dreivierteltakt »Ti-ti-*ta*-nia!« – »Ich heiße Tiziana!« – »Im Ernst? M-*hm*-hm-hm, Ti-*ta*-nia! Mar*schier* mit mir! Ich schenke dir ein Honigtier.« – »Ein was?«

So ging das mit Gregor, eben noch hatte sie sich gesagt, dass das doch alles Unsinn war, was er von sich gab, aber dann musste sie es doch immer wieder wissen – wovon redete er dauernd? Wer sollte sein *Liederlichkeitsdiplom* bekommen? Wie – er bastelte an einer *Kanone zur Abfeuerung von Klagen* und verhandelte mit dem Erzbischöflichen Ordinariat über eine *aufblasbare Gnadenkapelle*? Zwei Jahre lang dauerte der Marsch mit Gregor, er endete am Standesamt. Dann noch einmal dreihundert Tage und ihr Leben auf der Wippe begann. Gregor, ihr vor Liebeslust und Sehnsucht glühender, kleiner Mann. Gregor im Bett mit anderen Frauen, von denen sie niemals geglaubt hätte, dass sie mit ihm – aber auch nicht, dass er mit ihnen. Gregor, der ihr das Haar zur Seite schob, immer weiter schob, bis endlich ihr Ohr sichtbar wurde, in das er flüsterte: »… verehre dich, begehre dich …« Und schon die nächste Nacht wieder unterwegs war. Auf – ab – auf – ab.

Plötzlich war wieder alles anders. Das Krankenhaus. Nur einen Schritt hatte sie aus dem Zimmer gemacht, um nach dem Arzt zu fragen. Als sie zurückkam, schien nichts verändert. Flach lag der kahlschädelige kleine Mönch in seinem Bett. Gregor war tot.

Ein brandiger Gestank stach ihr in die Nase. Gleichzeitig schwoll das brodelnde Geräusch hinter ihrem Rücken an, mit einem Rülpser brach der kochende Kaffee aus der Kanne und klatschte auf das Emaille des Herdes. Sie stürzte zum Herd, drehte die Flamme aus, sah die braunen Spritzer auf dem Weiß. In diesem Moment läutete ihr Handy, sie vergaß alle Vorsicht, drückte auf *Annehmen*. Es war Alicia. Ganz begeistert (um ihr Mut zu machen?), dass der Frühling so schön sei, dass sie versuche, Theo wenigstens zu einer kleinen Reise zu überreden – *Ach, Didi, komm doch mit uns! Magst du nicht auch ein wenig raus?*

Nein, wollte sie nicht. Und noch einmal nein, sie brauchte keinen *Tapetenwechsel*, um *von vorne anzufangen*, weil sie momentan nicht wusste, wo sie *überhaupt anfangen sollte*. Erschrocken hörte sie sich das sagen: »Ich weiß nicht, wo ich anfangen soll. Ich kann nicht, ich will sein Zimmer nicht betreten, ich kann seine Hemden nicht waschen ...«

»Didi!« Alicias Stimme flatterte vor Mitleid. »Meine Güte! Ich kann mir vorstellen, warte ... am Nachmittag ...«

»Nein, nein!« Sie schüttelte sich vor Entsetzen. Wie hatte sie sich so entblößen können? Schon spürte sie den fremden Atem im Nacken.

Ein Rascheln am Ende der Leitung, Alicia durchblätterte irgendetwas, ein Seufzen. »Geht nicht«, bedauerte Alicia, »aber warte! Warte mal! Ich schick dir Theo. Du setzt dich auf die Couch ganz in Ruhe mit einer Tasse Tee, ja? Und er macht das alles für dich. Theo kann solche Dinge, wirst sehen.«

Sie legte auf, nahm wie in Trance einen Küchenschwamm, hielt ihn unter den Wasserhahn und fuhr in Zickzacklinien über den Herd. Die Kaffeeflecken lösten sich auf und verschwanden.

Jetzt bekam sie doch Lust auszugehen.

Sie fuhr mit der Trambahn, schlenderte durch die Innenstadt. Die Buchhandlung am Dom, knisternde Buchseiten, genau da hatte sie einmal ein Mann angesprochen, während sie vor einem der Regale stand. Sie hatte natürlich abgelehnt, honorierte aber im Stillen seinen Mut. Normalerweise trauten sich Männer das nicht, sie sahen ihr nur nach, folgten mit den Blicken ihrem Gang, ihrer Modigliani-Figur, gebannt und stumm. Sie ging bis zum Hofgarten, schlenderte zu dem kleinen Pavillon, die Frühlingssonne schien ihr aufs Gesicht.

Etwas in ihr entspannte sich. Was war ihr eigentlich geschehen? Der Ehemann war verunglückt, sie eine Witwe. Ein Todesfall im Haus – ja, das bedeutete Niederlage, es gab nichts zu beschönigen, das wusste sie. Doch bot er nicht auch Vorteile? Als Gregors Frau hatte sie auf wackeligem Posten gestanden, ihre Nerven dauernd am kurzen Zügel halten müssen. Was käme als Nächstes? Würde Gregor zurückkehren am Morgen? Oder wegbleiben für immer? Da war ihr aktueller Familienstand doch wesentlich beruhigter: So wie die Dinge lagen, speziell dort, wo Gregor jetzt lag, bliebe er an ihrer Seite bis in alle Ewigkeit. Unveränderlicher Status. Die verlassene Ehefrau war eine armselige Figur, jede fette Flunder aus der Nachbarschaft durfte sie bedauern. Eine Witwe dagegen besaß tragische Würde. Über den Seelenzustand einer Witwe mochte gerätselt werden – ihre Wertschätzung durch den verstorbenen Gatten aber stand über jedem Zweifel. Eigentlich hatte Gregor sich gerade zur rechten Zeit davongemacht. Auf ewig könnte nun verborgen bleiben, was er zuletzt noch angestellt hatte. Oder wusste irgendjemand davon? Eben – niemand wusste etwas.

Auf dem Heimweg kam sie am Filmcasino vorbei, betrachtete die Fotos hinter den Scheiben: ein schöner junger Toter mit goldenen Löckchen. Verächtlich kräuselte sie die

Lippen. So sahen Tote nicht aus! Vor einem Monat hätte sie es kaum wahrgenommen, da gab es Tote für sie ausschließlich im Film – geschminkt – oder schwarz-weiß in den Sterbeanzeigen anderer Leute. Inzwischen gierte sie nach kitschigen Leichenbildern. Um sie auszulachen. Mit grimmigem Stolz blätterte sie in Fernsehzeitschriften. Wie stellten die ihre Toten dar? Sie war jetzt die Expertin! Nein, die Lippen von Toten schimmern nicht blassrosa, sie sind wächsern wie eine dicke, gelbliche Schicht Tesafilm.

Am Nachmittag kam Theo. Sie führten ein höfliches, kleines Gespräch in ihrem Salon.

»Verreist ihr denn nun in den Pfingstferien?«

»Ich weiß noch nicht so recht.«

»Ich hatte den Eindruck, du wärest gern nach China gefahren.«

»Na ja. Doch, ja, vielleicht schon. Andererseits, diese Reisen in ein Entwicklungsland ... eigentlich ist es mir zuwider, in ein Land zu fahren, wo ich am Tag mehr ausgebe, als die meisten Leute im Jahr verdienen.« Er fuhr ein Bein aus, lang wie es war, und kratzte sich am Knie.

»Vielleicht ist Geld für diese Menschen ja nicht so wichtig?«

»Weißt du, wie hoch die Lebenserwartung eines chinesischen Bauern ist?«

Sie spürte, wie sie ungeduldig wurde. Chinesische Bauern? Was kümmerte sie die Lebenserwartung wildfremder Leute?

»Aber du möchtest doch auch im Urlaub verreisen, oder?«, fragte sie höflich und schlug ihre Beine übereinander.

Er schwieg und drückte sich die Bartstoppeln in den Handrücken. Seine Augen glitzerten. Mit seiner Größe, der hellen Haut und dem verwehten graubraunen Haar erinnerte er sie an einen Elch. Entfernt natürlich. Er öffnete den Mund. Schloss ihn wieder. »Schön«, sagte er schließlich, »fangen wir an. Hast du irgendwo Umzugskisten?«

Er ging systematisch vor: Eine Kiste für die Dinge, die er wegwerfen würde, eine für das, was sie behalten sollte, und eine, über deren Inhalt später entschieden würde. Ein wenig zaghaft folgte sie ihm durch das Haus. Der Keller war voll Modergeruch, voller Schwimmflossen, Motorradstiefel, Biwak-Geschirr, stockfleckigen Aktenordnern.

»Du musst nichts machen«, sagte er, »ich frage dich, wenn ich nicht sicher bin.« Bei einigen Ordnern zögerte er, blätterte kurz, dann wanderten sie in die Wegwerfkiste. Erdgeschoss. Gab es etwas in ihrer Werkstatt? In der Küche, im Salon? Sie schüttelte den Kopf. Das Schlafzimmer im Obergeschoss. In großen Schwüngen nahm er die Hemden aus dem Kleiderschrank, Hosen, Krawatten, Socken, Lederschuhe. Stellte eine neue Kiste auf.

Dann die Mansarde, Gregors Arbeitszimmer. Seit Gregors Aufbruch hatte sie den Raum nicht mehr betreten. Zögernd machte sie einen Schritt, blieb im Türrahmen stehen. Nein, sie hatte sich getäuscht, da lagen keine Unterhosen mehr am Boden.

Theo spazierte umher und betrachtete die großen und kleinen Bilder, die gerahmt an der Wand lehnten. Er hatte die Hände auf dem Rücken gefaltet, nahm sie wieder auseinander, um in Gregors Fotomappen zu blättern, die kreuz und quer herumlagen, einzeln oder auf Stapeln. Angespannt folgte sie jedem seiner Schritte, bis sie verstand, dass er nur Abschied nehmen wollte von seinem Freund. Der Schreibtisch. In einem Haufen lagerten da Quittungen, Geschäftsbriefe, Notizbücher, alles – typisch Gregor – ohne System und Ordnung. Theo setzte sich, holte seine Lesebrille heraus. Konzentriert blätterte er in den

Dokumenten, prüfte das Datum der Rechnungen, machte sich Notizen. Die Steuer – daran hatte sie noch gar nicht gedacht. Ihr Herz schlug jetzt ruhiger. Aber das Zimmer betreten wollte sie immer noch nicht. Sie setzte sich auf das Sofa im Vorraum.

Ein leises Kratzgeräusch in der Stille – Theos Tintenfüller. Ein Elch, der mit einem Füller schrieb. Jetzt löste er den Blick von dem gelben Stück Papier in seiner Hand. »Tut mir leid«, sagte er, »das war was Privates, glaube ich.« Er reichte ihr das Blatt, einen Zettel mit ausgefransten Rändern, herausgerissen aus einem Kalender, das Datum gut sichtbar – drei Tage vor Gregors Tod. »Das ist doch seine Schrift, oder?« Er räusperte sich.

Und sie las:

Meine Süße, jetzt macht die Reise ja doch noch Sinn, weil du unbedingt deine Ente haben sollst, das habe ich schon verstanden, und ich finde sie für dich – Tang Lao Ya, in Peking – das schwöre ich bei deinem Arsch, dem ich mich voll und ganz geweiht habe, verliebt, verschwitzt, vor Glück ganz stier,
  dein G-Punkt, das Pantoffeltier

Ein jäher Druck im Nacken erfasste sie und verstopfte ihr die Nase, sie streckte ihm das Papier entgegen, musste den Mund öffnen, um zu atmen.

Verlegen breitete Theo die Arme aus. »Ich hab's zu spät gemerkt, tut mir leid.«

»Macht nichts. Ich – am besten … ich werfe es gleich weg.«

»Nein, warte mal – was schreibt er da? Er wollte eine Ente für dich kaufen? In Peking?«

»Ich weiß nicht … doch, ja, da war was … Ente, ja …«

»Eine Skulptur?«

»So was wohl, ja – schau mich nicht so an! Ich weiß auch nicht genau ... Was Chinesisches eben, Mandarinenten heißen die da ... entschuldige, ich kriege fürchterliche Kopfschmerzen.« Sie konnte Theo nicht ansehen, dieser Zettel musste weg. *Meine Süße ...*

Sie stand auf, schmerzvoll quietschte das Sofa.

Sofort erhob sich auch Theo. »Komm, leg dich hin, ich mache den Rest alleine fertig. Hast du Aspirin im Haus?«

»Ja. Alles gut. Ich muss nur allein sein jetzt. Bitte.«

Schuldbewusst sah er sie an, während er seine Notizen zusammenraffte. »Eine Nachricht von Gregor! Als ob er ...« Sein Brustkorb hob sich, mit einem schmerzerfüllten Ausdruck sah er ihr in die Augen, dann fasste er sie kurz an der Schulter und drückte sie.

Sie schritten gemeinsam die Treppe hinab, bei jeder Stufe betete sie, dass er zügig weiterginge, dass sie die Tür hinter ihm schließen konnte. Alles roch auf einmal, dünstete, reizte ihre Nerven.

Sie schleppte sich in die Küche. Auf der Ablage standen noch die Reste ihres Mittagessens: Salat, die holzig wirkende Leber. Der Dunst von Essig und Blut strömte ihr in die Nase. Mechanisch schüttete sie alles in den Müll. Vernünftig sein! Dieser Zettel musste verschwinden, bevor die Migräne sie im Griff hätte. Tapfer ging sie die Treppe wieder hinauf, öffnete die Tür zum Arbeitszimmer und trat ein. Den Geruch darin erfasste sie als Erstes. Papier, Staub, alte Wäsche. Gleich darauf überwältigte sie das Déjà-vu.

Wie sie im Türrahmen steht und auf Gregor blickt, der vor der Kommode kniet, nach Socken und Unterhosen fischt. Sein kleiner Hintern reckt sich ihr entgegen, gleichzeitig spürt sie Furcht und Begehren.

»Mach es nicht.«

»*Was nicht?*«

»*Fahr nicht. Mein Gott, du weißt doch, was ich meine!*«

Sie bellt wie ein wütender Schäferhund, während Gregor zu Boden sieht und eine Socke zerknüllt. »*Es ist eben passiert. Didi – so was kann doch mal passieren.*« Und daran, wie leise er spricht, merkt sie mit grausamer Sicherheit: Diesmal ist es ihm ernst, die Sache mit diesem Mädchen wird anders enden als all die Weibergeschichten davor.

Aber sie gibt nicht auf, keinen Zentimeter will sie nachgeben. »*Mal!*«, schreit sie. »*So was passiert dir nicht mal, sondern dauernd! Und es passiert auch nur dir! Mir nicht! Mir passiert so was nie!*«

Sie weiß noch gar nicht, welche Wahrheit sie ausgesprochen hat, aber Gregor ist ja da und hilft nach:

»*Tja Baby, da hast du wohl doch einmal recht gehabt: Verlieben wirst du dich nicht mehr im Leben. Tut mir leid, aber so was weiß ich!*«

Er weiß es, sie weiß es: dass ihr keine Liebe mehr passieren wird, weil Gregor sie verbraucht hat ganz und gar. Er geht, sie läuft noch hinterher, die Tür schlägt zu hinter ihm, sie muss sich übergeben, kauert vor der Toilette, und Tränen rinnen den weißen Speichelfäden, die zuletzt herauskommen, hinterher.

Immer noch stand sie starr im Türrahmen, jetzt fühlte sie sich ungeheuer matt, als wäre sie fast ertrunken. Die Stille kehrte zurück, sogar die eigene Armbanduhr konnte sie ticken hören. Sie hätte gern aufgeschluchzt, aber ihr ganzer Organismus schien vertrocknet. In ihren Schläfen ballte sich der Schmerz zusammen. Einzelne Worte tanzten ihr durch den Kopf: *Sinn – Ente – Peking – bei deinem Arsch – ganz stier*. Ein Fragment. Das sich zusammensetzen ließe, stellte sie fest und presste die Hände an den Schädel. Nicht von Theo, dem Mann. Männer sehen Fußball an, reden über die Verhältnisse in der Dritten Welt und vergessen viel. Von ihrer Mutter dagegen sofort. Auch von Alicia. Wenn Alicia von diesem gelben Zettel erführe ... die Panik ergriff sie. Alicia würde die Bruchstücke zusammenfügen und weiter forschen und nicht aufgeben, bis sie die ganze Wahrheit hätte. Nicht nur die Wahrheit. Alicia und ihr fester Wille. Was, wenn ihr nun einfiel, diese Ente zu besorgen? Ging das? Kontaktaufnahme, Bestellung, Frachtdienst? Irgendwo in einem chinesischen Geschäft jedenfalls wartete eine Ente darauf, gekauft zu werden, vielleicht war sie schon versehen mit einer Gravur, eine Adresse dazu gab es bequemerweise auch noch: Peking, Tang Lala irgendwas. Sicher würde Alicia diese Ente inspizieren, bevor sie sie ihr übergäbe. Und dann wüsste sie Bescheid.

Sie rieb sich die Schläfen, schaute sich um. Sie wollte den Zettel noch einmal ansehen, noch einmal lesen, aber er war nicht mehr da. Theo musste ihn zusammen mit den Notizen eingesteckt haben.

鴛鴦

Durch den Frost im Winter war der Boden gut vorbereitet. Als Lai Fang Lei ihn mit der Harke bearbeitete, fiel die Erde in schwarzen Brocken auseinander. Regenwürmer wanden sich auf den Klumpen. Seine Familie besaß noch mehr Ackerland am Dorfrand, heute hatte er nur die drei *mu* hinter seinem Haus pflügen können. Aber Bohnen und Mais kamen sowieso erst in zwei Wochen dran.

Er legte die Hacke beiseite, holte das große Sieb und lehnte es an den Pflaumenbaum am südlichen Ende des Ackers. Dann lud er die Schubkarre voll mit Erde, fuhr sie dicht an das Sieb und begann, die speckigen Klumpen gegen das Sieb zu werfen. Es war harte Arbeit, Lai spürte, wie ihm Schweißtropfen in die Augen rannen und legte den Kopf in den Nacken. Oberhalb seines Hauses schwang sich die Große Mauer durch die Berge, zwischen dem Mädchenturm und dem Pekingblickturm genau über der Himmelsbrücke stand reglos eine weiße Wolke.

Hier war er geboren und aufgewachsen, er kannte die Mauer so gut wie sein Haus, die restaurierten Teile ebenso wie die Wilde Mauer. Vor vier Jahren hatte er mitgeholfen, das Stück zwischen Jinshanling und Simatai auszubauen. Sie sammelten die alten Steine, rührten Mörtel an und flickten die Stellen, wo Wind und eingewachsene Bäume die Mauer geschliffen und zersprengt hatten. An einer Stelle hatte er einen Stein mit einem alten Schriftzeichen gesetzt.

Es war ein besonderer Moment gewesen, obwohl weder er noch seine Kollegen das Zeichen lesen konnten. Es mochte zweitausend Jahre alt sein, wer wusste das schon. Jedes Mal wenn er Gäste auf diesen Mauerabschnitt führte, machte er kurz halt, um seinen Stein mit dem Zeichen zu grüßen.

Letzten Monat hatte er zwei japanische Touristen über die Himmelsleiter geführt. Die Japaner waren trainiert, sie schafften das schwierige Stück, ohne dass er sich sorgen musste um sie. Harte Burschen waren das, nachts lagen die Temperaturen oben bei null Grad, aber sie rollten ihre Schlafsäcke in einem der Türme aus, tranken heißen Tee und legten sich zum Schlafen auf den Boden, als ob sie das alle Tage täten. Am nächsten Morgen setzte sich ein Baumfalke ganz nah vor sie auf einen Giebel am Turm. Die Japaner waren begeistert und fotografierten den Vogel von allen Seiten. Sie malten mit einem Stock Schriftzeichen in die Erde, Lai verstand, dass sie in ihrer Heimat Vogelkundler waren.

Wieder belud er die Schubkarre und warf die schweren Brocken gegen das Sieb. Auf der anderen Seite hatte sich schon ein schöner Hügel feinkrümeliger Erde gebildet. Noch eine Stunde, dann konnte er sie ausbringen und Furchen für die Samen ziehen.

Um diese Uhrzeit war seine Frau noch im Innenhof beschäftigt, reinigte den Backofen und bereitete die Mittagsmahlzeit zu. Demnächst käme sie heraus, um ihm beim Einbringen der Zwiebelsaat zu helfen, dann würden sie sich in den Hof setzen und Reis mit Gemüse essen, das war die gewohnte Reihenfolge. An jedem anderen Tag hätte Lai sich darauf gefreut, aber heute wäre es ihm lieber gewesen, die Frau bliebe im Haus. Bestimmt würde sie ihn nach dem Moped fragen, das seit gestern Abend nicht mehr im Schuppen stand, die Rede würde weiter auf den Abend kommen, auf ihren Bruder, auf das Mahjong-Spiel und bei jeder ihrer Fragen könnte er nichts anderes tun, als den Kopf hängen zu lassen.

Er ergriff die Schaufel und begann in großen Schwüngen die Erde auf dem Acker zu verteilen. Die abgetrockneten, helleren Krümel legten sich als feine Schicht über den dunkleren Grund. Der Schweiß rann ihm in die Augen, wieder legte er den Kopf in den Nacken und fuhr sich mit dem Unterarm über die Stirn. Vom Hof her hörte er ein leichtes Klappern. Die Frau kam heraus. Schweigend nahm sie den Rechen und begann vom Nordende des Ackers her Furchen zu ziehen. Sie arbeitete in raschem Rhythmus. Lai beschleunigte seine Würfe.

An der Westseite grenzte sein Acker an den des Nachbarn, immer noch wucherte da das Unkraut. Zwischen den Grasbüscheln tauchte die schwarze Katze des Nachbarn auf. Lai mochte beide nicht, die Katze und den Nachbarn. Leise wie ein Dieb schlich sie herbei, hielt an mit erhobener Pfote, dann betrat sie sein Feld und begann in der frisch ausgebrachten Erde zu scharren. Lai klatschte in die Hände, um sie zu vertreiben, er wusste, was sie vorhatte. Später, wenn erst die Zwiebelsamen gesetzt waren, käme sie noch einmal und würde alle ausgraben. Ausgiebig scharrte die Katze weiter. Lai bellte wie ein Hund, sie hielt kurz inne, dann scharrte sie noch emsiger. »*Gaiside, mao!*«, schrie Lai – Geh zum Teufel, Katze! – Er sah sich nach einem Stein um, den er nach ihr werfen könnte.

In dem Moment erschien der Nachbar auf seinem Grund. Offenbar hatte er gerade zu Mittag gegessen. Er hielt ein Teeglas in der einen Hand, in der anderen ein Stück Zuckerrohr, an dem er nagte.

»Nimm deine Katze mit!«, rief Lai ihm zu. »Sie macht mir die Arbeit hier kaputt.«

Der Nachbar ließ sich nicht aus der Ruhe bringen. »Gestern war Versammlung im Dorf«, erklärte er. Er schnaufte wichtig. »Parteikader Liu war hier. Aus Beijing. Er ist mit einem Auto gekommen.«

Die Katze saß gesittet mitten auf dem Acker. Lai beobachtete sie aus den Augenwinkeln. Er war entschlossen, sie zu verjagen, sobald sie wieder anfing zu scharren.

»Es ist so«, sagte der Nachbar, »dass Parteikader Liu dann noch in meinem Haus etwas gegessen hat. Wir sind so miteinander.« Teeglas in der einen Hand, Zuckerrohr in der anderen, spreizte er seine beiden Zeigefinger ab, um sie aneinanderzuklopfen. »Schnaps haben wir auch zusammen getrunken, der Herr Liu und ich.« Vergnügt lutschte er weiter an seinem Zuckerrohr.

Ohne zu antworten, warf Lai weiter Erde auf den Boden.

»Ich habe über viele Dinge gesprochen mit dem Parteikader Liu. Er hört auf mich, weißt du?«

Die Katze erhob sich und machte einen Buckel. Lai bückte sich, hob den Stein vor seinem Fuß auf und zielte.

»He! Lass meine Katze in Ruhe, Lao Lai!«, schrie der Nachbar.

Lai pfefferte den Stein direkt neben sie. Zielen konnte er, etliche Wildkaninchen hatte er schon auf diese Weise getötet. Entsetzt floh die Katze zurück zu ihren Grasbüscheln. Leise schimpfend trat auch der Nachbar den Rückzug an.

Die Arbeit war beendet. Schweigend ging Lai neben seiner Frau in den Hof und setzte sich auf den Boden. Auf dem niedrigen Holztisch vor ihm dampfte in einer Blechschüssel der Reis. Er ergriff seine Stäbchen. Hastig schaufelte er sich Reis in den Mund. Die Frau stellte drei Teller auf das Tischchen. Gestocktes Ei mit Zwiebeln und Spinat mit Erdnüssen und Trockenchili. Zwei Teller frisch gekochter Speisen und einer mit rohem Lauch und Paprika.

Normalerweise gab es zum mittäglichen Reis nur die Reste vom Abendessen zuvor. Voll schlechtem Gewissen rupfte er sich ein Stück aus dem flaumigen Eierstich und schlang es hinunter.

»*Laopo* – ehrwürdiges Weib«, sagte er, »ich muss dir etwas sagen.«

Die Frau aß schweigend ihren Reis.

»Gestern Abend habe ich mit deinem Bruder Mahjong gespielt. Wir haben Reisschnaps getrunken.« Hatte sie verstanden, was als Nächstes käme?

»Das Moped«, sagte Lai mühsam, er spürte, dass sein Gesicht dunkler wurde, »das Moped ist leider kaputtgegangen. Es hängt in einem Baum auf der Straße zu unserem Haus.«

Seine Frau stand auf und ging ins Haus. Ängstlich sah er ihr hinterher. Es gab Frauen in der Nachbarschaft, das wusste er, die waren wie Tiger, verprügelten ihre Männer bei geringeren Anlässen mit dem Besen. Den Nachbarn, der sich mit dem Parteikader so wichtigmachte, hatte er schon ein paar Mal laut schreien hören.

Sie kam zurück. In der Hand hielt sie die Teekanne und zwei Gläser. Sie stellte sie auf den Tisch und goss heißen Tee ein. »Mann«, sagte sie, »ich möchte dir einen Rat geben.«

Er wagte nicht, sie anzuschauen, starrte auf das Geschirr.

»Du sollst nicht mit dem Moped fahren, wenn du Reisschnaps getrunken hast.«

Jetzt konnte er sein Gesicht wieder zeigen. Er glaubte fast nicht, was er da hörte. Kein Schimpfen? Kein Geschrei? »Ich hole das Moped heute Nachmittag«, versprach er. Oh, wie war er dankbar für diese Frau! Er hatte die beste bekommen, eine Fleißige war sie, einen Sohn hatte sie ihm geboren und sanft war sie auch noch! Einen goldenen Ziegel hielt er in den Händen mit dieser Frau! Lai Fang Lei, Bauer an der Großen Mauer, schlürfte seinen Tee voller Genuss. Gleich am Nachmittag würde er das Moped holen und zusehen, ob er es flicken konnte.

In Ruhe aß er nun Reis, Ei, Spinat, er trank heißen Tee und genoss den Anblick seines Hofs. Was hätte wohl die Frau des Nachbarn mit ihrem Mann gemacht? Hinter dem Anwesen rauschten die Bambusblätter, aus dem Koben grunzte das Schwein. Alles war, wie es sein sollte.

ALICIA

In dieser Nacht, vier Wochen nach seinem Tod, kehrte Gregor zurück wie ein schimmernder Gott und versetzte Alicia in sirrende Ekstase. Schlang ihr die Arme um den Hals, stieß mit dem Becken gegen das ihre, so heiß, dass sie ihren Puls überall im Körper spürte. Ihr Herz schien zu schwellen, ihre Lippen, alles Fleisch weiter unten sowieso. Wild und entzückt begann sie ihn zu küssen, auf den Mund, das Ohr, den Hals …

Dann hörte sie eine Stimme, die sie erst nicht recht zuordnen konnte, schlug die Augen auf und blickte auf Theos Gesicht. »Mmm«, brummte er im Schlaf.

Hatte sie wirklich gerade Gregor küssen wollen, dieses Scheusal? Und sich dazu auch noch halb auf Theo gelegt? Verwirrt und verlegen zog sich Alicia auf ihre Seite des Bettes zurück. Über den Kissenrand blinzelte sie zu ihrem Mann hinüber. Er schlief, sie kannte den Rhythmus seines Atems. Obwohl er ihre Attacke nicht mitbekommen hatte – Theo hatte eine Entschädigung verdient für diese Grenzüberschreitung. Über die Bettritze hinweg streckte sie die Hand aus und streichelte leise seine Wange.

Es hatte Zeiten gegeben, da wäre es nicht bei dieser Berührung geblieben. An dem Tag, als sie sich kennenlernten, hatte es keine zwei Stunden gedauert, bis sie sich die Kleider vom Leib zerrten. Der Mensabetrieb der Münchener Uni hatte sie an einen gemeinsamen Resopaltisch gewirbelt, der wie üblich bedeckt war von einem Wust an Flugblättern: Solidaritätsaufrufe zum Streik bei Agfa, Werbung für den neuen Woody-Allen-Film und der Frage eines HiFi-Shops in Schwabing: *Bumst du selbst oder lässt du es deine Boxen tun?*. Alicia, tipptopp im selbstgenähten karierten Hemdblusenkleid, hatte alles Papier sorgfältig auf einen Haufen geschoben, aus dem sich ihr langhaariger Tischnachbar prompt wieder herausklaubte, was er als Tischlektüre für unerlässlich hielt. Dabei hatte er eigentlich beschlossen, diese junge Frau mit dem flammend roten Haarschopf um jeden Preis in ein Gespräch zu ziehen. Es gelang ihm ja auch, nur landeten sie erwartungsgemäß sofort in einem Streit über die Parolen, die ihm zu jener Zeit ständig und mit proselytischem Eifer über die Lippen kamen. Alicia quittierte sie mit Empörung. Was verbreitete dieser (auf seine unfrisierte Art attraktive) Mensch da? Dass Kultur, Studium, die ganze Universität nichts als ein dekadenter bürgerlicher Betrieb seien, ein Betrieb, den es zu zerschlagen gälte? *Ihr* sagte er das, die gerade einem trostlos kulturfeindlichen Elternhaus entkommen war, die ein Jahr lang als Briefträgerin bei der Post geschuftet hatte, um sich ihr Pädagogikstudium zu finanzieren? Die Mensa schloss, wild streitend zogen sie um in den Englischen Garten, zäh hielten sie auf allen gesandeten Wegen an ihren Positionen fest, doch interessanterweise gingen ihnen beiden ihre Argumente gleichzeitig aus, sobald sie im menschenleeren Nordteil des Parks die ersten Büsche entdeckten.

Sie flogen aufeinander, wie man damals sagte, ihre Flüge starteten bei jeder Gelegenheit, in Alicias Zimmer im Studentenwohnheim, in Theos geräumigerem WG-Zimmer und noch am selben Abend auf der Party eines Freundes im begehbaren Kleiderschrank einer Altbauwohnung, wo ein fußlanger Wollvorhang, den Gesetzen der Physik gehorchend auf, nieder und seitwärts wallte, womit er sie mehr verriet als verbarg.

Sie fanden sich interessant. Lustigerweise war es gerade der jeweilige Mangel an Bildung, der sie zueinander zog. Theo verübelte sich die Privilegien, die er in seinem Elternhaus genossen hatte, und obwohl ihm seine Umgebung, Eltern, Lehrer, Mitschüler und Professoren häufig bestätigten, dass er ein überdurchschnittlich kluger junger Mann war, empfand er sich selbst als unwissend, was *das wirkliche Leben* betraf.

Alicia ging es genau umgekehrt. Zweifellos war sie mit einem frechen Schnabel auf die Welt gekommen, aber ein einziger Hinweis auf vorhandene oder auch nur behauptete Bildungslücken genügte, dass sie innerlich einfror. Jetzt an der Universität, wo sie in kürzester Zeit aufholen wollte, wovon Leute wie Didi seit jeher umgeben waren, kam zu ihrem Schrecken ein neues Problem hinzu. Verleitet durch ihren Heißhunger auf Bildung hatte sie versucht, sich all die unbekannten, interessant klingenden Wörter auf einmal einzuverleiben, die nun um sie durch die Luft wirbelten – *Euphemismus, Camouflage, Palimpsest*. Sie schlang sie hinunter wie ein gieriger Wolf. Unzerkaut, unverdaut lagen sie nun in ihrem Gehirn und gerieten bei jeder Gelegenheit durcheinander, jedes Mal registrierte sie es zu spät und dann konnte sie zusehen, wie sie sich mit rotem Kopf wieder herauswand aus Peinlichkeit und Blamage. Es dauerte nicht lange, bis ihr die Angst davor schon bei völlig unverdächtigen Wörtern einflüsterte, dass sie sicher wieder danebengreifen würde und Alicia wand sich in Selbstzweifeln: *Jeremiade* oder *Scheherezade*? Riss die geplante Party ein Loch ins *Bidet* oder ins *Budget*? Und die Spaghetti – *al dante* oder *al dente*?

Doch dann kam Theo und schlug dem Ungeheuer, das sich in ihrem Sprachgewissen eingenistet hatte, das Haupt ab. Einfach, indem er ihr versicherte, dass es ihn nicht störte, wenn sie vom *schnöden Mammut* sprach oder *Nixon* statt *Naxos* sagte. Er fand sogar, das sei eine lustige Besonderheit, nannte es Malapropismus und behauptete, dabei handle es sich um eine unschuldige, sogar liebenswerte Eigenart wie Sommersprossen oder einen leichten Silberblick. Malapropismus war übrigens selbst ein wunderschönes Fremdwort, es klang durchaus nach nichts Ehrenrührigem, eher ließ sich dabei an einen argentinischen Tanz denken oder an Süßwein. Alicia atmete auf.

Alicia verliebte sich also in Theo, weil er Wörter kannte wie *Entelechie*, weil er auf eine richtige Weise gut roch und immer wieder erklärte, sie sei die einzige Erwachsene in seiner Umgebung. Vor allem verliebte sie sich in seine stetige Freundlichkeit. Theos grimmiges Aussehen mit wild wehendem Bart und Haupthaar jagte ihr wenig Schrecken ein, zumal sie schnell dahinterkam, dass mit dem *Establishment*, das es seinen Worten nach zu bekämpfen galt, in erster Linie sein Vater gemeint war, ein gütiger älterer Pastor aus Nordrhein-Westfalen. Theo seinerseits war voll und ganz begeistert von Alicia – von ihrer Frechheit, ihren Sommersprossen, ihrem Drahtkupferhaar.

Ihre Liebe hielt an. Noch als sie viel später heirateten und zusammenzogen, jagten sie einander manchmal schon mittags mit lautem Gelächter durch die Küche, durch das Wohnzimmer, eine Fährte von Schuhen, Socken hinterlassend hinauf in den ersten Stock. Es gab wenig Möbelstücke – Sofa, Teppiche, Kommode –, die dabei nicht schon einmal gebraucht worden waren als Unterlage für Alicias weich gepolsterten weißen Hintern oder Theos schmaleres, muskulöses Gesäß. Mit den Jahren natürlich ließen ein paar Dinge nach, Muskeln, Hautstruktur und Hormone, die wilden Jagden von einst verwandelten sich in geruhsamere Prozessionen zu zweit, umrahmt von freundlichem Geplauder, während sich jeder von ihnen auf seiner Seite des Bettes selbstständig seiner Kleidung entledigte, wobei es vorkommen konnte, dass Theo seelenruhig schon seinen Wecker aufzog, den Stundenplan des morgigen Tages bedenkend, während Alicia sich mit konzentriertem Blick ihre Strumpfhose vor die Augen hielt und sich fragte, wann und wodurch um Himmels willen die breite Laufmasche am Knie entstanden war. Niemand hatte diesen neuen Zustand herbeigewünscht oder gar aktiv hergestellt, er hatte sich schleichend eingestellt, wie allmählich einsetzender Bodenfrost.

Jetzt allerdings schien es, als wäre eine Art Eiszeit angebrochen. Vor etwa sechs Monaten hatte das angefangen: Theo zog sich zurück, erklärte, er müsse noch arbeiten oder etwas lesen, jedoch lieber nicht im Bett, weil er in der Horizontalen gleich einschlafen würde, saß dann in der Küche herum und kam erst ins Schlafzimmer, wenn Alicia längst in Schlummer gefallen war. Sie sagte sich, dass er überarbeitet wäre, dass sie an einem der nächsten Wochenenden oder in den Ferien vielleicht – nein, sicher – wieder einen Weg zueinander fänden, aber auch da gab es Bücher zu lesen oder einsame Spaziergänge zu absolvieren. War Theo krank? Ein wenig bange fragte sie ihn nach den Ergebnissen der letzten Vorsorgeuntersuchung. Theo schüttelte den Kopf, verwundert über ihre Frage, nein, alles sei in Ordnung. Also mochte er nicht mehr. Lust verloren, Liberty weg oder wie das hieß. Alicia fragte sich, wie lange sie diesen Zustand aushalten konnte, um mit Erstaunen festzustellen, dass ihr die neue Enthaltsamkeit gar nicht so schwerfiel. Ihrem Verhältnis zueinander, den leichtfüßig tänzelnden Gesprächen, tat die neue Keuschheit jedenfalls keinen Abbruch. Im Gegenteil: Alicia hatte das Gefühl, sie verstünden sich besser als je zuvor.

Was sollte also dieser lüsterne Traum? Und dann noch mit Gregor? Das Bett wirkte auf einmal wie verwüstet mit seinen zerknüllten Laken. Alicia stand auf, strich sie glatt, ging hinüber zu Theos Seite, setzte sich auf den Bettrand. Sein Brustkorb hob und senkte sich, er pfiff leise beim Atmen. Komm du doch einfach zurück zu mir, dachte sie. Aufgeschlagen, die bedruckten Seiten nach unten, lag ein Heft am Boden. Alicia hob es auf, es war ein Katalog zu einer Ausstellung, aha, klar: Gregor und seine Fotos. Ein gelbes Zettelchen flatterte heraus und segelte zu Boden. Schwungvolle Handschrift. *Reise ... Peking ... Ente.*

Ente Alicia, dachte sie. Das Nächste kam daher wie ein Schuss: *G-Punkt. Süße.* Gregor und das Kätzchen aus der U-Bahn. Sie stöhnte auf.

In einem Schwung warf Theo sich herum und schlug die Augen auf. »Alicia. Ist was?«

Sie holte tief Luft. »Dieser Zettel – was ist das? Hat Didi dir den gestern gegeben?«

Er rieb sich die Augen. »Scheiße«, sagte er.

»Hast du das von Didi?«

»Nein, nein, den muss ich aus Versehen ...«

»Aber Didi hat ihn gesehen?«

»Natürlich, das hat doch Gregor geschrieben.«

»Gregor. Ja. Und sie war überrascht?«

»Schon, ich meine – so eine Nachricht, wie aus dem Jenseits. Aber das mit diesem Ding, dieser Mandarinente, das war ihr gleich klar.«

»Eine *Mandarin*ente.«

»Ich hab auch dumm geguckt, er scheint da wohl irgendein Kunstwerk für sie bestellt zu haben. Eine Skulptur, hat sie gesagt. Hör mal, kannst du Didi das bitte zurückgeben? Mir ist es peinlich.«

»Gregor hat für Didi eine Skulptur in China bestellt. Aber das ist doch ... unglaublich. Meine Güte, Theo. Und das Ding liegt jetzt irgendwo in Peking? Oder? Schreibt er ja da.«

Der Gedanke, dass eine schön geformte Sache sicher verwahrt irgendwo auf Didi wartete, hatte etwas Gutes, er gab Halt. Doch gleich brandete neues Entsetzen auf. Das Kätzchen aus der U-Bahn. Und die möglichen Folgen: Wenn Didi nun nach China reiste (Warum nicht? Sie, Alicia, würde es tun!), wenn sie diese Adresse aufsuchte, wenn man ihr dann eine Ente überreichte – mit einer Grußkarte um den Hals, adressiert an das Kätzchen (wie immer es hieß)?

Im Schlafanzug lief Alicia ins Arbeitszimmer, schaltete den Computer ein, startete die Suchmaschine. Auf Seide gemalte Enten tauchten auf, grün schillernd und geheimnisvoll. »Hat Didi gesagt, dass sie nach China will?«, rief sie laut.

Skulpturen. Aus Jade, buntem Porzellan. Zwei wunderhübsche Entchen aus Holz, ihr lackiertes Gefieder glänzte braun, rot, schwarz. Didi mit ihrem Sinn für schöne Dinge. Wie würde sie sich daran erfreuen! Die Mandarinente, Gregors letzte Botschaft, was für ein Symbol für ihre Liebe. Oder eine tickende Zeitbombe. Alicia klickte auf das nächste Bild: zwei Enten aus Messing, eine liegend, die andere stand auf ihren Flossenfüßen, verliebt quakten sie einander an.

Alicia knetete einen Zipfel ihrer Pyjamajacke. Jemand musste diese Bombe entschärfen. Eine gefährliche Arbeit? Nein, nicht einmal schwer. Draußen schob der Wind eine dunstige, weiße Wolke vorüber, ein Zweig schlug gegen das Fenster. Sie bräuchte ein Visum und ein Flugticket. Für Peking einen Dolmetscher. Eins nach dem anderen.

»Was ist los? Was machst du?« Theo stand im Türrahmen, die Haare verstrubbelt.

Sie öffnete den Mund, schloss ihn wieder, jetzt musste sie auf ihre Worte aufpassen. »Der Brief. Gregor hat das an Didi geschrieben. Und an mich auch irgendwie. Oder an uns beide, wie du willst.« Sie runzelte ihre Stirn, sie war schon fest entschlossen. »Theo, ich möchte, dass wir nach China fahren und diese Mandarinente für Didi abholen.«

»Du lieber Gott, Alicia. Das kommt jetzt aber plötzlich.«

»Es ist so einfach: Wir fliegen nach Peking, holen die Ente und geben sie Didi.«

»Aber wir wissen doch gar nicht, wo ...«

»Die Adresse steht auf dem Zettel, irgendwo in Peking ist das, Gregor kannte den Ort, also bitte, das muss zu finden sein.«

»Das ist nicht dein Ernst!«

»Ich sag dir was, Theo: Ich fahre nach China und treibe diesen Vogel für Didi auf. Notfalls allein.«

»Alicia.« Theos Hand berührte sie an der Schulter. »Du kommst ja richtig in Rage.«

Sie stand auf, ging ins Bad, nahm die Bürste und begann ihr Haar zu striegeln, blaue Funken sprangen auf. »Im Mai«, sagte sie. »Wie geplant. Die Zeit reicht gerade für die Visa.«

»Wie stellst du dir das vor? Soll Didi mitkommen?«

Sie ließ die Bürste sinken. »Ja, klar, das wäre am besten.«

Das wäre am schlechtesten. Sie hatte ihren Worst-case-Plan doch schon fertig. Sturm auf den Laden mit dem Geschenk. Genaue Inspektion der Skulptur: War die Ente sauber, käme sie styroporverpackt in den Koffer, bei Kontaminierung durch Liebesgrüße an eine andere natürlich nicht. Einem solchen Tier würde sie persönlich den Hals umdrehen und für Didi ein Duplikat erwerben. Wie sollte sie das alles hinkriegen, wenn Didi danebenstand?

»Ich rufe sie nachher gleich an«, sagte sie. Eine kleine Hoffnung gab es noch: Didis Empfindlichkeit. Wenn ein Antrag sie zu unvermittelt erreichte, konnte sie reagieren wie eine Schnecke, die man mit dem Finger anstupste. Ein Tick zu viel und sie verschwand in ihrem Häuschen.

»Lieber Gott«, seufzte Theo, »und ich hatte mich schon auf schöne, ruhige Pfingstferien gefreut. Wie lange hast du dir das Ganze vorgestellt? Fünf Tage?«

»Gregor hatte zehn Tage geplant.«

»Aber die Ferien dauern gerade mal zehn Tage.«

»Eben. Wie maßgeschneidert. Überhaupt – so eine weite Reise und dann soll man gleich wieder nach Hause fliegen?«

»Acht Tage, bitte, Alicia!«

»Also gut, acht.« Plötzlich durchströmte sie die Vorfreude. »Theo, hey, wir verreisen!« Sie warf ihre Bürste ins Regal, boxte ihn leicht in die Schulter ... »Sag mal, kennst du dieses Lied noch? *Ta taa, ta ta ta ta ta taa, ein Schiff ist nicht nur für den Hafen da ...*«

Sie lief die Treppe hinab zum Telefon, wählte Didis Nummer, wartete auf das Besetztzeichen oder jenes typische Klickgeräusch, das anzeigte, dass man soeben aus der Leitung geworfen wurde – Didi zu erreichen war noch nie leicht gewesen. Aber es ertönte der normale Klingelton, gleich darauf schaltete sich ein Anrufbeantworter ein und sie erstarrte: Gregors Stimme. Er quakte etwas in einer Fantasiesprache und schloss mit einem geplärrten »*kwakwak-wa-biip!*«

Fünf ganze Sekunden brauchte sie, bis sie sich so weit gefasst hatte, um ihre Nachricht für Didi auf die Maschine zu stammeln. Noch während sie sprach, kehrte das Traumbild dieser Nacht zurück, zusammen mit dem Herzrasen, das es ausgelöst hatte. Hau ab, dachte sie wütend. Du bist tot, ich will nicht mehr an dich denken.

Aber das Gedächtnis ließ sich nicht kommandieren, es meldete sich unvermittelt wie ein Gewitter von grellen Blitzen. Auf dem Weg durch die Stadt zum Reisebüro belästigte es Alicia mit den Bildern von zwei vergnügten Menschen in einem Cabrio, das über die asphaltierten Straßen flitzt. Einem tomatenroten Schal, einer Tüte Chips, einer Hand, die ihr freigiebig Kohlehydrate in den geöffneten Mund schiebt. Und von einer Alicia – war sie das wirklich? Und wann? Vor einem halben Jahr erst? –, die vor Lachen quietscht, während der Mann neben ihr sie weiter füttert aus der Chipstüte und mit Funken sprühenden Witzen aus seinem exquisiten Gehirn.

Einen blendend hellen Augusttag lang war sie diese seltsam neue Alicia, in einem edel eingerichteten Tagungssaal, die immer wieder seinem Blick begegnete, durch die Linse einer Kamera oder direkt aus den grünen Augen. Die mittags im schwarzen Einteiler einem kleinen Mann zusah, wie er nach hundeartigem Gepaddel (vollkommen anders als Theos bedächtiges Schwimmen) einem oberbayerischen See entstieg, den Körper ganz und gar bedeckt von durchsichtigen Wassertropfen. Deren flirrende Stimmung sich abends beinahe beruhigte, passend jedenfalls zu einem sanften Rotwein, zu dem Mann, dessen Schnauzbart nun glatt und fromm wie ein Samtstückchen über der Oberlippe lag, der so überraschend traurig sprach von seiner schönen, fotogenen Frau – *fotogen, ja, ist sie, bloß irgendwie … Bei dir sind einfach immer noch einundzwanzig Gramm mehr auf dem Bild. So viel wiegt doch die Seele, oder? Wie du schaust, wenn du dir die Haare aus dem Gesicht streichst* – und dazu seine schmalen Hände bewegte. Aristokratenhände, Theos Ausspruch.

Gregors Charme regnete also auf sie herab, und auch wenn Alicia sich darum bemüht hatte, die Erinnerung an jenen Abend möglichst komplett zu löschen – dieser Regen hatte sich fantastisch angefühlt. Das hieß aber natürlich gar nichts, denn sie hätte nie – jetzt atmete es sich wieder leichter –, niemals, nein! Und sie hatte nicht. Am Ende des Abends war sie allein auf ihr Hotelzimmer gegangen. Obwohl Gregor sie im Lauf des Abends zweifellos angebalzt hatte, listig, lustig, köstlich:

Stell dir vor: du und ich mit siebzig. Da sind wir beide dann nämlich ein Paar.

Interessant.

Wir treiben es richtig miteinander, verstehst du? Sex im Alter, finde ich großartig!

Und was wird aus den anderen derweil? Theo und Didi?

Weiß ich nicht, ich sag doch, du sollst es dir nur vorstellen! Okay? Du und ich mit siebzig – hast du's? Und jetzt zieh zehn Jahre ab und dann noch mal zehn und noch mal ...

Sie hatte nicht damit gerechnet, dass er so hartnäckig war. Aber hartnäckig konnte Alicia auch sein. Außerdem – was dachte er sich eigentlich? Dass sie Theo mit seinem besten Freund betrügen würde? Oder gar Didi? Never, mein Gott! Ja, okay, sie hat dann doch noch darauf gewartet, auf das Kratzen an der Tür, auf einen Mann, der in seinen Aristokratenhänden die angebrochene Rotweinflasche herbeiträgt, zwischen den Fingern zwei Gläser kopfunter baumelnd. Bitte schön, sie hat auf der Bettdecke gesessen in ihrem karierten Pyjama und mit leicht erhöhtem Puls. Der sich auf einmal schwer anfühlte wie bei einem Verbrecher. Ein ziemlich blödsinniger Verbrecher allerdings, wenn er seinen Komplizen zwei Minuten später schon wieder aus dem Zimmer schiebt.

Dauernd schlug das Wetter um. Als Alicia aus dem geparkten Auto stieg, spähte gerade wieder die Sonne durch graue Wolken. Sorgfältig verschloss sie die Autotür. Gregor war also tot und tauchte doch immer wieder auf. Gregor, verheiratet mit Didi, ihrer Freundin. Gregor – der kichernde Kobold; *Puck* hatte Theo ihn einmal genannt. Sofort war ihr die kleine schwarze Scheibe aus Hartgummi vor Augen gestanden, in letzter Sekunde einem Hockey-Stock entwischt, nicht zu fassen, tückisch, albern. »Nein, Shakespeare«, sagte Theo, »Sommernachtstraum.« Ach, das meinte er, aber es half schon nichts mehr, damals war Gregor für sie zu einem übers Eis flitzenden schwarzen Scheibchen geworden. Fast zwei Jahre lang hatte sie dieses Scheibchen gehasst. Jetzt fiel ihr auch noch Gregors Beerdigung ein, wie er im offenen Sarg lag, wie sie als Erstes gedacht hatte: Komisch, wie klein er aussieht, wie ein zu kurz gespitzter Bleistift in einem Schächtelchen …

Alicia presste sich die Hand vor den Mund. Schmerzhaft geriet der Autoschlüssel zwischen Faust und Kinn. Das muss aufhören, dachte sie wütend. Ich muss abschließen mit all dem.

Zwanzig Meter vor ihr lag das Reisebüro. *Star Trekking* stand an der Tür. Schon wieder schlugen Regentropfen auf die Straße.

»Wirklich nur die Hauptstadt?«, fragte die Dame hinter dem Schreibtisch.

»Ja«, sagte Alicia, »nur Peking, bitte.«

»Schön, da hätten wir die Verbotene Stadt …« Die Reisekauffrau gab dem schwenkbaren Monitor einen Schubs und Alicia sah ein weites, stilles Areal, rote Säulen, geschwungene Ziegeldächer.

»Falls Sie vielleicht doch was von der Großen Mauer sehen möchten – das wäre Badaling, nur einen Katzensprung von der Hauptstadt entfernt.« Das nächste Bild zeigte säuberlich angelegte graue Steinstufen und fünf grinsende junge Europäer mit bunten Rucksäcken und Anoraks.

»Ein sehr schön erschlossener Bereich, sehr angenehm zu begehen«, sagte die Dame, während schon wieder ein neues Bild einfloss. Eine Nachtszene, Menschen, die gruppenweise um kleine Feuerstellen hockten.

»Was ist das?«

»Moment.« Die Frau klickte sich durch ihr Programm. »Ah ja. Totengeld. Die Menschen verbrennen da wertloses Papiergeld für ihre Toten. Damit die sich im Jenseits was zu essen kaufen können.«

»Ach!« Selbstvergessen kauerten die Menschen am Straßenrand, die Gesichter rot beschienen von den Flammen.

»Wenn Sie sich für solche Bräuche interessieren, das machen die Chinesen ... ja, hier steht es: beim traditionellen Geisterfest. Oder jemand träumt von einem Toten. Dann rät manchmal ein Wahrsager zu diesem Opfer. Skurril, was?«

Alicia stützte die Ellbogen auf den Tisch. Wie auf dem Monitor zogen vor ihrem inneren Auge die Bilder vorbei. Der tote Gregor und der lebende. Der Traum vergangene Nacht. Alicia war aufgeklärt genug, um zu wissen, dass es in Träumen immer die eigene Seele ist, die um Brot bettelt. Aber dennoch! Konnte das die Erlösung bedeuten für alle Drangsal, die ihr dieser geisterhaft lebendige Gregor Tag und Nacht bereitete? Wenn sie ihn fütterte – mit Gedenken? Draußen pladderte der nächste Aprilregen herunter, drinnen leistete Alicia eine Art stummen Eid: Was sie jetzt buchte, sollte die Gregor-Serowy-Gedenkreise sein, ausschließlich und exakt das, was Gregor geplant hatte.

»Gut«, sagte sie entschlossen. »Nehmen wir die Große Mauer mit ins Programm. Aber nicht so etwas wie diesen – wie sagten Sie? – gut erschlossenen Bereich. Nicht solche ...«

»... ausgetrampelten Pfade«, vervollständigte die Dame, »wo überall die Touristen rumlaufen.« Verschwörerisch nickte sie ihr zu.

»Genau. Wissen Sie, ursprünglich hatten wir gar nicht vor, über ein Reisebüro zu buchen«, bekannte Alicia. »Jemand der sich in China auskennt, wollte uns mitnehmen. Wir hätten niemanden gebraucht, der uns führt. Nur fällt dieser Bekannte jetzt leider aus. Verstehen Sie, was ich meine?«

»Vollkommen!« Die Dame senkte zehn Finger mit rot lackierten Nägeln herab auf die Tastatur ihres Computers und erzeugte einen leisen Trommelwirbel. »Keine Nullachtfünfzehn-Sehenswürdigkeiten, keine Tour, wo ein Führer mit Fähnchen vorausgeht, eher eine Art Flanieren, so, als ob Sie mit Ihrem Bekannten in China unterwegs wären, ja?«

»Ja«, sagte Alicia, »ja, genau!«

»Und nichts, was man schon vom Prospekt her kennt, eher ein China – hinter ...«

»... den Kulissen!«, beendete Alicia den Satz.

»Dann würde ich jetzt ein individuell auf Sie abgestimmtes Paket zusammenschnüren mit viel Luft für Beijing, dazu eine dreitägige Wanderung ...« blitzschnell liefen die Finger über die Tastatur, »... auf der ... na, da haben wir sie ja!« Erneut gab sie dem Monitor einen Schubs: »... der Wilden Mauer. Mit Übernachtung in einem alten Wehrturm. Sehen Sie?«

»So was geht?« Der Anblick war grandios. Streng, riesig

ragte der steinerne Turm aus dem Boden. Links und rechts davon wucherten Büsche, ganze Bäume aus einem verfallenen Pfad.

»Nun ja, es ist die *Wilde* Mauer, das Wetter, den Aufstieg, das muss man natürlich bedenken. Hier und da wird man auch ein wenig klettern müssen ...«

»Ich bin Mitglied im Alpenverein«, sagte Alicia. »Wie viele Höhenmeter ...?«

Konzentriert blickte die Dame auf den Monitor. »Neunhundertsechsundachtzig. Es ist die authentische Chinesische Mauer: wild, unberührt.«

»Doch«, sagte Alicia, »doch, das müsste gehen.« Die Zugspitze war höher, die hatte sie auch bezwungen.

»Zwei Personen? Da hätte ich für Sie – Moment, ja, noch ist er frei! – unseren Herrn Schnitzler. Herr Schnitzler ist Schweizer ...« – sie legte eine bedeutungsvolle Pause ein, Alicia spürte förmlich das überdurchschnittlich Ernsthafte, das dem Schweizersein anhaftete – »er spricht perfekt Chinesisch, lebt seit vielen Jahren in Beijing, verheiratet mit einer Chinesin. Mit diesem Mann haben Sie alles in einem: Dolmetscher und Guide. Bestimmt keinen, der mit einem Fähnchen vorausmarschiert. Und wenn Sie unterwegs spontan irgendetwas außer der Reihe wünschen, da kann Ihnen Herr Schnitzler tausend Dinge nennen, die hierzulande noch niemand gesehen hat, die in keinem Reiseführer stehen.«

Alicias Herz begann zu klopfen. Da war sie also ganz zufällig auf das beste aller Reisebüros gestoßen. Glück muss man haben! »Noch was. Ich soll in Peking etwas besorgen«, erklärte sie vertrauensvoll. »Eine Mandarinente. Also, eine Skulptur. Sie müsste schon in einem Geschäft für uns bereitliegen, die Adresse hätte ich hier ...« Sie klopfte auf ihre Tasche.

»In Peking, hm, das kann ich jetzt von hier aus schlecht ... Aber unser Herr Schnitzler! Dem sagen Sie das einfach, sobald Sie angekommen sind, dann führt er sie ganz sicher an Ort und Stelle. Der kennt die Stadt wie seine Westentasche.«

Wie sich auf einmal alles fügte. Alicia konnte ihn vor sich sehen: einen überdimensionierten Schweizer, in seiner karierten Westentasche lagerte bequem hingekuschelt eine komplette chinesische Hauptstadt samt Pagoden mit goldenen Glöckchen an den Dächern. »Sehr gut«, sagte sie, »ich weiß nur nicht, äh ... was denken Sie, wie teuer könnte so eine Ente sein?«

»Wenn es ein Original ist, da gibt es sicher ziemliche Unterschiede. Warten Sie ...« Die Dame entschwand in einen hinteren Teil ihres Büros, ihre Pfennigabsätze versanken im Plüsch des Teppichs.

Alicia starrte aus den großen Fenstern des Reisebüros, gegen die der Regen schlug, auf der Straße zischten glupschäugige Autos durch das Wasser. Die Mandarinente. Fang sie! Wende sie, rupf ihr die Federn aus! Und dann, picobello sauber, rein in den Sack und zurück hierher, zu Didi.

»Mandarinenten ...«, die Dame war mit einem Prospekt aus Hochglanzpapier zurückgekehrt, »hier zwei aus Porzellan. Oder ein wenig kleiner aus weißer Jade – das wäre dann wohl etwas hochwertiger ...«

»Es sind immer zwei Vögel«, sagte Alicia und konnte nicht verhindern, dass sich in ihrem Kopf die Frage gebildet hatte, wie *etwas hochwertiger* sich preislich beziffern mochte.

»Mandarinenten gelten in China als Symbol für eheliche Treue«, las die Dame vom Prospekt ab, »deshalb hat man sie meist zu zweit abgebildet.«

»Aber das ist ja ganz wunderbar«, flüsterte Alicia und fühlte, wie ihre Wangen heiß wurden. Was würde das für Didi bedeuten! Aus dem Grab heraus erneuerte Gregor sein Ehegelöbnis. Die Mandarinente hob ihre Schwingen. Sie war viel mehr als ein Souvenir, sie war ein Schatz, so etwas wie der Heilige Gral oder das Goldene Vlies. Vielleicht auch ein vergifteter Pfeil. Aber gut, den würde sie, Alicia, schon zerbrechen. Dafür fuhr sie ja nach China, dass Didi ihre Ente bekäme. Die richtige, die, die ihr zustand.

Schon wieder blitzte aus einem weiß-blauen Himmel die Sonne. Es war ein echter Apriltag.

Theo stand am oberen Treppenabsatz, als Alicia die Tür aufschloss. »Deine Freundin hat angerufen«, sagte er. »Sie überlegt sich, ob sie vielleicht mit uns nach China kommt.«

»Das ist ... das wäre wunderbar.« Alicia schälte sich aus ihrer Regenhaut.

»Ganz wunderbar, ja.«

Sein Ton ärgerte sie. »Du hättest sie nicht gern dabei, oder?«

»Ich wundere mich nur.«

»Sie will sich Gregors Geschenk abholen, da gibt's doch nichts zu wundern. Weißt du, was Mandarinenten in China bedeuten? Sie stehen für ein treues Ehepaar!«

»Ich meine ja nur, dass sie mir gestern nicht den Eindruck gemacht hat, als würde sie gerade jetzt Wert auf eine Reise legen. Oder auf irgendwelche Gesellschaft.« Theo schritt die Treppe herab und begab sich ins Wohnzimmer, wo auf einem Stapel sein Tagespensum an Korrekturen lag. Latein-Übersetzungen, zehnte Klasse.

»Ich bin aber nicht *irgendwelche* Gesellschaft!«, rief Alicia aufgebracht. Sie wusste nicht, worüber sie sich mehr ärgerte: dass Didis jüngster Beschluss all ihre Pläne über den Haufen warf oder über Theo, der Didis Zuneigung zu ihr infrage stellte. Oder darüber, dass ausgerechnet sie auf einmal für Didis Chinareise eintreten musste.

Während sie Theo zu seinem Arbeitsplatz folgte, schüttelte sie ihr feucht gewordenes Haar. Ein, zwei Tropfen landeten auf einem von Theos Heften, blau zerliefen ein paar Buchstaben, ein Wort – *nequiquam* – schwamm wie durch eine Lupe vergrößert auf dem Papier. »Kann es sein, dass es umgekehrt ist, dass *du* keinen Wert auf *ihre* Gesellschaft legst?«, rief sie kriegerisch.

»Alicia, würdest du bitte ...«, schützend rundete Theo seine Schultern über dem Stapel Schularbeiten.

»Du wunderst dich übrigens nicht, sondern findest sie bescheuert, das kann ich hören.« Sie nahm sich einen Apfel aus der Glasschale am Tisch, polierte ihn mit heftigen Bewegungen am Saumstück ihres Pullovers und biss hinein.

Theo rückte seinen Papierstapel beiseite, lehnte sich im Stuhl zurück und seufzte. »Es ist okay, Alicia, deine Freundin kommt mit und ich sage nichts weiter dazu, einverstanden?«

»Und du wirst nett zu Didi sein, ja?«

»Ja-ha.« Sein *ja* lag zwei ganze Töne über dem *ha*.

»Also, du findest sie doch bescheuert!«

»Nein! Oder gut, wenn du es unbedingt wissen willst: Ich finde ihr Verhalten – kapriziös. Sie selbst ist mir eher egal.«

»Didi ist absolut nicht karpi... Wie hast du gesagt?«

»*Kapri-ziös*. Von *capra, die Ziege* ...«

»Na bitte, du vergleichst sie schon mit einer Ziege! Didi ist aber keine Ziege! Sie ist großmütig, intelligent, rücksichtsvoll ...«

»Gut, gut, gut, Alicia, jetzt komm mal her!« Theo zog sie an sich. »Ich finde es ja großartig, wie du deine Freundin verteidigst. Eine Löwin mit Jungen ist nichts gegen dich.«

Der Vergleich mit der Löwin gefiel ihr. »Du müsstest sie einfach – noch einmal ganz von vorne kennenlernen«, sagte sie versöhnlich.

»Schwierig, wenn man sich nun schon mal kennt.«

»Aber sie ist es wert! Sie hat mir ...«

»... das Leben gerettet, ich weiß. Also gut, ich verspreche dir, ich werde sie mit neuen Augen ansehen, soweit meine Dioptrienwerte das erlauben. Und alle Vergleiche mit Huftieren vermeiden. Zufrieden?«

»Hm. Na ja, schauen wir mal.« Ganz glaubte sie ihm nicht, sein Versprechen erinnerte sie an die entnervten Zusagen ihrer Mutter, der achtjährigen Tochter am Mittwoch einen Zwergpudel zu kaufen. Der Kauf kam nie zustande, die Mutter hatte sich ja auf keinen bestimmten Mittwoch festgelegt, der Pudel war nicht einmal einklagbar. Trotzdem überkam sie ein Gefühl der Dankbarkeit.

Sie wollte ihren Apfelbutzen in den Mülleimer werfen, doch Theo entwand ihn ihr elegant, quasi im Fluge, biss ihn mittendurch und verschlang ihn.

»In den Apfelkernen ist Blausäure«, warnte sie ihn.

»Zu spät!«, sagte Theo. »Ich hoffe, der Tod tritt erst nach unserer Reise ein, nachdem du mich über die Große Mauer geschleppt hast.«

Jetzt fielen ihr all die anderen Neuigkeiten erst wieder ein. Die Wilde Mauer, die Übernachtung im Wehrturm. »Wir kriegen ziemlich viel geboten«, beendete sie ihren Bericht, »mit einem tollen Reiseleiter. Stell dir vor, ein Schweizer, der perfekt Chinesisch spricht. Es wird richtig authentisch, weißt du?« Sie genoss das Wort: *authentisch*.

In ihrer Tasche steckte immer noch der kostbare Zettel mit der Adresse in Peking. Sie musste ihn Didi zurückgeben. Schleunigst. Theo hatte ihn in ihrem Haus gefunden. Andererseits war Didi jemand, der gern wichtige Dinge verlor, Autoschlüssel, Diamantsplitter, war alles schon passiert. Von daher wäre es vielleicht gerechtfertigt, das Ding so lange zu hüten – treuhänderisch sozusagen –, bis die (passende) Mandarinente in Didis Händen gelandet war. Oder? Es war doch gerechtfertigt?

Sie spürte ihr Gewissen, seinen Biss, ein sehr sachter Biss, eher ein Kneifen. Es ist zu ihrem Besten, sagte sich Alicia. Außerdem – vielleicht überlegte Didi sich das mit China noch einmal und blieb doch lieber zu Hause? Ein wenig sprunghaft war sie ja, darin hatte Theo wohl recht.

鴛鴦

Obwohl es mit Wu Jiang Ling (oder Mr Wu, wie er sich Ausländern gegenüber vorstellte) in den letzten Jahren immer weiter bergauf gegangen war, geschah es eher selten, dass er den *Blauen Flieder*, das derzeit teuerste Nachtlokal Beijings, besuchte. Dazu fand er sein Geld immer noch zu schade. Aber manchmal war es notwendig. Nicht nur, um wie heute Abend ein konkretes Geschäft einzufädeln, sondern um *guanxi* zu pflegen. Wu wusste, wie lohnend es war, sich durch Einladungen und Geschenke bei den richtigen Personen immer wieder in Erinnerung zu bringen. Mit *guanxi* erreichte man alles. Ohne *guanxi* gar nichts. Und nun brauchte er neues *guanxi*.

Vor zwanzig Jahren, als Wu als junger Angestellter der staatlichen Reisebehörde noch Tickets gezählt, Eintrittskarten zugeteilt und den chinesischen Besuchern die Legenden über die Entstehung des Westsees und der Heiligen Berge erzählt hatte, war sein Job verglichen mit heute gemütlich und stabil, aber erbärmlich bezahlt gewesen. Fünf Jahre später hatte sich die Behörde in ein privates Reisebüro verwandelt, eine Metamorphose, an der auch Wu mitwirkte, dem die Zeichen der Zeit nicht entgangen waren. Im gleichen Jahr, als der Große Vorsitzende Deng Xiaoping verkündete: *Reichtum ist keine Schande*, schlug Wu Nägel ins Brett, wie man auf Chinesisch sagt, und eröffnete das erste private Reisebüro in Beijing, die *Travel*

Agency Facing China. Zunächst war das neue Büro noch halb privat. Aber der alte Schlendrian mit den unwilligen, schläfrigen Angestellten hatte bei Wu sein Ende gefunden. Wu lernte Englisch, die Zusammenarbeit mit den Europäern klappte, rasch erweiterte er sein Geschäft und mit Hilfe eines fähigen Ausländers expandierte es bald noch mehr. Die einzelnen, abenteuerlustigen Touristen von einst wurden mehr und mehr ergänzt durch Gruppen, die nun in voll besetzten Bussen durch Beijing gefahren, in bequemen Hotels abgesetzt und abends mit Karaoke unterhalten werden mussten. Sie kamen aus aller Welt: dem Westen und Taiwan, Hongkong, Südkorea, Japan und Australien. China ritt den Tiger der Marktwirtschaft, auf einem der Tiger saß auch Wu. Er beschloss, die asiatische Kundschaft anderen zu überlassen und sich mit *Facing China* auf die westlichen Ausländer zu konzentrieren. Zwei Gründe hatte Wu dafür gefunden: Der eine hieß Schnitzler. Der andere Grund war das Friendship-Hospital in Beijing.

Er betrat den *Blauen Flieder* und sogleich wurde ihm wieder schmerzlich bewusst, wie viel Geld er heute Abend hierlassen würde. Die livrierten Pagen am Eingang, die mit schwarzer Seide bespannten Wände, die vielen schönen Frauen verwiesen darauf. Circa die Hälfte der Frauen gehörte offiziell zum Personal, sie trippelten in roten Lederstiefeln, Miniröckchen und goldbetressten Husarenmützen, der heute Abend gültigen Uniform des Hauses, von Tisch zu Tisch, um Bestellungen aufzunehmen. Die andere Hälfte, langhaarige, dekolletierte Wesen, teilweise mit westlichen Gesichtszügen, schien sich zu amüsieren, aber auch unter ihnen wurden wohl einige von diesem Haus bezahlt. Das Nachtlokal besaß fünf Stockwerke. Im Keller tobte die Disco mit Lightshow und Technomusik, die oberen Etagen waren als Rondell angelegt, in der Mitte standen Büfetts, darum herum gruppierten sich hinter der schwarzen Seide die Séparées fürs Mahjong, für Karaokegruppen oder andere Vergnügungen, an denen die von der plastischen Chirurgie verschönerten Damen ihren Anteil hatten. Wu betrat den Aufzug und ließ sich nach oben fahren, wo Schnitzler ihn schon mitsamt einer Lage Bier in einem der Karaokeräume erwartete. »*Ni hao, Wu xiansheng.*«

Innerlich seufzte Wu. Normalerweise sprachen ihn Ausländer auf Englisch und mit *Mister* an, aber Schnitzler, der von seinem Chinesisch überzeugt war, ließ es sich nicht nehmen, darin zu radebrechen, womit sich diese Sprache als Verständigungsmittel leider entwertete. Es kam Schnitzler außerdem nie in den Sinn, dass er Chinesen, die Englisch gelernt hatten, mit seiner Manie das Gesicht nahm. Immerhin hatte er zuerst gegrüßt. Wu rief die Bedienung und bestellte einen Whisky Marke Glenmorangie (zwölf Jahre alt), das erschien ihm in dieser Situation würdevoller als der mit Cola verdünnte »Great Wall«-Rotwein, den die meisten Gäste hier zu sich nahmen.

»Na, und wie geht es Ihnen jetzt, und Ihrem verehrten Pferd, hoffentlich wieder alles gesund?«, erkundigte sich der Schweizer in holprigem Mandarin. Wie die meisten Ausländer verwechselte Schnitzler ständig die Tonhöhen, sodass *Pferd* herauskam statt *Mutter* oder *beiß*en statt *wollen*.

Wu, dessen Mutter die Grippe gehabt hatte, verstand und nickte. »Vielen Dank, sie ist wieder wohlauf. Und Ihre Familie? Alle gesund?«

»Es ist erstaunlich, dass gesund, obwohl bei dem Smog wundert, dass hier noch atmen«, platzte Schnitzler heraus. Er lebte seit fünf Jahren in Beijing, hasste die Stadt und wurde nicht müde, dies allen seinen Beijinger Bekannten mitzuteilen. Fünf Jahre lang hatte er lautstark bedauert, dass ihn sein Chef nicht nach Yunnan versetzen wollte, wo es schön grün war und die Luft rein und wo drollige Minderheiten lebten, die man den Touristen zeigen konnte.

»Mit alle Autos wird schlimmer jeden Tag«, jammerte er weiter. »Ganze Stadt ist Gift. Sehr schlecht!«

Wu lächelte. Dann hob er sein Glas. »Schnitzler *xiansheng*, Beijing ist gewachsen genau wie *Facing China*. Trinken wir auf das Geschäft! *Gan bei!*« Sie leerten die Gläser, Wu betätigte den Rufknopf an der Wand, um Nachschub zu bestellen. »Sie haben recht. Die Entwicklungen heutzutage gehen sehr schnell. Erst heute hat mich der offizielle Geschäftsführer der neuen Filiale angerufen. Es sieht so aus, dass Sie sehr schnell nach Guilin fahren können. Das Reisebüro in Frankfurt hat angefragt, wenn wir zusagen, schicken sie im Mai eine größere Gruppe. Dafür brauchen wir einen Mann mit Ihrer Erfahrung.« Guilin war nicht Yunnan, aber es lag in der Nachbarprovinz, Schnitzler würde dort zufrieden sein, wusste Wu.

Jetzt allerdings sah er erneut missmutig drein. Die Falten um seinen Mund, die von einer Magenerkrankung sprachen, vertieften sich. Wie immer, wenn es geschäftlich wurde, wechselte er in ein Mischmasch aus Englisch und Beijinger Dialekt. »In zehn Tagen kommt noch eine Gruppe aus Deutschland. Ich kann nicht an zwei Orten gleichzeitig sein.«

Wu lächelte. »Ein chinesischer Spruch sagt: *Wenn ein Drache steigen will, muss er gegen den Wind fliegen.* Es sind zwanzig aus Frankfurt. Wenn sie zufrieden sind, schickt man uns gleich noch einmal so viele. Die von *Star Trekking* sind nur drei.«

»Hm.« Schnitzler kraulte sich das Kinn. »Für die bräuchten wir dann einen Dolmetscher. Man hat ausdrücklich eine Führung in Deutsch beantragt, erinnern Sie sich? Es sind VIPs, das stand in dem Schreiben.«

Wu lächelte leise. »Aber alle sind VIPs, die uns *Star Trekking* schickt. Ich weiß natürlich, wie wertvoll Ihre Dienste hier wären, Mr Schnitzler. Aber vielleicht kennen Sie einen fähigen Mann, der Sie hier für diese kurze Zeit vertreten kann?«

»Kurze Zeit?«

»Für die Gäste von *Star Trekking* ist das jetzt eine kurze Zeit. Mr. Schnitzler, für Sie kann die Zeit in Guilin lange dauern. Ich denke, ich könnte das mit dem Filialchef dort schnell regeln.« Wu lächelte gewinnend, während er Schnitzlers gierigen Blick registrierte. »Sie sind ein einflussreicher Mann, Mr Schnitzler. Sie haben gute Beziehungen im Ausland und in China. Ihr *guanxi* ist für uns sehr wertvoll.«

Wu machte eine kurze Pause, damit Schnitzler sich sammeln konnte. »Wie ich höre, ist Ihre Frau eine Verwandte von Herrn Zhang, der im Gesundheitsministerium arbeitet. Vielleicht ist es Ihrer Frau möglich, ihrem Verwandten mitzuteilen, dass ich gerne seine Freundschaft machen würde. Selbstverständlich möchte ich niemandes Zeit stehlen, es wäre vielleicht das Beste, wenn ich Herrn Zhang durch Ihre Frau dieses kleine Geschenk schicken könnte. Es ist eine Flasche französischer Rotwein, bitte verzeihen Sie die Umstände.« Er stellte das Holzkistchen auf den Tisch und merkte sofort, dass Schnitzler verstanden hatte und sich darüber im Klaren war, dass in der Kiste nicht nur eine Flasche steckte. Würde er es auch aussprechen? Selbstverständlich würde er.

»Schon klar, Wu. Es geht um das Geschäft mit dem Friendship-Hospital, nicht wahr? Aber das eine sage ich Ihnen: Die Holländer gebe ich nicht her, das bleibt alles so, wie es war!«

Wu lächelte noch breiter, während seine Verachtung für diesen Menschen wuchs. »Das ist eine Selbstverständlichkeit. Niemals werden wir unser gemeinsames Geschäft angreifen, jeder verdient nach seiner Leistung. Die Holländer bleiben Ihnen.«

Schnitzler stürzte sein Bier hinunter. Dann kramte er ein Taschentuch hervor, das er sich um seine lange Nase wickelte. Gleich würde er da hineinschnauben wie ein wild gewordener Wasserbüffel. Das war mehr, als Wu ertragen wollte. Er wusste, die Ausländer sagten häufig, dass Chinesen unhöflich seien, weil sie sich sofort nach dem Verdienst ihres Gegenübers und seinem Familienleben erkundigten. Aber gab es etwas Unhöflicheres, als sich in aller Öffentlichkeit den Rotz in ein Tuch zu blasen, um ihn darin den ganzen Tag mit sich herumzutragen? Er entschuldigte sich und begab sich zur Toilette.

Die Toiletten im *Blauen Flieder* waren eine Sehenswürdigkeit. Wu plante, im nächsten Jahr für seine Familie ein Haus in einem der vornehmen Außenbezirke Beijings bauen zu lassen. Das Badezimmer wollte er dabei nach dem Modell hier konstruieren: europäische Sitzklos aus Marmor mit einer Wasserspülung, die meerblaues Schaumwasser in die Schüssel spritzte.

»Ah, Herr Manager, hier bitte«, frohlockten die Pagen, die neben den Waschbecken gewartet hatten und ihn nun zum Pissoir begleiteten. Der eine bürstete ihm den Jackenkragen, ein anderer massierte ihm den Nackenbereich, während Wu sich den Hosenschlitz aufknöpfte. Was das Thema Hygiene betraf, musste er Schnitzler übrigens recht geben. Eine öffentliche Toilette in Beijing aufzusuchen, war ein Erlebnis, das nicht jeder verkraftete. Die hier im *Blauen Flieder* dagegen konnte sich sehen lassen. So etwas war ihm nicht einmal während seiner Europatour im letzten Jahr begegnet.

So machen wir das also, dachte Wu, während er geruhsam pinkelte und sich von der Musik aus den Lautsprechern hinter den Blumengestecken umschmeicheln ließ. Vor einem Jahr hatte Schnitzler die Idee gehabt, holländischen Touristen die Besichtigung der Akupunkturabteilung in einem Krankenhaus anzubieten. Mochte er sie für das bisschen Extraprofit ruhig weiter behalten. Er, Wu, hatte einen weitaus lukrativeren Kontakt knüpfen können. Im Friendship-Hospital gab es eine Abteilung, die westliche Medizinstudenten in Traditioneller Chinesischer Medizin ausbildete. Es war ein Boom daraus geworden, jedes Jahr kamen mehr langnasige Studenten angereist und bezahlten enorme Gebühren, um diese tausend Jahre alten Heilmethoden zu erlernen. Es war nicht seine Aufgabe, zu ergründen, warum Leute, in deren Welt es die modernste Technik gab, um die jeder Chinese sich riss, ausgerechnet die verstaubten daoistischen Prinzipien um *Yin* und *Yang* studieren wollten. Wichtig waren die Zahlen. Und die sagten, dass inzwischen ein nicht unbeträchtlicher Teil der Deviseneinkünfte in China aus den Taschen dieser Leute stammte.

Der Staat sah das mit Wohlgefallen. Was lag näher, als sich an diesen Strom zu hängen und einen Kanal davon über seine Agentur in das Friendship-Hospital zu leiten? Seit einiger Zeit verhandelte er mit einer Dame aus Zürich, die schon einen sehr flotten Austausch mit einem Shanghaier Hospital betrieb und nun einen Kontakt in Beijing suchte. Wu besaß *guanxi* nach allen möglichen Seiten hin, aber jemand aus diesem speziellen Bereich war nicht dabei. *Guanxi* mit Herrn Zhang, einem hochrangigen Beamten im Gesundheitsministerium, würde schlagartig alle Probleme lösen. Zhang selbst besaß *guanxi* zur Geschäftsleitung des Krankenhauses, damit könnte er Wu alle Türen öffnen, die ohne solche Kontakte verschlossen blieben. Natürlich brauchte auch Zhang eine kleine Provision, aber das musste man nicht erklären, das verstanden alle Beteiligten von selbst.

Nach dieser Schweizer Dame hatten weitere Reisebüros im westlichen Ausland ihr Interesse signalisiert. Es konnte im Grunde sofort losgehen. Allerdings wäre es besser, wenn Schnitzler nicht gerade zu diesem Zeitpunkt in Beijing saß, sonst träfe er am Ende noch in Wus eigenem Büro auf seine Landsmännin. Wie er Schnitzler kannte, wäre ihm der Gedanke nicht fremd, sich mit der Dame zusammenzutun und sein eigenes Business daraus zu machen. Aber Schnitzler, dachte Wu zufrieden, während er die letzten Tropfen abschüttelte und Kleingeld für die Pagen hervorholte, wäre in nächster Zukunft in Guilin beschäftigt, und so wertvoll er einerseits war, so beruhigend war doch die Aussicht, dass er dort fernab von dem neuen Geschäft saß. Nebenbei war es eine schöne Aussicht, nicht mehr täglich sein schlechtes Chinesisch und die Nasenlaute aus dem Taschentuch vernehmen zu müssen.

Er öffnete die gepolsterte Tür der Toilette und war wieder umgeben vom rhythmischen Klackklack der Mahjong-Steine und dem hysterischen Geklapper der Würfel. Aus dem benachbarten Séparée klang schluchzender Gesang.

»Hören Sie, Wu, wenn es wirklich so wichtig ist, fahre ich nächste Woche nach Guilin«, verkündete ihm sein frischgebackener Filialleiter, der inzwischen zu Cocktails übergegangen war. »Den Flug haben Sie sicher schon besorgt, ja?« Er lachte wissend. »Chinesen – fix wie immer. Wegen der Dolmetscherei für die drei von *Star Trekking* – ich kann Ihnen einen Bulgaren schicken, der ist sehr gut, aber teuer. Den würde ich für die Mauerwanderung nehmen. Für Beijing genügt ein Absolvent von der Hochschule. Ich kann mich umhören.«

Wu nickte. »Es sind deutsche Touristen. Die stellen gern viele Fragen. Können die jungen Leute damit umgehen?«

»Na ja, so schwer ist das auch nicht. Wenn jemand wissen will, wie viele Hochhäuser es in Beijing gibt, muss man eben eine Zahl sagen. Und wenn einer den zoologischen Namen für Pekingente hören möchte wie beim letzten Mal – ach, hol's der Teufel, irgendwas muss man sich eben einfallen lassen. Hören Sie, Wu, was halten Sie davon, wenn wir noch ins Russenviertel gehen? Da ist jetzt wesentlich mehr los als hier!«

Wu dachte an die Summe, die ihn der Abend bis jetzt schon gekostet hatte, und schüttelte den Kopf. »Es tut mir leid, Schnitzler *xiansheng*, ich habe noch etwas zu erledigen. *Wo hai you shi.*« *Wo hai you shi* war die in ganz China gültige Floskel, dass man nicht mehr zur Verfügung stand. Wer *etwas zu erledigen hatte*, egal wie absurd das angesichts der mitternächtlichen Stunde und der Anzahl der genossenen Whiskys war, der war entschuldigt. Kein Mensch versuchte, dann noch weiter in ihn zu dringen.

Kein chinesischer Mensch, präzisierte sich Wu, denn Schnitzler ließ sich von den hiesigen Gepflogenheiten keine Handschellen anlegen. »Na kommen Sie!«, lockte er. »Seien Sie kein Spielverderber. Da gibt's einen Club, der hat gerade eine frische Ladung Beluga und russische Hühner bekommen.«

Hühner nannte man die weiblichen Prostituierten. Wu hatte weder gegen Störkaviar noch gegen Hühner etwas (zog allerdings chinesisches Geflügel dem ausländischen vor). Aber gegen so viel Beharrlichkeit half nur noch die Rolle des Biedermanns. »Ich bedaure wirklich, aber nach meiner Mutter ist nun auch meine Frau erkrankt. Schade, aber ich bin gezwungen, nach Hause zu gehen.«

Schnitzler machte ein enttäuschtes Gesicht. Die Aussicht

auf seine Versetzung und der Bierkonsum hatten seine Lebensgeister erweckt. Als sie schon an der Tür waren, versuchte er es noch einmal. »Sie haben sicher schon von dieser Geschichte auf der Mauer gehört? Unangenehme Sache, gerade jetzt, nicht wahr?«

Eine Sekunde lang stutzte Wu. Wenn er erfahren wollte, was der Mann meinte, musste er ihn doch noch ins russische Viertel begleiten. Der Gedanke missfiel ihm außerordentlich, nicht nur des Geldes wegen, sondern weil es einen Gesichtsverlust bedeutete, wenn er zugab, dass er von einer Sache nicht unterrichtet war, die wichtig sein mochte. Oder jetzt auch nur von Schnitzler aufgebauscht wurde als Köder für den Saufkumpan. Dann würde er noch mehr an Gesicht verlieren. Nein, Wu war ein guter Ehemann und begab sich nun zu seiner kranken Gemahlin anstatt zu den Hühnern.

Aber den ganzen Weg über musste er über Schnitzlers letzten Satz nachdenken. Was war das für eine *unangenehme Geschichte auf der Mauer*? Wieso wusste Schnitzler Dinge, von denen er noch nichts gehört hatte? Und was bedeutete bei diesem magenkranken, unbeherrschten Ausländer *unangenehm*? Kurz bevor er seinen Wohnblock erreicht hatte, fiel ihm der Polizeipräfekt Fang ein, mit dem er ab und zu das *Haus des Brodelnden Fisches* besuchte. Er würde ihn morgen einladen und während des Essens das Gespräch auf die Große Mauer lenken. Wenn dort wirklich etwas passiert war, musste Fang das wissen.

DIDI

Sie kannte das, es war nicht zum ersten Mal, dass sie eine längere Strecke flog. Alles fühlt sich künstlich an, das Essen aus der Plastikschale, die sich besorgt gebenden Stewardessen, Bordkino mit dramatisch blickenden amerikanischen Schauspielern, die synthetische Dunkelheit, Wolldecken, Leselampen. Um sie herum betteten sich die chinesischen Passagiere zur Ruhe, entspannt wie Gliederpuppen aus Baumwolle lagen sie in ihren Sitzen, einigen rutschte vertrauensvoll der Kopf auf die Schulter des Nachbarn.

»Sie können überall schlafen«, informierte sie der Mann zu ihrer Linken, Halbglatze, graues Freizeithemd, unter den Achseln salzige Schwitzflecken. »Chinesen«, präzisierte er, als müsse man ihr beim Aufnehmen des Gesagten nachhelfen.

Von rechts neigte sich Alicia herüber, um besser zu verstehen, auch die Frau des Deutschen rückte dichter heran. Sie war ebenso dick wie die beiden Kinder neben ihr. Flugreisen, dicke Menschen, ungewollte Gespräche, auch das gehörte offenbar zusammen.

»Zum ersten Mal nach China?« Ihr Nachbar schien auf Konversation zu bestehen. »O je, kann ich nur sagen.«

Seine Frau bestätigte das Urteil: »O je.«

»Für uns ist es das dritte Jahr«, erklärte der Mann. »Riesenmarkt da. Im Prinzip easy. Herkommen, Firma aufstellen. Easy-peasy. Meine Firma habe ich einfach auf die grüne Wiese gepflanzt, können Sie sich das vorstellen? Elektrotechnik. Nein, kein Joint Venture. Aber fünf Jahre Steuerfreiheit. Und der Markt! Unvorstellbar! Wir beliefern praktisch ganz Südostasien.«

Unverwandt sah er sie an. Natürlich erwartete er etwas.

»Sie leben im Ausland?«, fragte Didi. Ein säuerlicher Geruch ging von ihm aus. Er war einer dieser Männer, die lange über sich reden und einem dann plötzlich die Hand aufs Knie legen. Wenn die Familie nicht dabei ist.

Eines der Kinder begann zu quengeln, die Mutter stopfte ihm aus einer Tüte etwas Fettiges in den Mund.

Alicia beugte sich noch weiter vor. »In China? Ist ja interessant! Wie lebt es sich denn da?«

»O je«, sagte die Frau. Mit angestrengtem Gesicht wühlte sie in ihrer Handtasche.

»Und Sie sprechen jetzt alle Chinesisch?«, fragte Alicia.

»Die Kinder«, sagte die Frau, »die machen das schon ganz nett.«

Der ältere der beiden Jungs hielt sich ein fiktives Telefon ans Ohr und schrie quäkend: »Wei! Wei, wei, wei, wei!« Triumphierend blickte er um sich. »Chinesen machen immer so«, brüllte er. »Wei, wei, wei, wei!«

»Psch, ist gut«, sagte die Mutter.

»Also, Chinesen.« Ihr Mann ruckelte an seinem Gürtel. »Nehmen Sie Kleidung zum Beispiel, auf Kleidung legen die überhaupt keinen Wert. Essen – das ist das Einzige. Chinesen denken immer nur ans Essen. Sonst interessiert die rein gar nichts. Oder Gefühle – haben die auch keine so wie wir. Wenn ein Bauarbeiter vom Dach fällt, dann stehen die anderen drum herum und lachen. Und uns bescheißen sie, Entschuldigung, ist einfach so. *You never can trust them* – kennen Sie den Spruch? Haben die Engländer schon gewusst.«

»Letzten Sommer hat die chinesische Nanny meinen Elektrokocher kaputtgemacht«, gab die Frau kund und hielt die Tüte hoch, nach der die Kinder trampelnd und quengelnd ihre Hände ausstreckten. »Was glauben Sie, hat die dann zu ihrer Entschuldigung gesagt? Nichts! Gelacht hat sie, stellen Sie sich das vor: gelacht!« Sie schüttelte die Tüte vor den Augen der Kinder aus, um zu beweisen, dass sie leer war.

»So sind sie«, bestätigte ihr Mann. »Chinesen und Loyalität? Vergessen Sie's! Da braucht nur einem eine andere Firma ein besseres Angebot zu machen, dann geht der glatt zu denen.«

»Telefonnummern können sie sich wieder gut merken«, warf die Frau ein.

»Ja, ja, in der Theorie sind sie manchmal nicht schlecht«, gab er zu. »Aber Praxis? Katastrophe. Wollen Sie ein Beispiel? Also, sagen wir, ein Chinese soll auf der Baustelle Löcher in die Decke bohren. Dann bindet er den Bohrer an einen Besenstiel, und während er den Besen hält, zieht sein Kollege den Stecker raus und rein. Ist das bescheuert?« Er lachte, wobei seine Eckzähne sichtbar wurden, sie waren gelb wie Maiskörner.

»Hören Sie mal!«, begann Alicia mit gerunzelter Stirn, wurde aber unterbrochen von Theo, der sich von seinem Sitz aus einmischte: »Ist doch eigentlich ganz findig. Was hätten Sie denn an Stelle des Chinesen gemacht?«

»Ahm ...«, der Befragte versank in Nachdenken. Dann erleuchtete sich sein Gesicht. »Ich hab ja den Hubwagen!«

»Noch zwei Jahre«, seufzte die Frau, »Sie können sich nicht vorstellen, wie ich unser deutsches Essen vermisse! Essiggurken. Und Schwarzbrot! Käse, mein Gott!«

»Was war noch mal das Einzige, woran Chinesen denken?«, fragte Alicia laut und böse.

»Psst, Alicia«, flüsterte Didi.

Zum letzten Mal erschien die Stewardess mit Tee.

»Ist ja furchtbar!«, flüsterte Alicia Didi nicht unbedingt leiser als vorhin ins Ohr. »Die reinste Hühnen…« – Sie unterbrach sich, presste einen Finger an die Schläfe – »… Hunnenrede!«

»Hunnenrede? Psst, Alicia, bitte.«

»Hetzrede gegen Chinesen. Kaiser Wilhelm Zwo«, bestätigte Theo, einen Sitzplatz weiter.

»Ah«, sagte Didi. Politik, dachte sie, langweilig.

»Sollen wir Plätze tauschen?«, flüsterte Alicia weiter. »Der Typ muss dir doch tierisch auf die Nerven gehen? Wenn er mir mit irgendwas kommt, haue ich ihm auf die Pfoten!«

»Lass nur, ich werde schlafen. Aber lieb von dir, danke!« Didi sah Alicias Gesichtsausdruck und lächelte ihr zu.

In Alicias Gesicht schien zwischen den Sommersprossen – sichtbar sogar in dieser künstlichen Dunkelheit – eine Sonne aufzugehen.

»Danke, Alicia«, wiederholte Didi flüsternd. Sie wandte sich zur anderen Seite und schlug die Wolldecke um sich. Auch ihr Nachbar hatte sich umgedreht, einen aus allen Hemdnähten platzenden, runden Rücken präsentierend. Schwadenweise zog ihr sein Körperdunst in die Nase. Immerhin hatte er das Reden eingestellt, sie beschloss, dankbar dafür zu sein.

Es war süß, wie Alicia sich um sie sorgte. Die ganze Alicia war süß mit ihrem Witz, dem viereckigen, kleinen Kinn, der ehrlichen Begeisterung in ihrem Blick. Manchmal verstand Didi ihren Kampfgeist nicht ganz, den Trotz, den Alicia an den Tag legen konnte, aber ihre Treue hatte zweifellos etwas Tröstliches. Letztes Hemd und so. Nur – manchmal neigen gerade diese liebevoll ausgeteilten letzten Wäschestücke zu einem seltsam unbehaglichen Duft. Alicias Einladungen jedenfalls war Didi immer öfter mit widerstreitenden Gefühlen gefolgt. Zusammen shoppen war okay, hie und da ein Kaffee, ein kleiner Schwatz über die alten Tage. Zu viert in die Kneipe – ging auch. Aber Essenseinladungen zu Hause? Woche für Woche? Wo die Männer sich dann in Gregors Arbeitszimmer zurückzogen, um alte Folianten zu wälzen und sie mit Alicia im Salon zurückblieb, um – worüber zu reden? Hatten sie überhaupt genug Streiche zusammen erlebt in der Schulzeit, um einen ganzen Abend lang darüber zu kichern? Ersichtlich immer schneller ging der Gesprächsstoff zu Ende, dann blieb – wenn kein peinliches Schweigen entstehen sollte – nur noch die innerste Sphäre, das Intime in ihrem Leben. Aber wollte sie wirklich wissen, dass Theo zuallererst an der Nase zu frieren pflegte und im letzten halben Jahr die Toilette in kürzer werdenden Abständen aufsuchte? Und wollte sie wirklich auf die Frage antworten, welcher Körperteil an Gregor ihr zuerst aufgefallen war und wie ihre Versöhnung nach einem Ehekrach aussah? Mutter hatte einmal gesagt, dass sie froh sein könnte um so eine Freundin, und Alicia einen *wertvollen Menschen* genannt. Mit Recht natürlich, Mutter hatte ja immer recht.

Didi rieb die Innenkanten ihrer Füße aneinander, zog sich die Decke über das ganze Gesicht, um die modrigen Gerüche um sie herum zu verdrängen. Etwas kratzte sie am Hals. Das Medaillon mit ihrem alten Kinderbild, sie hatte es mitgenommen, weil es hübsch, aber nicht wirklich wertvoll war. Jetzt ärgerte sie sich darüber, mit der Hand verschob sie es in die Mulde zwischen den Schlüsselbeinen. In wenigen Stunden landeten sie in Peking. Wahrscheinlich gleich morgen früh würde Alicia sie alle zu diesem Kunsthändler – oder was immer das war – treiben. Hätte sie Gregors Zettel mit der Adresse von Alicia zurückfordern sollen? Ihrer Freundin offenes Misstrauen entgegenbringen, sich verdächtig machen damit? Es war unüblich zwischen ihnen, dass sie Alicia zu etwas aufforderte, normalerweise lief das immer umgekehrt. Und jetzt? Sie bräuchte einen General in sich, der ihr sagte, was zu tun sei. In Alicia lebte so ein Stratege, sie erinnerte sich, wie Theo, als Alicia ihm mit lauter Stimme eine ihrer To-do-Listen vortrug mit *Jawoll, meine Generalin!* reagiert hatte. Didi besaß keinen inneren General, keinen Plan, keine Idee, nicht einmal ein Bild, das sie strategisch inspirieren könnte.

Sie schloss die Augen. Wartete, spürte ihre Lider auf den brennenden Augäpfeln. Ruhig schnurrte das Flugzeug dahin. Sie taumelte in einen wirren Schlaf. Erwachte aus wüsten Träumen, eine Stimme wie ein Messinggong hatte etwas getönt. *You never can trust them.* Dann war riesengroß und schwankend Gregor vor sie getreten, hatte ihr einen blutenden Finger vor das Gesicht gehalten. Verstört und widerwillig öffnete sie die Augen.

Überall um sie herrschte Geschäftigkeit. Die chinesischen Passagiere rüttelten einander wach, die gesamte Mittelreihe kam in wellenförmige Bewegung. Tische wurden heruntergeklappt, Becher weitergereicht, ein System unbekannter Tonleitern mischte sich in das monotone Brummen der Maschine. Über die Bordmonitore flimmerten in raschem Wechsel Impressionen aus China: die Große Mauer, das riesenhafte Foto von Mao Zedong, ein sanft blickender junger Mann, der Nudeln zubereitete. Sie presste einen Finger an die Schläfe, forschte in ihrem Gehirn, aber da war immer noch kein Plan. Wie viel wertvolle Zeit hatte sie vertan durch diesen nutzlosen Schlummer! Sie ärgerte sich.

Alicias und Theos Plätze waren leer, die durch Steuerfreiheit erfreute deutsche Familie drängelte zur Toilette; Didi folgte ihnen, Zahnbürste in der Hand. Als sie zurückkehrte, fand sie ihren Platz von Theo besetzt.

»Alicias Idee«, sagte er. »Sie meinte, du bräuchtest vielleicht Erlösung von dem teutonischen Firmengründer.«

»Na ja, vielen Dank.« Sie presste die Lippen aufeinander, während sie rechts von ihm Platz nahm. Sie wusste, dass Theo sie nicht mochte, immer wenn sie sich trafen, sah er an ihr vorbei, als gäbe es gerade jetzt eine hochinteressante Wolke am Himmel über ihr. Egal, er war ihr gleichgültig, dieser lange Lateinlehrer. Immerhin für Gregor hatte er ein Faszinosum dargestellt, so strahlkräftig, dass er vielleicht sogar mal die eine oder andere Weibergeschichte ausgelassen hatte, um mit seinem einzigen Freund zusammenzusitzen. Sie wusste nicht, ob es wirklich so gewesen war, konnte es sich aber vorstellen und hielt es Theo zugute, um nicht ungerecht zu sein.

Inzwischen zeigte der Monitor keine Buddhas oder Dampfklößchen mehr an. Auf gelbem Grund rutschte ein kleines Flugzeug auf zwei rote Schriftzeichen zu, die *Peking* bedeuten mussten. Nur noch ein paar Millimeter blieben bis zur Landung. So nah schon? Sie erschrak. Eine Strategie, sie brauchte eine Strategie, sah sich um, bereit für jede Inspiration. Auf Theos Oberschenkel lag aufgeklappt und mit dem Rücken nach oben ein Taschenbuch. »Was ist das?«

Er hielt ihr den Titel vor die Augen.

»*Ovid*«, las sie »*Metamorphosen*. Das sollte ich wahrscheinlich kennen?«

»Das kennst du mit Sicherheit. Philemon und Baucis, das treue Ehepaar. Oder Medea, die von Jason betrogen wird ...«

Betrogen, treues Ehepaar. Heiße Vokabeln. Sie zwang

sich, das feine Lächeln auf dem Gesicht zu halten. »Warum heißt das Buch *Metamorphosen*?«, fragte sie und schaffte es tatsächlich, Interesse in ihre Stimme zu legen.

»Weil die Helden darin alle verwandelt werden. Circe verzaubert Männer in Schweine. Medea macht einen langweiligen alten König wieder zum Jüngling.«

»Hm.« Sie spürte, wie sie ungeduldig wurde, wandte den Kopf und betrachtete die Chinesen. Vor dieser Nacht waren sie ihr irgendwie gedrückt vorgekommen. Jetzt hatten sie die Häupter erhoben, ihre Gesichter leuchteten in allen Schattierungen von Kartoffelgelb, sie lachten, plapperten, einige massierten sich gegenseitig den Nacken. Mit jeder Meile wurden sie mehr zu Herren der Lage. Es war *ihr* Land, in das die Maschine flog, hier galt *ihre* Sprache.

Die Stewardess servierte das Frühstück, Schnüre lockiger Nudeln in einer heißen Brühe. Überall rings um sie schaufelten sich Chinesen schlürfend die Nudeln in den Mund, weißer Dampf quoll vor den Gesichtern auf. Sie griff nach der Plastikschale, den hölzernen Stäbchen.

In dem Moment sackten sie nach unten. Sie wurde gegen die Rückenlehne gedrückt, streckte die Hände aus, heiße Brühe schwappte ihr über das Handgelenk, ein Sekunde nur dauerte das, dann stürzte das Flugzeug lautlos noch ein Stück, fing sich wieder und wackelte weiter voran durch die Wolken. Sie stellte die Schale auf dem Klapptisch ab, betupfte sich mit der Serviette. Ein Zittern hatte sie erfasst, sie tastete umher, wusste selbst nicht wonach und fand Theos rechtes Handgelenk. Er ließ es zu, dass sie es umklammerte, nach ein paar Sekunden legte sich seine linke Hand um ihre und hielt sie fest. Erneut zog das Flugzeug an und zerfetzte die Wolken. Im Mittelgang stand ein chinesischer Vater, er klammerte sich an eine Rückenlehne, gleichzeitig drückte er ein kleines Mädchen an sich.

»Wieder okay?«, fragte Theo.

Sie nickte und zog ihre Hand zurück. Der Schrecken hatte begonnen, ihr den Magenausgang zu kitzeln. So oft war sie schon geflogen, nie hatte sie an einen Absturz gedacht. »Also Ovid? Und weiter?«, fragte sie und strich sich ein Haar aus dem verschwitzten Gesicht. Wieder griff sie nach ihrer Schale, kostete etwas von der Brühe und verbrannte sich die Zunge.

»Er hatte ein buntes Leben. Rom, Elba, Schwarzes Meer. Mit fünfzig hat man ihn verbannt. Sag mal, ist dir übel?«

»Wieso?«

»Du siehst blass aus.«

»Nein, nein, alles in Ordnung. Verbannt, sagst du? Einen Dichter?« Sehr wahrscheinlich interessierte ihn das Gespräch ebenso wenig wie sie. Es war der reine Schein, aber irgendwie hielt sie damit ihren Mageninhalt an seiner Stelle, wer weiß, vielleicht sogar das Flugzeug in der Luft.

»Kaiser Augustus soll was gegen seine *Liebeskunst* gehabt haben.«

»Ja?«

»Ist nur eine Version. Eine andere sagt, dass Ovid Augustus' Tochter beobachtet hat …« Theo unterbrach sich und wandte sich nach rechts, wo Alicia Platz nahm und an ihrem Gurt nestelte. Die Anschnallzeichen über ihnen blinkten, aus beiden Gängen drängten die Passagiere zurück, hastig und mit eingezogenen Bäuchen zwängte sich die deutsche Familie an ihnen vorbei und quetschte sich auf ihre Plätze.

»Julia hat sich mit einem Liebhaber getroffen. Ovid hat höchstwahrscheinlich einen Ehebruch beobachtet«, vollendete Theo seine Erklärung über die Schulter.

Ehebruch. Es klang so klug, sauber, fast edel. Gregor hatte andere Vokabeln gebraucht: *Über den Zaun schauen,*

Fremdgehen, Rummachen. Vollendet vulgäre Wörter. Die Vorstellung, sie könnte mit irgendjemandem *rummachen*, war übrigens vollkommen absurd.

»Ehebruch? Was habt ihr denn für Themen?«, fragte Alicia.

»Ach Gott, Alicia«, lachte Didi, »es sind doch keine Anwesenden betroffen!« Sofort kam ihr das eigene Lachen unecht vor. Was für eine törichte Antwort! Als müsste sie eine Anschuldigung von sich weisen, möglichst glaubhaft. Sie strich sich mit der Hand über den Mund und dachte, wie peinlich es sei, dass ihr Anwalt in einem solchen Prozess ausgerechnet Gregor wäre. Gregor, der sie mit seiner Prophezeiung zur ewigen Treue verdammt hatte, es war doch ein Witz!

»Und wenn schon: *In dubio pro reo*«, erklärte Theo mit einem Fünkchen Spott in den Augen, »es wird keiner bestraft, so lange nichts bewiesen ist.«

»Aha! Nichts bewiesen und trotzdem wird dieser Julia gleich ein Ehebruch nachgesagt!«, triumphierte Alicia.

Theo lachte und legte seine Hand auf die von Alicia.

»Meine Ministerin für innere Gerechtigkeit«, sagte er.

Aus den Augenwinkeln spähte Didi nach rechts. Nur ein Ausschnitt von Theo war sichtbar, ein wenig Schulter unter einem zerdrückten weißen Hemd, verwehtes braunes Haar, leicht verschneit. Und halb verschattet vom Hemdkragen ein Stück Schlüsselbein mit hell schimmernder Gänsehaut darauf. Es wirkte erstaunlich zart für einen so großen Mann.

»Dabei war's vielleicht gar kein richtiger Bruch, nur eine leichte Prellung«, führte Alicia ihren Gedanken fort. »Kann es nicht auch so was geben: eine Ehe…?«

Wie zur Antwort sackte das Flugzeug ein Stockwerk tiefer, aus den hinteren Reihen ertönte ein kleiner Schrei.

Alicia atmete einmal heftig aus, dann setzte sie sich kerzengerade hin und nickte ihr und Theo aufmunternd zu. Alicia und ihr eiserner Wille. Sie gibt niemals auf, dachte Didi, während ihr verlangsamt der Schreck durch den ganzen Leib kroch. Wie ein Jagdhund vor dem Bau ist sie. Aber auf einmal wusste sie trotz der sich erneut ausbreitenden inneren Panik, was nottat: Was gab man dem Hund, der sich in eine Ratte verbeißen wollte? Einen Dachs! Etwas Größeres.

»... eine Eheprellung?«, vollendete Alicia ihren Gedanken mit angespanntem Gesicht.

Gleich darauf schien es, als würde das Flugzeug von riesigen Fäusten gepackt und geschüttelt, es floh, stürzte sich nach unten, wild zuckten die Signallampen. Aus den vorderen Reihen schrie jemand auf. Die Stewardess erschien hinter dem Vorhang und verschwand sofort wieder, wie um bekannt zu geben, dass auch sie sie nicht würde retten können.

Ein Lautsprecher knackte. Eine chinesische Ansage voller *cha* und *shang* und *shje*, dann englisches *attentionplease*, unverständliches Geplapper, *donkadinkadenka-tänkyou*, dann wurde der Lautsprecher mit Bestimmtheit ausgeschaltet.

»War das für uns jetzt?«, fragte Alicia, mit den Händen ihren Sitz umklammernd. »Habt ihr was verstanden?«

Theo schüttelte den Kopf.

Durch das Fenster waren ein paar zuckende Lämpchen zu sehen, sie brausten durch wallendes Grau. Didi drückte sich in die Rückenlehne. Vielleicht wäre das sowieso das Beste: eine Sekunde voll Krachen, Staub, zerrissener weißer Knochen, Fleischstücke, niemand mehr, der fragte, der näherkam, in ihre Träume drang.

Sie fuhr zusammen, etwas hatte an ihrem Ärmel gezupft.

»Didi!« Alicia.

»Didi!« Alicia flüsterte, trotzdem hörte sie sie laut und klar. »Nimm du das jetzt mal!« Ein Zettel schob sich in ihre Hand. »Das Ding da mit der Adresse für deine Mandarinente. Ich hätte es dir schon die ganze Zeit geben sollen.«

Sie presste ihre Faust darum. Was kam da auf sie zu? Ihr General? Übergab Alicia ihr gerade das Kommando?

Mit ausgebreiteten Schwingen legte der Flieger sich schräg, durch einen Riss in der Wolkendecke wurde ein Streifen rotbrauner Erde sichtbar. War das schon das Rollfeld? Didi krampfte die Faust um das Zettelchen, schnitt sich mit den Nägeln durch das Papier in die Handfläche.

Mit einem heftigen Rumms knallte die Maschine auf die Landebahn, fuhr gleich darauf mit hoher Geschwindigkeit die Bahn entlang, verlangsamte, wendete.

Für die chinesischen Passagiere war all die gestaute Angst schlagartig überwunden. Als hätten sie eine vollkommen normale Landung erlebt, ließen sie zackig die Gurte aufspringen, erhoben sich lachend und plappernd, öffneten die Klappen der oberen Stauräume und drängten zum Ausgang. Auch die deutsche Familie stand schon, nickte kurz zum Abschied, dann wuchteten sie ihr Handgepäck vor sich her.

Didi saß immer noch starr auf ihrem Sitz. Ein Gefühl erfüllte sie, als stünde sie oben auf einem Feldherrnhügel, gleich käme die Schlacht. Und alles ist zu sehen. Zuerst: ein chinesisches Geschäft, Krimskrams, irgendetwas aus Porzellan, Jade, egal. Ein paar Münzen. Ein lächelnder alter Chinese mit langem, weißen Bart. Sie überreicht ihm die Münzen. Dann eine kleine Skulptur, in Seidenpapier eingeschlagen. Zuletzt ein schemenhaftes Hotelzimmer, sie und Alicia, Schnüre lösend, das Packpapier zurückschlagend, mit eigenen Augen nun überzeugt von

Gregors Mandarinente (ohne irgendwelche verräterische Gravuren), endlich geborgen, endlich bei ihr gelandet. Und damit wäre die Jagd an ihrem Ende, Abschuss und Halali. Hatte sie nun einen Plan? Ja. War er stimmig? Ja, doch, offensichtlich.

Für eine Sekunde drückte sie sich die Handflächen vors Gesicht und stellte sich selbst die Tiziana Serowy vor, so wie sie sich am liebsten sah: eine Frau wie auf einem Gemälde von Stuck, dunkel, verschwiegen, gelassen, beherrscht. Sie weiß natürlich, dass es noch eine zweite Didi gibt, sie kann sie durch die purpurn leuchtenden Zwischenräume ihrer Finger sehen, eine Frau, die ihren Mann im Morgengrauen zum Bahnhof chauffiert, die am Steuer sitzt, weil der Mann zu verkatert ist, nachdem er um fünf Uhr früh bei ihr auftauchte, stinkend nach Sex und Alkohol. Die Frau zischt etwas. Unablässig zischt sie ihren Mann an. *Hör auf, Titti,* stöhnt der Mann und hebt die Hand dabei. Jetzt greift die Frau nach rechts, blitzartig, sie fasst die Hand und beißt in den Zeigefinger. *Bist du verrückt?,* schreit der Mann und hält ihr den blutenden Zeigefinger vor die Augen. *Sieh her, was du mit meinem Finger gemacht hast! – Sieh du her, was du mit meinem Herzen gemacht hast!,* schreit die Frau zurück und der Wagen kommt ins Schlingern unter ihrem blutrünstigen Atem.

Sie nahm die Hände von den Augen. Erleichterung durchströmte sie. Diese andere Frau bliebe verborgen für immer, kein Mensch wüsste jemals von ihr. Keiner. Niemand. Gott sei Dank.

»Gott sei Dank«, sagte Alicia und löste ihren Gurt, »Landung geglückt. Alle sind noch am Leben!«

鴛鴦

Ping Ye (nach chinesischer Sitte *Fräulein Ye*, aber damit hatte sie vor einem halben Jahr abgeschlossen), Ping Ye also, verließ ihre Wohnung in Chaoyangqu kurz nach sechs Uhr morgens, eine weise Entscheidung, denn schon eine Viertelstunde später wäre der Stau vor dem Sicherheitscheck an der U-Bahn zu groß. Unten am Bahnsteig hatten sich dennoch bereits kleinere Schlangen gebildet, in eine davon reihte sie sich ein, sah zu, wie die Bahn einfuhr, die Glassperren sich öffneten, wie die Leute sich in die Wagen schoben. Beim zweiten Mal schaffte sie es auch und quetschte sich in eine winzige Lücke zwischen all die anderen Fahrgäste. Die nächsten zwanzig Minuten würde sie so eingekeilt stehen. Vorteil dabei: Niemand musste sich festhalten, weil die Körper im Waggon sich gegenseitig stützten wie Stifte in einem Glas. Ein möglicher Nachteil: dass sich ihr Outfit (weiße Stoffhose, marineblaues T-Shirt, seidenes Halstuch, Turnschuhe) bis zum Flughafen in hoffnungslos zerdrückte und verschwitzte Textilien verwandelte. Aber Ping Ye war von Haus aus Optimistin und befasste sich eher mit den von ihr geliebten Dingen als mit möglichem Ungemach.

Aktuell liebte sie in dieser Reihenfolge: Deutschland, den Film *Sissi*, ihren ehemaligen Lehrer Roland Ackermann (oder vielleicht liebte sie ihn doch etwas mehr als den Film), die Wahrheit, Tanzen und Schwimmen. Auch ihre Eltern liebte sie, sie wusste, sie müssten sogar an erster Stelle stehen, aber seit ihrem vierundzwanzigsten Geburtstag hörten sie nicht mehr auf, sie mit der Frage nach ihrer Eheschließung zu bedrängen, und deshalb konnte sie sie momentan nicht so lieben, wie sie es sollte. Das erforderte die Wahrheit auf Position vier.

Von Roland Ackermann stammte übrigens das hübsche Halstuch, er hatte es ihr von seinem letzten Heimaturlaub mitgebracht. Es zeigte einen Aufdruck vom Loreleyfelsen, und sie hatte es umgebunden, um damit die deutschen Gäste zu erfreuen, auch wenn die genau genommen nicht aus der Loreley-Gegend kamen, sondern aus München.

München. Die Hauptstadt von Bayern, Prinzessin Sissi war da geboren. Ganz sicher war es ein schönes Land, dieses Kompliment könnte sie den Gästen sagen und auch, dass ihre Stadt *eine echte Metropole* sei, das klang sehr gut. Nein! Sie strich das Wort wieder – *Metropole* ging nicht, das gehörte zu ihrer Liste unaussprechlicher Wörter, sie musste etwas anderes finden.

Zum Glück waren die Namen der Gäste gefahrlos zu sprechen – Namen bargen immer ein gewisses Risiko –, aber diese hier glitten höchst einfach über die Zunge. Zu Hause hatte sie sie schon geprobt, jetzt sagte sie sich alle noch einmal in ihrem Kopf vor, lautlos, langsam und mit genussvoller Betonung: FAMI-LIE BE-ATZELMAI-A UND SE-RO-WY. Und als Nächstes HEAZ-LICH WILL-KOMM-EN! Nirgendwo eine tückische Stelle. IN PE-KING. HEAZLICH WILLKOMMEN IN PEKING.

Sie hatte darüber nachgedacht, ob sie sich selbst als *Gisela* vorstellen sollte. Der Name stammte noch aus ihrem ersten Kursjahr. Die Lehrerin, Frau Braun, eine ältere Dame, die ihr viel Schrecken eingeflößt hatte – nicht zuletzt wegen ihres Namens – hatte ihren Studentinnen eine Auswahl deutscher Vornamen vorgelegt und sie hatte Gisela gewählt (klar, da die einzige Alternative *Petra* lautete). Doch dann, im dritten Jahr, war Roland Ackermann gekommen und hatte diese Sitte mit den deutschen Namen wieder abgeschafft. Weil es unvereinbar mit den Menschenrechten sei. Großer Schreck – schon wieder die Menschenrechte! Zwei Jahre lang hatte Ping Ye sich zusammen mit ihren Kommilitoninnen von Frau Braun anhören müssen, dass Chinesen Menschenrechte missachteten. Sie und ihre Mitstudentinnen wussten kaum, wohin sie schauen sollten, wenn Frau Braun damit anfing, und begannen vor Nervosität schon zu kichern, sobald ihre Deutschlehrerin den Seminarraum betrat. Frau Braun sah so verärgert drein, dass ihre gelben Brauen über der Nase zusammenstießen. »Was lacht ihr da?!«, rief sie böse. Entsetzt, mit der Hand vor dem Mund, lachten die Mädchen weiter. Was hätten sie sonst tun können?

Als Roland Ackermann das mit den Menschenrechten sagte, hatte er ihnen zugezwinkert, fast im Chor atmeten alle auf. Gleich darauf erschraken sie erneut, denn der neue Lehrer stellte sich als *Roland* vor und bot ihnen das Du an. Bei Frau Braun hatten sie gelernt, dass man in Deutschland Respektspersonen – Lehrer also – auf jeden Fall mit Sie anzusprechen hätte. Jetzt auf einmal Du? Nun gut, der neue Lehrer war viel jünger, vielleicht vertrat er Deutschlands modernere Sitten, solche, die Frau Braun nicht kannte. Aber *Roland*? Sie sollten einen Lehrer mit seinem Vornamen ansprechen? In China redete man Lehrer grundsätzlich mit *laoshi* an, nicht einmal die Nennung des Familiennamens war erlaubt. Eineinhalb Monate lang hatte die ganze Klasse es vermieden, ihren *laoshi* überhaupt anzusprechen.

Trotzdem genossen sie seinen Unterricht. Roland Ackermann veranstaltete kein traditionelles, konfuzianisches

Entenstopfen, bei dem der Lehrer sprach und die Schüler lauschten. Bei ihm mussten sie diskutieren, damit sie die Scheu vor dem Sprechen verloren, er zeigte ihnen moderne Filme, zum Beispiel *Good bye, Lenin,* sehr interessant, aber nicht so schön wie *Sissi.* Er ließ jeden Einzelnen mit einem Becher Wasser so lange gurgeln, bis ein verstehbares R herauskam. Sie, Ping Ye, war darin zur Meisterin geworden, sie brachte es sogar zu einem gerollten R und sprach mühelos Sätze wie *Rosen ranken sich vorüber* oder *Rostrote Raben radeln nach Rom.* Und dann, eines Tages, fasste sie sich ein Herz und sagte *Roland,* und es war gar nicht schwer, sondern eine Erleichterung, besonders, weil sie dabei das R so schön rollen lassen konnte. Roland (*Rrrrroland!*) Ackermann lobte ihr R vor der ganzen Klasse.

Und bemerkte dabei nicht, wie durchaus unvollkommen seine Schülerin war, wie sie kämpfte und immer wieder unterlag, wenn ihr eins jener schrecklichen Wörter in die Quere kam, die sich einfach nicht aussprechen ließen. Wörter, die sich inzwischen von selbst sträubten, wenn sie nur daran dachte, sie in den Mund zu nehmen. Wörter wie *Frau* oder *Fräulein* zum Beispiel. Sie war sehr glücklich, als Roland Ackermann erklärte, dass wenigstens das Fräulein-Wort in Deutschland abgeschafft worden sei. Nicht nur das Wort, den ganzen Zustand eines chinesischen *Fräuleins* gab es laut ihrem Lehrer nicht in seinem Land und als ihr klar wurde, dass Roland Ackermann darüber keine Trauer empfand, hatte sie beschlossen, dass das chinesische *Fräulein,* die *xiaojie,* auch für sie kein Zustand war.

Die meisten ihrer Freundinnen waren solche Fräuleins, und Ping Ye fand, dass ihr Leben beschwerlich verlief. Als chinesisches Fräulein durfte man im Lokal nur winzige Häppchen zu sich nehmen, von den Getränken nur nippen wie ein Vögelein und auch das weitere Gebaren entsprach eher dem eines kleinen Federviehs als eines erwachsenen Menschen. Man sprach mit einer piepsigen, hohen Stimme, man nannte sich selbst ein *dummes, kleines Ding* und sah an den Männern voll Bewunderung von unten nach oben hinauf.

Das alles wollte Ping Ye nicht. Sondern nach Deutschland gehen und dort ihr Sprachstudium fortsetzen. Sie wusste, sie konnte das. Mit ihren Zeugnissen musste sie sich nur bei der deutschen Botschaft melden, ihre Papiere hatte sie beisammen, die Sprachprüfung bestanden. Doch als sie ihren Eltern von diesem Plan berichtete, kam sofort deren Einspruch. »Was wirst du dort machen?«, jammerten sie. »Allein, im Ausland. Ohne Verwandte, ohne Freunde, Europa ist weit weg, du bist alleine da.« Aber wenn sie nicht nach Deutschland ginge, was geschähe dann? Unverzüglich würden ihre Tanten den nächsten Heiratsbewerber ins Haus schleppen, es folgten Verlobung, Hochzeit, das Baby und ein Leben unter der Fuchtel und im Hause ihrer Schwiegermutter. Ping dachte an *Sissi* und deren Leben unter Kaisermutter Sophie und sagte sich, dass diese Leiden genügten. Sie würde sie nicht auch noch durchmachen müssen.

Am Sanyuanqiao verließ sie die U-Bahn, um nach endlosen Rolltreppen und gefliesten Gängen in den Airport-Zug zu steigen. Bis zur Landung blieb noch genügend Zeit, aber sie hatte sich vorgenommen vor dem vereinbarten Zeitpunkt da zu sein, um einen guten Eindruck auf Manager Wu, ihren neuen Chef, zu machen. Vielleicht vertraute man ihr bei *Facing China* später ja noch mehr Gäste an, wenn sie sich bewährte. Mit dem Geld, das sie dabei verdiente, würde sie Geschenke für ihre Eltern kaufen und weiter sparen, um sich ihren Herzenswunsch zu erfüllen.

Es war ein unglaubliches Glück, wie schnell sie diesen Job

gefunden hatte. Viele ihrer Bekannten hatten wie sie nach dem Studium eine Ausbildung als Reiseleiter gemacht, um sich dann überall in der Stadt erfolglos zu bewerben. Sie dagegen hatte keine drei Wochen nach ihrem Examen einfach so einen Anruf bekommen, sich vorgestellt und wenige Minuten später ihren ersten Arbeitsvertrag (auf Probe natürlich) unterzeichnet. Die Minuten dazwischen hatte Manager Wu gebraucht, um eine kleine Predigt auf sie niederregnen zu lassen, in der von Verantwortung für die Gesundheit der Gäste die Rede war, ihrem Wohlbefinden beim Essen und dass sie stets das Gefühl haben sollten, in China willkommen zu sein. Sie hatte bei jedem Punkt bescheiden genickt und am Schluss geantwortet, dass sie Sorge habe, auf einige Fragen vielleicht keine Antwort zu wissen. Sehr groß war diese Sorge in Wahrheit nicht. Sie hatte sämtliche für die Prüfung vorgeschriebene Bücher auswendig gelernt. Sie wusste alles über die Abfolge der Herrscherhäuser: die Zeit der *Drei Reiche,* die der *Nördlichen und Südlichen Dynastien,* die *Sui, Tang, Song, Yuan, Ming* und *Qing.* Sie wusste, welche Blumen Beijing symbolisierten, wie viele Schnellstraßenringe um Beijing lagen und wie das U-Bahn-Netz funktionierte; sie kannte alle Bauwerke und ihre geomantische Lage sowie die berühmtesten Gedichte von *Li Bai* und *Wang Xi Zhi.* Außerdem hatte sie vier Jahre lang an der Universität Deutsch gelernt.

In der Ankunftshalle des Beijing Capital International Airport ließ Ping Ye ihren Blick schweifen – nein, Manager Wu war noch nicht da.

Sie zog ihren Taschenspiegel heraus und überprüfte, ob Zopf und Halstüchlein noch ordentlich genug aussahen. Der junge Mann fiel ihr ein, dessen Foto ihre Tante letzte Woche herumgezeigt hatte. Der hatte sie dem Wunsch ihrer Eltern noch mehr entrückt. So klein und dünn und gelb mit Schneidezähnen wie ein Hase, er sah aus wie die Karikatur eines Japaners aus der Zeit der Besatzung. Aber auch wenn der nächste Bewerber groß und weiß mit roten Backen und einer hohen Nase wäre (ein Ideal, dem sie selbst leider auch nicht zu hundert Prozent entsprach, wie ihr der Spiegel gerade bestätigte), würde sie ihn verschmähen. Vor einem halben Jahr hatte Ping Ye beschlossen, überhaupt nicht zu heiraten. Roland Ackermann sagte, in Deutschland wäre so etwas ganz normal, und wie zum Beweis war er selbst auch unverheiratet.

Als sie sich wieder umdrehte, schritt Manager Wu auf sie zu. Er warf einen Blick auf seine Rolex und hielt ihr ein weißes Schild mit aufgedruckten Namen entgegen. »Da!« Mit dem Kinn wies er zu der Absperrung, wo schon Scharen von Abholern warteten. Dann zog er sein Handy hervor, tippte eine Nummer ein und wandte sich ab.

»Jawohl, Herr Manager«, sagte Ping Ye, griff sich das Schild und steuerte auf die Absperrung zu. Jetzt klopfte ihr doch ein wenig das Herz. Abwechselnd sah sie von ihrer Armbanduhr auf die blinkende Anzeigentafel. Das Flugzeug aus München war gelandet, die Gäste stünden bei der Gepäckausgabe. Hielt sie ihr Schild richtig? Die Namen nach vorne?

Immer neue Menschenscharen sammelten sich um sie, im Takt von Sekunden öffneten sich die automatischen Türen hinter der Absperrung, unaufhörlich traten Reisende mit ihren Koffern aus dem Rondell, ganze Trauben von Menschen, die gleichmütig an ihr und den vielen anderen Reiseleitern mit Namensschildern vorbeitrabten. Ein Ausländer mit seinem Rollkoffer. Aber er war allein, und dann schritt er mit schnellen Schritten auf eine Chinesin am Ende der Absperrung zu. Aber jetzt: Zwei sehr große Ausländer, ein Mann und eine Frau, traten ins Rondell und sahen sich um. Das musste das Ehepaar Berzelmayer sein, und die kleinere Dame, die gleich nach ihnen kam, die allein reisende Dame Serowy. Sie schauten suchend, sie bemerkten das Schild, sie sprachen miteinander, kamen auf sie zu.

Schon stand Manager Wu neben ihr. Er schob den Kopf nach vorne wie eine Schildkröte, lächelte breit und streckte die Hand aus zur Begrüßung. Höflich trat Ping Ye mit ihrem Schild zur Seite.

»Welcome to Beijing!«, sagte Manager Wu laut und herzlich. »My name-a is Uu! I'm-a dilector of-a your tulavelling-a office! How-a was-a your tulip-a?«

»Guten Tag«, schloss Ping Ye sich an und streckte ihre rechte Hand aus. »Ich heiße Ping Ye.« Beim ersten Händedruck erschrak sie leicht, sie spürte alle ihre Fingerknochen, so stark wurde die Hand gequetscht. Als sich der zweite genauso anfühlte, begriff sie, dass die Deutschen so etwas für normal halten, und schloss beherzt ihre kleine Hand um die große des Mannes. Dazu lächelte sie alle drei Gäste an.

»Aber – sollte uns nicht ein Herr Schnitzler abholen?«, fragte die kleinere Dame. »Ein Herr aus der Schweiz«, setzte sie hinzu.

»Mistel-a Schanitzula he has-a to go on tulip-a«, erklärte Manager Wu zuvorkommend.

»Was hat er gesagt?«, fragte die große Dame.

Ping Ye sah, wie die drei Leute Blicke wechselten. Das Gefühl der Gäste, in China willkommen zu sein, dachte sie und sagte: »Mr Wu und ich werden Sie durch Beijing begleiten. Wir hoffen, es wird alles für Sie sehr bequem und bedeutend.«

»Ah so«, sagte die kleine Dame, »dann sind Sie also … ähm … eine Dolmetscherin?«

»Ich bin wirklich sehr schlecht in Deutsch«, antwortete Ping Ye bescheiden.

»Im Ernst jetzt?«, fragte die Dame. Sie fasste sich an die Stirn. »Wohin ... ich meine ... was geschieht jetzt als Erstes?«

Verantwortung für die Gesundheit der Gäste, dachte Ping Ye und sagte: »Zuerst wir fahren Sie zu Ihrem Hotel, damit Sie aus-rrruhen können.« Genießerisch rollte sie das R, gleich darauf plagte sie die Frage, wie sie die Dame ansprechen konnte. *Frau* würde sie nicht über die Lippen bringen und *Familie* fiel aus, da sie offensichtlich die Alleinreisende war. »Oder wir können sofort ein Sightseeing unternehmen«, schloss sie unglücklich.

»Oh«, sagte der Mann, »ausruhen klingt fantastisch.«

»*So, leta-su go!*«, empfahl Manager Wu und wandte sich dem Ausgang zu.

»Wartet mal kurz«, sagte die kleinere Dame. »Ist das okay für dich, Didi? Oder möchtest du lieber gleich was besichtigen?«

Wie hieß die große Dame? Didi? Vor Nervosität hätte Ping Ye am liebsten gekichert, aber sie beherrschte sich. Frau Brauns Reaktionen seinerzeit hatten ihr nahegelegt, dass Menschen aus dem Westen Kichern irgendwie unanständig fanden. »Sie möchten eine Sehenswürdigkeit aufsuchen?«, fragte sie an das Wohlgefühl der Gäste in China denkend.

»Alicia, bitte! Ich kann jetzt nicht noch mehr Menschen sehen!«, stöhnte die Dame Didi.

Die Verantwortung für die Gesundheit und die für das Wohlergehen der Gäste schienen in Widerstreit treten zu wollen. Verwirrt schaute Ping Ye von der einen Dame zur anderen.

»*The ca-la is-a waiting outu-side-a!*«, meldete Manager Wu.

»Na schön.« Die kleine Dame nahm ihren Koffer in die Hand. »Ich heiße übrigens Alicia«, sagte sie beim Weitergehen.

Einfach Alicia! Ohne *Frau* oder *Fräulein* – es war wie ein Wunder!

»Theo«, sagte der Mann. Sein Lächeln erinnerte ein klein wenig an das von Roland Ackermann.

»Tiziana Serowy«, sagte die große Dame.

»Und Sie?«, erkundigte sich Alicia. »Entschuldigung, aber ich habe Ihren Namen vorhin nicht verstanden.«

»Ping Ye.«

»Frau Ye oder Frau Ping?«

Eine Sekunde brauchte sie schon für die Antwort. Aber hatten ihr diese Gäste nicht eine großartige Vorlage gegeben? »Einfach Ping«, bat sie, einen Namen gebrauchend, mit dem sie keiner ihrer chinesischen Freunde oder Bekannten je ansprechen würde.

ALICIA

Chinas Luft fühlte sich dick an, gesättigt von Autoabgasen, den Gerüchen aus Garküchen, den heißen Herdplatten mit Würsten, Eierkuchen, Pasten aus Sesam, Chili, Knoblauch. Sogar aus den grauen Mauern drang ein schwacher Geruch von Mörtel und Ammoniak, der Alicia an die Kindertoiletten an ihrer Schule erinnerte. China war heiß, China war staubig, China war das Gedränge von aberwitzig vielen Menschen. China war ein Universum an Schildern mit bunten, rätselhaften Schriftzeichen.

»*Look-a!*«, kläffte Mr Wu und wies auf einen Torbogen, beklebt mit rotem Glanzpapier und goldenen Schriftzeichen. »*This means health. Long living! Look-a!*« China war zweifellos auch der chinesische Reiseleiter Mr Wu.

»Gesundheit«, dolmetschte Ping Ye bescheiden. »Glück. Viel Geld und ein langes Leben. Wir wünschen das zu Neujahr.«

Sie schlenderten durch einen Hutong, eine der alten Gassen Beijings mit ihren traditionellen grauen Wohnhöfen.

»*Look-a!*« Mr Wu ruckte mit dem Hals. »*Typical old lady!*«

In einer Toröffnung erschien eine weißhaarige Frau mit einem Handbesen aus Reisstroh. Wortlos wies Mr Wu mit der Hand auf Alicias Kamera: Da! Fotografieren!

Alicia tat so, als hätte sie seine Geste übersehen. Beijing

überwältigte sie, der Schlafmangel und der Schock darüber, dass am Flughafen kein seriöser, deutschsprachiger Schweizer bereitgestanden hatte. Irgendwo in dieser flimmernden Stadt – vielleicht ganz nah – saß bunt befiedert die Mandarinente und wartete auf sie. Sie müsste nur einmal noch auf den Zettel sehen, den sie (aus Großherzigkeit? Oder sträflichem Leichtsinn?) Didi ausgehändigt hatte. Und sie brauchte einen Schlepper, jemanden, der sie unbemerkt zu dieser Adresse führte. Mr Wu – war kein Schlepper. Ping? Aber bis jetzt hatte Alicia keinerlei Idee, wie sie mit einem der beiden aus der Gruppe ausbrechen könnte.

»Sehen Sie!« Ping Ye wies nach rechts, wo mitten auf der Straße ein alter Mann mit einem Handtuch um die Schultern auf einem Stuhl saß. Vor ihm schnippte ein Friseur mit der Schere.

»*Look-a!*« Eine lange Girlande chinesischer Laute kam aus Mr Wus Mund, dann übersetzte wieder Ping Ye: »Hier – vor uns – eine Geistermauer!« Sie zeigte auf ein offen stehendes Tor, der Blick ins Innere war versperrt durch ein steinernes Mäuerchen, schwarz vor Schmutz und Vergangenheit.

»Geistermauer?«, fragte Theo.

»Ja, damit keine bösen Geister ins Haus kommen«, erläuterte Ping Ye ernsthaft. »Denn chinesische Geister können niemals im Zickzack gehen.«

»Was?«, fragte Alicia verblüfft. Sie wandte sich Didi zu und lächelte sie an. Gefiel ihr die Reise?

Didi nahm die Sonnenbrille ab und betrachtete die Mauer. Dann setzte sie sie wieder auf.

»Aber so was glaubt doch heute keiner mehr?«, fragte Theo.

Ping Ye gab die Frage an ihren Chef weiter, worauf Wu einen englischen Ausbruch hatte, der irgendwann von selbst ins Chinesische überging. Die ganze Zeit über stand

Ping Ye kerzengerade und mit gesammeltem Gesichtsausdruck vor ihm und lauschte. »Nein«, erklärte sie dann, »niemand glaubt das. Aber die Mauern sind schon noch nützlich. Es gibt doch immer Dinge, die wir Menschen verstecken wollen.«

»*Look-a!*« Wu wies auf einen großen steinernen Vogel, der neben dem Torbogen kauerte.

»Das ist Zeichen für gu–lo ... für gewaltigen Reichtum«, hauchte Ping und hatte den Mund noch geöffnet, als Wu wieder dazwischenging: »*Look-a at this old stone! Bloken by the Cultural Levolution!*«

»Ich glaube, dem hat man die Krallen und den Schnabel abgeschlagen.« Didi beugte sich zu dem Vogel hinab.

»Echt?« Auch Alicia kauerte sich hin, um das ramponierte Kunstwerk zu studieren.

»Das war die Kulturrevolution?«, fragte Didi.

»Bilderstürmer«, korrigierte Theo mit einem kurzen Blick auf die chinesischen Begleiter, »gab's in Europa auch.«

»Das kannst du doch nicht miteinander vergleichen!«, protestierte Alicia. »Das *war* die Kulturrevolution, oder, Ping?«

Die junge Chinesin nickte, wandte sich dann mit leiser Stimme an ihren Chef und wartete eine längere Erklärung auf Chinesisch ab, bevor sie wieder den Mund öffnete. »Mein Chef sagt, es waren die jungen Leute der Roten Armee. Viele Menschen sind gestorben. Oder sie mussten ins Gefängnis, weil ihre Nachbarn sie denunzierten. Eine sehr schwierige Zeit.«

»Ist ja gut«, knurrte Theo.

Alicia äugte zu Didi hinüber, die immer noch mit besorgtem Gesichtsausdruck den geschändeten Vogel betrachtete. Sie hatten nie miteinander über Politik gesprochen, dennoch ging Alicia davon aus, dass die ganze Familie Frank um Theos früheres Leben mit Maobibel und roter Fahne einen großen Bogen geschlagen hätte (ebenso wie um ihren fürchterlichen Polizistenvater und seine gutmütige, ungebildete Frau). »Wie ging es eigentlich danach weiter?«, fragte sie. »Wie sind die Leute dann miteinander umgegangen?«

»Sie haben verziehen«, antwortete Ping. »Wir Chinesen wollen immer gern versöhnen.« Sie lächelte sonnig.

»*So was* lässt sich verzeihen?«, fragte Didi.

Ping Ye lachte leicht. »Wir sagen *mei shi, mei shi* – nichts, gar nichts passiert. Gehen wir hier entlang?«

Mei shi. So einfach? Zwei Silben und alle Schuld war weg? Frech, ungerufen erschien Gregor vor Alicias Augen. Seine Lippen unter dem Schnauzbart formten ein Wort. *Bürzelchen.* Entschlossen wischte sie das Bild beiseite. Sie befand sich auf der Gregor-Serowy-Gedenkreise, dies war ihr Pfund Weihrauch für den Toten. Mehr Verzeihen konnte niemand erwarten.

Ein Gitter lief neben dem Trottoir entlang, dahinter befand sich ein Schulhof. Eine Glocke schlug, eine Tür öffnete sich und ein Trupp Kinder stürmte auf den Hof. Die Jungs als Kung-Fu-Kämpfer, mit in der Luft wirbelnden Armen und Beinen. Als sie die Fremden erblickten, stoppten sie ihren Lauf, streckten die Finger aus, platzten vor Lachen. Ein paar der Jungs griffen sich andere und zerrten sie mit sich. Ein schreiendes Opfer nach dem anderen wurde nach vorne geschleppt vor die Füße der Europäer. Eindeutig betrachteten sie sie als Monster.

»Bitte nehmen Sie nicht übel«, entschuldigte Ping Ye. »Die Kinder hier sind noch nicht gewöhnt an ausländische Gesichter. Vielleicht möchten Sie etwas Wasser?« Sie deutete auf einen Torbogen, hinter dem sich ein Markt mit Ständen und Buden ausbreitete.

»Ach? Wir sind die ersten Europäer für diese Kinder?«, fragte Alicia. Die Ersten! Das hatte etwas Erhebendes. Alles richtig gemacht. Sie waren gelandet im echten, im authentischen China. Sie wollte eben Didi einen triumphierenden Blick zuwerfen, als sich eine Gruppe Rikschafahrer näherte. Die Fahrer klingelten herausfordernd. Dann nahmen sie Wu wahr und drehten ab. Auf dem Stoff ihrer rot-goldenen Rikschaverkleidung stand HUTONG SIGHTSEEING. Also war das doch normales Touristengebiet? Noch einmal blickte Alicia rasch zu Didi, aber die schien die Rikschatruppe nicht bemerkt zu haben.

Hinter dem Torbogen wurde die Luft schlagartig stickig. Stände mit Auberginen und Granatäpfeln, Bündeln von grünem Mangold und glänzenden Frühlingszwiebeln, an die sich weitere mit Tieren reihten: weißes Federvieh, bündelweise, kopfunter an Stangen hängend; Aale und Schnecken, niedrige Bassins, in denen Fische verzweifelt in ein bisschen Flüssigkeit zappelten, und am Boden Netze, in denen Kröten, Frösche und Schlangen eng an eng zusammengeschnürt waren. Langsam waberten die Haufen auf und nieder. Es roch nach Blut.

Direkt gegenüber lag eine nach zwei Seiten offene, große Halle voll mit Tischen, an denen Nudelsuppe geschlürft wurde. Von der Baustelle daneben gesellten sich die Rufe der Bauarbeiter und das Tack-Tack einer Betonmischmaschine zu den Geräuschen, die hundert Nudeln schmatzende Münder erzeugten.

»Wir gehen Getränke holen«, erklärte Theo und entschwand mit Wu und Ping in Richtung eines Kiosks.

»Und?«, fragte Alicia. »Wie gefällt es dir bis jetzt?« Ihr Blick fiel auf eine chinesische Familie am Tisch neben ihnen, sechs Münder saugten gleichzeitig mit fordernd klingendem Ffffzzzzffff endlose Stränge Nudeln ein. Ihr fiel wieder ein, wie Didi einmal ihren Tisch im Restaurant verlassen hatte, nachdem das am Nachbartisch sitzende Kind nicht mehr aufgehört hatte, seine Familie mit imitierten Furzlauten zu amüsieren. Sie wünschte, sie könnte ihre Frage zurückziehen.

»Hast du die armen Tiere gesehen?«, fragte Didi. Sie erschauerte, schlug die Arme um sich. »Ich dachte, die Menschen hier sind Buddhisten ...«

»Wahrscheinlich nicht alle.«

»Dieser Blutgeruch ...«

»Es gibt bestimmt auch andere Märkte, wo sie nicht so ...«

»Es ist so ... anders hier! Ich war ja oft im Ausland, aber wenn ich nach Paris fahre oder Madrid, da weiß ich eben, wo der Louvre ist, der Prado und all die kleinen Tappas-Bars.«

»Na ja, das hier ist Peking, da gibt's kein Prada!« Prada oder Prado? Am liebsten hätte sie sich selbst auf den Mund geschlagen. Je mehr sie dieses Land rechtfertigen wollte, desto weiter geriet sie selbst ins Unrecht.

»Und dass es so schrecklich viele sind! Chinesen, meine ich. Irgendwie erinnern sie mich an die Frösche vorhin, die sahen auch alle gleich aus.«

»Didi, das ist jetzt nicht dein Ernst!«

»Wieso? Ich meine ... o mein Gott, Alicia, schau mich nicht so an! Ich fürchte, ich bin momentan ziemlich unausstehlich.«

War sie das? »Ach wo, bist du nicht!«, sagte Alicia entschlossen. In einer spontanen Aufwallung von Sympathie legte sie den Arm um ihre Freundin. »Du bist überreizt vom Flug und der Luftveränderung. Kein Wunder, dass dich gerade jeder Quietscher irritiert!«

»Alicia, bitte nicht böse sein, es ist nur so, ich würde gern ...«

»Was?«

»Wenigstens am ersten Abend in irgendein nettes kleines Lokal. Wo es ruhig ist. Ohne die beiden Chinesen. Mir geht einfach gerade alles ein wenig auf die Nerven.«

Didis Nerven. Alicia konnte sie vor sich liegen sehen: Bahnen aus heller Seide und die schwarzen Fußabdrücke derer, die ungeniert darauf herumspazierten. »Okay«, sagte sie, »wir finden was, mach dir keine Sorgen.«

Ein leichter Wind fuhr durch die Halle, die Tackergeräusche von der Baustelle wurden lauter. Plötzlich war die Eingebung da: »Hör zu, Didi, du bist müde, lass dich doch einfach jetzt gleich ins Hotel zurückfahren. Inzwischen besorge ich mit Ping deine Skulptur. Und gleich danach schicken wir Ping und Wu nach Hause und machen Feierabend. In einem netten, ruhigen Lokal. Nur wir drei. Was meinst du?« Sie lächelte und hoffte, dass dieses Lächeln gewinnend genug war, um die schändliche Absicht dahinter zu verbergen.

Didi fuhr sich mit der Zungenspitze über die Lippen. »Ja«, sagte sie unschlüssig, »warum nicht?«

»Prima. Dann bräuchte ich nur noch Gregors Brief mit der chinesischen Adresse.« Alicia bemühte sich, den Schwung in ihrer Stimme zu dämpfen. Eine Gruppe Chinesen ging vorbei, alle reckten die Hälse nach ihnen.

»Gut. Machen wir es so.« Didi fuhr mit ihren langen Händen in den Taschen ihrer Sportjacke herum, in der Leinenhose, vorne, hinten, schüttelte den Kopf. »Komisch ...«

»Was ist?«

»Ich fürchte, ich habe ...«

»... die Adresse verloren?«, fragte Alicia entsetzt. »Das ist jetzt nicht wahr, Didi!«

»Ich fürchte doch.« Didi nahm die Sonnenbrille, die elegant in ihrem Blusenausschnitt hing und setzte sie sich auf die Nase.

»Vielleicht in der anderen Jacke? Die du im Flugzeug anhattest?«

Didi schüttelte den Kopf. »Nein, ich habe mir den Zettel gleich in die Hosentasche geschoben, ich bin ziemlich sicher.«

Aus dem Menschengewühl rings um sie löste sich ein Mann mit stiftkurz geschnittenen Haaren und starrte sie und Didi an.

»Ziemlich sicher? Was heißt ziemlich? Fünfzig Prozent? Mehr?« Alicia presste beide Fäuste an die Schläfen und schloss die Augen. Sie hatte die Adresse zu Hause auswendig gelernt. Und dann hatten sich die Laute ineinander verdreht, so wie es ihr mit fremden Wörtern immer passierte. Vielleicht, wenn sie sich konzentrierte? Der Malapropismus, ihr alter Fluch, hatte auch eine segensreiche Seite: So heftig sie sich in Stresssituationen im Schlick der Worte verheddern konnte, so sicher arbeitete oft ihr Gedächtnis, wenn es nur ruhig um sie war.

»Warte!«, sagte sie. Sie knirschte mit den Zähnen vor Anstrengung. »Ich hab's gleich!«

»Was?«

»Hier!«, sagte Theo und hielt Didi und ihr je eine Flasche eisgekühlte Cola hin. »Und hier!«

»Ach, Theo!«

»Wieso? Wolltest du keine Cola?«

»*Excuse me*«, sagte der chinesische Passant. »*May I ask? Where you from?*« Er lächelte, die geöffneten Lippen offenbarten harmlose Hasenzähne. An seine Knie geschmiegt, halb versteckt hinter ihm, betrachtete staunend ein kleines Mädchen die drei Fremdlinge.

»Germany«, antwortete Theo.

Der Mann schnaufte beglückt, drehte sich um und gab die Information weiter an die in der Nähe sitzenden schmausenden Menschen. Dann wandte er sich wieder an sie. »*Germany – good!*« Er hob den Daumen hoch. »*Chitele – good!*« Ein paar Esser sahen hoch, lachten, hoben ihrerseits den Daumen.

»Äh?« Theo runzelte die Stirn. »Hat der eben Hitler gesagt?«

»Viele Chinesen kennen Herrn Hitler«, bekannte Ping in aller Unschuld. »Aber ich mag lieber die Kaiserin Sissi.«

»Ich hab's!«, rief Alicia erleichtert. Sie löste die Fäuste von den Schläfen, nahm Theo die Flasche ab und trank. »Tang! Das war das erste Wort. Vielleicht gehört das ja noch gar nicht zur Adresse. Es gab doch eine Tang-Ära in China, nicht?« Sie verschluckte sich und hustete. War das richtig, was sie jetzt machte? Wenn sie ihre Dolmetscherin in aller Öffentlichkeit als Schlepper bestellte? »Ping, wir suchen etwas. Eine Mandarinente. Hier in Peking, sie ist quasi schon bestellt.« Was blieb ihr anderes übrig, nun da die Adresse verloren war?

»Mein Chef sagt ...« – Ping lauschte der Kaskade schnatternder Geräusche aus Mr Wus Mund, dann wandte sie sich wieder lächelnd an die Gäste: »Mein Chef sagt, Sie können hier sehr gute Pekingente kaufen.«

»Nein, nein! Nichts zu essen, etwas Haltbares, ein *Souvenir*, verstehen Sie?«

»Mein Chef sagt, er versteht schon *Souvenir*. Sie können Pekingenten auch mitnehmen nach Deutschland. Es gibt hier besondere Geschäfte für Pekingente in der Tüte.«

»Nein«, sagte Alicia verstört, »es ist eine Skulptur. Vielleicht aus dieser Tang-Ära. Verdammt, ich wollte, wir hätten diesen Zettel hier.«

»Mein Chef sagt, es gibt sehr schöne Skulpturen aus der Tang-Dynastie. In Beijing.«

»Und weiß er auch wo?«, fragte Alicia ohne große Hoffnung.

Es gab ein kurzes chinesisches Hin und Her, dann sagte Ping frohlockend: »Dazhalan! Da sind alle wichtigen Geschäfte für Sie. Sie meinen doch eine Antiquität, nicht wahr?« Sie strahlte, stolz auf das komplizierte Wort. »Möchten Sie gleich hinfahren?«

»Ja, klar! Das heißt, meine Freundin würde lieber ins Hotel zurück, oder, Didi?«

»Nein, nein, keine Umstände, bitte.« Didi wischte sich mit einem Taschentuch über die Stirn. »Ich brauche nur demnächst einen Ort, an dem es ruhig ist. Hatten Sie nicht etwas von einem Park gesagt, Ping?«

»Kohlehügelpark«, zirpte Ping.

»Ja, bitte! Ein Park!« Didi sprach flehentlich.

»Ach so«, sagte Alicia, »na ja, wenn du meinst, Didi.«

»*Dazhalan – itu-s a good shopping-sutuleet-a in Beijing*«, warf Mr. Wu ein.

»Und noch Sommerpalast«, mahnte Ping.

»Was ist damit?«

»Er steht auf Ihrem Plan für morgen. Ab Mittag es wird sehr heiß werden. Besser am Morgen Sommerpalast besichtigen und Ente am Nachmittag kaufen.«

»Was sagt ihr?« Alicia blickte in die Runde. Morgen früh könnte sie vielleicht alleine los, überlegte sie, ganz früh, noch bevor Didi aufstand.

Didi nickte mit dankbarem Gesichtsausdruck.

Theo zuckte die Achseln.

»Also«, sagte Alicia, »fahren wir zu diesem Park. Und den Abend schaffen wir allein, Ping, vielen Dank für alles.« Sie wandte sich ab, kramte Zettel und Stift aus ihrer Tasche und drückte sie der jungen Chinesin so verstohlen wie möglich in die Hand. »Könnten Sie mir bitte noch den Namen auf Chinesisch aufschreiben – Dazhalan?«

»Oh, das ist ganz nahe bei Ihrem Hotel«, quiekte Ping, während sie blitzgeschwind die chinesischen Zeichen auf den Zettel malte. »Sie können schnell mit Taxi fahren oder zu Fuß hingehen, dauert halbe Stunde, sehen Sie!« Sie holte einen kleinen, faltbaren Stadtplan hervor.

Aus den Augenwinkeln nahm Alicia wahr, dass Didi näher kam. Sachte zog sie Ping Zettel und Stadtplan aus der Hand und ließ sie mit klopfendem Herzen in ihre Tasche gleiten.

»Vielleicht hätten Sie noch eine Essensempfehlung für uns?«, fragte Didi. »Irgendein nettes, kleines Lokal?«

Wie immer übersetzte Ping artig zuerst Mr Wus Lautschwall: »Mein Chef sagt, es ist sehr leicht in Beijing Lokal finden. Viel leichter als saubere Toilette.« Sie lachte kurz. »Möchten Sie typische Beijing-Küche?«

»Unbedingt«, erklärte Theo mit ernstem Gesicht, »am liebsten was mit Aalzungen. Und Haifischsauce.«

Ping lächelte weiter. »Wenn Sie Fisch wünschen, wir empfehlen Ihnen ein sehr berühmtestes Restaurant in unserer Stadt. Das Lokal zum b-bu-bulo …« Sie schien sich in einem Wort verstrickt zu haben. Gespannt richteten alle die Blicke auf ihren Mund.

»Das Lokal zum Kochenden Fisch«, endete die junge Chinesin matt und schloss eine Sekunde lang die Augen.

»*Kochender* Fisch?«, fragte Alicia. »Also, ich finde Fisch ja gebraten besser. Oder vielleicht gedämpft.«

»Stimmt«, bekannte Ping kläglich. »Gehen wir zum Park. Und dann fahren Sie mit Taxi zum Glockenturm. Dort es gibt eine enorme Essmeile. Sie können alles da finden, auch Fisch gedämpft.«

»Ich versteh immer noch nicht, was der vorhin mit seinem Hitler wollte«, schrie Theo über den Straßenlärm hinweg.

Das Taxi hatte sie auf einer belebten Straße ausgespuckt, hinein in eine sich dahinwälzende Masse von Menschen, zwischen die sich Radfahrer und Autos schoben. Über all dem Gewühl, die gesamte Straße hinweg, hingen rötlich leuchtende, ovale Lampions. Ein Lokal reihte sich ans nächste. Vor einem Eingang grüßten zwei kindergroße rote Krabben aus Plastik mit ihren Scheren. Davor saßen auf winzigen Stühlen Gruppen von Gästen, lachend, plaudernd, Sonnenblumenkerne knabbernd. Ein paar Europäer waren auch darunter.

»Das sieht doch nicht schlecht aus, oder?«, fragte Theo.

Stumm blickte Didi die Straße auf und ab.

Alicia verstand sofort. »Dahin?« Sie wies mit dem Finger auf eine Seitenstraße, wo es kleinere Lokale gab. Sie wählten das dritte, bahnten sich ihren Weg vorbei an den schmausenden Gästen. Es waren ausschließlich Chinesen. Ein gutes Zeichen! Angekommen abseits der ausgetrampelten Pfade.

»Bier haben sie schon mal«, sagte Theo und zeigte auf die Batterien grüner Flaschen auf den Nebentischen.

Ein Mädchen erschien, nahm die Bierbestellung zur Kenntnis, nickte und ließ ein in Plastikfolie eingeschweißtes Blatt neben die Lache auf ihrem Tisch fallen.

»Eine Weinkarte gibt es wohl nicht?«, fragte Didi.

»Wisst ihr was«, sagte Alicia, die die Ziffern neben den chinesischen Zeichen entdeckt hatte, »wir zeigen einfach auf ein mittelteures Gericht. Hier: 10 Yuan – da können wir doch eigentlich nichts falsch machen, oder?«

Das Mädchen kehrte zurück mit drei Bier und einer Schale Erdnüsse, nahm die Bestellung per Zeigefinger zur Kenntnis und entschwand.

Alicia umkreiste mit den Essstäbchen eine Erdnuss, separierte sie von den anderen und versuchte sie aufzunehmen, doch der Balanceakt misslang. Sie schluckte. Wieder schaukelte die Erdnuss kurz auf den Stäbchen und fiel zurück auf den Teller. Alicia kämpfte einen kurzen, inneren Kampf, dann griff sie kühn mit der Hand in die Nüsse. Solange sie kaute, vermied sie den Blickkontakt mit Theo.

Die Chinesen am Nachbartisch waren beim Obst angelangt. Lachend warfen sie Mandarinenschalen auf den Boden. Unter allen Tischen – jetzt erst sah Alicia es – türmten sich Essensreste, Hülsen von Sonnenblumenkernen, Asche, Zigarettenkippen.

»Es ist schon eine völlig andere Kultur als bei uns«, bemerkte Didi. »Aber das Mädchen finde ich hübsch. So in ihrer Art.«

»Sie hat eine tiefere Stimme, wenn sie Chinesisch spricht«, sagte Theo. »Und um manche Wörter macht sie einen Bogen. Im Park vorhin hat sie ein paarmal *Dame* gesagt und einmal *Gattin*. Da hat sie dich gemeint, Alicia.«

Noch während Didi sprach, hatte Alicia den Fuß ausgestreckt, um Theo auf die Zehen zu treten. Jetzt wechselte sie einen dankbaren Blick mit ihm. »Stimmt, jetzt, wo du es sagst – irgendwie geht ihr das Wort *Frau* nicht über die Lippen, ist mir auch aufgefallen.«

»Ob sie ein Gelübde abgelegt hat?«, sinnierte Didi.

»Über Religion ist man in diesem Land hinweg«, erklärte Theo schroff (unter dem Tisch schob Alicia ihren Fuß wieder in seine Richtung).

»Sind etwa gerade die Geistermauern Thema?«, erkundigte sich Didi sanft.

»Unser Essen kommt«, sagte Alicia erleichtert.

Dampfschleier stiegen auf von der Schüssel. Unter einer

glänzenden, samtigen Sauce lagerten rote Paprikastücke, Bohnen, Frühlingszwiebeln grün und weiß.

»Kein Reis?«, fragte Alicia irritiert, dann schaufelten sich alle, überwältigt vom Hunger, mit den Stäbchen in den Mund, was gerade zu fassen war. Es war heiß, salzig, aromatisch. »Schmeckt großartig«, brachte Alicia mit vollem Mund hervor.

»Wieso finden die gerade hier Hitler gut?« Theo war der Erste, der wieder zur Konversation zurückfand. »Das macht doch überhaupt keinen Sinn, ich verstehe das nicht.«

»Wieso nicht?«, fragte Didi. »China ist schließlich auch ein totalitärer Staat.«

»Totalitärer Staat, aha. Und das hast du heute auf unserem Rundgang entdeckt?«, erkundigte sich Theo sarkastisch.

»Unter anderem, ja. Zum Beispiel sind wir an einem Gebäude vorbeigekommen, an dem ein Schild mit Hammer und Sichel angebracht war. Da ist es mir schon kalt den Rücken hinuntergelaufen.«

»Aber das bedeutet doch gar nichts mehr!«, warf Alicia ein, wischte sich den Mund, trank. »Das sind Überbleibsel von früher. In Wirklichkeit ...«

»Soweit ich weiß, hört man immer noch viel von Menschenrechtsverletzungen und Diktatur«, erklärte Didi kühl.

»Im Reisebüro haben sie gesagt, als Tourist kriegt man davon gar nichts mit. Und dass Mao längst out ist.« War er das? Jedenfalls galt es, Didis Sorgen zu beschwichtigen. Alicia kaute an einem zähen, knorpelartigen Stück.

»Entschuldigung, ich versteh nicht viel von Politik. Aber blind bin ich auch nicht. An dem Platz heute Mittag saßen drei ältere Herren, die hatten diese Mao-Jacken an.«

»Was hätten sie denn tragen sollen, um deinem Geschmack gerecht zu werden?«, erkundigte sich Theo gereizt. »Was von Armani?«

»Theeo!«, mahnte Alicia.

»Ich versteh nicht, was das soll. Ich meine, wir haben ihn doch heute alle gesehen, diesen armen Vogel mit seinen abgeschlagenen Krallen«, beharrte Didi.

Theo setzte sich die Bierflasche an den Mund und trank sie in einem Zug aus. »Ma-o Ze-dong«, sagte er dann und betonte jede Silbe einzeln, »hat seinem Volk die Eiserne Reisschüssel beschert. Nach der Revolution konnte sich jeder in diesem Riesenreich satt essen. Vorher sind die Chinesen zu Millionen an Hunger gestorben.«

»Das kann schon sein, aber wieso man deswegen einem steinernen Vogel die Krallen abschla…«

»*Daskannschonsein, daskannschonsein!* Wenn dafür keine Menschen mehr verhungern, würde ich deinem Vogel sogar noch beide Flügel dazu ausreißen!«, rief Theo hitzig.

»Theo!!«

»Was ist das eigentlich?«, fragte Didi. Sie hatte eins der knorpeligen Teile auf die Stäbchen gehievt und hielt es hoch über der Schüssel vor die Augen der anderen. »Tintenfisch?«

»Tintenfisch hat Ringe«, sagte Theo gehässig. »Das hier ist röhrenförmig.«

»Also?«

»Darm. Vom Schwein, vermute ich.«

Vorsichtig verbrachte Didi das Stück zurück in die Schüssel. Sie stützte das Kinn in die Hände und blickte im Lokal umher, wo an den Wänden hinter den schmausenden Gästen die Plastikgehäuse der Klimaanlage und bunte Plakate mit bärtigen Götzen darauf hingen. Die Neonröhre, die unmittelbar über ihnen von der Decke hing, stieß ein gereiztes Knistern aus.

»Vielleicht ist es ja …« Alicia suchte ihr Gehirn ab

nach einer Alternative zum Schweinedarm, halb erdrückt von der Last, gleichzeitig einen erzürnten Ex-Maoisten zu bändigen und sich als Anwalt eines ganzen Landes zu bewähren. Eines Landes, das sich mehr und mehr – sie musste es zugeben – danebenbenahm. Und je länger sie die hellen, welligen Röhrchen in der Schüssel betrachtete, desto deutlicher wurde, dass Theo recht hatte.

»Na und?«, erklärte Theo. »Currywurst steckt auch in Schweinedarm. Da sind wir doch auch nicht zimperlich!« Er streckte seine langen Beine unter dem niedrigen Tisch aus. Seine Zähne leuchteten. Er sah auf einmal ungeheuer flott aus.

»Ich glaube, ich geh mich mal frisch machen«, sagte Didi. Sie stand auf und steuerte auf den hinteren Teil des Restaurants zu, wo nach etwas Beratung das Mädchen sie bei der Hand nahm und aus dem Lokal führte.

Alicia legte ihre Stäbchen auf den Teller. »Hör mal, Theo!«

Er zog die Beine wieder an sich. »Ich weiß schon. Und ja: Ich werde mich beherrschen. Aber leicht macht sie es mir nicht gerade!«

»Sie hat vor zehn Wochen ihren Mann verloren. Ist doch klar, dass sie sensibel reagiert, wenn ihr jetzt dauernd irgendwas mit Tod und Sterben serviert wird.«

»Tod und Sterben?«

»Na ja, dieser Schweinedarm. Und am Nachmittag die armen Viecher auf dem Markt.«

»Ist ja gut, ich reiß mich zusammen. Trotzdem: Sie ist eine bourgeoise Schnepfe!«

»Ist sie nicht. Außerdem ist es meine Schuld, wenn sie sich aufregt.«

»Deine Schuld? Hast du die Kulturrevolution angezettelt? Alicia, hör mal, ich bestell mir jetzt noch ein Bier. Willst du auch?«

»Versteh doch: *Ich* habe diese Reise gebucht, *ich* hab das Lokal ausgesucht und das Essen hier, mit Gregor wäre das nicht passiert. Oder doch, aber dann wäre es nicht meine Schuld!«

»Du bist an gar nichts schuld, geliebte Gattin. So ist halt China, und sie soll sich nicht aufführen wie eine Göttin aus Stein!«

Alicia stützte das Kinn in eine Faust und seufzte. Theos Versuch, sie zu trösten, rührte sie. Und das Gesicht, das er gerade machte, mochte sie besonders an ihm: schief, zerknittert, das Fünkchen Schalk in den Augen.

Theo hob die Hand und winkte dem Mädchen.

»Glaubst du, dass Didi noch lange bleiben will? Ich frage mich sowieso, was sie die ganze Zeit auf der Toilette macht.«

»Mach dir nicht dauernd so viele Gedanken! Aber gut, ich trink mein Bier in fünf Sekunden aus, verlass dich drauf!«

Alicia grub die Zähne in die Unterlippe. Dann stand sie auf. »Besser, ich seh mal nach ihr.«

Das Mädchen führte sie hinaus in eine Gasse hinter dem Lokal zu einem niedrigen Gebäude voll weißer Mauerstellen, da wo der Putz abgeblättert war. Die Trittsteine vor den Eingängen waren zerborsten. Zwei Schilder wiesen unmissverständlich den beiden Geschlechtern den Weg. Alicia stieß die Tür auf und taumelte zurück vor dem Geruch. Gleich hinter der Tür war der Boden übersät von verschmiertem Papier und grün irisierendem Schleim, direkt vor ihr lag eine blutige Binde. Der Gestank war grauenhaft. An einer Stelle hatte jemand Sägespäne auf den Boden gestreut, die einen feuchten Überzug über kleinere Hügel (Erbrochenes?) bildete. Heldenhaft versenkte Alicia ihre Schuhsohle in dem schleimigen gelben Teppich. Dann erst sah sie, dass es keine abschließbaren Kabinen gab, die Klosetts waren alle offen, nur durch hüfthohe Mäuerchen voneinander getrennt. Gleich in der ersten kauerte eine junge Chinesin in glänzendem Seidenkleid über dem Abtritt. Mit flinken Fingern – die Nägel rot lackiert – tippte sie etwas in ihr Handy. Daneben – kam das von Didi? Alicia hörte ein Krächzen. Hustengeräusch.

»Brauchst du Hilfe?«

Papier wurde zerrupft. Lautes Atmen. Dann trat Didi aus der Kabine, bleich, in den Augenwinkeln glitzerten Tränen.

»Jessas!«, sagte Alicia mitleidig und hielt ihr den Arm zur Stütze hin. Didi ergriff ihre Hand. Wie zwei Störche staksten sie über den suppigen Boden nach draußen.

»Du Arme! Wir fahren gleich zurück ins Hotel!«

Auf der Straße vor dem Lokal saßen Männer auf niedrigen Stühlen, tranken Bier, spielten Karten. Zwei hatten ihre Shirts hochgerollt und präsentierten ungeniert ihre nackten Bäuche. Aus dem Lokal drangen die süßen Gerüche von Gebratenem, Bambussprossen und Bier.

Morgen, dachte Alicia, als sie in eins der vielen gelb gestreiften Taxis schlüpften und dem Fahrer die Visitenkarte ihres Hotels zeigten. Morgen früh, bevor das Programm losgeht, gehe ich zu dieser Antiquitätenstraße. Sie tastete in ihrer Handtasche nach dem Zettel, den Ping beschriftet hatte. Theo saß vorne auf dem Beifahrersitz, von hinten sah sie seinen schmalen Schädel, das graubraune Haar. Hatte er recht? Übertrieb sie es mit ihrer Besorgnis? Er kennt Didi halt nicht wirklich, dachte sie.

»Hm?«, sagte sie zu Didi, die neben ihr saß, die Schulter gegen das Fenster gelehnt, den Kopf in die Hand gestützt.

Geschickt wechselte der Fahrer immer wieder die Spur wie ein Stichling in seinem Gewässer. Wie schafft er das?, dachte Alicia. Chinesen müssen besondere Begabungen haben. Morgen würde sie Didis Ente erstehen und entscheiden, was mit ihr geschehen sollte. Im Krieg sind alle Mittel erlaubt. Und war das hier nicht so etwas wie Krieg? Der Wagen wühlte sich durch den Verkehr, durch die dröhnende Stadt, durch tausend zuckende Lichter.

鴛鴦

Der Anruf der Elektronikfirma, für die er die ganze nächste Woche hätte dolmetschen sollen, erreichte Elias Daskalov auf dem Handy, gerade als er am Beijinger Hauptbahnhof aus der U-Bahn kam. Ohne Umschweife, wie das in China üblich war, teilte man ihm mit, dass der Auftrag geplatzt war. Während er sein Handy wieder in die Hosentasche steckte, bemerkte er die kleine Braterei am Straßenrand und bekam Appetit. Er warf drei Yuan in die Schale aus Aluminium und das rotbackige Mädchen reichte ihm einen Maiskolben, der noch rauchte.

»*Xiexie*«, bedankte er sich und näherte vorsichtig seine Lippen den heißen, schwarz-gelben Körnern. Vornehmen Chinesen galt es als unfein, in der Öffentlichkeit zu essen, aber diese ganze Gegend hier war nicht fein, gleich neben dem Bratgestell kauerte ein alter Mann in der typischen tiefen Hockstellung, wie nur Chinesen sie schaffen, und knabberte mit Wonne an einem großen Stück Wassermelone.

»Wo kommst du her?«, fragte das Mädchen und musterte ihn neugierig.

»Aus *Bao-jia-li-ya*«, antwortete Elias, indem er die Silben des chinesischen Wortes für Bulgarien besonders langsam aussprach. Nicht immer konnte er davon ausgehen, dass das kleine europäische Land hier bekannt war. Die meisten Chinesen tippten bei einem westlich aussehenden Menschen zuerst auf Amerika.

Der alte Mann mit der Melone unterbrach sein Schmausen. Er öffnete den Mund, zeigte zwei dünne Zähne und starrte ihn an. Dass jemand nicht aus China kommen und Chinesisch sprechen sollte, ging ihm nicht ein. »Du kommst vielleicht aus Kanton«, versuchte er sich die Situation zu erklären.

Das Mädchen und Elias lachten beide laut. »Aber Großvater, das ist doch ein Ausländer, ein *waiguoren*! Siehst du das nicht?«, rief sie vergnügt nach unten, wo der Alte immer noch nicht weiter essen konnte.

»Er sieht meinen Bauch«, sagte Elias, wobei er seine Hand auf das weiße T-Shirt legte, das sich über einen für einen so jungen Mann beachtlich dicken Leib spannte. »Deshalb meint er, dass ich Kantonese bin.«

Sie lachten wieder beide. Es war ein Witz in ganz China, dass die Leute aus Kanton alles essen, was vier Beine hat und kein Tisch ist. In Wahrheit hatte Elias gerade seit seiner kurzen Zeit in Kanton damit aufgehört, überhaupt etwas zu essen, das Beine hat. Er sah in das fröhliche Gesicht des Mädchens. Sie war hübsch. Sicher war sie erst vor kurzem vom Land gekommen, um hier Geld für ihre Familie zu verdienen. Es gab so viele, die diesen Weg gingen.

»Wir essen jeden Tag nur unseren Mais. Da werden wir nicht dick!«, scherzte sie, während sie mit zwei langen Holzstäbchen die zischenden Kolben auf dem Rost wendete.

»Schlank sein ist modern«, tröstete er sie, gleichfalls lachend. Er mochte diese Art der Plauderei, so wie er überhaupt die Unterhaltung mit Chinesen schätzte. Chinesen waren fast immer gut gelaunt, sie sprachen und lachten gern, sie liebten es unkompliziert und waren oft von einer unglaublichen Herzlichkeit. Und solange es irgend ging, vermieden sie Streit und Aggressionen. In dieser Hinsicht waren seine eigenen Landsleute anders gewickelt, erinnerte sich Elias; aber er war seit Jahren nicht mehr in Bulgarien gewesen, und mit Ausnahme seiner Schwester interessierte ihn dort niemand.

Dass die Elektronikleute einen Rückzieher gemacht hatten, war ein Schlag für ihn, denn mit solchen Arbeiten verdiente er das meiste Geld. Erst vor kurzem hatte man ihn als Reiseleiter angefragt, er hatte ablehnen wollen, um den Job bei der Elektronikfirma anzutreten. Reiseleitung in China war eine lausige Sache, das einzige Geld, was sich dabei verdienen ließ, war die Provision eines Tee- oder Souvenirladens, wenn es dem Reiseleiter gelungen war, die Kundschaft in einen solchen Laden zu schleppen und dort zum Kauf zu animieren. Und dieses Geld musste er dann noch mit dem Chauffeur und dem Chef des Reisebüros teilen. Falls es sich um europäische Kunden handelte, war damit auch noch Ärger vorprogrammiert, denn die meisten fühlten sich hinterher betrogen und ließen ihre Enttäuschung über die Nepperei am Reiseleiter aus. Aber nun, wo er die ganze kommende Woche ohne Arbeit dasaß, sollte er sich die Sache vielleicht doch einmal ansehen. Falls es überhaupt Geld dabei zu verdienen gäbe, würde er rausholen, was ging, so viel stand fest.

»Du sprichst unsere Sprache so gut«, sagte das Mädchen bewundernd. »Du musst sehr klug sein!«

Elias wusste, dass Chinesen das zu jedem Ausländer sagten, der gerade mal die Worte *bitte* und *danke* kannte. Und er wusste auch, wie man höflicherweise zu reagieren hatte. »Aber nein. Ich mache tausend Fehler!«, berichtigte er sie, obwohl das in seinem Fall nicht zutraf.

»Du sprichst besser Chinesisch als wir«, versicherte das Mädchen mit naiver Ehrlichkeit und strahlte.

»Ich danke dir«, sagte Elias und wandte sich zum Gehen. »*Zaijian.*«

Mit vierzehn war Elias Daskalov nach China gekommen und hatte Chinesisch gelernt. Dazu kamen vier Jahre Studium auf der Beida-Universität in Beijing. Im Chinesischen bewegte er sich mit der traumwandlerischen Sicherheit des Muttersprachlers. Tatsächlich war es selten die bulgarische Sprache, in der er dachte oder träumte, eher Englisch oder Deutsch, denn mit beiden hatte er als Dolmetscher und Berater ausländischer Investoren am häufigsten zu tun. Seit fünf Jahren lebte er allein in Beijing und schlug sich durch.

Er liebte Beijing. In dieser Stadt war alles möglich. Wenn er abends ausging, konnte er wählen zwischen Pekingoper, argentinischem Tango oder einem original irischen Pub. Und auch die Leute hier waren anders als sonst irgendwo auf der Welt. Auf dem Campus von Beida hatte er Palästinenser friedlich neben Israelis sitzen sehen, wo sonst gab es so etwas? Er liebte die Sanftmut und Höflichkeit der Chinesen ebenso wie ihre Beharrlichkeit. Aber am meisten liebte er das Essen. Er wusste, dass er überall auf der Welt leben konnte, aber nur hier in Beijing würde er gebratenen *doufu* in roter Fischsoße mit Lauchzwiebeln bekommen oder mit Pilzen gefüllte *jiaozi* aus dem Dampftopf. Obwohl er an nichts glaubte, war das Essen für ihn fast ein religiöser Akt. Und so war Elias Daskalov, sechsundzwanzig, polyglott und heimatlos, auch äußerlich zu dem geworden, was in China als Ideal eines ordentlichen Mitglieds der Gesellschaft galt: außen rund und innen eckig.

Gerade als er zu dem Entschluss gekommen war, dass es nicht schaden konnte, noch einmal wegen der Reiseleitung nachzufragen, und das Handy hervorholte, begann die Uhr am Hauptbahnhof zu schlagen. Zu jeder vollen Stunde spielte sie die Melodie von *Der Osten ist rot*, ein Lied, mit dem man überall in China Mao Zedongs Ruhm und Ehre gedachte. Gewissenhaft schlug die Uhr sämtliche Töne, es dauerte immer eine gewisse Zeit, bis *Der Osten ist rot* zu Ende war. So lange überlegte Elias. Bei den Kunden handelte es sich um Deutsche, das hatte ihm Leo Schnitzler mitgeteilt. Deutsche waren im Allgemeinen unproblematisch, sie hielten sich an Vereinbarungen und liefen brav hinter dem Reiseleiter her. Lediglich ihr Hang zur Akkuratesse konnte lästig sein. Soweit er sich erinnerte, bestünde die Aufgabe darin, die Touristen in der Gegend von Simatai auf ein paar weniger bekannte Abschnitte der Großen Mauer zu führen. Er wusste nicht, ob es auch dort schon Souvenirläden gab. Falls nicht, müsste sein Auftraggeber ein festes Honorar mit ihm aushandeln. Wenn er sechshundert Yuan am Tag rausschlagen könnte, würde er den Auftrag annehmen.

Elias wartete. *Der Osten ist rot* war verklungen. Jetzt schlug die Turmuhr noch acht Mal. Dann wählte er die Nummer, die Schnitzler ihm aufgeschrieben hatte.

DIDI

Draussen vor dem Shatan-Hotel war es noch ruhig, nur ein paar Radfahrer glitten rundrückig an ihr vorbei, irgendwo zog ein Mann rasselnd den Rotz die Nase hoch. Ein livrierter Boy legte einen roten Teppich auf die Straße, auf dem unter den chinesischen Zeichen in Gold das Wort *Tuesday* eingewebt war, und verbeugte sich lächelnd. Eine Straße weiter, am Eingang des Parks, paradierte ein junger Polizist. Noch wehte eine graue, kühle Luft über Beijing.

Die einzige Chance auf Ruhe, dachte sie, während sie sich hinter einen federleichten, weißhaarigen Herrn an die Kasse stellte. Ping zufolge war um diese Uhrzeit im Park noch nichts los. Gestern Nachmittag hatte der Ort auf sie gewirkt wie ein weiterer Schock. Bei »Park« hatte sie an Waldesruhe gedacht, an die Kühle, die von Moos und Stein ausgeht, einen Kuckucksruf, der kokett die Stille unterbricht. Im Kohlehügelpark hätten Kuckucke keine Chance gehabt gegen den allgemeinen Lärm. An jeder Ecke standen riesige Chorgruppen und sangen laut und hymnisch, als wollten sie ein Parlamentsgebäude einweihen, unmittelbar daneben quäkten Akkordeon- und Lautenspieler auf ihren Instrumenten; eine unendliche Kakophonie ungeordneter Töne. *Chinese-a people aaa too loud*, hatte Mr Wu kopfschüttelnd erklärt, *they aaa too many-a and too loud*, und dabei gelacht wie ein Vater, der die hoffnungslos missratene Nachkommenschaft vorstellt.

Er hat recht, entschied sie. Bis jetzt hatte sie die Bewohner dieses Landes ausschließlich in Horden erlebt, schreiend, spuckend, einander rempelnd. Sie hätte nicht gedacht, dass ihr Chinesen so missfallen würden.

Wie um ihr Ressentiment zu bestätigen, drängelten sich, gerade als sie ihre Eintrittskarte lösen wollte, zwei junge Frauen vor. Schwatzend zahlten sie ihre Tickets und trabten durch das Eingangstor. Und gleich dahinter noch einer, ein Mann. Klein und wendig wie ein Hündchen schlüpfte er an ihrer Hüfte vorbei. Sie überlegte, ob sie ihn auf sich (und auf seine Dreistigkeit) aufmerksam machen sollte, aber gehemmt durch jahrelange gute Erziehung wartete sie ab, bis niemand mehr eine Karte begehrte. Dann trat sie durch die eiserne Drehtür.

Der Park lag vor ihr in unwirklicher Ruhe. Auf dem Hügel oberhalb der Bäume sah sie die geschwungenen, bunt bemalten Dächer eines Pavillons. Sie beschloss, dort hinaufzugehen, zog ihre Strickjacke enger um sich und schritt zügig dahin. Fehler Nummer eins, dachte sie, die kindische Idee mit dem verloren gegangenen Zettel. Wer war so naiv, ihr das zu glauben? Madame Bovary fiel ihr ein, sie hatte den Roman vor vielen Jahren gelesen, die Lügen dieser provinziellen Frau, ihr schafartiger Mann. Alicia war aber kein Schaf (wenn auch provinziell). Und Alicia würde sich an die Adresse erinnern, sie hatte es ja schon angekündigt. Das ganze Manöver war umsonst. Der Zettel war übrigens wirklich nicht mehr da, vor einer halben Stunde hatte sie ihn zerfetzt und in der Hoteltoilette hinuntergespült.

Fehler Nummer zwei – sie hielt kurz an, um zu verschnaufen, ihr Blick fiel auf vier ältere, dünne Chinesinnen, die ein paar Meter entfernt standen, sie rieben sich gegenseitig Rücken und Nacken und streiften Didi mit einem verstohlenen Blick – Fehler Nummer zwei: ihr gestriger

Ausbruch gegenüber Theo. Wieso denn bloß Theo? Theo war ihr immer egal gewesen, ein Mann, der sich für Weltpolitik interessierte, der diesen chinesischen Diktator mit der Warze am Kinn verteidigte (hatte sie bisher nicht gewusst), der die Chinesen wertschätzte, indem er sie als Masse sah (sie besaßen weder als Masse noch als Individuen Reiz), Theo war das Schaf, seit wann brüllte sie Schafe an?

Sie setzte sich auf eine Bank. Vor ihr, durch etliche Höhenmeter getrennt, lag wie ein Amphitheater ein großer gemauerter Platz. Durch die Zweige der Kiefern vor ihr schimmerte eine zinnoberrote Wand.

Heute Nachmittag würden sie also alle zusammen Peking nach dieser Ente absuchen. Einen Alleingang (ihr ursprünglicher Plan) würde Alicia in ihrer Fürsorge nicht gestatten. Zudem stand die Dolmetscherin bereit, irgendwie würden sie es schaffen. Dann kämen die Fragen. *Wer zum Teufel ist Britta? Kennen wir die? Eine Mandarinente – von Gregor, aber nicht für die Ehefrau? Didi, sag uns, was da los war!*

Der Platz vor der roten Wand unten bevölkerte sich mit Gestalten in Trainingsanzügen, durch den Schleier aus Zweigen sah sie Männer und Frauen, alle auf einmal streckten sie den rechten Arm aus, in der Hand einen geschlossenen Fächer. Eine Stimme aus einem Lautsprecher befehligte die Tänzer in sanftem Tonfall, als wolle sie ihnen gut zureden: »*yi ... er ... san ... si ...*«, die ganze Truppe glitt in weiten Schritten zur Seite, neigte sich, die Fächer folgten oder zogen eigene Bahnen über die Köpfe der Tänzer. Dazu entsandte der Lautsprecher eine weiche Melodie mit aufschluchzenden Flöten.

Sag uns, was los ist! Würde sie dann zusammenbrechen und gestehen? Sie wäre danach nie mehr dieselbe, das wusste sie, sie würde sich selbst verachten. Andere Möglichkeit: Unterhaltsam sein, die Szene zum Besten geben, wie sie Gregor zu Haus erwartet hatte, fest entschlossen, ihm das Diamantcollier vor die Füße zu werfen, das sich in der mit Samt ausgeschlagenen Schatulle erwarten ließ. Wie dann darin statt eines Schmuckstücks eine rot-weiß gemaserte Salami lag und Gregor sagte: *Das ist doch die Wurst, die du so gern magst, oder?* Lustig. Sie hatte wirklich gelacht damals. Aber es ist etwas anderes, ob eine großmütige Gattin lacht oder die seltsam gewordene Witwe.

Drei ältere Männer in Maojacke schlurften vorüber, unverhohlen starrten sie sie an, als wäre sie das Monster auf einem Jahrmarkt. Die Tänzer auf dem Platz unten öffneten mit einem lauten, entschlossenen *Ffffjattt*, als würde ein Beutel Wasser gegen eine Wand geklatscht, ihre Fächer. Groß und dunkelrot leuchteten sie durch die Kiefernzweige.

Niemand würde das verstehen: eine Frau, die lacht und sich verführen lässt mitten im Krieg mit ihrem Mann. Sie hatte Gregors Bettzeug weggeräumt, den Koffer für ihn gepackt. Und gerade da schneit er – nach Tagen – zur Tür herein in seiner Lederjacke, voller Pläne, bester Stimmung.

Du hast gepackt, bravo! Los, Baby, wir fahren in die Sahelzone.

Sahelzone? Bist du noch bei Trost? Was soll das?

Fototermin. Außerdem müssen wir abnehmen, alle beide!

Wie sie sich steif macht, wie er sie unbekümmert um die Taille fasst, ihr die Rippen kitzelt und während sein Schnauzbart ihr Ohr streift, spürt sie schon, wie ihr der Bauch weich wird.

Mit dem Motorrad durch die Wüste ... du hinten drauf, verkleidet als Tuareg! Er windet ihr seinen blauseidenen

Flatterschal um den Kopf, trägt sie ins Schlafzimmer, ins Bett, schon wickelt er sie wieder aus dem Schal, knöpft die Bluse auf, zieht an Reißverschlüssen. *Das war nicht wichtig mit dieser ...*
Dann lass es endlich sein, verdammt!
Schschsch, ich hab es ja gelassen, ich bin doch wieder hier.
Bis zum nächsten Mal!
Ich habe dir doch von all den Völkern und wilden Stämmen in mir erzählt ...
Gregor! Es ist mein Ernst! Ich halte das nicht aus.
Pschsch, hör zu, ich verlasse dich nie. Schau mal, gerade da, an der Stelle haben die Tuareg-Frauen einen Punkt tätowiert, damit ihre Männer ihnen nicht in die Augen schauen müssen, wenn sie was ausgefressen haben. Sie schauen nur den Punkt an und dann ... und dann ... passiert ihnen das Gleiche wie mir gerade, siehst du?

Auf dem Platz unten zog eine weitere Gruppe auf, die Männer in Straßenanzügen, die Frauen in Röckchen oder chinesischen Kleidern mit Stehkrägen. Musik erklang, *Jingle Bells*, mit elegant ausgestreckten Gliedern und zurückgebogenen Oberkörpern begannen die Paare einen flotten Foxtrott.

Sie könnte in diesem Park verloren gehen. Eine neue Idee. Glaubhaft, sie verlief sich oft. Wenn sie drei Stunden verschollen blieb, würden Alicias Pläne durcheinandergeraten.

Ein Mann näherte sich, ungewöhnlich groß. Er stellte sich neben sie, zog ein silbernes Schwert aus seiner Hülle und begann einen Tanz, kraftvoll, gravitätisch. Konzentriert durchstach sein Schwert unsichtbare Feinde. Von der Seite versuchte sie sein Gesicht zu sehen. Bis jetzt hatte sie von den Chinesen nur diese omelettartigen, flächigen

Gesichter wahrgenommen und die Konturen darin vermisst, den rauen Pinselstrich. Der Hüne neben ihr, ganz in Schwarz gekleidet, überraschte sie. Sie wandte sich vollends ihm zu, heftete ihren Blick auf ihn. Er sprang und drehte sich weiter, tat alles allein für sich. Eindrücklich sah sie ihn an, machte die Augen groß, aber er nahm sie nicht wahr.

Auf dem Platz unten bewegten immer noch die Tänzer ihre leichten Körper, schwebend und straff. Ich bin fünfundvierzig, dachte sie. Der Gedanke war nicht neu, aber in dieser Umgebung erhielt er plötzlich eine eigentümliche Wucht. Immer hatte sie die Rolle der Jüngsten gespielt, die kleine Schwester bei ihren Brüdern, jünger als Alicia, Theo und Gregor. Genauso musste es sein, der Hahn größer als die Henne und wenn auch Gregor zu ihr hinaufsehen musste – an Jahren hatten sie den richtigen Abstand. Ab jetzt galt das nicht mehr. Gregor war als adretter Mann gegangen, schneidig anzusehen bis zuletzt. Sie würde Runzeln bekommen und Altersflecken auf den Händen. Noch durch seinen Tod profitierte Gregor. »Arschloch«, flüsterte sie. »Du hast gewusst, was aus mir wird!«

Wie viel Zeit war vergangen? Eine Stunde? Der Schwertkämpfer neben ihr sank im Spagat zu Boden. Ein letzter Sprung, die wirbelnde rote Quaste am Knauf kam zur Ruhe. Der Mann verpackte das Schwert in einer Hülle und entfernte sich ohne Abschiedsgeste.

Mehr und mehr Leute drängten in den Park. Die Sonne stand höher jetzt. Didi erhob sich und ging den Weg zurück zum Eingang, vorbei an den leuchtenden, schwingenden Tänzern. Vielleicht war es ja nur eine bestimmte Generation, der sie zu alt erschien? *Ice in the Sunshine* jubelte es aus einem Kassettenrekorder. Alle hier waren jung, auch wenn sie älter waren, sahen sie jünger aus, das war irgend so ein asiatischer Trick.

Immer mehr Menschen schlenderten, schlurften, trabten nun vorbei, alle sprachen und husteten, spuckten oder schrien. Auf den Hügeln um sie herum ertönten gellende Rufe, die Besucher schrien in den Himmel hinauf, auf der Erde grollte das Echo unzähliger Schritte. Die Morgenstunde war dem Tag gewichen, die gelbliche Beijinger Luft quoll empor.

Wo war der Weg zum Ausgang? Rechts? Da lag ein neuer Platz voller Menschen. Geprassel ertönte wie von einem Hagelschauer – waren das etwa wieder die Fächertänzer? Ja, sie erkannte sie. Mit den Handflächen trommelten sie sich auf Schultern und Schenkel, daneben drehten sich die Paare zum Wiener Walzer. Sie war im Kreis gegangen. Jemanden fragen? Sie nahm sich vor, den Mann anzusprechen, der jetzt auf sie zukam, es einfach zu versuchen, auf Deutsch oder Englisch, er sah sie, drehte auf der Stelle ab und lief davon. Hinter ihr brach jemand in röhrendes Husten aus, sie zuckte zusammen, Rachenschleim klatschte auf den Weg.

Sie hatte sich verstecken wollen, nun stellte sich heraus, dass sie keinen Strauch oder Baum hier wiedererkannte. Noch einmal versuchte sie den Nächstbesten anzusprechen, ihm ins Gesicht zu sehen. Es war ein Läufer, er lief schreiend. *Haa*, schrie er, *haa, haa*, er sah sie und wendete im Lauf: *haa!* Von den Felsen oben kam das Echo von einem dünnen Männchen, es beugte den Rumpf nach hinten und brüllte grell dazu: *ho-ooo!* Wo war der Ausgang? Didi blieb stehen und krampfte die Finger um Kinn und Mund. *Totally lost*, dachte sie und konnte nicht glauben, dass das wirklich ihr passierte.

Zwischen den Kiefern erschien eine große, alle anderen überragende Gestalt, die Haare auf dem Kopf waren hell, es sah aus, als tanze oben auf lauter schwarzen Wellen ein

Büschel blasses Stroh. Sie blinzelte, weil es ihr so unglaublich erschien. Inmitten der vielen Menschen schritt Theo gerade auf sie zu.

»Mrs Serowy, wenn ich nicht irre?«

Sie blieb stehen und presste sich die Hand aufs Herz, versuchte, sein lautes Schlagen zu dämpfen.

»Alicia hat sich ein bisschen gesorgt.«

»Ist sie auch im Park und sucht nach mir?«

»Ihr wart heute Morgen erst mal beide verschwunden.«

»Was?« Sie erschrak.

»Alicia ist wieder da. Sie wartet mit Ping im Hotel. Ich habe versprochen, dich zu finden, Mrs Serowy.«

»Bitte nenn mich nicht so. Es klingt so ... distanziert.« Langsam beruhigte sich ihr galoppierendes Herz, während sie neben ihm herging.

»Wieso? Serowy ist ein hübscher Name. Außerdem, Frau Serowy – wir beide *haben* ein distanziertes Verhältnis.«

»Er bedeutet Käsequark.« (Einfach ruhig atmen!)

»Was?«

»Gregors Name. Auf Polnisch bedeutet er Käsequark. Gregor hat immer gesagt, dass er vom Balkan kommt und rumänische, serbische und polnische Vorfahren hat ...«

»Polen liegt auf dem Balkan?«

»Hat *er* gesagt, nicht ich. Wenn die Lehrer ihn früher gerügt haben, weil er so zappelig war, dann hat er sich damit gerechtfertigt, dass in ihm so viele verschiedene Völker leben würden. Die müssten eben dauernd Krieg miteinander führen.«

Theo lachte. Es klang wie ein Schnauben. »Passt zu ihm«, sagte er.

Im Gehen sah sie ihn von der Seite an und versuchte, Pluspunkte für diesen Mann zu sammeln (es gab ja sonst keinen hier): seine Größe, die Hände – männlich, mit viereckigen Fingernägeln, der kleine Spott in den Augen. Aber seine Lippen fand sie zu flach, es war fast nichts da, das man küssen könnte. Na ja, mit etwas gutem Willen ging natürlich alles.

»Was war das eigentlich gestern mit dieser eisernen Reisschüssel?«, fragte sie, beseelt von ebenjenem guten Willen. »Das muss doch ein Riesenprojekt gewesen sein.« Sie nahm seinen erstaunten Blick zur Kenntnis und schaltete sofort auf ihr System automatischer Bestätigung um, als er tatsächlich begann, über Maos Politik zu sprechen.

»… Volkskommunen …«

»Hm.«

»… Getreidezuteilung …«

»Ah!« Ihr Geist begann zu wandern, sie riet sich selbst, seiner Rede zu lauschen, vielleicht konnte sie den einen oder anderen Gedanken daraus für sich verwenden, doch dann dachte sie wieder, dass seinen Lippen das Rot fehlte, und zuletzt konnte sie es nicht verhindern: Sie sah Gregor vor sich, deutlich, wie er in seine Jeans steigt, wie er am Hosenbund ruckelt und konnte sich selbst dazu schreien hören:

Andere Männer tun ihren Frauen so was nicht an!

Welche Männer?

Theo zum Beispiel.

Dann nimm dir halt einen wie Theo. Aber den willst du nicht, das weiß ich. Feixend schaut er sie an, während er sich die Hose zuknöpft. *Du willst ihn nicht!*

»Wer zuletzt lacht«, murmelte sie mit geschlossenen Lippen.

»Was sagst du?«

»Ah … nein, ich meinte: Was du gerade erklärt hast …«

»… dass es anfangs natürlich nur kleine Gehälter waren …«

»Ja. Eben. Meine ich auch. Dass man ...« Sie griff nach dem nächsten freischwebenden Gedanken, »... überhaupt vielleicht den kleinen Dingen mehr Beachtung schenken sollte.«

»He!« Wieder blieb Theo stehen, drehte sich zu ihr. »Du hast gar nicht zugehört!« Sein linker Mundwinkel hatte sich nach unten verzogen, die Brauen stießen verärgert zusammen.

Sie standen so nahe zusammen, dass sie die Poren auf seiner Nase sehen konnte. »Wieso? Woher willst du das wissen?«

»Weil du solches Larifari redest! *Den kleinen Dingen mehr Beachtung schenken* ... Typisches Höhere-Töchter-Geschwätz! Deswegen unter anderem haben wir ein distanziertes Verhältnis!«

Sein *wir* ermutigte sie, obwohl sie blitzartig ihren Fehler erfasst hatte und auch, was bei Theo zog. »Meine Güte, bist du moralisch! Wie ein Pfaffe! Ich war unkonzentriert – okay. Ich habe darüber nachgedacht, warum du dieses Volk hier so hochschätzt und warum ich das nicht tue. Mir gehen die Chinesen nämlich auf die Nerven. Jetzt schon. Ich wollte, ich wäre nicht mitgekommen!« Ihr Atem ging schneller, sie spürte, wie sie wirklich wütend wurde.

»Du kannst also doch reden wie ein normaler Mensch?«

»Ich verstehe nicht, warum die sich dauernd so lautstark von ihren ... Körpersäften trennen müssen. Ich finde dieses Spucken grässlich, die ganze Zeit hebt sich mein Magen.«

»Hast du Angst, du könntest dich irgendwie anstecken?«

»Daran habe ich noch gar nicht gedacht. Nein, es ist einfach – ich mag das ganze Zeug nicht, sämtliche Ausscheidungen: Kot, Sperma, Schweiß, Tränen. Wenn man mich bei der Konstruktion beteiligt hätte, hätte ich mir eine andere Bauweise einfallen lassen!«

»Du hättest Menschen ohne Mund und Unterleib gebaut?«

»Ich hätte Reißverschlüsse eingesetzt. Unter den Achseln. Abwaschbar, hautfarben. Höchstens die Schieber ein bisschen gestaltet. Kleine rote Rauten für Chinesen, blaue Bälle für Mexikaner, so was in der Art.«

Er blinzelte ungläubig. »Dekoration – das ist wirklich das Wichtigste für dich, ja?«

»Geht dich das eigentlich etwas an? Ich meine, ich mische mich doch auch nicht in deinen Maoismus ein. Von mir aus kannst du gern Kulturdenkmäler einreißen. Fang mit dem Kolosseum an, Herr Lateinlehrer!«

»Das ist schon länger her, das mit dem Maoismus.«

»Aber du *hast* das mal gut gefunden.«

Er antwortete nicht, ging mit langen Schritten. In großen und kleinen Flecken fiel die Sonne durch das Laub der Büsche auf den Boden.

»Wieso eigentlich?«

Er runzelte die Stirn. »Wegen ... der sozialen Frage natürlich. Und die DDR oder Russland – das war nicht so mein Fall. China fand ich okay ...«

»Das glaube ich dir jetzt mal nicht«, unterbrach sie ihn.

»Dann lass es sein.«

»Wie alt warst du damals?«

Wieder sonderte er sein Schnauben ab. »Wenn du auf Jugendsünde plädieren willst ...«

Sie spürte, wie er bockig wurde. »Was bist du jetzt? Oberstudienrat?«, sagte sie leichthin. »Oder Revolutionär?«

»Meine Güte, das war ich doch nie!«

»Nie?«

»Das war halt die Zeit an der Uni. Vollversammlungen, Demos, Diskussionen. So was gab's. Und dann kam ja schon Alicia.«

»Alicia war auch …?«

»Alicia hatte zu der Zeit wirkliche Sorgen, keine vorgestellten. Wusstest du, dass sie ein Jahr lang als Postbotin gearbeitet hat, damit sie sich das Studium finanzieren kann?«

»Natürlich«, sagte sie und fragte sich, wie er darauf kam, dass sie so etwas wissen könnte. Massen von Chinesen, alte, junge, pulsierten durch das Eingangstor, wieder nahm sie wahr, wie sie und Theo von allen Seiten angestarrt wurden. »Alicia ist ein ganz erstaunlicher Mensch«, sagte sie. »Ich habe sie immer bewundert.«

Theo schüttelte den Kopf. »Sie war so süß und frech. Als ich sie nach Hause zu meinen Eltern mitgenommen habe – sofort ist sie in den Kirschbaum geklettert und hat mit der Ernte angefangen! Mein Vater wusste gar nicht, wie ihm geschieht.«

Sie ging schweigend neben ihm. Jedes Mal wenn er den Namen Alicia aussprach, versetzte ihr das einen kleinen Stich. Er liebt sie, dachte sie. Es ist chancenlos. Aber war das möglich? Ernsthaft?

»Und dann?«, fragte sie und betrachtete ihn von neuem. Sein Mund war *doch* in Ordnung, befand sie. Auf einmal stieg Theos Wert unaufhaltsam wie eine plötzlich überall nachgefragte Aktie.

»Dann wurde alles ziemlich normal. Studium, Beruf, Heirat.« Sein Gesicht nahm einen mürrischen Ausdruck an.

Sie waren am Ausgang angekommen. Davor standen ein paar Männer und malten kalligraphische Zeichen auf die Steinquader am Boden. Ihre besengroßen Pinsel tauchten sie in Wasser, die staubige Luft verwandelte die Schriftzeichen zurück in grauen Stein, ehe sie fertig geschrieben waren.

»Sehr lange hält es nicht«, sagte sie und kam sich gleich darauf töricht vor.

»Das ist ja das Schöne daran. Epikur hätte es gefallen.«
»Aha?«
»Eben wegen der Vergänglichkeit. Ich denke, der hätte hier bei den Taoisten mitgemischt.«
»Taoisten? Was Religiöses?«
»Soweit ich weiß heißt Tao nur *Weg*.«
»Mao, Tao. Wie praktisch – wenn man nur zwei Buchstaben zu vertauschen braucht!«
Er lachte. »Nein, ich bleibe bei der eisernen Reisschüssel. Als Ideal, meine ich. Jetzt sag mal, wie ich dich nennen soll. Didi oder Tiziana? Was ist dir lieber?«
»Und die Distanz?«
Sie registrierte das halb verborgene Lachen in seinen Mundwinkeln, lächelte zurück und zeigt ihm ihre weißen, nach außen gewölbten Zähne. »Ist mir egal«, sagte sie, »nenn mich, wie du willst.« Sie wollte sich bei ihm einhängen, bewegte schon den linken Ellbogen auf ihn zu. In letzter Sekunde zog sie ihn wieder zurück – solche Gesten sollten von ihm ausgehen.
Tatsächlich schien er irgendwelche Vibrationen gespürt zu haben, reagierte allerdings verspätet, so dass sein ausgestreckter Arm neben ihr ins Leere stieß.
Sie beschloss, ihm entgegenzukommen und wand die Schultern, um aus ihrer Jacke zu schlüpfen. »Könntest du bitte mal?« Sie spürte etwas Neues, eine Art Hilflosigkeit, die ihn erfasst hatte, und der Jagdtrieb in ihr erwachte.
»Was? Ach so.« Er fasste die Jacke bei den Ärmeln und zog daran, stieß aber auf Widerstand. Ihre Halskette mit dem Medaillon hatte sich im Stoff verfangen. Er zupfte und drehte daran, schließlich hatte er die Jacke befreit.
Sie nestelte an dem Schmuckstück, löste den Verschluss.
»Was ist das?«
»Ein Foto von mir. Als Kind.« Das Bild leuchtete vor

Vitalität. Ein Mädchengesicht, schwarzes Haar, blitzende Zähne, unter dem rechten Auge ein winziges Muttermal. Dieses Kind war so schön gewesen. Sie selbst liebte es, aber so etwas sprach man natürlich nicht aus.

»Hübsch«, gab er zu.

Jetzt standen sie noch näher beieinander. Sie trat einen Schritt zurück. »Nur ein bisschen Glas und Silber.« Sie schwieg. Drei Sekunden lang. Sie konnte so etwas. Dann nahm sie seine Hand, legte die Kette mit dem Medaillon hinein, drückte die Hand zu. »Schenk ich dir. Los, sehen wir zu, dass wir ins Hotel kommen. Alicia und Ping warten. Und dieser Sommerpalast.« Sie ging zügig, sprach über die Schulter hinweg. »Ist es nicht süß, wie Alicia sich hier an allem freut? Ich mag das so an ihr, diese Kindlichkeit. Und was sie alles macht! Sie will dazulernen, hat sie mir gesagt, sie ist so wissbegierig.«

»Hm.«

»Was ist falsch daran?«

»Nichts.«

»Also, ich hätte diese Energie jedenfalls nicht. Alicia hat sich richtig vorbereitet auf diese Reise! Gestern hat sie der Dolmetscherin irgendwas auf Chinesisch vorgesagt.«

»Hab ich nicht gehört.«

»Es war herrlich. Auch wenn sie über Politik spricht. Das klingt immer so – frisch! Sag mal ... hättest du vielleicht einen Literaturtipp für mich? Zu Epikur meine ich.«

»Von ihm selbst? Na ja, da wären die Briefe ...«

»Aha.«

»Der an Menoikeus zum Beispiel ...«

Sie lauschte, ohne darauf zu achten, was er sagte, kostete nur seinen Tonfall aus. Ein feiner Ton der Befremdung, sehr leise noch, fast nicht hörbar. Aber sie vernahm ihn doch, und er stimmte sie zufrieden.

鴛鴦

»Dies«, sagte Ping Ye, »ist die Pagode des Dufts. Und das«, sie wies auf die riesige bronzene Gestalt, die ihre tentakelartigen Gliedmaßen in alle Richtungen reckte, »ist der Tausendarmige Buddha. Er beschützt den Ersten Buddha« – sie zeigte auf das ungleich sanftere Wesen, das auf einem bunten Gemälde hinter dem Monster von der Decke hing. »Der Erste Buddha war ein P..., ein Königssohn, aber er hatte enormes Mitleid mit dem Volk. Sein Name ist Shakyamuni.«

Sie hielt inne, damit die Gäste den Raum mit dem Ersten Buddha bewundern und die Ruhe im Raum genießen konnten. Manager Wu stand draußen vor dem Tempel und unterhielt sich mit einem der Souvenirhändler. Fast eine Stunde hatten sie mit dem Taxi gebraucht, um zum Sommerpalast zu fahren. Die Hitze kroch schon aus allen Winkeln, auf den Wegen stauten sich die Touristengruppen. Nur im Tempel herrschte Kühle.

»Shakya-wie?«, fragte Didi in die Stille. »Ich weiß nicht, hieß der nicht irgendwie anders? Etwas mit Sit. Oder Gau?«

»Stimmt!«, rief Alicia. »Warte, warte ... ich hab's gleich ... Sit ... Sit ...«

»Der Erste Buddha heißt Shakyamuni«, antwortete Ping und lächelte unaufhörlich weiter. Zu theologischen Fragen würde ihr nichts einfallen, sie war nicht religiös. Und in ihrem Lehrbuch über *Das Kaiserliche Beijing* stand nur dieser Name.

»Kann es Siddharta sein?«, fragte Didi.

»Genau!«, sagte Alicia erlöst.

»Ist das eigentlich wichtig?«, fragte Theo.

»Na ja, man fährt doch auch weg, um etwas zu lernen!«, beharrte Alicia. »Und der andere Name ... warte ... Gau... tama, genau!« Sie strahlte über das ganze Gesicht.

»Kann es sein, dass du Gautama mit Mahatma verwechselst?«, erkundigte sich Theo. »Den gab's wirklich, da könnte man im Pass nachsehen.«

»Ich versteh nicht, wieso ich nicht eine einfache Frage ...!«

»Aber natürlich darfst du fragen, Alicia«, begütigte Didi, »dafür sind Reiseleiter doch da.« Dann zu Theo: »Ist doch verständlich, dass Alicia so was wissen will – als Lehrerin.«

»Lehrer, die lernen wollen, gibt's nicht«, murrte Theo.

»Was hat denn mein Beruf damit zu tun?!«

Alicias Stimme war eine Tonlage nach oben geklettert. Pings Herz begann zu klopfen. Das Wohlbefinden der Gäste, dachte sie und warf einen bangen Blick auf Manager Wu. Bekam er etwas mit von der sich anbahnenden Aufregung?

»Theo meint es, glaube ich, nicht böse«, sagte Didi sanft, »lassen wir den Streit! *Ce n'est pas la mer à boire.*«

Ping nickte, sie hatte zwei Jahre Französisch gelernt.

»Was?«, fragte Alicia und bewirkte, dass Ping ihr vorwitziges Nicken auf der Stelle bereute.

Alicia biss sich auf die Lippen. »Ist okay«, sagte sie.

Pings Blicke wanderten von Alicia zu Theo, dann zu Didi. Die Stimmung war nicht mehr ganz so gereizt wie eben, das spürte sie. Die Dame Didi hatte irgendwie für Harmonie gesorgt. Aber gleichzeitig hatte sie Alicia auch das

Gesicht genommen, glücklich sah Alicia jedenfalls gerade nicht aus, zwischen ihren Brauen hatte sich eine feine, senkrechte Falte gebildet.

Ping mochte Alicia. Alicia war die Erste gewesen, die sie am Flughafen angesprochen hatte. Bei ihrer Erklärung, im Urlaub lernen zu wollen, hatte Ping sofort sich selbst vor Augen gehabt, als junge Pionierin mit rotem Halstuch, die gelobte, fleißig für den Aufbau des Sozialismus zu lernen.

»Sie sind Lehrerin?«, fragte sie höflich.

»Er auch«, sagte Alicia mit einem kurzen Schwenk ihres Kinns zu Theo, der soeben den Tempel betreten wollte, einen Fuß schon über der hölzernen Schwelle.

»Bitte nicht mit Fuß berühren!«, mahnte Ping.

»Oh!« Gerade noch glitt Theos Fuß jenseits der hölzernen Schwelle auf den Boden. Dann nahm er Alicia bei der Schulter und drückte sie kurz. »Sorry, Alicia.«

War alles wieder gut? Es sah so aus. Ping hoffte es jedenfalls. »Gehen wir zum Wandelgang?«, schlug sie vor. Manager Wu schien die Führung ganz ihr zu überlassen, er schlenderte hinter der Gruppe her, während sie aus dem *Kaiserlichen Beijing* zitierte: »Der Wandelgang wurde erbaut von Kaiser Qianlong« – neben ihr nickte Alicia heftig – »er ist siebenhundertachtundzwanzig Meter lang und besitzt siebenhundertvierundzwanzig Säulenpaare.« In Wirklichkeit waren es siebenhundertdreiundzwanzig – seis drum! Die nächste Zahl entsprach ja schon wieder der Wahrheit: »Und mehr als achttausend Bilder!«

»Achttausend? Wahnsinn!«, sagte Alicia.

Ping spitzte die Ohren. »Wahnsinn? Sie sagen so auf Deutsch?« Ein neues Wort – interessant!

»Hier hat der Kaiser mit seinen Konkubinen gelebt«, fuhr sie fort, »auch ihre Zahl war Wahnsinn.«

Die beiden Frauen hinter ihr begannen zu lachen, die

Atmosphäre schien sich tatsächlich wieder zu entspannen. Auch Ping wurde wieder leichter zumute. Nach dem gestrigen Desaster mit dem *Brodelnden Fisch* hatte sie heute noch bei jeder gefährlichen Stelle einen eleganten Ausweg gefunden. Manager Wu hätte nichts auszusetzen an ihr. Und der Sommerpalast war herrlich. Wie das Licht durch die vielen schlanken Säulen flutete. Es hinterließ bizarre Flecken auf dem Boden, die das grün und rot bemalte Dach reflektierten wie schillernde Öllachen. Jenseits der gemauerten Balustrade war schon der Kunming-See zu sehen, kleine Wellen schwappten gegen die Mauer.

»Was passierte eigentlich mit den Frauen, wenn der Kaiser starb?«, erkundigte sich Theo. »Mussten die dann ins Kloster? Oder mit ins Grab?«

»Sein Sohn wurde neuer Kaiser und hat alle bekommen, Gattinnen und Konkubinen.«

»Wie? Die Gattinnen auch? Und wenn eine davon seine Mutter war?«, fragte Alicia.

Ping lächelte und nickte.

Didi runzelte die Stirn. »Das ist ja … Wie finden das die heutigen Chinesen? Wie finden Sie das, Ping?«

»Ich finde es komisch.« Sie kicherte.

»Komisch?«, fragte Didi. »Es ist immerhin Inzest!«

Ping nickte. »Ich finde auch, es geht nicht. Wie soll der Kaiser die Dame dann nennen? *Meine Mutter*? Oder *meine Gattin*? Er hat keinen Namen für sie!«

»Ja?«, interessierte sich Theo. »Das ist das Wichtigste daran?«

Ping nickte. »Es ist enorm wichtig.« Jeder hatte einen Namen für die anderen. Einen Namen für die Eltern, für den Chef, für die Freunde. Sie selbst wurde Kusine oder Tochter oder Kleine Schwester oder *xiao Ye*, Kleine Ye gerufen. Lehrer sprach man mit *laoshi* an – bis auf Roland

Ackermann, der eine Ausnahme war wegen der Menschenrechte.

Sie hatten den Kunming-See erreicht. »Das Marmorboot«, sagte Ping und zeigte auf das Schiff, das sich zweistöckig und steinern aus dem Wasser erhob, als könne es schwimmen. Wie sehr sie dieses Wort liebte – Ma-Mooa-Boot. Geschrieben sah es Ehrfurcht gebietend schwierig aus, aber beim Sprechen ließ es sich so leicht über die Zunge schieben wie ein lauwarmes Dampfklößchen. »Das Ma-Mooa-Boot wurde erbaut von der Witwe des Kaisers.«

»Mit etwas Unterstützung durch ihr liebes Volk, nehme ich an.« Theo schmunzelte, hörte aber damit auf, als er Didi sprechen hörte: »Architektonisch ist es jedenfalls bemerkenswert«, sagte Didi.

Als sie gestern gehört hatte, dass die große Dame Didi hieß, hätte Ping am liebsten gekichert. *Didi* – so rief man in China den *kleinen Bruder*. Hätte sie Didi an diesem Spaß über ihren Namen teilhaben lassen sollen? Aber ein Gefühl sagte ihr, dass bei dieser Frau Vorsicht angebracht war, irgendein Ärger schwebte über ihr, dachte Ping. Leichter Ärger nur, aber wie hieß es im Gedicht? *Es ist Wind im Pavillon, bevor das Gewitter kommt.*

Doch eigentlich fand sie diese ihre ersten Gäste sehr nett. Alle drei waren überaus höflich, sie bedankten sich bei ihr und bei den Mädchen im Restaurant, wenn sie Tee brachten. Heute hatte sie gehört, wie Theo sich bei einem Passanten entschuldigte, den er am Eingang zum Sommerpalast angerempelt hatte. Er sprach deutsch, der andere nahm gar nichts wahr von dem Gesagten. Sonst hätte er wohl die Welt genauso wenig verstanden wie Ping: Pausenlos rempelten sich die Leute in Beijing, ohne je auf die Idee zu kommen, sich zu entschuldigen oder eine Entschuldigung zu erwarten.

Ihr zweiter Tag mit den Gästen verlief jedenfalls besser als der erste, Ping war zufrieden. Sie begann die kleine Melodie zu summen, die sie heute Morgen an der Bushaltestelle gehört hatte, dann fiel ihr auch der Text wieder ein: »*I wish you a merry damda, I wish you a merry damda, I wish you a merry damda …*«

Alicia stimmte ein: »*… and a happy New Year*«, sangen sie gemeinsam, während sie zum Ausgang gingen, wo die Buden für Nudeln und Spießchen standen.

»Ping«, sagte Alicia, »darf ich Sie noch mal was fragen?« Sie schlüpfte mit ihrem Teller *jiaozi* neben sie und sprach mit gesenkter Stimme. Auf der anderen Seite des Tisches hatten Theo und Didi die Köpfe zusammengesteckt und schienen etwas zu betuscheln. »Ich war da. In dieser Dazhalan-Straße.«

»Sie sind sehr mutig!«

»Ich habe eine Ente gefunden.«

»Oh! Mein Glückwunsch!«

»Danke. Ich weiß bloß nicht, ob es die richtige ist. Weil …« Alicia sprach nun noch leiser, »ich habe mich inzwischen an das zweite Wort erinnert: *La. Tang La* und noch irgendwas. Fällt Ihnen dazu vielleicht eine Adresse ein?«

Ping legte den Kopf in den Nacken und probierte im Geist ein paar Kombinationen der vier Tonhöhen aus: *Táng Lă. Táng Là. Tăng La. Tàng La.* »Das ist kein Name für einen Ort.«

»*Tang La.* Oder *Ma.*«

Ping schüttelte den Kopf.

»Was wünscht die Dame?«, erkundigte sich Mr. Wu.

Von der anderen Seite des Tisches wandte sich plötzlich die Dame Didi an sie: »Sagen Sie, gibt es eigentlich auch etwas Taoistisches in Beijing? Einen Tempel vielleicht?«

»Natürlich«, sagte Ping, verwirrt über den Themawechsel. »Tempel der Weißen Wolken. Ist bisschen weit von hier.«

»Ja?«, sagte Didi. »Wie weit denn?«

Alicia biss auf ihrer Unterlippe herum. »*Tang Lang*«, flüsterte sie. »Nein, *Tang Lao* ...«

»Tao-Tempel«, sagte Theo. »Wie lange fährt man dahin?«

»Mit dem Taxi neunzig Minuten«, sagte Ping und hoffte, dass die Hauptverkehrszeit noch nicht begonnen hätte. Wenn sie in die Rushhour gerieten, konnte es doppelt so lange dauern.

»Hört mal, wollt ihr beide nicht zu diesem Tempel fahren?«, fragte Didi. »Und ich suche derweilen in dieser Dazhalan-Straße nach meiner Ente?«

Alicia erwachte aus ihrer Versenkung. »Unmöglich!«, rief sie. »Das schaffst du niemals, Didi. Die Straße ist endlos, riesig, du wirst dich verlaufen! Ich bin heute Morgen da spazieren gegangen.«

»Ach?«

»Ja, als du dich im Park verirrt hast. Und wegen deiner Ente – Fehlanzeige! Ich konnte ja nicht einmal danach fragen. Da spricht keiner Englisch.«

Ping saß aufrecht da. Was war das, was hörte sie da? Die Dazhalan sollte endlos lang und ein Labyrinth sein? Das war eine Gasse, kaum einen Kilometer lang, äußerst übersichtlich. Und natürlich sprachen die meisten Händler dort Englisch, wie sonst könnten sie den Ausländern in dieser Gegend etwas verkaufen? Außerdem – hatte Alicia ihr nicht gerade erzählt, dass sie eine Ente erstanden hatte? Wieso sagte sie die ganze Zeit die Unwahrheit? Dann noch dieses letzte Wort: *Fehlanzeige*. Ping hörte es zum ersten Mal, es verkleinerte ihre Unruhe keineswegs. Jemand hatte einen *Fehler* gemacht. Und dann würde es eine *Anzeige* geben? Bedeutete es etwas in dieser Richtung? Scheu schaute sie auf Alicia, ihr heiteres, sommersprossiges Gesicht.

Plötzlich riss Alicia die Augen weit auf. »Jetzt!«, flüsterte sie. »*Tang Lang*. Glaube ich.«

Ping wechselte einen Blick mit Mr. Wu.

»Was will die Dame?«, fragte ihr Chef.

Das Wohlgefühl der Gäste, dachte Ping. Laut sagte sie »*Tanglang* ist ein Insektenname. Wollen Sie nicht Ente, sondern Insekt kaufen?«

»Ein *Insekt*?«, fragte Didi.

»Vielleicht möchten die Gäste Heuschrecken probieren?«, rätselte Mr. Wu. »Auf der nördlichen Seite von der Wangfujing gibt es sehr gute. Frag sie, ob sie *mazha* wünschen!«

»Mein Chef möchte wissen, ob Sie gern ... ob Ihnen H-H- ..., ich meine Insektenarten schmecken.«

»Insektenarten? Welche Insekten?«, wiederholte Theo.

Ping spürte, wie ihr der Schweiß ausbrach. Das richtige Wort war eins von der brandgefährlichen Sorte. Sollte sie stattdessen Gottesanbeterin sagen? Es wäre nicht völlig gelogen, so lautete immerhin die deutsche Entsprechung für Alicias *tanglang*. Aber das, was Manager Wu meinte, war etwas anderes.

»Und?«, beharrte der. »Wollen sie *mazha*?«

Ping holte Luft. »Mein Chef möchte wissen, ob Sie Heu-*Heuschu*-lecken zu essen wünschen.« Sie senkte den Kopf wie eine Verbrecherin, die man gestellt und als Nächstes in Handschellen abführen würde.

»Wie?«, fragte Alicia entgeistert.

»Pekingente in der Tüte, Insekten auf dem Teller ... Ich weiß nicht, ob der gute Mann hier wirklich versteht, was man von ihm will«, sagte Didi.

Ein gewaltiger Schrecken kroch Ping über den Rücken. Gleichzeitig spürte sie den Stich der Ungerechtigkeit: Da hatte sie zum ersten Mal eines dieser fürchterlichen Wörter wahrheitsgetreu übersetzt und ausgerechnet dann wurde sie als schlechte Dolmetscherin beschimpft?

»Hey!«, mahnte Theo leise und wies mit einem kurzen Rucken des Kopfes auf Manager Wu.

Didi nickte. »Stimmt«, sagte sie »*Les murs en ont aussi.*«

»Was?«, fragte Alicia.

»Am Ende steht dann da statt der Chinesischen Mauer ein Souvenirshop, wo man ein paar Zementbröckchen im Beutel kaufen kann«, sagte Didi maliziös lächelnd. »Instant Mauer.«

»Keine Sorge, ich habe extra die *Wilde Mauer* gebucht«, erklärte Alicia und hob ihr Kinn, »mit Übernachtung in diesem Pekingblickturm.«

»Vielleicht erklären Sie das Ihrem Chef noch einmal ausdrücklich«, sagte Didi jetzt an Ping gewandt. »Und auch, dass für die Große Mauer *ein* Dolmetscher reicht. Er selber muss da nicht unbedingt mit.«

»Also, ich …«, begann Alicia und wurde von Didi unterbrochen: »Alicia, du doch nicht! Du hast alles perfekt organisiert. Ich bin so beruhigt, dass du das alles in die Hand genommen hast.«

Ping blies sich eine Haarsträhne aus dem Gesicht. Das Wiesel schickt Neujahrsgrüße an den Hahn, dachte sie.

»Meinst du?«, fragte Alicia.

»Ja, natürlich, sonst würde ich es doch nicht sagen. Fahren wir zu diesem Tempel.« Didi drückte leicht Alicias Arm. »Bitte, Ping, übersetzen Sie Mr Wu, was ich gesagt habe!«

»Die Gäste betonen, dass sie sich auf eine Übernachtung auf der Großen Mauer freuen«, sagte Ping mit leiser

Stimme. »Im Pekingblickturm. Es genügt ihnen ein Dolmetscher. Und jetzt möchten sie sofort zum Tempel der Weißen Wolken.«

»Ruf zwei Taxis«, befahl Mr. Wu. »Fahr mit den Gästen, wohin sie möchten, schau, dass sie bekommen, was sie wollen. Ich muss zurück. Abrechnung heute Abend in meinem Büro.«

War es das? Das Ende ihres Jobs gleich beim ersten Mal? Eindeutig lag der Geruch von Schwarzpulver in der Luft.

»Jawohl, Herr Manager«, sagte sie leise.

»Los, los! Übersetze!«

»Mr Wu hat einen Termin«, stammelte Ping, »wir t- tule … wir *begegnen* ihm morgen fu-fu … also *am Morgen* im Hotel.«

Die nächsten hundert Minuten saß sie mit hängendem Kopf hinten im Taxi. An welcher Stelle hatte sie heute versagt? Sicher hatte Mr Wu mitbekommen, dass sie falsch übersetzte. Den *Brodelnden Fisch* gestern hatte sie noch überspielen können, aber jetzt bei den Insekten war sie aufgeflogen.

Heuschu-lecken. Bu-lodelnd. Es war so lächerlich! Ping Ye, die Roland Ackermann seine beste Studentin genannt hatte, die er vor der ganzen Klasse gelobt hatte für ihr wunderbar gerolltes R, die einzige Han-Chinesin in seiner Klasse, die Sätze aussprechen konnte wie *Rost-Rote Raben rasen vorüber* – brach zusammen, sobald das R sich nicht am Anfang des Wortes oder zwischen zwei Vokalen befand, sondern auf einen dieser scharfzackigen Konsonanten folgte. Dann hatte sie ein *Pu-lobu-lem*. Oder eben eine *SchwieRigkeit*. Zum Glück gab es nämlich Wörterbücher, in denen sich Ersatz finden ließ. Die Angst vor der Blamage – alle Ausländer wussten doch, dass Chinesen dieses lächerliche Problem mit R und L hatten! – steigerte Ping Yes Wortschatz auf wunderbare Weise, er war schon vorher durchaus *gu-loß* gewesen, jetzt wurde er *enorm*! Sie wurde nicht müde zu forschen. Riesige Listen hatte sie sich angelegt mit Synonymen oder Umschreibungen, und wenn die mathematische Exaktheit kein anderes Wort zuließ, dann verließ sie für einen Moment auch ihre Liebe zur Wahrheit und sie zauberte *vier* aus *du-lei*. Oder ernannte eine *Stu-laße* zu einem *Viertel*. Aber irgendwann, das hatte sie ja immer gewusst, würde ihr *Tu-lick* auffliegen.

Die Rushhour hatte begonnen, der Taxifahrer ließ das Steuer los, klopfte eine Zigarette aus seiner Schachtel und bot sie Theo an. Der lächelte und schüttelte den Kopf. Der Fahrer rauchte in Ruhe, während das Taxi eingekeilt in einen unübersehbaren Schwarm von Autos auf der Fuchenglu stand. Mit zusammengepressten Knien saß Ping Ye auf ihrem Sitz. Es konnte doch jederzeit wieder geschehen! Was, wenn sie sich noch einmal so richtig in einem Konsonantenverhau mit dem verdammten R verheddarte, wenn dann ihre Aussprache vor ihrem Chef kritisiert würde? Ängstlich äugte sie nach rechts, wo Alicia mit gerunzelter Stirn neben ihr saß. Didi schaute aus dem Fenster. Von Theo war nur der Hinterkopf zu sehen, aber von diesem Mann ging keine Gefahr aus.

Alicia seufzte kurz, dann glättete sie ihre Stirn und lächelte Ping an. »Singen wir wieder? – *I wish you a merry* ...«

Dankbar lächelte Ping zurück. Sie mochte Alicia immer noch, auch wenn sie ihre Freundin angelogen hatte. »... *damdam*«, setzte sie leise ein.

»... *Christmas*«, komplettierte Alicia. »*I wish you a Merry Christmas and a Happy New Year.*«

»Bitte«, sagte Ping mit bebender Stimme, »korrigieren Sie immer gleich mein Deutsch! Ich mache zu viele Fehler.«

»Überhaupt nicht!«, widersprach Alicia. »Ihr Deutsch ist hervorragend.«

»Aber Sie sind Lehrerin. Ich kann viel lernen von Ihnen.«

»Na schön. Wenn Sie unbedingt wollen, passe ich ab jetzt auf.«

»Danke«, sagte Ping. Ob die neue Taktik funktionierte, wusste sie nicht. Sie hoffte es einfach.

ALICIA

»Dieses Blau und Rot«, sagte Didi.
»Ja, schön«, sagte Alicia mürrisch. Sie war müde und spürte ihre Beine.
»Bemerkenswert«, sagte Didi.
Die Motorengeräusche aus Beijings Straßen ließen langsam nach.
Sie standen im ersten Hof des Tempels der Weißen Wolken, in einem Geviert voller großer und kleiner Tempelanlagen. Zinnoberrote Säulen stützten die Dächer, vor den Eingängen saßen steinerne Löwen, die Mähnen neckisch gelockt, als hätte man ihnen eine Dauerwelle gelegt. Vereinzelt wuchsen Bäume aus den grauen Steinplatten.
»Der Blick über die Brücke da ist aber schon interessant«, sagte Theo. Ein wenig Abbitte schwang in seiner Stimme mit.
»Hm«, murrte Alicia. Immer noch spürte sie seinen überraschenden Seitenhieb von heute Vormittag. Es verwirrte sie, sie hätte die Sache gerne mit ihm ausgekämpft, aber vor Didi mochte sie nicht mit ihm streiten.
Eine Frau stand vor einem Kessel aus schwerem Erz, dem zarte Rauchschleier entstiegen. Fromm hielt sie ein Bündel Räucherstäbchen über den gesenkten Kopf. Sonst schien es nur wenige Besucher zu geben. Aus einem der Tempel ertönten schwache Gongschläge.
»Ich dachte, Religion ist in China verboten«, sagte Theo.

»Seht mal!«, sagte Didi. Vor den Eingängen der Tempel saßen in blauen Kaftanen und mit Haarzopf drei Mönche. An den Unterschenkeln trugen sie weiße Wadenwickel, einer schaukelte eine Thermoskanne in der Hand.

»Das sieht so phantastisch aus«, sagte Didi.

»Ich glaube, ich schaue mich mal in der Ecke da drüben um«, murmelte Alicia und wandte sich ab.

Wie viele Meter Beijing hatte sie heute zurückgelegt? Die gesamte Längsseite der Verbotenen Stadt war sie abmarschiert, immer entlang der hohen, grauen Mauer auf ödem Stein, so hart, dass die Füße schmerzten. Die Dazhalan-Straße dagegen schien nicht groß zu sein. Geschäft reihte sich an Geschäft. Größere, protzig wirkende und kleinere Läden mit Schmuck, Papierblumen, Fotoapparaten, glänzenden chinesischen Seidenkleidern, holzgeschnitzten Puppen, Porzellan, Süßigkeiten. Ein Antiquitätengeschäft, es war riesig. Als sie die Tür öffnete, spürte sie eine Art Fieber. Drinnen roch es angenehm nach getrockneten Hülsenfrüchten. Seidenkissen lagen auf dem Boden verteilt um schwere, goldene Buddhas herum. Wartete hier die Mandarinente auf sie? Ein Mädchen mit Pickeln im Gesicht erschien. »*Hello madam?*« – »*Has anybody ordered a duck figure? Maybe a letter or an email from Germany?*« Nein, niemand hatte hier etwas für eine westliche Frau bestellt. Sie fragte trotzdem nach Skulpturen, kaufte schließlich, ohne zu handeln, für dreihundert Yuan eine Ente aus blassgrüner Jade. Eine kleine Ente, gerade einen Handteller füllte sie aus. Sollte sie noch weiter suchen? Aber ihre Zeitspanne bis zum Frühstück im Hotel war verbraucht, Alicia machte sich auf den Rückweg. *Mission accomplished.*

So. Und nun konnte sie Didi den Vogel übergeben, in weniger als einer Viertelstunde zwischen Tee, Weißbrot und den chinesischen Pickles am Frühstücksbüfett. *Hier, bitte sehr, die Mandarinente, mit schönen Grüßen von Gregor, deinem Mann.* Aber noch während Alicia zurückging, wusste sie, dass sie das nicht tun würde. Es war nicht die echte Ente, das würde Didi doch spüren! Sie würde sich fragen, warum sie nicht hatte mitkommen dürfen bei diesem Gang. Sie würde sich selbst auf der Dazhalan-Straße umsehen wollen – hatte sie das nicht schon angekündigt? Schweißtropfen rannen Alicia von der Achsel den ganzen Körper hinab, während sie weiterlief. Ein Taxi fuhr langsam neben ihr, der Taxifahrer lauerte darauf, dass sie müde wurde, sie schüttelte den Kopf. Andere Möglichkeit: Didi würde sich an die Adresse erinnern, die ihr selbst bis auf einen Laut – *Tang* – entschwunden war. Didi würde zu dieser Adresse gehen und tatsächlich finden, was sie beide suchten. Dann gäbe es auf einmal zwei Enten – eine echte, eine falsche. Peking war groß, aber aufspüren ließ sich ja doch irgendwie alles. Hatte sie nicht auch Theo gefunden – in München, einer Stadt voller Menschen?

Und jetzt schon wieder Stein unter den Füßen, dachte sie, während sie sich durch den Tempel der Weißen Wolken schleppte. Ging sie allein oder folgten ihr die anderen? Alicia drehte sich um. Theo und Didi lagen weit zurück. Vielleicht fünf Meter hinter ihr ging die kleine Ping. Sie hielt ein Handy ans Ohr gepresst und sprach hinein, winkte ihr aber sofort zu und lächelte mit diesem sonnigen Ausdruck auf dem Gesicht.

»Na?«, sagte Alicia und winkte zurück.

»Ich passe bisschen auf Sie auf!«, rief Ping.

Sie ist herrlich, dachte Alicia, ihre Anspannung löste sich.

Doch dann drückte sie gleich wieder die Verwirrung um Theo nieder. Und auch um Didi. Wieso hatte sie früher eigentlich nie bemerkt, wie anstrengend das Zusammensein mit Didi sein konnte? Wie achtlos sie oft war, wie sprunghaft sie ihre Stimmungen wechselte? Dieser Zettel zum Beispiel – das war doch Gregors letzte Nachricht an sie, seine Handschrift – wie hatte sie den so einfach verlieren können! Alicia spürte, wie sich Säure in ihrem Magen sammelte.

Vor einem Tempel blieb sie stehen. Zwei seltsame Figuren saßen darin, mit bunten Mäntelchen und langen Bärten, wie Puppenkönige. Riesige Porzellanvasen rahmten sie ein, aus denen Gladiolen ragten. Weihrauch stieg in dünnen Fäden auf.

Didi und Theo hatten wieder etwas aufgeholt, sie sah sie nebeneinanderstehen. Didi hatte den Finger schräg nach oben zu einem der Dächer ausgestreckt, auf denen kleine, steinerne Scheusale kauerten. Der Wind trug ihre Stimme bis an Alicias Ohr. »Louvre«, hörte sie, »Grotesken ... Renaissance ...«

Wieso wurde plötzlich so viel Französisch gesprochen? Didi beherrschte diese Sprache, sie hatte sie beeindruckt damit, damals in dem wunderbaren Urlaub ihrer Kindheit am Gardasee. Wo zwei Mädchen zusammen in einer Hollywoodschaukel saßen und sich kichernd durch die *Bravo* blätterten, bis die eine aufstand, ins Haus ging und zu telefonieren begann. Wie lange hatte Didi da auf Französisch telefoniert? Zwei Stunden? Die schöne, fremde, melodische Sprache drang hinaus in den Garten, wo Alicia verlassen in der Schaukel saß und wartete. Je länger sie wartete, desto grimmiger bedrängte sie die Scham. Wer war so wichtig? Aber dann kehrte Didi zurück und entschuldigte sich, und staunend hörte Alicia von einem Cousin in Frankreich, der an Krücken ging, weil er an Kinderlähmung litt. Kinderlähmung! Das tilgte alle Schuld.

Wenn Didi sprach, sah sie nicht nur schön aus, auch interessant. Eine unbestimmte Wehmut lag dann um sie,

sie breitete ihre Arme aus, zeigte dem Gesprächspartner die Handrücken. Dabei hatte sie einen Ausdruck in den schwarzen Augen, der erschütternd wirkte, süß und flehentlich. Alicia hatte einmal versucht, das vor dem Spiegel nachzumachen, so erschüttert wie möglich hatte sie in ihre eigenen Handflächen geschaut, dann in den Spiegel und die Vorstellung gleich wieder abgebrochen, weil sie sich lächerlich vorkam.

Auf einer Brücke standen ein paar Leute und zielten mit Münzen auf eine Messingglocke. Der Boden unter der Glocke war übersät mit Geldstücken aus Kupfer und Aluminium.

Was zum Teufel hatte Theo heute Morgen geritten? Es gab Dinge an ihr, von denen sie wusste, dass sie Theo missfielen. Ihre Bemühungen um Hygiene – *Sauberkeitsfimmel* sagte er dazu. Und ja, auch über ihren Bildungseifer hatte er sich schon lustig gemacht. *Meine Klassenbeste* nannte er sie dann. Aber das sagte er zu Hause, wenn sie alleine waren. Schon wieder nagte der Groll an ihr. Immerhin respektierte er, dass sie im Augenblick nicht mit ihm reden wollte. Auch dass er so lange schon neben Didi ging und sich offenbar ohne größere Ausfälle mit ihr unterhielt, ließ sich als Geste des guten Willens deuten.

Im nächsten Hof stand ein Pferd aus Messing mit Sattel und Steigbügeln. Eine Chinesin ließ sich damit von ihrem Begleiter fotografieren, triumphierend reckte sie ihre Finger zum V-Zeichen zwischen die Pferdeohren.

»Heiliges Pferd«, sagte Ping. »Es macht, dass Sie langes Leben bekommen.«

Sie schlenderten weiter.

Offenbar hatte Ping soeben beschlossen, sich als Reiseleiterin zu betätigen. »Der Laolü-Tempel«, las sie von dem Schildchen neben dem Gehäuse ab. »Dies ist eine enorme

Glocke.« Sie zeigte auf etwas, das wie eine Trommel aussah.

Alicia hatte junge Leute prinzipiell gern (gleichzeitig taten sie ihr ein wenig leid, weil ihre Zukunft noch so ungewiss vor ihnen lag), und Ping war zweifellos ein besonders nettes Exemplar der Gattung mit ihren frischen Farben – schwarz die Brauen und Wimpern, die Lippen rot wie zwei Apfelschnitze. Gutartig sieht sie aus, dachte Alicia. Lieb und nachgiebig. Leicht. Und trotzdem so stabil. Wie ein Ballen Baumwolle.

»Der Cihang-Tempel«, sagte Ping. Zwei rosige Figuren in bunten Gewändern huldigten einem großen rosa Buddha mit Ohrläppchen, die bis zum Kinn reichten.

»Und was passiert hier in diesem Tempel?«, fragte Alicia.

»Ich verstehe nicht.«

»Na ja, was sind das für Figuren? Götter? Bittet man die um was?«

»Bitten? Um was?«

»Jessas, das weiß ich doch nicht! Gesundheit. Gute Noten. Dass sich der Chef in Luft auflöst – solchen Kram eben.«

Ping blinzelte. »Ich weiß nicht«, gestand sie. »Über diesen Tempel habe ich nichts gelernt.«

»Heißt das, Sie sind zum ersten Mal hier? So wie wir?«

Ping nickte.

»Oh, verstehe. Aber den Unterschied zu einem buddhistischen Tempel können Sie mir schon sagen?«

Ping schüttelte fröhlich das Haupt. »Ich habe keine Ahnung. Leider.«

»Ja, haben Sie denn als Kind in der Schule nichts über all diese Dinge gelernt? Das gehört doch zu Ihrer Kultur!«

»Nein. Gar nichts.« Ping sah Alicias Gesicht und brach in verlegenes Kichern aus. »Ich bin Materialistin«, be-

schwichtigte sie sie. »Wir haben in der Schule Historischen Materialismus gelernt.«
»So, so.« Alicia unterdrückte ein Lächeln.
»Aber meine Tante mag Tao. Sie geht zu einem Meister und macht mit ihm Übungen. Es ist sehr berühmter Meister. Sogar Ausländer kommen zu ihm und lernen sein Qigong.«
»Sogar Ausländer!«, wiederholte Alicia amüsiert.
»Wenn Sie möchten, meine Tante kann einen Termin mit dem Meister arrangieren. Er kann vielleicht Horoskop für Sie machen!«
»Ich glaube, über meine Zukunft will ich lieber nichts wissen«, sagte Alicia und dachte an Theo, der bei Aussichten auf ein Horoskop wahrscheinlich einen atheistischen Anfall bekäme.
Ping trat an ein Schild voll chinesischer Zeichen. »Der Klostergarten«, las sie vor. »Hier leben die Mönche.«
Zwischen scharfkantigen grauen Steinen ragten vereinzelt hutzelige Bäume empor. Wisperstill war es. Im Hintergrund reihten sich Pavillons aneinander, die Frontseiten zeigten Bilder, die aus Hunderten bemalter Fliesen zusammengesetzt waren.
»Jessas«, sagte Alicia, »das hier ist ja richtig fetzig!«
Das Bild zeigte eine Gruppe wilder Gestalten, die über ein schaumgekräuseltes, blaues Meer brauste; eine Frau war darunter, eine Art Priester, ein Junge. Der Wind ließ ihre langen, bunten Kleider flattern; auf einem Esel reitend, auf einer Trommel, schwenkten sie Gegenstände in den Händen: Flöte, Pfeife, Schriftrolle. Allen voraus saß rittlings auf einem großen, langbeinigen weißen Vogel ein kühn blickender, bärtiger Mann. Das ganze Ensemble wirkte bizarr, ein wildes, fröhliches Durcheinander.
»Die Acht Unsterblichen!«, rief Ping erfreut. »Die kenne ich!«

»Ach! Also doch! Aus der Schule, ja?«

»Nein, vom Fernsehen.«

»Vom ... na, okay. Und das sind jetzt also Götter?«

»Noch nicht. Sie müssen eine P..., einen Test bestehen. Danach sie werden Götter.« Zufrieden blies Ping sich eine Haarsträhne aus dem Gesicht.

»Einen Test bestehen?« Alicia fiel wieder ein, wie Ping sie vor ein paar Stunden um Korrektur ihrer Fehler gebeten hatte. »Vielleicht meinten Sie eine Prüfung? Das wäre der passendere Ausdruck.« Sie wunderte sich über sich selbst: Wenn sie für sich nach einem geeigneten Wort suchte, schlug sie regelmäßig ihr Malapropismus nieder. Und nun, bei Ping, flogen ihr die Vokabeln zu wie gut dressierte Brieftauben. Sie trat näher heran, um die acht Prüfungskandidaten zu studieren. »Der Vogel da vorne – das ist doch ein ... warten Sie mal ...«

»Storch!«, sagte Ping blitzschnell. »Der Unsterbliche reitet in den Himmel auf Storch.«

»Wirklich? Ich hätte jetzt geschworen, das ist ein Kranich.«

Ping schwieg und senkte den Kopf.

»In China trägt einen also der Storch in den Himmel? Ist ja Wahnsinn! Bei uns bringt er nämlich die Babys auf die Erde.«

»Ja«, bestätigte Ping mit immer noch hängendem Kopf. »Es ist Wahnsinn.«

Eine Plastiktüte flatterte über den Boden, ein Mönch mit fettigem Haar und Mobiltelefon am Ohr schlurfte vorbei.

Am Ausgang trafen sie auf die beiden anderen.

»Na?«, fragte Alicia, ohne Theo anzusehen. »Wie war's?«

»Sehr, sehr eindrucksvoll!«, antwortete Didi. »Taoismus – das hat was. Auf alle Fälle. Fahren wir nun zu dem Antiquitätengeschäft auf der Dazhalan-Straße?«

»Weißt du, dass Ping einen taoistischen Meister kennt? Einen, der sich auf Ausländer spezialisiert hat?«, fragte Alicia zurück. Horoskop hin, Aberglaube her – dies war die einzige Karte, die ihr jetzt noch im Ärmel steckte.

»Und der lebt hier in Peking?«, fragte Didi.

»Ich muss nur meine Tante anrufen. Haben Sie Interesse?« Ping zückte ihr Handy und ging ein paar Schritte beiseite.

»Ähm, wird das jetzt irgend so ein Mummenschanz mit Wahrsager und Kristallkugel?«, fragte Theo.

Ping hatte aufgehört zu telefonieren. »Meine Tante sagt, es passt gut heute. Sie hat den Meister schon angerufen. Es ist sehr vorzüglicher Meister.«

»So schnell geht das?«, fragte Didi.

»Ja«, lachte Ping glücklich. »Es geht immer schnell alles in China.«

»Ja, dann …?« Didi blickte erst Theo an, dann Alicia.

»Im Ernst? Wir sollen uns in die Hände eines Zauberers begeben?«, fragte Theo. Er hatte sein Zahnwehgesicht aufgesetzt, Alicia kannte es von den Besuchen bei seinem Vater, wenn der ihn mit einer als Philosophie getarnten Wiedergabe seiner letzten Sonntagspredigt zu unterhalten versuchte.

»Doch!«, sagte Alicia mehr zu Didi als zu ihm. »Ein Zauberer ist jetzt genau das Richtige!«

»Wenn Sie noch zu Dazhalan und einkaufen wollen«, warf Ping ein und versetzte damit Alicias Herz in neuen Aufruhr, »das ist auch keine Schwierigkeit. Alle Geschäfte bei uns haben auf sehr lange. Sie können shoppen die ganze Nacht!«

»Wo sind wir hier?«

Das Taxi hielt vor einem Hochhaus.

»Ein Hospital. Meister Cheng arbeitet da als Herzspezialist.«

»Herzspezialist?«, fragte Didi. »Ich dachte Qi-Irgendwas-Meister?«

Ping lächelte. »Doktor Cheng macht auch seine Patienten gesund mit Qi. Er hat sehr spezielles Qi entwickelt.«

Die Tür, durch die sie das Hospital betraten, war offenbar die für die Notaufnahme. Krankenschwestern hasteten in professioneller Gefühllosigkeit vorüber, ein bleicher Herr presste sich ein Handtuch gegen den blutenden Schädel. Irgendwo schwang eine Tür auf, dahinter waren für einen Moment Menschen zu sehen, die in Reih und Glied auf niedrigen Bänken saßen. Aus ihren Knien, Schultern, dem Gesicht ragten lange, dünne Nadeln.

Im Aufzug roch es nach Urin. Noch ein Gang, belegt mit Linoleum, eine Tür, ein Raum, dann stand da in nüchternem Neonlicht ein unscheinbarer kleiner Herr im Straßenanzug.

Sofort befanden Ping und er sich in einer Unterhaltung, lachten, zwitscherten, als würden sie sich alle Tage sehen.

»Doktor Cheng sagt Ihnen Guten Tag!«, erklärte Ping fröhlich. »Er ist glücklich, dass Sie hier sind!«

»Wahrscheinlich, weil er gleich Geld aus uns herauszaubern wird«, sagte Theo halblaut.

Unter normalen Umständen hätte ihm das einen Rippenstoß beschert. Alicia begann die stumme Würde zu bereuen, die ihr das Beleidigtsein eintrug.

»Bitte stellen Sie hier auf«, flötete Ping, »*Yin* neben *Yang*. Gleich werden Sie Qi-Gefühl erleben!«

War sie Yin oder Yang? Alicia wusste es nicht, sie ging an Theo vorbei und stellte sich neben Didi.

»Oh«, hauchte Ping, »Doktor Cheng sagt, die Ehepaare sollen immer nebeneinanderstehen.«

Alicia tauschte einen Blick mit Theo, dann schlüpfte sie wortlos zurück auf ihren alten Platz.

Der – was war er? Arzt? Meister? Herzspezialist? – stand ihnen gegenüber. Er war klein. Sein Schädel wirkte auf dem zarten Körper unverhältnismäßig groß. Er lächelte unentwegt. Jetzt erst bemerkte Alicia die seltsame Form seiner Schneidezähne, sie liefen unten spitz zu, als wären sie abgefeilt worden.

»Ha!«, machte Doktor Cheng. Er hatte aufgehört zu lächeln, sprach mit einer veränderten Stimme.

Neben ihm stand Ping und übersetzte: »Bitte formen Sie mit Ihren Händen einen Ball. Ja, gut! Jetzt Sie machen Ball klein. Und jetzt Sie ziehen wieder auseinander. Kleiner machen. Ziehen. Achten Sie gar nicht auf Doktor Cheng. Sie machen nur immer so weiter. Doktor Cheng geht jetzt zu Ihnen und gibt Ihnen sein Qi.«

Er stand vor Didi, seine Hände auf der Höhe von Didis Händen, sacht paddelte er damit auf und ab, manchmal flatterten zwei Finger dabei, als bewege sich die Flosse eines Fisches.

»Spüren Sie schon etwas?«, übersetzte Ping.

»Ja ... ja, ich glaube, ja«, murmelte Didi. »Es ist sehr entspannend.«

Der kleine Arzt lächelte fein und zog weiter zu Theo. Wieder bewegte er seine Hände. Eine Minute verging, noch eine. Doktor Chengs Fischflossenhände arbeiteten. Mit gespanntem Ausdruck blickte er in Theos Gesicht. Er murmelte etwas.

»Haben Sie schon Qi gefühlt?«, flüsterte Ping.

»Nein«, antwortete Theo gehorsam.

Doktor Cheng lächelte und bewegte weiter seine Hände.

Lass es lange dauern, flehte Alicia innerlich. Am besten die ganze Nacht! Morgen früh kommt schon der Bus und bringt uns auf die Große Mauer. Dann ist die Jagd hier zu Ende, es bleibt zuletzt nur noch ein Tag in Peking. Wenn bis dahin nichts mehr passiert, gebe ich Didi die kleine Jade-Ente kurz vor dem Abflug und alles ist gut. Lass es lange dauern! Theo ist ehrlich, er wird so lange nichts sagen, bis er genug hat, was soll er denn auch schon spüren? Das Ganze hier ist viel zu seltsam, zu chinesisch, da kann keiner von uns irgendetwas spüren. Weiß der Kuckuck, warum Didi sich auf einmal entspannt fühlt. Sie selbst verkrampfte sich immer mehr, sie spürte ihre Beine, die Schultern. Lass es lange dauern, dachte sie.

Theo räusperte sich. »Meine Hände fühlen sich warm an«, sagte er.

Doktor Cheng lachte. »Ah!«, sagte er zufrieden. Er nickte Theo zu, ging einen Schritt weiter. Jetzt stand er direkt vor ihr. Seine blassen Pummelhände flatterten auf und nieder.

»Langsam«, hauchte Ping und der Doktor lächelte beglückt und wiederholte das deutsche Wort. »Lang-sam!«

Der Schlag kam unerwartet. So als hätte sie in einen elektrisch geladenen Weidezaun gegriffen. Alicia wich mit dem Kopf zurück. »Was war das denn?«, rief sie unwillkürlich. »Das gibt's ja nicht!« Etwas Heißes durchrieselte sie, es fühlte sich an wie – ein Blitz? »Wahnsinn!«, murmelte sie.

»Hm«, bestätigte Ping befriedigt. »Sie haben Wahnsinn gefühlt.«

»Haa«, sagte Dr. Cheng freundlich. Seine seltsamen Zähne wirkten, als hätte er eine scharfe, kleine Säge im Mund.

Der Blitz war vorbei. Etwas anderes blieb. Eine Art Wolke um sie, geladen mit elektrischen Teilchen. Als würden sich ständig nadeldünne Kristalle auflösen und neu zusammensetzen. Staunend stand Alicia in dieser Wolke, sie hörte, wie Didi sich bedankte, sie hörte Theo fragen, wie viel Geld der Meister erwarten würde, sie sah, wie der kleine Arzt freudestrahlend ein paar Scheine entgegennahm, sie hörte, wie er sich lachend mit Ping unterhielt, hörte Didi, die Ping bat, ein Taxi zu rufen, um noch geschwind in die Dazhalan-Straße zu fahren, aber alle Aufregung hatte sie verlassen. Die Müdigkeit des ganzen Tages kehrte zurück und sie fühlte sich köstlich an.

Und dann geschah auf einmal ein weiteres Wunder. »Die Adresse«, sagte Alicia und zwinkerte mit den Augen, »jetzt weiß ich es wieder.«

»Was?«, fragte Theo.

»Tang Lao Ya! Didi, du erinnerst dich auch daran? Ping, haben Sie gehört? Tang Lao Ya. Wissen Sie, wo das sein könnte?«

Ping presste sich eine Hand auf den Mund und kicherte verzückt. Der kleine Arzt steckte seine Scheine weg, die beiden Chinesen plapperten und lachten miteinander.

»Das ist kein Name für Ort«, erklärte Ping. »Das ist sehr berühmte Entenfigur. Jeder in China kennt schon. Wollen Sie jetzt noch …?«

»Ja?« Alicia verstand, dass mit Pings Eröffnung gerade ein Hebel umgelegt wurde, aber die Müdigkeit drückte inzwischen auf sie herab wie ein Mantel aus Blei. Sie begann zu gähnen und schnappte nach Luft dabei. Jedes Mal, wenn sich ihr Mund wieder geschlossen hatte, öffnete er sich von selbst aufs Neue. »Ja? Schön … ja …«, brachte sie zwischen zwei Attacken hervor, »aber ich … ich muss … Hotel … Bett …«

Sie war so müde. Sie war nahe daran, im Taxi einzuschlafen, Theo schwieg. Didi schwieg.

»Gehen Sie ruhig zu Bett«, sagte Ping neben ihr. »Ich kann für Sie Tang Lao Ya besorgen. Morgen. Wenn Sie auf der Chinesischen Mauer wandern. Ich gebe Ihnen, wenn Sie zurück sind.«

»Wirklich?« Das war wunderbar. Bett. Schlafen. Dunkelheit. Dankbarkeit durchrieselte Alicia. »Danke, Ping. Danke. Ich gebe Ihnen ... was wird das kosten ...?« Mit Mühe kramte sie in ihrer Tasche nach dem Geld, fischte sechs Scheine heraus. »Hier ... fünfhundert Yuan für die Ente. Und das andere ist für Sie.«

»Aber das ist zu viel!«, sagte Ping und wedelte mit den Händen. »Viel zu viel!«

»Ach, Ping, nehmen Sie es einfach, bitte. Es war sehr schön heute mit Ihnen ...« Schon wieder der Impuls zum Gähnen.

»Danke«, sagte Ping.

Die Schaukelbewegung des Wagens zwang sie hinunter in den Schlaf.

»Ich habe vielleicht heute falsch gesagt«, erklärte Ping.

»Was?«

»Ich glaube, der weiße Vogel im Tempel ist doch nicht Storch, sondern K-Ku-lanich!«

»Was?«

»Kulanich!«

Jetzt verstand sie. »KRanich«, verbesserte Alicia mit letzter Kraft. Wie gewissenhaft von Ping. Kranich also, kein Storch. Aber war das wichtig? Schade, dachte Alicia, während sie die nächste Gähnattacke bekämpfte, ein Storch, der die Menschen zurück in den Himmel flog, hätte ihr besser gefallen. Und jetzt? War die Jagd jetzt vorüber? Sie sank tief hinab in einen wunderbaren Schlaf.

鴛鴦

In Mr Wus Offfice geleitete ein geschminktes Fräulein Elias zu einer Sesselgruppe und brachte Tee. Mr Wu sei noch in einem Gespräch. Er macht sich groß, dachte Elias und nahm einen Schluck Tee. Der leicht muffige Geschmack bestätigte seine Einschätzung: *Wulong*-Tee, schlecht gelagert, billige Ware. Keine Sekunde zu früh betrat Mr Wu den Raum, gab ihm nach europäischer Sitte die Hand und sprach ihn auf Englisch an.

»*Nice to meet you*«, sagte auch Elias artig, während sie die Visitenkarten tauschten.

Mr Wu begann mit einer Serie von Komplimenten, in deren Mittelpunkt Elias' guter Ruf als Dolmetscher und Führer stand, während Elias bescheidene Abwehrfloskeln bemühte.

»Als Reiseführer habe ich keine Erfahrung, Sie geben mir zu viel Ehre«, wehrte er ab. Der macht ganz schön *pai mapi*, dachte er, tätschelt dem Pferd ordentlich die Kruppe. Die wesentlichsten Details hatte er schon am Telefon erfahren: Festhonorar, kein Shophopping mit Provisionszahlung. Und der Fahrer bekäme seinen Anteil extra. Irgendwas ist da noch, dachte Elias und beschloss, sofort mehr zu fordern, sobald Wu die Kröte auspackte, die er schlucken sollte.

»Sie sind ein junger Mann von solcher Tüchtigkeit, Sie kennen China wie wenige Ausländer«, fuhr Mr Wu fort.

»Mit Leuten solchen Schlages arbeite ich gerne zusammen. Übrigens braucht es für die Wanderung auf der Großen Mauer keine besondere Befähigung. Sie sind ein junger Mensch. Mir wäre es sehr beschwerlich in den Bergen.« Er lachte lang.

Du selbst willst schon mal nicht auf die Mauer, dachte Elias. Oder du sollst nicht. Er überlegte. Wer kannte sich aus auf dem Mauerabschnitt, über den die deutsche Gruppe gehen wollte? Natürlich gab es Wanderführer mit Mauererfahrung in Beijing. Aber keiner von ihnen wäre so gut wie der Große Lai. Elias stimmte in Mr Wus Gelächter ein und klopfte auf seine unter dem T-Shirt wabbelnde Wampe. Wir haben mindestens dieselben Beschwerden, signalisierte er. »Die Abschnitte der Großen Mauer sind außerhalb des Distrikts von Beijing?«, fragte er. »Meine Lizenz gilt leider nur für die Hauptstadt.«

»Ah«, sagte Wu und breitete eine Landkarte auf dem Glastisch aus. »Hier – *Mutianyu*. Hier – der Pekingblickturm, sehen Sie? Und die Strecke zwischen *Simatai* und *Jinshanling*. Gehört alles zu Beijing. Kein Problem für Sie. Auch wenn unsere Behörden jetzt natürlich alles genau überprüfen.«

Behörden? Elias wurde hellhörig. Er strich mit den Fingern vorsichtig über die Karte und wiegte das Haupt. »Es ist eine sehr bergige Gegend hier bei Simatai, nicht wahr? Und ausgebaut ist die Mauer hier nur zum Teil. Verzeihen Sie meine Unfähigkeit, aber ein *local guide* aus der Gegend wäre viel nützlicher für Sie.«

Auch Wu lächelte unentwegt und liebenswürdig weiter. »Die *local guides* sprechen bedauerlicherweise nur Chinesisch. Sehen Sie, zwischen dem deutschen Reisebüro und der Gruppe, die die Wanderung gebucht hat, gibt es ein kleines ...«, Wu lächelte sonnig, »... Missverständnis.« Er nahm einen Schluck Tee, bevor er weiter sprach, als müsse er einen groben Brocken hinunterspülen.

Elias saß in seinem Sessel und lauschte höflich.

»Das deutsche Reisebüro hat den Herrschaften zugesagt, dass Sie von nur einer Person begleitet werden. Wenn wir einen einheimischen Führer nehmen, brauchen wir einen Dolmetscher. Dann haben wir zwei. Das ist, wie unser Sprichwort sagt, *als würde man eine Schlange malen und ihr Füße ansetzen.*«

»Ah, ah«, machte Elias teilnehmend und besah sich die Oberfläche seiner Teetasse. Es geht nicht nur ums Geld, dachte er. Du steckst in einer Zwickmühle. Gut, damit ließ sich wuchern. Vorsichtig natürlich, um dem Auftraggeber nicht das Gesicht zu nehmen.

»Es ist ehrenvoll, Mr Wu, was Sie über mich sagen. Aber ich fürchte, ich kann Ihnen nur als Dolmetscher dienen. Sie wissen selbst ... die Behörden ... besonders, wenn es um Ausländer geht ... da ist es besser, vorsichtig zu sein ...«

»Ah, ja ha ha ...«, lachte Wu amüsiert. Er konnte gar nicht mehr aufhören zu lachen. »Die Behörden ...« Er nahm einen Schluck Tee, dann meinte er immer noch lächelnd: »Diese Sache auf der Mauer. Ich habe natürlich davon gehört. *Man schlägt auf das Gras, um die Schlange zu verscheuchen.* Sie kennen das Sprichwort? Unsere Polizei ist wirklich sehr vorsichtig, das ist begrüßenswert. Aber inzwischen hat man sich beruhigt, schließlich ist die Mauer ein nationales Denkmal, wir sind sehr stolz auf die Besucher, die von weit her kommen, um sie zu sehen.«

»Jaa, ah«, machte Elias und lächelte friedvoll. »Sie sagen es selbst, Herr Manager, die chinesischen Behörden sind vorsichtig. Eben deswegen fürchte ich, dass wir einen lizenzierten Wanderführer aus der Gegend brauchen. Es tut mir leid, wenn ich Ihnen Umstände mache, vielleicht darf ich Ihnen einen außergewöhnlich erfahrenen Mann vorschlagen?«

Ohne Lai ginge es keinesfalls. Die ganze Sache stank jetzt schon zum Himmel: eine Gruppe schwieriger Touristen, die Wu wohl gerne an ihn weiter reichen wollte, ein ominöser Vorfall auf der Mauer, ein aufgescheuchter Behördenapparat. Egal, was passiert war – falls die chinesische Polizei angefangen hatte, sich für diesen Mauerabschnitt zu interessieren, war Vorsicht geboten. Ein falscher Schritt konnte ihn seine Arbeitserlaubnis kosten. Dann war er erledigt. Und Lai besaß alles, was nötig war: Lizenz, Ortskenntnisse und – für alle Fälle – Körperkraft. Ich brauche Lai, dachte er. Und Wu braucht mich.

»Ich bedaure außerordentlich«, sagte er auf Chinesisch. »Aber ich bin nicht fähig genug. Bitte entschuldigen Sie.«

Wu schwieg einen Augenblick. Dann klatschte er in die Hände. »Der Tee ist kalt«, rief er seiner Angestellten zu, die in den Tiefen des Büros auf Befehle zu warten schien. »Bring frischen. Bring Drachenbrunnen-Tee.«

Er beugte sich wieder über die Karte und markierte die Stationen. Jetzt sprach er Chinesisch.

DIDI

In der Hotellobby waberte das weiße Beijinger Licht. Alles Gepäck lagerte versammelt am Ausgang. Daneben stand ein junger Mann mit beachtlichem Bauch. Kindlich kurze Hosen, braune Augen und friedlich eingesunkene Zahnreihen – aus der Ferne hätte man ihn für einen Einheimischen halten können. Verarmter Buddha, dachte Didi. Wäre eine schöne Bildunterschrift.

»Unser neuer Guide«, sagte Alicia.

»Elias«, stellte er sich vor. Seine Finger waren blass und geschmeidig.

Sie ließ sich von dem chinesischen Fahrer, der so schlank war wie Elias breit, in den Kleinbus helfen, der Fahrer legte den Gang ein, sie verließen die Stadt, befuhren eine mehrspurige Straße. Zwischen dicken Limousinen, Bussen und Lastwagen gondelten Scharen von Radfahrern, vom Straßenrand schob sich noch ein Fußgänger mit schwerer Tragestange herein. Der Fahrer stieß einen Fluch aus, es klang, als spucke er dem Mann durch sein Fenster hinterher.

»Sehen Sie die da?« Elias wies auf die zahlreichen Autos mit den Nummern G und H hin. Man nummeriere das Zulassungsdatum nach dem Alphabet, erklärte er, die wenigen ersten chinesischen Autos trügen die Nummer A. Inzwischen würden in Shanghai und Beijing täglich je tausend Autos neu zugelassen, die Gs und Hs seien der frischeste Output.

»Sagten Sie Tausend pro Tag?« Theo beugte sich vor.

»Ja, und manchmal haben die neuen Besitzer den Führerschein zusammen mit dem Auto gekauft.« Elias lachte.

»Ist das nicht Betrug?«, fragte Didi. Ein leichter Knoblauchgeruch durchdrang den Wagen. Der Fahrer vermutlich. Sie hielt sich eine Hand vor die Nase.

»Es gibt Geld jetzt in China. Die, die es haben, können alles kaufen.«

»Bei uns gibt es gegen so etwas Gesetze!« Ihr Leben lang hatten Gesetze sie umgeben: Was der Vater sagte, war Gesetz; die von ihm erbauten Häuser gehorchten den Gesetzen von Statik und Baubehörde; Gregor war ihr gesetzlicher Ehemann (gewesen).

»Oh, Gesetze hat man in China auch ...«

»Und wieso greifen die nicht?«

»Vielleicht, weil *fake* hier irgendwie dazugehört?«

Sie verstand nicht. Das ist keine Antwort, dachte sie.

Unvermittelt brach die Straße ab, scharf wendete der Fahrer den Wagen nach links, sie holperten in einer Grube dahin, hielten an. Elias und der Fahrer berieten sich.

»Elias, Sie können Chinesisch!«, sagte Alicia beeindruckt.

Der Fahrer beugte sich aus dem Fenster und befragte eine Passantin, die mit Spitzenhandschuhen und Sonnenschirm durch den gelben Lehm stöckelte, dann steckte er sich eine Zigarette an und kurvte eine Seitenstraße hinauf, es ging weiter.

Didi wollte gerade darum bitten, die Zigarette auszumachen, als Elias zu sprechen begann. »Diese Straße kennt der Fahrer auch nicht«, erläuterte er. »Alles hier ist erst vor wenigen Wochen gebaut worden, die Straße, die Häuser.«

»Das nenne ich *just in time*«, sagte Theo.

»Hier ändert sich alles wirklich schnell. Wenn ich mich mit meinen Freunden in Beijing verabrede, sind wir nie sicher, ob das Lokal noch steht, in dem wir uns die Woche davor getroffen haben.« Elias lächelte, während er sprach.

Wie die Chinesen, dachte sie, die lächeln auch dauernd grundlos. Dabei glich dieser Elias eher einem feisten Putto aus einer süddeutschen Barockkirche. Ihre schlechte Laune wuchs mit jedem Kilometer. Sie spürte sie, seit Alicia gestern Abend die drei Silben wiedergefunden hatte, seit Ping erklärt hatte, dass dahinter kein geheimnisvoller Laden mit einer eigens bestellten Mandarinente steckte, sondern eine in ganz China bekannte Figur. Die hier wohl in jedem Wohnzimmer an der Wand hing wie in Deutschland der klassische röhrende Hirsch oder die *Betenden Hände*. Dann war sie also völlig umsonst in dieses unmögliche Land gefahren, wo alle schrien wie die Verrückten und ihren Schleim auf die Straße spuckten, wo man zum Frühstück Hühnerkrallen serviert bekam (heute Morgen im Hotel), wo im Auto geraucht wurde, wo sich gewissenlose Leute für Geld ein wichtiges Dokument einfach als *fake* besorgten. Auch dieser angebliche Doktor gestern Abend mit seiner Krankenhauskulisse und dem chinesischen Abrakadabra – billiger *fake*. Komisch, dass Alicia auf so etwas hereinfiel – und Theo offenbar auch! Oder hatten beide (wie sie) nur irgendetwas gesagt, um höflich zu sein?

Sie fuhren durch eine große Stadt, die aus einer einzigen langen Straße zu bestehen schien. Ein Hochhaus reihte sich an das andere, alle Fassaden waren mit den gleichen weißen Fliesen verkleidet. Vor den Häusern standen Billardtische im Staub, über die sich Männer in mit bis zur Brust aufgerollten T-Shirts beugten.

Es wurde heiß im Wagen. Sie wischte sich ein paar Schweißperlen von der Stirn. »Kann man die Heizung ausmachen?«, bat sie.

Elias drehte sich zu ihr um. »Es gibt keine Heizung hier.«

»Und das hier?« Sie wies auf das mit schwarzem Gummi überzogene glühend heiße Ding neben dem Schaltknüppel.

»Ähm ... das ist der Motor«, klärte Elias sie auf.

»Lange dauert es bestimmt nicht mehr«, sagte Alicia tröstend. Sie befreite ihr Haar von seinem Band, schüttelte es und fuhr mit den Händen hindurch. »Daf war für meinen Vater immer das Wichtifte«, erklärte sie mühevoll, das samtene Haarband im Mund, »bei einer Fahrt die abfolut günfifte Ftrecke fu erwiffen. Ohne Ftau!« Sie nahm die Samtschlaufe aus dem Mund und zog das Haar hindurch. »Und dass er sich trotzdem an die Geschwindigkeitsbegrenzungen gehalten hat. Wahnsinnig schlau ist er sich dann vorgekommen: zwei Minuten früher am Ziel, Jessas, jedes Mal ein Riesentamtam!«

»War dein Vater nicht Beamter?« Unklar stieg eine Erinnerung in Didi auf. Beamter, genau. Wahrscheinlich hatte er Ärmelschoner getragen.

»So was Ähnliches«, murmelte Alicia.

Immer heißer wurde es. Ein paarmal kämpfte Didi gegen ihre schwer werdenden Lider an, schrak hoch, weil ihr Kopf gegen die Fensterscheibe plumpste. Sie griff nach der Rückenlehne vor sich, sie sah durch den Spalt den blassen Nacken des Fahrers, sie lehnte die feuchte Stirn gegen ihren Handrücken, spürte zuletzt noch die Schaukelbewegung des Wagens. Sie war wieder in diesem chinesischen Krankenhaus. Ein weißes Bett. Darin lag jemand. Gregor. Flach, blass, die Augen geschlossen. Aber er atmete. *Komm zurück*, bettelte sie ihn an, *mach die Augen auf! Bitte!* Er würde wieder sterben, sie wusste es, sie kannte das Szenario. Aber nein: Dieses Mal hörte er auf sie! Er öffnete die Augen. *Britta*, sagte er fröhlich und sprang in einer ungeheuren Seitwärtsbewegung aus dem Bett.

Genau zur gleichen Zeit kehrte die Welt zurück, der Wagen wich scharf zur Seite, ihre Schulter stieß gegen Theos Kopf, sie sah, wie Alicia sich an der Beifahrerlehne festkrallte und durch das Wagenfenster den schräg aus einem Graben ragenden, dunklen Laster, die vielen Konservendosen auf der Straße, den lang, lang hingezogenen Leib eines Menschen, sein helles Gesicht auf der Fahrbahn, dann war alles vorbei.

»War der tot?«, fragte sie entsetzt. Nein, sie wollte keine toten Menschen mehr sehen. Gregors tote, wächserne Lippen waren zu grausig gewesen, die fest zugedrückten Lider, als wären die Augäpfel darunter zerquetscht.

»Gut sah das nicht aus«, gab Theo zu, mit einer Geste, als wollte er Alicia nachträglich die Augen zuhalten.

»Und warum hält keiner? Da muss man doch Polizei und Krankenwagen rufen!«, sagte Alicia.

»Polizei ist hier überall«, erklärte Elias. »Sie wird gleich da sein.«

»Sollten wir nicht halten? Und uns kümmern?«, fragte Theo.

»Das ist hier anders als in Europa.«

»Aber man muss!«, rief Alicia. »Da liegt ein Schwerverletzter, da kann man sich doch nicht raushalten.«

»Hier sind Tausende von Leuten unterwegs, wenn die alle anhielten, gäbe das ein Riesenchaos. Außerdem – Begegnungen mit der Polizei können unangenehm ausgehen. Vielleicht hat eines der neuen Autos den Unfall verschuldet. Vielleicht ist der Besitzer Parteifunktionär. So einen nimmt die Polizei nicht fest. Vielleicht stattdessen den, der stehen geblieben ist.« Elias wandte sich dem Fahrer zu, die beiden begannen eine halblaute Plauderei, mitunter lachten sie leise.

Die Landschaft veränderte sich. Die hässlichen Straßenstädte mit den gefliesten Wohnblöcken wichen kleinen weißen Häusern mit geschwungenen Dächern. In der Ebene blühte der Raps und an den tontopfroten Hängen standen kugelige Teebüsche. Alles Land war bebaut, in verschiedenen Grüntönen liefen die Bepflanzungen die Berge hinauf, hinunter. Mittendrin im Gras weideten friedlich ein paar Wasserbüffel.

Der Bus bog in einen schilfbewachsenen Lehmweg ein, hart ratschten die Schilfstängel am Wagenfenster. Dann hielten sie an. Zwischen Pappeln und Kohlfeldern erhob sich ein Flachbau mit etlichen Türen. Vor dem Gebäude standen Tische und Schirme auf dem Betonboden, Lampions hingen prall und rot darüber, im Hintergrund blitzte auf einem veralgten Fischbassin die Sonne.

»Das Guesthouse von Mutianyu«, erklärte Elias.

Die ebenerdigen Zimmer waren kahl bis auf ein einziges Möbel. Es bestand aus einem Kasten, auf dem eine Decke lag. Hinter einer Schiebewand befanden sich ein kleines Waschbecken und ein Hockklo mit Gartenschlauch.

»Es ist ein wenig traditionell hier«, sagte Elias wie zur Entschuldigung. »Sie werden heute Nacht auf einem Kang schlafen. Ich hoffe, das ist okay für Sie.«

»Na sicher«, sagte Alicia. »Wenn du in Rom bist, benimm dich wie die Römer! Hast du gehört, Didi? Ein Kang!«

Sie saßen im Freien unter den Lampions und aßen Schweinefleisch mit Bohnen und ein gelb-rotes Gemenge aus Tomaten und Eierflaum, das nach Sesam und schwarzem Pfeffer roch.

Elias stand am Wagen und unterhielt sich mit einem Chinesen. Jetzt trat er zusammen mit ihm an ihren Tisch. Es war ein kleiner, fest gebauter Mann mit braungebranntem Gesicht. Seine viereckige Statur steckte in Jeans und einem roten Polohemd.

»So«, sagte Elias mit seinem Puttenlächeln, »das ist Herr Lai, unser *local guide*. Jetzt sind wir komplett.«

Alicia, die sich über ihr Essen gebeugt hatte, straffte den Rücken. »*Local guide*? Ich dachte, Sie machen das selbst? Dann sind wir ja schon wieder ... zu fünft!«

Herrgott!, dachte Didi. Genau das haben wir doch den dicken Wu übersetzen lassen, dass auf der Mauer Schluss ist mit den vielen Chinesen: Ein Reiseleiter genügt! Mein Gott, sie schneiden hier wirklich alle nur Geld. *You never can trust them* – wer hatte das noch mal gesagt? Alicia sollte sich über dieses Reisebüro beschweren! Sie hob den Kopf, sah den Mann vor sich und nahm flüchtig sein Gesicht wahr und den sportlichen, straffen Körper. Hübsch, dachte sie, der erste Chinese, der mir gefällt. Gerade hatte sie mit den Essstäbchen nach drei Bohnen gefischt, der Balanceakt erforderte ihre ganze Konzentration, sie senkte ihren Blick. Aber gleich darauf schaute sie wieder hoch und bemerkte, wie auch er sie ansah. Mit schwarz bewimperten Augen, die in der Sonne bernsteinfarben leuchteten. In die braune Haut um seine Augen hatte sich ein Kranz von hellen Lachfältchen eingegraben.

Bis zum Horizont dehnten sich die wolligen Berge, dann lösten sie sich in blauen und grauen Dunst auf, und davor erhoben sich hell und schön die steinernen Türme.

Didi stieg die Mauer hinauf, dicht hinter dem Bergführer setzte sie ihre Schritte, genau in seinem Rhythmus. Oder hatte er seinen Rhythmus dem ihren angepasst?

Er wandte sich um, nickte ihr zu.

Er passt auf mich auf! Der Gedanke weitete ihr das Herz. Warum tat er das? Immer wieder wanderten ihre Augen zu ihm. Dabei müsste sie auf den Weg achten. Denn die Stufen wurden steiler. Dreißig Zentimeter hoher grauer

Stein. Vierzig Zentimeter. Tapfer zwang sie ihre Beine nach oben.

Lai sah sich um, er hatte den Mund zu einem O geformt. »Okay?«, fragte er.

»Okay«, antwortete sie.

Gleich legten sich wieder die vielen Fältchen um seine Augen, und noch einmal kamen die beiden Silben, hoch, tief, und vervielfacht in einem kurzen Fluss: »Okay, okay, okay, okay.«

Sie verstand, dass er seinen gesamten englischen Wortschatz vor ihr ausgebreitet hatte. Und dass er damit fragen konnte oder warnen oder bitten. Sie musste nur auf die Melodie achten, das war sie ja gewohnt.

Sie war allein mit Lai. Vor einer Stunde waren sie noch zu fünft die Mauer hinaufgegangen, dann hatte Alicia plötzlich einen Schwächeanfall erlitten, und Theo und Elias begleiteten sie zurück zum Guesthouse. Ein Schwächeanfall bei Alicia war etwas völlig Neues. Alicia war immer stark und gesund gewesen. Hatte sie nicht sogar als Kind einmal irgendeine hochkomplizierte Sache – Scharlach? – in wenigen Tagen weggesteckt? Das schafft sie jetzt auch wieder, dachte Didi, Alicia mit ihrer Rossnatur. Sie wollte nicht weiter an Alicia denken. War das herzlos? Wahrscheinlich ja. Aber durfte sie nicht auch mal an sich denken? Verdammt – jetzt war sie eben mal dran!

Die nächste Stufe maß einen halben Meter. Mühelos überwand Lai sie, ging oben in die Hocke, reichte ihr die Hand und zog sie mit Schwung zu sich. »Okay?«

»Okay.«

Sie marschierten dicht hintereinander. Starke Beine und Arme besaß er, braungebrannt und muskulös ragten sie unter dem Polohemd hervor. Seine Füße steckten in ausgelatschten Turnschuhen ohne Profil, dennoch meisterte er die steilen Stufen damit. Elastisch ging er, sicher. Wie alt mochte er sein? Auf dem harten Schädel breitete sich eine Glatze aus, an den Schläfen ergrauten die ersten Haare. Ach! Gregors Ohren! Jetzt sah sie es erst. Genauso fein und durchscheinend schmiegten sie sich an den Kopf.

Auf der Anhöhe zog sich die Mauer wie eine lange Ader auf einem Handrücken über die Berge, immer wieder überkront von Wehrtürmen, von denen manche oben offen waren wie ein kaputter Zahn, andere versehen mit geschwungenen grauen Dächern. Strahlend schwang Lai den rechten Daumen nach oben: Geschafft! Er holte eine Wasserflasche aus seinem Rucksack und bot sie ihr an. Dann entfernte er sich rücksichtsvoll ein paar Schritte und ließ sie die Aussicht in Ruhe genießen.

Er weiß, dass wir anders sind als die Chinesen, dass wir lieber allein sein wollen, dachte sie. Sie verstand selbst nicht, warum sie sich über diese Erkenntnis so freute. Eine Weile stand sie ruhig da und betrachtete das graue, geschwungene Band der Mauer. Dann wandte sie sich um und sah, dass er auf sie wartete mit seinem fragenden Blick: »Okay?«

»Okay«, antwortete sie.

Er hatte seine Hand auf ein Stückchen Mauerbrüstung gelegt. Seine Finger tasteten den Stein ab. Vorsichtig. Zärtlich.

»Was tust du da?«, fragte sie. »Was bedeutet das?« Sie warf einen fragenden Blick auf den Stein, sie versuchte so viel Fragendes wie möglich in ihre Augen zu legen und zog die Brauen zusammen.

Lai nickte bedeutungsschwer, als sei man sich einig.

Schade, dachte Didi.

Als er sich zum Gehen wandte, legte sie verstohlen ihre Hände auf das Mauerstück, fuhr mit dem Daumen einmal vor und zurück auf dem rauen Stein.

Sie kämpften sich einen steilen Abschnitt hoch. Elastisch schwang Lai sich vor ihr voran, die blaue Hose spannte sich um seinen Hintern. Ein Mann, dachte sie. Plötzlich verzehrte sie die Phantasie an einen Mann, einen mit festen Händen und heißem Atem, muskulös, verschwitzt, mit dunklem Haarbusch bis zum Nabel. Und schon meldete sich auch Gregors Stimme mit der zu erwartenden Botschaft: *Verlieben wirst du dich nie mehr, Baby, tut mir leid, aber so was weiß ich!*

An der Steigung drehte Lai sich um und hielt ihr seine Hand hin. Sie legte ihre hinein und ließ sich hochziehen. Sein Griff war kräftig, aber die Haut seiner Handfläche fühlte sich zart an wie warmes Pferdefell. Doch! Sie konnte Gregor verjagen! Jetzt wusste sie es auf einmal sicher. Das Glück darüber zuckte hoch in ihr. So heftig, dass sie glaubte, er könne es spüren wie einen Grashüpfer, der von ihrer Hand in die seine sprang. Fast war sie froh, als er sich umdrehte und über die ausgebreitete Gebirgslandschaft wies – endlos und in Seitenarmen schlängelte sich die Mauer durch die gefalteten Berge, überall ringsherum erhoben sich staubig-rötliche Türme, schraubten sich aus der Mauer und wiesen in den Himmel wie die Finger eines vergrabenen Gottes. »Okay?«, fragte er.

»Ja«, sagte Didi mit schwerem Atem. »Wunderschön.«

Er nahm den Rucksack ab, wies sie an, sich zu setzen. Dann packte er eine Blechdose aus, in der Teigtäschchen lagen, klein wie Pralinen. Zögernd griff Didi zu. Er stellte weitere Dosen mit Gemüse und salzigem Schweinebauch auf den Boden, eine Dose Sprite, zwei Pfirsiche.

»Du auch«, sagte sie und deutete auf die Speisen.

»Okay«, antwortete er leise.

Sie schob eines der Teigtäschchen in den Mund, es war oben zusammengedreht wie die Zwiebeltürme einer russischen Kirche. Innen schmeckte sie Pilze. Sie schaute in die Landschaft, drückte ein paar harte Grashalme beiseite, die sie in die Oberschenkel stachen. Dann und wann besah sie den Mann. Je länger sie sein Gesicht betrachtete, desto breiter und freundlicher wurde es. In seinen geschlitzten Augen leuchteten die braunen Pupillen.

Auch den Weg zurück ging sie hinter ihm, sie sah den braunen Nacken, das kurze, ergraute Haar und die feinen Ohren, wie sie so delikat seinen harten, runden Schädel einrahmten. *Du gefällst mir*, sagte sie lautlos. *Du gefällst mir, gefällst mir, gefällst mir.*

Als hätte er sie gehört, drehte Lai sich um. »Okay?«, fragte er.

Theo saß an einem der Tische beim Wasserbassin und trank Bier. Gerade als sie auf ihn zuging, hielt auf dem Hof ein Minibus, dem eine Schar junger Chinesinnen entstieg. Schnatternd und kichernd liefen sie auf die Gaststube zu.

»Wie geht's Alicia?«, fragte sie und zog sich einen Stuhl heran.

»Das wird schon wieder. Lebensmittelvergiftung wahrscheinlich, sie hat ordentlich gekotzt, die Ärmste.«

»Ach, wie schade.« Sie hatte nicht die geringste Lust über Vergiftungen zu reden, sie wusste nur, dass sie noch frische Luft wollte, sie wartete auf etwas, das kommen musste.

»Möchtest du ein Bier?« Theo stand auf und ging zum Lokal.

Hinter ihr gluckte es leise aus dem Bassin, einer der pilzig weißen Goldfische war zum Luftschnappen nach oben geschwommen. Dann hörte sie noch ein Geräusch und drehte sich um.

Von hinten, wo die Apartments lagen, war Elias aus der Dämmerung getreten.

»Ach«, sagte sie enttäuscht. Es war nicht der, den sie erwartet hatte, aber er konnte doch als eine Art Bote gelten. »Setzen Sie sich!«, sagte sie freundlich und klopfte auf den Stuhl neben sich. »Woher aus Deutschland kommen Sie?«, fragte sie und lächelte gewinnend (die meisten Leute sprachen gern über Stationen ihres Lebens wie Geburt oder Heirat, je banaler, desto begeisterter).

»Ich komme aus Bulgarien.«

»Aus ... ach so! Aber Sie sind in Deutschland geboren?«

»Geboren bin ich in Indien.«

»Meine Güte, Ihr Deutsch ... Ich hätte schwören können ...«

Elias knetete an seinen Fingern. Er hatte sich nicht gesetzt.

»China«, sagte sie, »wie ist das – hier zu leben?«

Er lächelte unergründlich. »Es hat Sie wohl schon einiges irritiert in diesem Land?«

Hatte es das? Sie stützte ihr Kinn in die Hand. Doch – jetzt fiel ihr wieder ein, wie die Leute im Park sich nicht von ihr hatten ansprechen lassen, sie erzählte ihm davon.

Elias nickte. »Auf dem Land passiert das noch öfter. Die wenigsten können Englisch und rennen dann lieber weg. So ist das hier in China: Wenn das Gesicht bedroht ist, entzieht man sich. Das geht auch ohne Weglaufen. Als unser Fahrer heute Morgen nicht mehr weiterwusste, hat er eine Stunde lang nichts mehr geredet.«

Auf dem Platz vor der Gaststube lief die Truppe aus dem Minibus hin und her und begann, Tische und Stühle zu verrücken. Der Wirt erschien mit einem riesigen Monitor und stellte ihn auf einem der Tische ab, die Mädchen krochen darunter und begannen Elektrokabel zu verlegen und Stecker einzustöpseln.

Theo kam zurück, den Arm voller Bierdosen. »Die müssen wir schnell trinken, sonst werden sie warm!«, lachte er.

»Wie geht's Ihrer Frau?« Elias hatte sich an Theo gewandt.

»Besser, danke.« Theo öffnete eine Dose Bier, bot sie Elias an und reichte sie an Didi weiter, da Elias den Kopf schüttelte.

»Spricht Ihr Freund eigentlich eine Fremdsprache?« Sie hielt es nicht mehr aus, sie musste Elias das fragen.

»Sie meinen Lai? Nein, der kann nur den Dialekt aus der Gegend hier.«

»Und wie ... sprechen Sie ihn an? Mit seinem Vornamen?«

»Ich nenne ihn *Lao Lai*. Das heißt Großer oder Alter Lai.«

»So alt sieht er gar nicht aus.«

»Es ist eine Respektsbezeugung. *Alt* bedeutet in China Wissen, Erfahrung.«

»Erfahrung ...«

»Was denken Sie? Kann Ihre Frau morgen wandern?« Elias wandte sich wieder an Theo. »Unsere Strecke morgen ist nicht ganz ohne, wissen Sie.«

»Tja, das kann ich jetzt schlecht sagen.« Theo kratzte sich die Schläfe. »Warten wir ab bis morgen. Wo geht es noch mal hin?«

»Ganz hoch auf die Mauer. Zum Pekingblickturm, da soll übernachtet werden.«

Ein schriller, sich überschlagender Pfeifton ließ sie zusammenzucken. Vor dem Eingang zum Gasthaus hatte die Anführerin der Mädchentruppe ein Mikrofon angeschlossen. Sie war älter als die anderen, das Gesicht hatte sie mit fettig glänzenden Farben geschminkt. Sie führte das Mikro dicht vor ihre Lippen, als wolle sie es ablecken, und bellte hinein: »*Wei!*«

Der Laut hallte elektrisch verstärkt durch den Hof. Es schien, als zitterten die Lampions und erglühten jetzt erst richtig. »*Wei!*«, schrie die Frau noch einmal mit fordernder Stimme. »*Wei, wei, wei wei, wei!*« Sie schien gar nicht genug davon bekommen zu können.

»Soll ich übersetzen, was sie sagt?«

»Ja, bitte«, sagte Theo liebenswürdig.

»Sie sagt, sie würden mit ihrem Fest beginnen, sie begrüßt Sie und bittet Sie, den Anfang zu machen.«

»Den Anfang?«

»Die ausländischen Gäste sollen etwas singen.«

Als hätten die feiernden Chinesinnen die Übersetzung verstanden, brachen sie in begeisterten Applaus aus. Gleich darauf erklang zu den Tönen einer Hammondorgel *My Bonnie is over the Ocean*. Erwartungsvoll schauten die Mädchen herüber.

»Das ist für uns?«, fragte Theo Elias.

Der nickte. »Es ist wohl eine Firmenbelegschaft. Am Wochenende kommen sie gerne hier raus und feiern.«

Theo sah Didi an. »Das Lied kennen wir, oder?«

Sie schüttelte den Kopf. »Ich kann nicht singen!«

»Ich auch nicht«, beruhigte er sie. »Alicia sagt, ich sänge wie ein Maultier mit Mumps.«

Halb enttäuscht, halb erleichtert zuckte sie die Achseln. »Ich glaube, für Alicia ist dieser Turm und die Übernachtung darin wahnsinnig wichtig«, sagte sie. »Sie hat so oft davon gesprochen!«

»Ah ja?« Elias kratzte sich im Nacken.

Die feiernde Gesellschaft hatte zu chinesischer Musik gewechselt. Über den Monitor flimmerten die Gesichter chinesischer Popsänger. Wehmütig blickende junge Männer und dreiste, halbnackte Frauen, die viel Haar wehen ließen. Die Mädchen waren aufgesprungen und hüpften begeistert vor dem Gerät auf und nieder, eine nach der anderen erhielt das Mikrofon, stimmte so laut wie möglich in das Gewimmer ihres Stars ein und wurde mit leidenschaftlichem Applaus belohnt.

»Was singen sie?«, erkundigte Didi sich bei Elias.

Elias schien aus einer Art Stehschlaf zu erwachen. Er rieb sich die Augen und wandte dem anschwellenden Lärm ein Ohr zu. »*Du bist meine Liebe*«, sagte er mit müder Stimme, »*warum ...*«, er lauschte, »*warum hast du an mein Herz geklopft?* Es geht immer so weiter. Soll ich mehr übersetzen?« Unüberhörbar war er kein Fan dieser Musik.

»Nein, nicht nötig«, sagte Theo, »gehen Sie ruhig schlafen, gute Nacht, Elias!« Er öffnete eine weitere Dose Bier.

»Vielleicht solltest du nicht so viel trinken«, warnte Didi, »wenn das morgen wirklich so eine schwierige Wanderung wird?«

»Weißt du was?« Er setzte die Dose an den Mund und trank sie in langen Schlucken aus. »Ich muss dir was gestehen.«

Um Gottes willen, dachte sie, nicht jetzt! Andererseits – warum eigentlich nicht? Sollte er doch gestehen, was ihm auf dem Herzen lag! Sie hob die Mundwinkel leicht und sah ihn aus unschuldig fragenden Augen an.

»Was ich dir gestern in diesem Park erzählt habe, erinnerst du dich? Das war alles Quatsch. Vollkommener Mumpitz!« Er öffnete die nächste Dose.

»Was meinst du? Was hast du im Park gesagt?«

Vor ihnen kochte die Stimmung hoch. Angetrieben von wummernden Bässen hüpften die Mädchen um den Monitor, klatschend und kreischend, blaues Licht ging aus und an.

»Ich hab dir was vorgefaselt von sozialer Frage und irgendwelchem Politzeugs, in Wirklichkeit lag der Fall ganz anders: Ich war einfach nur der allerbravste, langweiligste Jüngling meines Jahrgangs. Haare kurz geschnitten, Supernoten, Orgelunterricht statt E-Gitarre. Und zu Hause – in meiner Familie – wurde nicht geschlagen, nicht geschimpft, kein lautes Wort. Mein Vater war Pastor, verstehst du.«

»Ja«, sagte sie und dachte: Warum erzählt er mir das alles?

»Genau. Ich hatte so was wie einen revolutionären Notstand. Und hier liefen die Jungs und Mädels auf den Straßen herum und setzten ihren Lehrern Papierhüte auf. Das hat mir vielleicht gefallen! Speziell meinen Geschichtslehrer hätte ich mit Wonne so vor mir hergetrieben. Ich fand die Chinesen so toll mit ihrer Kulturrevolution. Am liebsten wäre ich ausgewandert. Dass Leute zu Schaden kamen, wusste ich damals nicht.«

»Ich verstehe«, sagte sie hilflos. »Sieh mal, wir kriegen Besuch!«

Die Anführerin der Truppe kam auf sie zu, in der Hand hielt sie das Mikrofon, ein langes Kabel schleifte hinter ihr. Mit fordernder Stimme sprach sie in das Mikrofon, während hinter ihr Geigen und Mandolinen erklangen.

»Ach!«, sagte Didi. »Aber das kenne ich ja, dieses Lied! O ja, das ist was Schönes!«

»*Buona sera, signorina*«, sagte Theo zögernd.

Die Chinesin bellte weiter in das Mikro, sie schüttelte es und lachte, während sie es ihm entgegenhielt.

In gespielter Verzweiflung verdrehte er die Augen. »Im Ernst, Didi, das hält keiner aus, wenn ich singe!«

Sollte sie aufstehen und in ihr Apartment gehen? Den ganzen Abend abbrechen? Oder noch ein wenig weiter hier sitzen und warten? Und was machte sie so lange mit Theo? Sie öffnete ihre Lippen zu einem entzückten Lächeln. »Doch«, seufzte sie, »sing für mich! Bitte!« Sie verstand selbst nicht mehr ganz, warum sie sich so anstellte. Hatte sie sich nicht vorgenommen, den Mann hier ein wenig zu verwirren?

»Ist das dein Ernst, Didi?«

»Natürlich!« Und so übel ist er ja wirklich nicht, dachte sie, während er sich erhob und das Mikrofon entgegennahm. Er hat eine passable Größe, er sieht nett aus, der klassische Mitteleuropäer mit mittlerem Einkommen.

Theo räusperte sich. »*It is time to say goodnight to Napoli*«, brummte er und schüttelte den Kopf über sich selbst.

Sie setzte sich zurecht auf dem Stuhl, schlug die Beine übereinander. Ob er eigentlich ihr Medaillon noch besaß? Demnächst würde sie ihn danach fragen. Die Hände brav im Schoß gefaltet, lächelte sie ihn unentwegt an: Mach weiter!

»*In the morning signorina – hm, hm, hm, hm …*«

Er hatte den Text vergessen, wie süß!

»*In the meantime let me tell you that I love you*« – wieder pausierte er, aber jetzt wirkte es auf einmal gekonnt. Listig blinzelte er sie an. »*Buona sera! Signorina! Kiss me goodnight!*«

Auch seine Stimme klang auf einmal voll. War das ein Bariton? Die Chinesinnen begannen schon zu klatschen.

»*Buona sera, signorina, buona sera!*«

Jetzt setzten auch noch die Mandolinen und Streicher ein.

»*It is time to say goodnight to – Mutianyu*«, ersetzte er elegant den Namen, und sie quittierte es mit einem schelmischen Lächeln.

»*Though it's hard for us to whisper buona sera …hm hm hm hm, hm hm hm hm.*« Er trat näher an sie heran, beugte sich herab zu ihr, hielt ihr das Mikrofon hin und nickte ihr aufmunternd zu.

Die Albernheit der Situation, die weiche Musik, das applaudierende Publikum rissen sie mit. Sie näherte ihr Gesicht dem seinen, nun sangen sie zu zweit ins Mikrofon: »*In the meantime let me tell you that I love you*«. Auf Englisch klang das gar nicht schlecht: *I love you!*

»*Buona sera, signorina, kiss me goodnight!*« Sie hielten inne, sahen sich verschwörerisch in die Augen, holten tief Atem: »*Buo-na se-ra, signo-ri-na, kiss me goodnii-ight!*«

Die Mädchen klatschten und johlten, er überreichte der Anführerin das Mikrofon, verbeugte sich. Zu Didi gewandt flüsterte er: »*Buona sera.*« Leicht schwankend steuerte er die Schlafkammern an, verschwand schon fast in der Dunkelheit. Nach zwei Schritten stoppte er und machte kehrt. »Holy shit!«, sagte er mit seinem neu gewonnenen Bariton. »Bin ich froh, dass ich mitgekommen bin nach China!«

Er legte ihr den linken Arm um die Taille, mit der rechten Hand fasste er ihr Gesicht. Sie nahm den Kopf zurück, er drückte seine Lippen auf die ihren. Seine Bartstoppeln kratzten sie am Kinn. Doch, dachte sie, so übel küsst er gar nicht.

鴛鴦

BEVOR LAI FANG LEI SICH in seinem Appartement schlafen legte, ging er in den Waschraum, um die Blechdosen zu säubern, die ihm seine Frau heute Morgen mit *baozi* gefüllt hatte. Er drehte den Hahn auf und hielt eine Dose nach der anderen unter den Wasserschlauch. Vor seinem Zimmer ertönte Gelächter, dann das Geräusch von Tischen und Stühlen, die draußen über Beton geschleift wurden. Gleich darauf hörte er durch die dünne Wand zum Nachbarzimmer noch etwas. Es klang wie ein Stöhnen. Er lauschte. Da drüben lag die kleinere der beiden Touristinnen, der es heute während der Wanderung so schlecht geworden war. Wie ging es ihr jetzt? Er drehte das Wasser ab, um besser zu hören.

Nichts. Aber gleich darauf hörte er ein unangenehmes Platschen und Schwallen, Stöhnen und das Geräusch von Wasser, das aus dem Schlauch spritzt. Er konnte sich vorstellen, was in dem Waschraum hinter der Trennwand vor sich ging und schüttelte mitleidig den Kopf.

Nachdem er sein Geschirr getrocknet und in den Rucksack gepackt hatte, zog er sich das Hemd über den Kopf und wusch sich aus dem Schlauch Kopf und Oberkörper. Er holte seine Plastikkanne mit Tee aus dem Rucksack und legte sich auf den betonierten Kang. Von der Wirtsstube drang auf einmal Lärm herüber. Ein durchdringender Pfeifton überschlug sich draußen in der Luft, dann hörte er eine Frauenstimme, die mit Hallo-Rufen ein Mikrofon überprüfte. »*Wei! Wei!*«, wummerte es über die ganze Anlage.

Er seufzte leise und trank einen Schluck. Karaoke, dachte er, hoffentlich dauert es nicht die ganze Nacht. Der Tee war lauwarm. Er ließ die durchsichtige Kanne in der Hand baumeln und unterhielt sich damit, die bräunlichen Teeblätter zu beobachten, wie sie in der Flüssigkeit schaukelten.

Es war sein erster Auftrag mit westlichen Ausländern. Er wusste nicht viel über die Langnasen. Er hatte nur gehört, was man sich erzählte: dass sie viel Geld, aber keine Sitten hätten, dass manche von ihnen Tiere mehr liebten als ihre Eltern oder Kinder. Speziell die Moral der westlichen Frauen sollte recht locker sein. Sie setzten sich auf eine Weise, wie es einer Chinesin nie in den Sinn käme, schlugen ihre Beine übereinander oder legten sie sogar auf den Tisch. Eine Frau sollte aber, so galt es eben, beim Sitzen einer Standuhr gleichen und beim Lachen nie ihre Zähne zeigen. Er überlegte, ob eine der beiden Frauen schon ihre Zähne gezeigt hatte, konnte sich aber nicht erinnern. Wahrscheinlich war das Gerede über die Ausländer sowieso voller Übertreibungen.

Andererseits – er bewegte die Kanne leicht, um die Blätter wieder steigen und sinken zu lassen – war ihm schon aufgefallen, dass diese Leute offenbar ohne ihre Kinder verreisten. Hatten sie etwa keine? Die große Frau natürlich nicht, die hatte ja nicht einmal einen Mann. Jung war sie auch nicht mehr, viel zu spät dran, um noch einen Mann zu finden. Na ja, kein Wunder, sie war zu groß. Welcher Mann wollte schon eine Frau haben, die zwei Köpfe größer war als er? Das sah ja aus, als ob ein Kamel neben einem Hühnchen lief.

Er schraubte die Kanne auf und trank. Eine Geschichte

fiel ihm ein, sein Sohn hatte sie ihm erzählt. Wie ein kleiner Mann einmal eine große Frau geheiratet hatte. Aus Liebe. Wenn sie zusammen spazieren gingen, hielt der Mann den Regenschirm hoch, damit seine große Frau sich nicht mit dem Kopf daran stieß. Die Nachbarn glaubten nicht, dass man eine so große Frau wirklich lieben sollte und rätselten und spionierten die ganze Zeit herum, bis eine böse Frau darauf kam, dass die beiden nur des Geldes wegen zusammen waren. In der Kulturrevolution wurde der kleine Mann denunziert und verhaftet. Er kam ins Gefängnis und die große Frau starb vor Kummer. Nach zwei Jahren kam der Mann wieder frei, seine Nachbarn sahen, wie er alleine spazieren ging. Er hielt den Schirm hoch, als ginge seine Frau immer noch neben ihm.

Die Tür öffnete sich, der Karaoke-Lärm stand auf einmal sehr laut mitten im Raum. Elias kam herein, er schloss die Tür, es wurde wieder leiser. Auch Elias hatte sich Tee mitgebracht, er setzte sich neben Lai auf den Kang und trank.

»Lao Lai«, sagte er, »ich glaube, das wird schwierig morgen mit der Wanderung. Ich kann mir nicht vorstellen, dass die Gäste es über die Himmelsleiter schaffen.«

Lai dachte nach. »Die Himmelsleiter ist sehr schwierig«, gab er zu. »Fahren wir mit dem Bus nach Badaling! Den Weg dort kann jeder gehen.«

»Die Kunden haben aber nicht Badaling, sondern die Himmelsleiter gebucht«, erinnerte Elias. »In Badaling sind tausend Touristen unterwegs. So was wollen Ausländer nicht.«

»Die Himmelsleiter ist schwer«, wiederholte Lai. »Und wenn man einmal losgegangen ist, kann man nicht mehr zurück.«

»Der Unfall letzten Monat ist auf der Himmelsleiter passiert, nicht wahr?« Elias fegte sich eine Fliege vom Knie.

Lai nickte. »Ja. In der Nähe vom Mädchenturm. Der Mann, der abgestürzt ist, war jung. Unsere Kunden sind älter. Deshalb denke ich, dass Badaling für sie besser ist.«

»Badaling kommt leider nicht infrage.« Elias seufzte. »Ich weiß nicht, wie ich es dir erklären soll, Lao Lai. Ausländer sind ganz anders als die chinesischen Touristen. Sie wollen schwitzen beim Wandern und Bäume und Felsen sehen, verstehst du?«

»Ah«, sagte Lai, »sie wollen die Himmelsleiter unbedingt. Kann aber sein, dass die Mauer da inzwischen schon gesperrt ist.«

»Gesperrt?«

»Der Tote war doch ein *laowai*.«

Elias setzte sein Schraubglas ab, die Teeblätter torkelten zu Boden. »Das wusste ich nicht«, sagte er, »bist du sicher, Lao Lai?«

»Ich weiß nicht, aus welchem Land, aber es war ein *laowai*.«

»Wo genau will man sperren?«

»Ich habe es nur als Gerücht gehört. Aber ich denke, irgendwo hinter Simatai. Da, wo die Himmelsleiter beginnt. Katzenaugenturm, Mädchenturm, Pekingblickturm – die sollen gesperrt werden.«

»Woher hast du das Gerücht?«

»Von meinem Neffen. Er ist Polizist in diesem Bezirk.«

»Los, ruf ihn an.«

Folgsam kletterte Lai vom Kang, holte sein Handy heraus und drückte auf die Wähltaste. Eine Weile warteten sie. Durch das Fenster blitzte es blau, gleich darauf folgte wildes Klatschen.

Lai schüttelte den Kopf. »Er geht nicht ran. Ich versuch's morgen wieder.«

»Lao Lai, hier ist doch überall Wilde Mauer. Weißt du

einen Abschnitt, der leichter zu gehen ist als die Himmelsleiter?«

Lai schwang sich zurück auf den Kang. »Vielleicht Huanghuacheng«, sagte er. Er gähnte. Müdigkeit überkam ihn.

»Hab ich schon gehört. Da kann man gehen?«

»Ja. Ganz bequem.«

»Und Türme stehen da auch?«

»Überall auf der Mauer stehen Türme.« Lai gähnte noch einmal und zwinkerte mit den Augen.

»Ich meine einen, der noch gut erhalten ist, wo man drin übernachten könnte. So einen wie den Pekingblickturm.«

»Ah«, stimmte Lai zu. Er wollte dem Kleinen Elias nicht widersprechen, er ging gern mit ihm. Er verstand nicht ganz, was seinen Freund gerade so bedrückte: Der tödliche Unfall, ja. Die Sperre. Aber die konnte man sicher mit ein wenig Kraxelei umgehen. Jemand könnte sie natürlich dabei beobachten und anzeigen. Na ja – große Sorgen machte er sich da auch nicht. Er hatte doch den Neffen bei der Polizei. Blut ist dicker als Wasser, der Neffe wüsste, was er seinem Onkel schuldete.

»Huanghuacheng«, murmelte Elias neben ihm, »ja, vielleicht.« Er hatte sich auf dem Kang ausgestreckt, ein Bein angewinkelt, das andere darübergelegt. An der Wand waren die runden Schatten seiner Zehen zu sehen. Sie gingen auseinander und trafen sich wieder.

Während Lai die Zehengymnastik seines Freundes betrachtete, holte ihn die Müdigkeit endgültig ein. Mitten in dem lauter und lauter werdenden Krawall vor dem Zimmer sanken ihm die Lider auf die Augen. Ein Gedanke kroch ihm noch durch den Kopf. Was war das? Was war ihm eben eingefallen? Ach ja, dass seine Frau gern schallend lachte und dabei ihre großen Zähne zeigte. So wie die Ausländerinnen. Dann schlief er endgültig ein.

ALICIA

CHINA WAR DAS GUESTHOUSE VON MUTIANYU mit seinen Lampions und der einfachen Mahlzeit (»authentisch«, lobte Didi die Eierspeise), es war der Weg zur Großen Mauer, es war eine Gasse von Verkaufsständen, auf deren Tischen sich Fellmützen stapelten, in Plastik verpackte T-Shirts mit der Aufschrift »I climbed the Great Wall«, Mao-Anstecker, Essstäbchen und Kimonos, wo Kühlschränke für Eis und Getränke herumstanden, wo bunte Schals im Wind wehten. Es waren die Händler, die sich bei ihrem Anblick erhoben, ihnen entgegentrabten, im Laufen schon ihre Schätze ausbreiteten: »*Look-a! Silk shawl! Cool-a water!*« Und ein Great-Wall-Ticket-Office (»Man zahlt hier Eintritt für die Berge?«, staunte Theo).

China war die Große Mauer: eine Straße, breit genug für drei nebeneinanderfahrende Autos (»sechs kaiserliche Pferde«, sagte Elias, der sich ein flatterndes Häubchen auf den Kopf gesetzt hatte), China war eine Kulisse blauer und grüner Berge, China war das riesige Insekt, das starr wie ein Stück Holz vor ihnen in einer gemauerten Schießscharte saß (»Gottesanbeterin«, sagte Elias. »Großer Gott!«, sagte Theo, »wo mag der Gatte sein?«).

China war die ältere Chinesin, die eine Weile stumm hinter den fünf Wanderern herging, dann aufholte und Alicia mit resigniertem Tonfall einen Stapel bunter Karten entgegenhielt: »*Buy-a postcard!*« (»Lästig«, sagte Elias und riet, sie nicht zu beachten. Und wenn sie ihr gleich etwas abkaufte? »Lieber nicht, wenn sie merkt, dass ein Geschäft geht, alarmiert sie andere.«)

China war die Große Mauer, die sich in eine Treppe gewandelt hatte mit Hunderten grauer, in der Sonne glitzernder Stufen, es war ihr Herz, das sich plötzlich hören ließ, ihr keuchender Atem und weitere chinesische Verkäuferinnen mit Bauchtaschen voll Papiertaschentüchern und Billigschmuck, die sie plötzlich links und rechts eskortierten: »Be care-a-fu-li!«, mahnten sie mit besorgten Gesichtern. (»Sie wollen Sie führen«, erläuterte Elias, »ich sage Ihnen, dass Sie schon einen Führer haben.« – »Sogar zwei!«, erinnerte Alicia ihn keuchend.)

China war ein Höhenkamm, von dem die Treppe in unendlich vielen Stufen bergabfloss, um aus einem blauen Tal wieder nach oben zu krabbeln, es war der Schwindel, der Alicia plötzlich so heftig erfasste, dass sie sich an der Mauerbrüstung festhalten musste. Und es war die chinesische Touristengruppe, die sich Kopf an Kopf die Anhöhe zu ihnen hinaufkämpfte. Alle trugen gelbe Kappen, der voranschreitende Führer schwenkte eine gelbe Fahne voraus und schmetterte in sein Megafon. Der Wind trug einen Schwall enthusiastisch klingender Laute zu ihnen herauf. Es waren mindestens hundert.

»Was ist das, um Gottes willen?«, fragte Alicia erschöpft.

»Die kommen nur bis zu dieser Stelle, dann kehren sie wieder um«, sagte Elias. »Nach dem Tal geht es steil nach oben, das schaffen nicht mehr viele Leute.«

China war das völlige Versagen ihrer Beine, das Gefühl, in eine Tiefe zu stürzen, es war der Rückweg, gestützt von Theo und Elias, die vielen Stufen hinab, begleitet von mehreren Verkäuferinnen (»Be care-a-fu-li!«) und dabei die ganze Zeit zu denken, dass sie jetzt auf keinen Fall ohnmächtig werden wollte.

China war das Guesthouse von Mutianyu, ihr Zimmer, der von einem Baumwolllaken bedeckte Kang, die Plastikhalterung der Klimaanlage, ganz im Speziellen war es das Toilettenloch und die Stütztritte, auf denen sie kauerte, es war der halbe Quadratmeter Keramikweiß, den sie immer und immer wieder mit Wasser aus dem Schlauch reinigte, wenn sie ihn verschmutzt hatte. Es war die dünne Schaumstoffmatratze auf dem betonierten Kang, durch die hindurch sie ihre Schulterknochen spürte, als sie sich hinlegte. Es war die Aufwallung von Übelkeit, die sie mit der Hand vor dem Mund wieder hoch und in den Waschraum stürzen ließ, wo schließlich der gesamte Mageninhalt aus ihr hervorbrach: gelbe Flocken, hellrote Fasern, Geleeartiges in langen Fetzen (das authentische Mahl von heute Mittag).

Als es vorbei war, brannte ihr das Gesicht, gleichzeitig überfiel sie ein Kälteschauder, ihre Schultern bebten. Sie würde schnell wieder gesund werden, sie wusste, dass sie das konnte. Ein schriller Pfeifton drang von draußen herein, laute Stimmen, eine Frau schrie gellend. Über all das hinweg sank sie in Schlaf.

Sie erwachte von Musik, die gleichzeitig in ihren Ohren und in ihrem Bauch dröhnte. Etwas draußen prasselte laut wie Regentropfen auf einem Blechdach. Sie überlegte, ob sie es riskieren könnte aufzustehen, und tastete mit einem Fuß nach dem Boden. Theo war zweimal zu ihr gekommen und hatte sie ratlos gefragt, ob er ihr helfen könnte, sie hatte ihn jedes Mal weggeschickt. Jetzt hätte sie ihn gerne um sich gehabt. Einen Moment lang sah sie seine grauen Augen vor sich, seinen freundlichen Blick. Worüber hatten sie gestern den ganzen Tag gestritten? Aber es war zu mühsam, das Gedächtnis danach zu durchforsten, erst einmal wollte sie aufstehen. Sie befahl sich, gesund zu werden, sie hatte das schon mal geschafft. Mit elf Jahren, mitten im Sommer, hatte Alicia hohes Fieber bekommen, der Arzt, der ihr in den Mund schaute, hatte »Himbeerzunge« konstatiert und zwei Wochen Quarantäne angeordnet. Auf der Stelle verließ ihr Vater, Polizeihauptmann König, das Haus. Die Mutter sperrte ihren Schreibwarenkiosk zu und setzte sich an ihr Bett. Nach zehn Tagen, in denen Alicia durch Wogen von Schmerz und Traumbildern gedämmert war, erwachte sie und hörte, wie ihre Mutter: »Kein Drandenken« sagte. Sie wusste sofort, was das bedeutete: Ihre Ferien mit Didi Frank wurden abgesagt. Didis Familie hatte Alicia eingeladen. Sämtliche sechs Sommerwochen dürfte sie zusammen mit den Franks in einem wunderbaren Haus am Gardasee verbringen. See, Segelboot, Spaghetti mit Tomatensauce, Fahrräder und eine Sammlung von Brettspielen, aber das alles war nicht wichtig. Wichtig war Didi. Alicia hob ein Bein aus dem Bett und stellte es auf den Boden. Dann das zweite. Sie stützte sich auf den Bettpfosten, erhob sich und marschierte in den Flur, wo ihre Mutter gerade den Telefonhörer auf die Gabel legte. »Um Gottes willen!«, schrie ihre Mutter und streckte die Arme aus, um sie aufzufangen. Alicia stand da im Nachthemd, sie schwankte nicht. »Ich kann fahren«, sagte sie. »Ruf noch mal an.« Es stimmte. Alicias Temperatur war gesunken, ihre Zunge hatte eine normale Färbung. Nichts tat mehr weh, der Doktor kam und bestätigte die selbst gestellte Diagnose: Alicia war gesund. Sie durfte mit Didi, ihren Eltern und Brüdern in die Ferien. Nach ihrer Rückkehr nahm Alicia die Krankheit da wieder auf, wo sie sie abgebrochen hatte. Drei Wochen Bettruhe folgten. In ihren Träumen kehrten die Ferien zurück. Stimmen hörte sie, Gezwitscher, an- und abschwellende Gesänge.

Immer noch drang von draußen die Musik herein, unterbrochen von frenetischem Applaus. Alicia ließ die Beine vom Kang herabbaumeln. Noch ein wenig dasitzen und ruhig atmen. Als Kind war sie gesund geworden, weil sie sich diese Ferien mit Didi wünschte. Man hatte ihr ein schönes Geschenk gezeigt, sie wollte es haben. Jetzt war sie erwachsen, die Dinge lagen genau andersherum, jetzt war sie es, die Didi mit Versprechungen gelockt hatte: mit der Mandarinente, mit einer Reise nach China, einem herrlichen Abenteuer. Und was hatte sie vorzuweisen? In ihrem Koffer lag, in Seidenpapier gehüllt, eine Ente, aber es war nicht die richtige, nicht die, die Gregor für Didi bestellt hatte. Irgendwo in Peking wollte Ping eine zweite Ente für sie besorgen, doch auf welch tönernen Füßen stand dieser Plan! Würde Ping überhaupt richtig suchen? Die Skulptur rechtzeitig erhalten? Vielleicht vergaß sie auch einfach ihren Auftrag? Ping war sympathisch, aber Alicia wusste doch gar nichts über ihr Leben, vielleicht hatte sie schon wieder Touristen zu führen und kam zu nichts anderem? Wusste sie überhaupt etwas von China und den Menschen hier? Nach drei Tagen in diesem Land? Das war doch lächerlich. Von Anfang an hatte sie Didi zu viel versprochen. Alles, was davon blieb, war ihre Wanderung auf der Wilden Mauer und die Übernachtung in diesem Turm. Alicia wischte sich den Schweiß von der Stirn. Sie musste gesund werden, sie konnte das.

Gestern dieser chinesische Arzt mit seinen wedelnden Händen, seinem Lächeln. Er hatte den Blitz geschickt und mit ihm ein Gefühl von Unverwundbarkeit, als hätte sie in Drachenblut gebadet. Ob das noch einmal zurückkehrte?

Ein Brummton. Ihr Handy meldete eine SMS. Konnte sie es riskieren, durch den Raum bis zu ihrem Rucksack zu gehen? Noch einmal atmen. Mühevoll rutschte sie vom Kang.

Der Rucksack lag in der Ecke, schon fertig gepackt für die Wanderung. In der Dunkelheit stocherte sie darin herum, ertastete Thermoskanne, Socken, Sonnenbrille, ein dünnes Stoffpäckchen (Schlafsack aus Flugseide), Wasserflasche, Wachskerzen, Streichhölzer, Lunchbox. Das Handy. Sie klappte es auf. Nachricht von Ping Ye:

Hallo, liebe Alicia. Ich habe Geschäft für Tang Lao Ya Skulptur gefunden, aber es gibt in viele Größen. 8 Zentimeter bis 140 Zentimeter. Können Sie bitte schreiben, welche Sie wünschen?

Das musste sie Didi zeigen, das musste Didi entscheiden. Die Musik war leiser geworden. Vielleicht war Didi auch schon schlafen gegangen? Alicia schleppte sich zur Tür, schob sie auf. Theo wenigstens musste da draußen noch irgendwo sitzen. Sie trat ins Freie und spürte die winzigen, spitzen Steine an ihren Füßen wie die Bisse feiner Zähne. Jetzt erst merkte sie, dass sie keine Schuhe anhatte. Die Luft war draußen nicht viel kühler als drinnen, aber irgendwie schmeckte sie sauberer.

Die Musik hatte aufgehört. Ein paar Höhenmeter unter ihr lag schwach beschienen von einem roten Lampion der Tümpel. Undeutlich erkannte sie davor eine sitzende Gestalt.

Jemand kam durch das Dunkel auf sie zu. Es war Theo. Trotz ihrer Erschöpfung spürte sie, wie ihre Lippen sich entspannten. Er ging rasch, blieb stehen, drehte sich um. »… bin ich froh«, hörte sie und fragte sich worüber.

»… dass ich mit nach China gekommen bin …« Der Wind wehte die Reste des Satzes davon. Aus dem Tümpel hörte sie ein leises Glucksen. Sie spürte, dass sie sich freute. Hatte sie etwa auf diesen Satz gewartet? Er klang, als wolle er sich bei ihr bedanken.

Theo ging zurück, dahin, woher er gekommen war, zu der Gestalt, die unter dem roten Lampion saß. Es war Didi. Er beugte sich über sie, schlang die Arme um sie und drückte sein Gesicht auf ihres.

鴛鴦

DAS KARAOKE DRAUSSEN war in infernalisches Kreischen übergegangen. Lai schlief auf dem Bauch liegend, den Kopf auf die Oberarme gebettet. Ein sanftes Rasselgeräusch begleitete seinen Atem. Elias schwang sich vom Kang und trat vor die Tür. Vor der Wirtsstube stand der Monitor. Um ihn herum wie um einen mächtigen Götzen sprang die feiernde Gruppe, entfesselt, in ekstatischen Zuckungen. An ihrem Tisch beim Tümpel saßen immer noch Didi und Theo und tranken Bier. Alicia, die Arme, schlief sich hoffentlich gerade gesund.

Touristen in China, dachte Elias. Normalerweise war man überall bestrebt, ihre Wünsche zu erfüllen und seien sie noch so absurd. Auf der Mauer hatte es an irgendeiner Stelle sogar schon ein Amphitheater gegeben, wo zahlende Gäste zusehen konnten, wie Löwen lebende Hühner und Schafe zerfleischten. So etwas begehrten Reisende aus Mitteleuropa nicht, das war Elias klar. Zudem hatten die drei Deutschen ausdrücklich »Wilde Mauer« bestellt. Elias wusste genau, was sie sich darunter vorstellten: etwas Waldursprüngliches, nie oder selten Betretenes, eine jungfräuliche und durchaus widerspenstige Natur. In Badaling, Lais erstem Vorschlag, wälzten sich die Massen über die Mauer: Chinesen, Taiwanesen, Koreaner. Gruppenführer brüllten durch ihre Megafone, überall lauerten Eis- und

Postkartenverkäufer, und dazu war die ganze Mauer dort eine einzige Treppe, so sauber und gerade wie in der U-Bahn von Shanghai. Junge Chinesinnen stöckelten darauf in High Heels bergan.

Die »Wilde Mauer« dagegen bedeutete nicht einfach Badaling ohne Touristen, sie war etwas wirklich Wildes. Teilweise bestand sie nur aus unbefestigten Mauerresten, kaum begehbaren Schotterhaufen, manchmal kam man nur durch Klettern voran oder es wuchsen mitten auf dem Pfad riesige Büsche, die das Fortkommen unmöglich machten. Von der Himmelsleiter hatte er natürlich gehört, es hieß, dass es ein relativ kurzer Abschnitt sei, doch die meiste Zeit davon schwebe man auf einem schmalen, ungesicherten Grat buchstäblich zwischen Himmel und Erde.

Elias wusste, dass es Leute gab, die hier gewandert waren, er selbst empfand wenig Ehrgeiz, in ihre Fußstapfen zu treten. Im Prinzip kam ihm die Geschichte mit der angeblichen Sperre gar nicht ungelegen. Wenn er die drei Deutschen einfach nach Badaling brachte, wären sie mit Recht enttäuscht. Nun aber – über eine gesperrte Strecke konnte sich eigentlich niemand beschweren. Oder?

Noch wusste er nicht, ob wirklich gesperrt werden sollte, aber dass der Tote Ausländer gewesen war, sprach dafür. Dass Bürger fremder Staaten auf chinesischem Territorium zu Schaden kamen, war etwas, wovor man sich in China fürchtete. So etwas bedeutete Gesichtsverlust für jeden Chinesen, der sich in irgendeine Beziehung zu dem Geschehen verwickelt sah und es unerträglich fand, dass sein Land einem ausländischen Besucher geschadet hatte. Regierungsamtliche Beschlüsse mochten folgen, die den kleinen Staatsbeamten vor Ort ein schönes Aufgabenfeld zuordneten, an dem sie eine neue Macht genießen konnten. Wu hatte in seinem Beijinger Büro die Behörden des Landes erwähnt. Seit Elias von dem toten *laowai* gehört hatte, wusste er, was Wu gemeint hatte.

Nun also – wie sollte er morgen vorgehen? Angenommen, man sperrte die Strecke doch nicht – wie würden die drei Touristen reagieren, wenn sie erfuhren, dass man sie ohne Not um ihr gebuchtes Abenteuer gebracht hatte? Vor einer halben Stunde erst hatte Didi ihm nachdrücklich erklärt, dass zumindest eine von ihnen fixiert war auf die Übernachtung im Pekingblickturm. War es möglich, dass man sich über ihn beschwerte? Eigentlich machten die drei nicht den Eindruck von Querulanten. Andererseits – hatte Theo nicht heute ganz entgeistert gefragt, wieso man in China Eintrittskarten für die Berge verlangte? Und Didi hatte sich zu Beginn ihrer kurzen Tour von einem Kiosk »eingeengt« gefühlt. Wie würde die Frau wohl auf die Auskunft reagieren, dass die chinesische Regierung ihr verbieten wollte, ihren Fuß in das von ihr gebuchte Wanderparadies zu setzen? Jetzt fiel Elias auch noch die amerikanische Touristin ein, die er im letzten Monat durch Beijing geführt hatte. Die ganze Zeit war sie überschwänglich lieb und begeistert gewesen, um sich am Ende bei seinem Auftraggeber bitter über ihn zu beklagen. Möglicherweise war sie auch nur auf einen Flirt mit ihm aus gewesen und hatte sich dann geärgert. Wenn sich jetzt noch weitere Kunden über ihn beschwerten, fehlten ihm demnächst sechs von zwölf Punkten auf seiner Registrierung. Noch einmal so viel Minuspunkte und er musste die Lizenz zum Reiseleiter abgeben.

Einen Moment überlegte Elias, ob er Wu anrufen sollte, um ihn über seine Zwickmühle aufzuklären, aber dann verwarf er den Gedanken wieder. Dreimal hatte Wu ihm erklärt, dass die Wanderung exakt so auszuführen sei, wie sie in der Buchungsbestätigung beschrieben war. Und danach hatte er ihn eben deshalb losgeschickt und sich höchstwahrscheinlich gleich darauf irgendwohin verkrochen, um nichts mit all den vorhersehbaren, Gesichtsverlust verheißenden Schwierigkeiten zu tun zu haben.

Dieser Turm, der den Leuten so wichtig war – das war das größte Problem. Gab es eine Lösung? Elias kratzte sich am Kopf. Lais Idee mit Huanghuacheng. Vielleicht ließe sich da ja etwas umwidmen? Die Kunden wünschten den Pekingblickturm – bitte, dann sollten sie ihn bekommen! Sie könnten mit dem Bus nach Huanghuacheng fahren, dort einen Tag lang wandern und einen halbwegs erhaltenen Turm zum *Pekingblickturm* erklären. Willkommen im Potemkinschen Dorf! Solange keine Inschrift in lateinischen Buchstaben etwas erklärte – und je »wilder« die Mauer war, desto unwahrscheinlicher die Vorstellung –, ließ sich jeder Turm so nennen, wie man wollte. Alle wären glücklich. Oder?

Die Musik hatte ausgesetzt. Dann fing sie wieder an. Etwas Europäisches mit Mandolinen und Geigen. Aha, jetzt hatten sie die Westler doch noch herumgekriegt: Wie es schien, stimmte Theo eine italienische Schnulze an. Einzelne englische und italienische Fetzen drangen bis zu ihm herüber. Elias lächelte. Seine Schwester mit ihrem Cello fiel ihm ein. Sie war so glücklich jetzt über das Konservatorium, über Sofia, darüber dass sie endlich irgendwo »zu Hause« war. Er selbst hatte die Weltenbummelei seiner Eltern genossen. An Indien erinnerte er sich kaum noch, aber an den Kindergarten in Ostberlin, später die Internationale Schule in Beijing. Immer wieder eine neue Sprache, neue Freunde, neue Gewürze.

Durch das Jauchzen der Geigen vernahm er ein leises Scharren. Die Tür hinter ihm ging auf. Lai trat heraus, er zwinkerte mit den Augen, noch halb im Schlaf. »Der Neffe hat angerufen, Kleiner Elias«, gähnte er.

»Und?«

»Sie haben tatsächlich gesperrt. Am vierzehnten Turm steht ein Wächter. Wer weitergeht, wird bestraft. Zweihundert Yuan kostet es. Für jeden.«

»Gut«, sagte Elias, »dann fahren wir morgen nach Huanghuacheng!« Sobald er den Entschluss ausgesprochen hatte, fühlte er sich erleichtert. Huanghuacheng war die beste Lösung. Eine ungefährliche Strecke, keine Sperren und Wächter, die Anlass gäben zu den üblichen lästigen Fragen über China (Diktatur, Menschenrechte, und *Wie finden Sie das, Elias? What do you think about it?* etc). Wenn nicht irgendein dummer Zufall den Betrug aufdeckte, wären alle zufrieden.

Noch eine Tür wurde geöffnet. In der Dunkelheit sah Elias, wie Alicia im Nachthemd und barfuß den Weg zum Tümpel hinabschritt. Vorsichtig balancierte sie auf den spitzen Kieseln.

»Ich habe dem Neffen von der Idee mit Huanghuacheng erzählt«, erklärte Lai, »er meinte auch, dass die Ausländer zufrieden sein werden. Gerade baut man da eine große Treppe.«

»Was hast du gesagt, Lao Lai?«

»Dass eine Treppe auf diesem Mauerabschnitt gebaut wird. Die Regierung verschönert die Mauer für ihre Besucher.«

Direkt vor Elias ging Alicia langsam und tastend weiter den Weg hinunter zum Tümpel, aber in diesem Moment sah er nicht sie, sondern etwas anderes. Elias Daskalov hatte so etwas wie eine Vision: Er sah eine wimmelnde Schar von Männern mit bunten Helmen auf den Köpfen. Sie hingen an Seilen in der Luft, mit Gurten gesichert. Wie die Spechte klopften sie an die Steinwände, andere liefen zu zweit mit Tragestangen bergauf und bergab. An den Stangen hingen große Körbe für Mörtel, Steinbrocken, Geräte. Die Männer schrien sich Kommandos zu, warfen Presslufthämmer an. Zu Hunderten wimmelten sie über den Mauerabschnitt.

Unklar nahm er wahr, wie Alicia den Weg wieder zurückkam. »Nein«, sagte er, »Huanghuacheng geht doch nicht, Lao Lai. Hör zu, gibt es nicht noch einen anderen Weg zum Pekingblickturm?«

Alicia kam zurück. Sie schien weder ihn noch Lai zu bemerken, wie ein Geist ging sie an ihnen vorbei, hinein in ihre Unterkunft und schloss die Tür hinter sich.

»Doch«, sagte Lai. »Am See gibt es eine Cable-Bahn. Unterhalb davon führt ein zweiter Weg hoch, aber der ist noch schwieriger als der gesperrte auf der Mauer.« Er überlegte kurz. Dann nickte er. »Ach so, wenn es egal ist, wie wir hinaufkommen – ich kenne noch einen dritten Weg.«

»Wirklich?«

»Mach dir keine Sorgen, Kleiner Elias, das schaffen wir. Wenn die Touristen zum Pekingblickturm wollen, bringe ich sie hin.«

DIDI

Sie fuhren durch die Morgendämmerung. Vier Europäer, der chinesische Fahrer und Lai. Keiner sprach ein Wort. Didi hatte sich hinter Lai gesetzt und betrachtete seinen Kopf, die Ohren.

»Das Seehotel in Simatai«, sagte Elias, als der Bus auf einen Parkplatz einbog. »Hier lassen wir unser Gepäck.« Das Hotel war ein Flachbau mit schlanken Säulen und roten Lampions. Sie mochte es. Sehr chinesisch, dachte sie. Am Eingang zum Parkplatz schlichtete ein älteres Männlein Waren auf einen wackeligen Klapptisch. Fellmützen mit rotem Stern, Sonnenhüte mit darauf applizierten dicken Pandabären aus Stoff und lageweise T-Shirts mit dem Aufdruck *I climbed the Great Wall*. Als er sie sah, bückte er sich zu einer Kühltasche am Boden und förderte drei Dosen ans Licht. »*Look-a!*«, kläffte er, »*Cool-a water!*«

»Also irgendwie ist das schon ...«, sagte sie.

»Es ist einfach, wie es ist«, sagte Alicia, ohne zu lächeln.

Didi beschleunigte ihren Schritt, sie wollte mit all diesen Neppern, den jaulenden Krämerseelen hier nichts zu tun haben. »Ich finde es wirklich daneben. Es zerstört so viel von der Atmosphäre hier.«

»*Cola!*«, rief ihnen das Männlein hinterher. Und als keine Antwort kam: »*I lemember you!*«

»Klingt ja fast wie eine Drohung«, sagte sie und lachte kurz auf.

Sie fuhren weiter. Dann machte die Teerstraße einen Knick, der Bus hielt an. Eine Ziegelmauer, eine schmale Tür. Lai stieg als Erster aus und schloss sie auf.

»Hier beginnt unsere Wanderung«, sagte Elias. »Wir füllen nur noch Wasser auf. Und Sie können sich noch einmal erfrischen, wenn Sie wollen.«

»Wo sind wir?«, fragte Didi.

Dann hörte sie Lais »Okay?«, sah sein Lächeln und verstand. Dies war sein Zuhause! Neugier und Aufregung verschlugen ihr den Atem. Wie lebte dieser Mann? Was sah er zuerst am Morgen, zuletzt am Abend? Sie betrat einen Innenhof aus Beton, dann einen großen, kahlen Raum mit zwei Schmuckstücken: einem riesigen, holzgerahmten Barometer und einem Flachbildschirm. In der Ecke stand ein großer Kang aus Ziegelsteinen, bedeckt von einer dünnen Steppdecke. Ein Geruch schwebte in der Luft, den sie nicht kannte – Mottenkugeln? Sie hatte irgendetwas erwartet, das bunt war, eine aufregende Geschichte erzählte, sie spürte ein Ungenügen in diesem Raum und empfahl sich selbst, einfach abzuwarten, was weiter käme.

Zum Waschraum mussten sie wieder nach draußen.

»Darf ich?«, fragte Didi höflich.

»Bitte sehr«, sagte Alicia gleichfalls höflich.

»Wie geht es dir heute? Besser hoffentlich?« Sie wusste, dass ihre Frage schon früher hätte kommen müssen.

»Ja, viel besser«, sagte Alicia knapp.

Theo machte eine Handbewegung, als wolle er Alicia über das Haar streichen, mit einer Seitwärtsdrehung wich Alicia aus.

Theos Geste war normal, Didi nahm sie hin ohne Bedauern. Es gab Männer, die monogam waren wie Schwäne. Andere flatterten von Blüte zu Blüte, Kolibris, die fünfzigmal in der Sekunde mit ihren Flügeln schlugen. Gregor hatte als Kolibri gelebt, Theo war als Schwan zur Welt gekommen. Sollte er ruhig um Alicia herumsegeln, Schwäne taten so etwas (auch wenn dieser hier mit seinen langen Beinen eher einem Reiher glich).

Sie betrat den Waschraum. Auch hier war alles kahl – an der Wand hing ein Schlauch, im Boden gab es einen Gully, sonst nichts. Kein Spiegel. Sie spritzte sich Wasser aus dem Schlauch ins Gesicht, spülte sich den Mund aus. Wie gern hätte sie ihr Haar überprüft! Flüchtig dachte sie an eine Freundin ihrer Mutter, die seit Jahren ihre Sommer mit einem deutlich jüngeren »Freund« in Marokko verbrachte. Durch die dünne Betonwand hörte sie ein sanftes Grunzgeräusch, irgendwo musste hier auch noch ein Schwein leben. War sie auf einem Bauernhof gelandet?

»Herr Lai ist Farmer?«, hörte sie Alicia sagen, als sie ins Freie trat.

Im gleichen Moment fuhr in großem Schwung auf einem Moped eine Frau herein, eine Chinesin mit zinnoberroten Backen. Lai lächelte. Elias sagte: »Herr Lai stellt Ihnen seine Gattin vor.«

»Oh! Hallo!«, sagte Didi mit warmer Stimme. »Was heißt bitte *Hallo* auf Chinesisch, Elias?«

War sie jetzt enttäuscht? Aber wieso denn? Es passte doch alles zusammen: Ein chinesischer Bauer mit Gregors Ohren. Natürlich war er verheiratet. Und dass chinesische Bauern nicht lebten wie die Kolibris, konnte sie sich doch ausrechnen!

Die Frau lächelte schüchtern. Das Rot auf ihren flachen Wangen war so intensiv, als wäre es ihr aus dem Tuschkasten in zwei Kreisen aufgemalt worden. Plötzlich ergab alles hier einen sehr banalen Sinn, die schmucklosen Räume, der Geruch nach Mottenkugeln, sogar das Schwein. Sie spürte, wie etwas Giftiges in ihr zu brennen begann.

Ein Telefon läutete. Lai sprach mit jemandem, nickte, »*dui, dui, dui*«, sagte er.

Die Frau brachte Reis, Suppe und Essigfrüchte.

»Magst du das?«, fragte Theo besorgt und sah Alicia ins Gesicht. »Das sieht doch eigentlich recht harmlos aus, oder?« Er ging durch den Hof zu seinem Koffer, streifte Didi dabei an der Seite, nickte ihr freundlich zu und sagte: »Na?«

Ihr Gepäck ließen sie in Lais Haus zurück. Zu fünft hatten sie Lais Haus betreten, zu sechst verließen sie es: die drei Reisenden, ihre beiden Wanderführer und die chinesische Bäuerin, Lais Frau. Jeder von ihnen trug einen Rucksack. Gleich hinter Lais Haus führte ein schmaler Trampelpfad vorbei an Obstgärten, an Feldern mit Auberginen und Mais. Sie passierten einzelne Gehöfte, vor einem standen nebeneinander angebunden ein Esel und ein deutscher Schäferhund. Der Esel schaute ihnen gleichmütig hinterher, während der Hund sich in irren Zorn hineinkläffte, an seiner Leine im Kreis sprang, bis er sich fast überschlug. Dann erstreckten sich ineinanderfließende Ebenen vor ihnen, Kiefern mit horizontal ausgebreiteten Armen, fette, wächserne Magnolienblüten und zwischen all dem wogenden Grün winzige weiße Blüten. Immer wieder neu tauchten sie auf, tüpfelten das Bild, ein ausgelassener, flirrender Pointillismus.

Mit jedem Schritt wuchs die Unruhe in ihr und der Groll. Sie verstand nicht, warum diese Frau mit ihnen ging. Auch sie trug einen Rucksack, sie stapfte dicht neben Lai. Ihr gutes Recht natürlich. Dennoch fühlte Didi sich betrogen. Was wollte die hier? Mit ihnen hinauf auf diesen Aussichtsturm?

Vor der Ruine eines Turms hielten sie an.

Elias übersetzte: »Herr Lai sagt, von solchen Türmen

wurden früher wegen der Mongolen Warnsignale gegeben. Mit schwarzem Rauch, den man ...« – er sprach kurz mit Lai, nickte – »mit Wolfsscheiße hergestellt hat. Man hat Wolfsscheiße verbrannt.«

Woher will er das eigentlich wissen, dachte sie. Er ist ein Bauer. Das Gefühl betrogen worden zu sein, brannte in ihr. *You never can trust them!*

»Wie viel verdient Herr Lai?«, fragte Theo.

»Für so eine Tour ungefähr zweihundertfünfzig Yuan«, sagte Elias nach kurzem chinesischem Hin und Her. »Vor dieser Arbeit hat er ein paar alte Wehrtürme restauriert. Er hatte die originalen Baupläne, er und seine Leute haben die Steine dafür auf die Mauer geschleppt.«

»Ah«, sagte Lai in die kleine Pause, die entstanden war. Er legte eine Hand auf den bröckeligen Stein und sprach leise auf Chinesisch.

Sie wollte Elias fragen, wie man als chinesischer Bauer an Originalpläne der Großen Mauer kommt, aber da übersetzte der Bulgare schon wieder. »Als sie fertig waren, hat der Staat den Mauerabschnitt an die Stadt Chengde verpachtet.«

Während Elias sprach, blickte Lai zu Boden, seine braunen Finger tasteten den Stein ab. Es sah aus, als würde ein Tier einen ruhenden Kameraden beschnüffeln.

Theo räusperte sich. »Elias, sag ihm, es bleiben trotzdem seine Türme.«

Elias übersetzte, Lai lauschte mit schief geneigtem Kopf, äugte von einem zum anderen. Dann löste sich seine vorsichtige Miene, er lächelte wieder. »Okay, okay, okay, okay.«

Und das quälte sie mehr als alles andere.

Elias schien einen Vortrag zu halten, während sie gingen. »Ming-Kaiser«, hörte sie, »... Mörtel aus Klebreis ... gebrannter Kalk.« Er trug wieder sein hellblaues Flatterhäubchen. Es umrahmte sein rundes Gesicht wie ein Schutenhut. »Viele Hunderttausend Tote«, sagte er.

»Und die liegen hier alle unter den Mauersteinen?«, fragte Alicia. Ihre Stimme klang klar, es schien ihr wieder besser zu gehen.

Auf dem Hügel neben ihnen trabte als ferne Silhouette eine Reihe von Menschen bergauf. Sie schienen Lasten zu tragen. Mit einem kurzen, verlegenen Winken löste sich Lais Frau plötzlich aus ihrer Gruppe und schlug einen anderen Weg ein.

Didi starrte ihr hinterher. Die Frau ging einen strammen Schritt, einmal griff sie hinter sich, um ihren Rucksack besser zu positionieren, ein Stück Stoff rutschte aus einer Seitentasche hervor und flatterte rot leuchtend neben ihrem Hintern. Die Frau bemerkte es, fasste mit der Hand danach, zog den ganzen, langen Schal heraus, zerknüllte ihn mit einer Hand und stopfte ihn sich, während sie weiterging, in die Hosentasche. Didi sah das und begriff: Die Leute dort auf dem Hügel waren jene unsäglichen Verkäufer, die auf Touristen auf der Großen Mauer lauerten (»*Buy-a postcaad! Buy-a silk-a shawl-a! Buy-a T-Shirt-a!*«) und Lais Frau war eine von ihnen.

Der Tag gestern mit ihm fiel ihr ein, wie sie die Pfirsiche geteilt hatten, sein Blick, das feine Lächeln. Und heute schleppte er sie in sein Haus zu seiner Frau – nur damit sie sich später verpflichtet fühlten und ihr etwas von ihrem Flitterkram versilberten! Ihre Empörung wuchs und wuchs.

Sie beschleunigte ihren Schritt. Sie wollte neben Alicia gehen. Alicia hatte das zu lösen. Alicia kannte doch alle Härten des Lebens. »Hör mal!«, sagte sie keuchend, der Weg wurde schon steiler. »Findest du nicht, dass das hier zu weit geht?«

»Was genau meinst du?«, fragte Alicia. Ihr Gesicht sah dunkel aus, vielleicht kämpfte sie noch immer mit der Übelkeit.

»Die betrügen uns!«

»Wer betrügt hier wen?«

»Ich finde, du ... ich meine, *wir* sollten uns beschweren. Hast du das denn nicht mitbekommen? Diese Frau ...«

»Beschweren?«

»Wozu wohl hat man uns heute auf diesen Bauernhof gebracht? Unser Gepäck haben wir doch schon im Guesthouse geparkt. Wir hätten das Wasser genauso gut auch dort tanken können. Aber nein ...« Sie begann zu keuchen, die hohen, steifen Gräser, durch die sie schritten, kitzelten und stachen sie in Unterschenkel und Kniekehlen, sie entdeckte einen großen, schwarzen Käfer auf ihrer Schulter und schlug hastig und wild danach. »Wir hatten einen Guide bestellt. Was bekommen wir? Zwei – wie tauchen die wohl auf der Abrechnung auf? Und einer davon ist *Bulgare*! Jetzt dieses Farmhaus – woher weißt du, dass sie uns nicht noch eine Übernachtung dazu berechnen? Sie schneiden überall Geld! Hast du damit gerechnet, dass wir für jeden Schritt nach draußen hier noch mal extra Eintritt bezahlen müssen?« Ihr Gesicht flammte. Mit jedem Wort, das sie sprach, loderte die Wut höher. Nein, sie wollte sich nichts mehr gefallen lassen. Viel zu lange schon hatte sie immer wieder begütigt, genickt, gelächelt, damit war es jetzt vorbei!

»Und was gedenkst du zu tun?« Alicia blieb abrupt stehen und wandte ihr das Gesicht zu. Der Schweiß glitzerte darauf und färbte ihre Sommersprossen dunkel.

»Ich? Du! ... Oder ... wir! Wir beschweren uns.«

»Bei wem?« Mit der flachen Hand wies Alicia in das Panorama um sie, das Berge umfasste, Bäume, Gräser.

»Wir schicken diesen Nepper nach Hause.«
»Meinst du Lai?«
»Wir geben ihm seine – was hat Elias gesagt? – zweihundertfünfzig Yuan und schicken ihn nach Hause, bevor uns hier noch mehr Überraschungen serviert werden.« Kaum hatte sie es ausgesprochen, als sich ihr Herzschlag beruhigte.
»Lai ist kein Nepper«, sagte Alicia.
Was sollte sie darauf antworten? Sie hatte alles gesagt, sie atmete ganz gleichmäßig.
Elias, Lai und Theo hatten aufgeholt. »... geglaubt, man kann die Mauer vom Mond aus sehen«, sagte Elias, »aber ...«
»Na?«, fragte Theo. »Schon müde?«
»... aber das stimmt nicht«, vollendete Elias seine Erläuterung.
»Elias, können Sie bitte Ihrem Kollegen etwas übersetzen?«, begann sie. Sie freute sich. Gleich käme der Schlag, das Ende, die Erlösung.
»Didi, du bist verrückt!«, fuhr Alicia sie an.
Sie beachtete sie nicht. »Wir möchten gerne auf Herrn Lais weitere Dienste verzichten. Vielen Dank für alles. Hier ...« – sie kramte in ihrem Brustbeutel – »... hier ist sein Geld und damit kann er jetzt bitte gehen.«
»Aber was ...?«, begann Elias.
Alicia fiel ihm ins Wort: »Didi, reiß dich zusammen! Wir sind hier irgendwo in der Wildnis, keiner von uns kennt ...«
»Wir haben Elias!« Sie wollten sie alle nicht verstehen. Didi schloss die Faust fest um die drei Geldscheine. Sie öffnete sie, machte einen Schritt auf Lai zu und drückte ihm die Scheine in die Hand. »So! Jetzt ist es aber klar, ja? *Good bye! Au revoir! Zaijian!*«

Lai sah sie aus staunenden Augen an.

Elias sagte etwas auf Chinesisch.

»Ah«, sagte Lai, er senkte den Kopf, hob ihn wieder, dann drehte er auf dem Absatz um und ging mit schnellen Schritten den Weg zurück.

»Er geht!«, rief Alicia. Auch sie griff nach ihrem Brustbeutel. Sie lief hinter Lai her, holte ihn ein. Keiner der beiden blieb stehen, sie gingen weiter, Alicia halb hinter dem Chinesen, sie sprach wohl mit ihm, gestikulierte. Dann kehrte sie zu ihnen zurück. Sah Theo an, Elias und schüttelte den Kopf.

»Gehen wir weiter?«, fragte Elias schließlich.

»Deshalb sind wir ja hier«, antwortete Didi. Dieses Gefühl war unbeschreiblich köstlich. Sie ging weiter den Pfad hinauf, schritt aus. Ein heller Schmetterling taumelte vor ihr her. Wenigstens dieses Land hier wollte sie unbeschwert erleben!

Nach der nächsten Biegung zeigten sich in dem wolligen Grün der Hügellandschaft einzelne Stellen aus Geröll oder nacktem Stein. Darüber schwang sich graues Gebirgsmassiv. Oben, auf dem gezackten Bergkamm kroch die Mauer dahin wie ein langes, rötliches Reptil.

鴛鴦

Um acht Uhr betrat wie jeden Morgen Unteroffizier Gao die Polizeistation. Er begrüßte die zwei Kollegen, die rauchend in der Sonne saßen, ging zum Telefon, wählte die Nummer seines Onkels und machte ihm seine Meldung: Ja, er hatte den Wächter angerufen, der oben an der Sperre stand. Ja, der Wächter wusste Bescheid. Bei Unregelmäßigkeiten sollte er ihm auf seiner Station Bescheid geben, die Dinge würden dann sofort geregelt.

»Jawohl, Onkel«, sagte er, »mach dir keine Sorgen, es ist alles geregelt.« Er legte auf, nahm den Besen und kehrte den Boden. Dann öffnete er das Fenster, kippte den Staub auf die Straße und wollte gerade Wasser kochen, als sein Vorgesetzter das Büro betrat.

Inspektor Ma nickte kurz, ging zu seinem Schreibtisch, wo er die Unterarme auf die mitgebrachte Zeitung legte und sich seiner Lektüre hingab. Seit vier Jahren – so lange arbeitete Gao auf der Polizeistation von Simatai – kannte er dieses Bild. Auch dass sein Chef über die Lektüre in Wut geriet, war nichts Neues für ihn. Meist hatte Ma tags davor mit seiner Frau gestritten, dann fand sich immer eine passende Nachricht, die auf ihn wirkte wie Treibstoff auf ein startbereites Flugzeug. Mit den Worten pumpte er sich giftiges Benzin in die Seele, brummend und torkelnd erhob sich ein unsichtbarer Flugkörper in ihm.

Wie jetzt. Ma richtete sich gerade, riss die Augen auf und

schob die Haut zwischen seinen Brauen zu einem dicken Wulst zusammen. »*Yang gui zi!*«, zischte er. »Barbaren! Elende Diebe! Räuber!«

Schweigend schüttete Gao Teeblätter in die beiden Tassen auf Mas Tisch. Dann goss er das heiße Wasser darüber, während vor ihm die Zeitung in den Händen des Chefs bebte. »Hundert Jahre schon halten sie sie bei sich, die fremden Teufel!«, klärte der ihn auf. »Die bronzenen Tierköpfe aus den Kaiserlichen Gärten. Sie verheimlichen es nicht einmal: Der Hasen- und Rattenkopf in *Faguo* – die ganze Welt weiß, dass die Franzosen sie gestohlen haben! Alle zwölf hat man uns gestohlen! *Ta ma de!* – Fick deine Mutter!« Er nahm den Deckel von der Tasse, hob sie an den Mund, setzte sie fluchend wieder ab. »*Ta ma de!*«

Gao ging zum Aktenschrank und entnahm ihm die Dokumente der Polizeibehörde. Die Ausbrüche seines Chefs gegenüber Ausländern kannte er, seine eigenen Großeltern redeten genauso: Die Ausländer sind nur gekommen, um unsere Schätze zu stehlen, Räuber, Barbaren, westliche Hochnasen! Aber das waren alte Leute mit ihren alten Geschichten vom Kaiserpalast. Wen interessierten die noch? Es kamen doch sowieso immer mehr Großnasen ins Land. Gao selbst war erst zweiundzwanzig. Warum sollte er so altmodisch daherreden wie sein Vorgesetzter? *Wenn der Herbst kommt, wirft man den alten Fächer weg*, hieß es.

Gao legte den Blätterstapel auf Mas Schreibtisch. Ganz oben lagen die Notizen von der letzten Konferenz des Zentralkomitees der Kommunistischen Partei. Rot leuchteten die Überschriften oberhalb des Textes. Hatte Ma sich schon beruhigt? Dass er mit seiner *taitai* stritt, lag nicht an Ma, wusste Gao. Im ganzen Ort war die Frau bekannt als unleidliche Person, die Zigaretten rauchend auf ihrem Hocker vor der Haustür saß, wenn sie ihren Mann mit schriller

Stimme ankeifte. An manchen Tagen schien Ma regelrecht auf der Flucht vor ihr zu sein, dann erschien er im Büro, auch wenn er freihatte. Bestimmt wuchs ihm schon ein Magengeschwür von dem Gezänk.

Gao gähnte. Erst acht Uhr dreißig. Draußen begann ein heißer und langer Tag. Die ganze Zeit würden sie im Büro verbringen und ihre Akten durchgehen. Ein Kollege betrat den Raum, holte sich einen Stapel Papiere und verschwand wieder.

»Setz dich, Kleiner Gao«, befahl sein Chef.

»Ja, Chef«, sagte Gao und schob einen Stuhl neben den von Ma. Von zwölf Stunden auf der Station waren erst dreißig Minuten vergangen.

ALICIA

Der Trampelpfad führte bergan, nach ein paar Kehren tauchte die Silhouette der Mauer wieder auf. Hoch über ihnen schwang sie sich auf einer Hügelkette dahin. Sie gingen hintereinander auf einem schmalen Pfad, Farnwedel schlugen ihnen kalt gegen die Kniekehlen. Dann gabelte sich der Weg. Elias blieb stehen, verschob sein Hütchen und kratzte sich den Kopf.

Er weiß den Weg nicht, dachte Alicia. Lai hätte ihn gewusst. Nachdem Lai ihnen allen den Rücken zugewandt hatte, war ihr erster Impuls gewesen, es ihm gleichzutun und mit ihm zusammen einfach den Weg zurückzugehen. Bloß – wo landete sie dann? Auf Lais Hof? Und da säße sie dann zusammen mit einem Menschen, dessen Sprache sie nicht verstand und der zudem beschlossen hatte, sie ab sofort zu ignorieren? Sie hatte noch versucht, die Katastrophe abzuwenden, indem sie ihm Geld anbot, aber Lai war davongegangen, ohne es überhaupt anzusehen. Was sie gut verstehen konnte. Hatte Elias nicht erwähnt, wie wichtig es für Chinesen war, ihr Gesicht nicht zu verlieren? Das Gesicht ist das, was man von außen sieht, dachte Alicia. Wie beim Gehäuse einer Uhr. Das glänzende Silber der Fassung. Was sich darunter versteckt, das ist die Unruh, das sind all die tickenden Schräubchen, Spiralen und Federn.

»Was machen wir?«, fragte Theo. Er nahm den Rucksack ab, holte seine Wasserflasche heraus und trank. Dann wollte er sie an sie weiterreichen, aber Alicia schüttelte den Kopf. »Ich brauche nichts.«

Hatten die ganze Zeit schon Zikaden geschrien? Es kam Alicia vor, als setzten sie soeben erst an zu einem Konzert, bewusstlos brüllend erfüllten sie ihr Tagessoll. Elias rüttelte an einem der Büsche in der Nähe; ein Regen von Blättern, Staub, kleinen Zweigen setzte ein. Er zog die herausgebrochenen Äste zu sich und stutzte sie mit einem Messer zu primitiven Wanderstecken zurecht für alle vier.

»Trennen wir uns«, schlug Theo vor, »Ich versuch's da lang, ihr geht geradeaus weiter.«

»Sollten wir nicht lieber zusammenbleiben?«, fragte Didi.

Ja, sei du ruhig auch mal besorgt!, dachte Alicia ergrimmt. Wach auf, du – wie hatte Theo sie genannt? – *bourgeoise Gans*! Was für ein schönes Wort, es passte perfekt! Schon hatte Alicias Phantasie Didi ein weißes Federkleid übergezogen und sah sie darin herumwatscheln. Die Gans reckte den gebogenen Hals, aus ihrem Schnabel drang Didis weiche, erschüttert klingende Stimme: »*... zusammenbleiben? ... zusammenbleiben?*«

»Ich schaue nur mal nach, wie es da hinten aussieht, nach zehn Minuten drehe ich um.« Theo wandte sich zum Gehen.

Zu dritt gingen sie dahin, eine Anhöhe hoch, Alicia hinter Elias. Sie hätte sich gern umgedreht, um nach Theo Ausschau zu halten, aber dann hätte sie Didi ins Gesicht schauen müssen, und sie wusste, dass sie diesen Anblick im Moment nicht ertragen konnte: Didis Pagenhaar, ihre schön gestikulierenden Hände. Schon ihre Schritte hinter sich zu hören, war unerträglich.

Der Boden war sandig, gesprenkelt von Ziegenkötteln.

Alicia versuchte, das Geräusch zu ignorieren, mit dem Didis Wanderstiefel darauf trafen, aber je mehr sie sich bemühte, desto lauter schien es zu werden. Alicia konnte das Tapp-Tapp dieser Schritte durch den Lärm der Zikaden hören.

In ihrem Kopf formte sich eine Ansprache. Mit zornigen Worten, sie waren überfällig. Und sie kamen alle von selbst – mühelos legte sich eins aufs andere, glatt und lückenlos wie Schuppen um einen Fisch. Niemand würde jemals diese Worte hören, sie würde den Deckel hübsch verschlossen lassen über all dem, was gestern schon angefangen hatte, in ihrem Inneren zu zappeln und zu zucken. Aber was für eine Wohltat war es, Didi wenigstens stumm zu beschimpfen, während sie bergauf trotteten! *Du bist nicht meine Freundin. Du willst mir meinen Mann wegnehmen. Deine Freundlichkeit ist gelogen. Du denkst, du bist klug und sensibel, aber auch das stimmt nicht. Du hast Lai davongejagt, den Mann, der die Mauer kennt – was für ein Wahnsinn!*

Jäh verhielt Elias vor ihr den Schritt, fast wäre sie ihm in die Hacken gestiegen. Was ist?, wollte sie fragen, aber dann sah sie sie über seine Schulter hinweg: eine Schlange, keinen halben Meter entfernt, in zwei Kreisen lag sie da, elegant, braun-grau gefleckt. Die Schlange bäumte sich, fixierte sie aus goldenen, tödlich ernsten Augen.

»Was ...?«, fragte Didi.

Alicia griff mit einer Hand hinter sich und fasste Didi am Handgelenk. Sie hielt den Atem an, alles hielt still, nur die Zikaden brüllten weiter in stumpfsinnigem Eifer.

Gewandt schoss die Schlange ins Gebüsch, sie wurde lang und länger dabei.

»Hier können noch mehr herumliegen«, antwortete Elias, »Vorsicht bitte.«

»War sie giftig?«, fragte Alicia.
»Man nennt sie die Hundert-Schritte-Schlange«, sagte Elias.
»Also, war sie nun giftig?«, fragte Didi.
Elias ging schon wieder voran, schwang den Stecken.
Alicia spürte, dass ihr die Waden steif geworden waren, für einen Augenblick kehrte die Übelkeit der letzten Nacht wieder, aber dann kam auch die Kraft zurück, das Gefühl der Unverwundbarkeit. Eins nach dem anderen, dachte sie. Sie trat fest auf wie Elias vor ihr, klopfte mit dem Stecken auf den Boden.
Plötzlich stieß Theo wieder zu ihnen, gerade da, wo zur Linken Felsenwände begannen, bog er von rechts aus dem Gebüsch. »Na«, rief er fröhlich, »alle Wege führen nach Rom, oder?«
Sie war froh, ihn zu sehen, heil, ganz und guter Dinge. Gestern Nacht hatte sie sich auf ihren Kang zurückgeschlichen, gedemütigt, betäubt vor Hass, ratlos. War Theo der Verbrecher? Sollte sie ihn anklagen mit all den Worten, die ihr nun in wundervoller Mühelosigkeit zuflogen: *Ehebrecher! Betrüger! Verführer!* Oder war Didi der Fuchs im Weinberg? Sie hatte die Augen geschlossen, sich schlafend gestellt, war wie durch ein Wunder wirklich eingeschlafen und am Morgen erwacht: frisch und gesund. Sie blieb abweisend zu beiden, sie kannte sich nicht mehr aus.
Nun, im Lärm der Zikaden hätte sie fast Theos Hand genommen und ihn angelächelt wie immer. Sie wischte sich den Schweiß von der Stirn. Sie würde nichts dergleichen tun. Schon gar nicht würde sie Didi irgendwelche kindischen Besitzerrechte demonstrieren, indem sie Hand in Hand mit ihm dahinschritt.
Sie holte ihre Wasserflasche hervor und trank einen Schluck, reichte die Flasche an Elias weiter, so ging es reih-

um. Didi trank, dann goss sie sich Wasser in die Handfläche und rieb sich den Nacken damit.

»Bitte sparsam sein mit dem Wasser«, sagte Elias.

»Haben wir nicht genug dabei?«, fragte Alicia erschrocken. Sofort fühlte sich ihre Kehle wieder so trocken an wie vor einer halben Stunde, als sie in Wahrheit am liebsten die ganze Flasche ausgetrunken hätte. Seltsamerweise hatte sich der Verzicht aus Stolz erträglicher angefühlt, als nun, wo er aus Not geschehen sollte.

»Es wird schon reichen«, sagte Elias. »Das meiste davon hatte ...«, er brach ab.

»Etwa Lai?«, fragte Alicia entsetzt. Ihr fiel der kleine Schlauch ein, der aus seinem prallen Rucksack ragte. Natürlich: Lai hatte den Wasservorrat für alle dabeigehabt, er hätte ihn für sie hochgeschleppt.

»Tja, schlecht«, sagte Theo.

Die Stufen kehrten zurück, es waren keine geometrisch zurechtgehauenen Steine, sondern seit Urzeiten im Berg festgewachsenes Gestein, vor langer Zeit behauen, dann zerfurcht, von Wind und Regen geschliffen. Und hoch wie für Giganten gebaut, Alicia brauchte ihre Hände, um sich an Zweigen und Wurzeln hinaufzuziehen und schürfte sich Knöchel und Knie auf dabei. Schon wieder begann sie der Durst zu quälen. Wie eine Halluzination sah sie den alten Mann von heute Morgen und seine eisgekühlte Wasserflasche vor sich (»*buy-a cool-a water!*«).

Der Stiefel rutschte ihr weg, sie schlug mit dem Knie auf den Stein, es knallte laut, Blut tropfte auf den schwarzweiß gemaserten Stein.

»Alicia! Alles okay?«, rief Theo, schon ein Stück über ihr.

»Ja!«, rief sie laut zurück. Was mache ich in diesem Land?, dachte sie verzweifelt und setzte den Fuß auf die nächste Stufe. Sie wischte sich das Blut vom Knie, ihre

Hand färbte sich hellrot. Ich gehöre nicht hierher, dachte sie, während ihr der Schweiß heruntertropfte, ich kenne niemanden hier, verstehe nicht, was die Leute sagen. Diese Reise ist voller Dummheiten! Sie zog den Fuß zurück, setzte sich schräg auf den Stein.

»Alicia?«

»Alles okay!«, schrie sie zurück. Das Knie tat ihr weh, aber es war nichts gebrochen, sie würde gehen können. Sie brauchte nur eine kurze Pause. »Geh ruhig weiter«, murmelte sie und ließ Didi an sich vorbei. Sie wandte ihr Gesicht ab.

Wie war es nur dazu gekommen, dass sie in einem fremden Land auf einem unwegsamen Berg saß, zerstritten mit ihrem Mann, mit ihrer besten Freundin, blutend, bebend vor Hass? Schwarze Ameisen liefen in einer Straße neben ihr über den Stein, schleppten Körnchen für Körnchen Baumaterial und Nahrung. Eine friedliche, sinnreiche Prozession.

Gregor!, dachte sie in aufflammendem Zorn. Alles war Gregors Schuld. Ohne ihn und seine Mandarinente wäre sie nicht nach China gefahren, Theo und Didi hätten sich nicht geküsst, ihre Freundschaft wäre stabil geblieben. Wenn sie nichts von Gregors Treulosigkeit gewusst hätte, ihn nicht in der U-Bahn mit seinem Kätzchen erwischt hätte … Aber das war Blödsinn, auch ohne diese Begegnung wusste sie, dass Gregor keine Skrupel gehabt hatte, seine Frau zu betrügen. So war einfach sein Naturell, sie hatte es immer geahnt, sie hatte sogar Gewissheit, seit er im letzten August in jenem Hotel an ihre Zimmertür geklopft und sie umschnurrt hatte wie ein brünstiger Kater. Noch etwas, das sie Didi niemals erzählen würde, nein, das wäre ein zu schrecklicher Verrat.

Aber dann genoss Alicia es doch, durstig, blutend, mit

zitternden Waden genoss sie ein paar Sekunden lang die Vorstellung ihrer selbst als Rächerin: Wie sie Didi mit Andeutungen fütterte – *dein Mann und ich, stell dir vor!* –, wie die schöne, kühle Frau, ihre Freundin, ihre Rivalin seit neuestem, in den Staub sänke, zerstört von Angst und Scham. Auge um Auge, Zahn um Zahn. Es war nicht die Wahrheit. Oder doch? Wenn sie ganz ehrlich war, musste Alicia zugeben, dass sie es für ein paar Momente genossen hatte, wie da ein Mann – nicht der eigene, und dann noch Gregor, ihr alter Quälgeist – an ihrer Zimmertür scharrte, mit Weingläsern klingelte, schöne Worte flüsternd. Nein, in ihr Bett gelassen hat sie den schnurrenden Gregor-Kater nicht. Nichts von all dem, was hätte folgen können, ist je passiert. Aber die Möglichkeit hat es nun mal gegeben! Es *hätte* passieren können. Und sie, Alicia, hat nun die Macht, zu sprechen oder zu schweigen. Zeugen, die sie als Lügnerin entlarven könnten, gibt es keine. Außer Gregor, und der liegt stumm in seinem Grab. Sie könnte einfach anfangen zu erzählen. Von heißen Küssen, von zwei Menschen in einem Hotelzimmer.

»Geschafft!«, rief Theo von oben. »Jetzt komm, Alicia, schau dir das an!«

Die Sonne war gewandert, für eine Sekunde verstummten die Zikaden, dann setzte ihr Orchester wieder ein. Alicia hob den Fuß auf die nächste Stufe. Als sie sich hochstemmte, sah sie den Turm.

Ein kurzer, fast ebener Sandweg lag noch vor ihr, artig wuchs links und rechts am Wegesrand ein wenig stacheliges Gras. Jetzt gab es nur noch ein paar Meter für die zitternden Beine zu laufen.

Der Turm schien intakt, ein klotziges Quadrat mit einer dreisten kleinen Zinne auf dem Haupt. Auf seinem flachen Dach wucherte Gras. Mitten auf den Weg hatte er sich gepflanzt, auf der Südseite wuchs er viele Meter aus der Tiefe empor, auf der gegenüberliegenden Seite ruhte er mitten auf dem Weg wie ein Mann mit zwei ungleich langen Beinen. Zwischen seinen rötlichen Ziegelsteinen schimmerten die Fugen hell wie Zahncreme. War das der Turm, von dem aus man bis nach Peking schauen konnte? Ihr Ziel?

Theo, Elias und Didi waren im Turm verschwunden, jetzt schaute Theo wieder heraus; lang, wie er war, füllte er den Torbogen fast komplett aus. »Es geht weiter auf der anderen Seite!«, rief er.

Im Inneren des Turms wurde es schlagartig kühl und dunkler. Der Lichtstrahl aus dem Fenster sprenkelte helle Flecken auf die losen Mauersteine, Sand, schwarze Kiesel. Es roch nach Staub und alten Kleidern. Schon nach drei Schritten waren sie durch den Hintereingang wieder ins Freie getreten, wo der Weg weiterlief, jetzt viel breiter, geradezu majestätisch nahm er sich aus. Erst in sanftem Schwung, dann wie abgeknickt lief er steil und immer steiler nach oben. Er war bewachsen. Überall auf dem Weg wucherten Bäume und Gebüsch. Der Turm hinter ihnen war also nur eine Durchgangsstation, das eigentliche Ziel lag noch vor ihnen, es erwartete sie am Ende dieses Weges.

Sie legten die Köpfe in den Nacken. Gegen das Himmelsblau hob sich schroff der nächste Turm ab, mächtiger als alle anderen. Riesig stand er da, ein steinerner König, der auf sein Land hinabsieht. Sein Fundament bestand aus großen Quadern, die wie aus dem Berg gewachsen wirkten. Darüber liefen Hunderte Reihen rötlicher, von Menschenhand gemauerter Ziegel. In fünf oder sechs Metern Höhe befand sich das Eingangsportal, eine geheimnisvolle, schwarze Öffnung in Form eines unwirklich großen Schlüssellochs, daneben ebenso schwarz ein Fenster. Der Turm schien von Riesen erbaut.

»Ist er das?«, fragte Alicia, benommen von diesem Anblick.

»Es ist die höchste Erhebung weit und breit«, sagte Theo.

Elias nahm sein Stoffhütchen ab und wischte sich das schweißnasse Gesicht damit. »Das müsste er sein«, sagte er, »*Wangjinglou.*«

»Pekingblickturm«, übersetzte Alicia in neu gewonnener Sicherheit. »Weil man von ihm aus bis zur Hauptstadt sehen kann, nicht wahr?«

»Und der kleine?«, fragte Didi und wies zurück auf den stabilen Quader hinter ihnen.

Elias knetete an seinen Fingern. »Das dürfte *Juxianlou* sein. Der Turm, an dem die Tugendhaften sich versammeln.«

Alicia nahm den Rucksack ab, legte ihn aufs Gras, setzte sich selbst daneben. »Essen wir was!«

»Und danach?«, fragte Theo. Er hielt immer noch den Kopf in den Nacken und blinzelte hoch zu dem steinernen König.

Er will da hinauf, dachte Alicia entsetzt. »Hast du die Bäume gesehen, die auf dem Weg wachsen?« Zum ersten Mal richtete sie wieder das Wort an ihn.

»Das schaffen wir!« Theos Augen funkelten, er schob sich die Kappe schräg in den Nacken, ein paar graue Haare wurden sichtbar. »Leute, wisst ihr was? Wir übernachten heute da oben. Ganz nach Plan!«

Täuschte sie sich oder ging er mit extra federndem Schritt? Er will was beweisen, dachte Alicia, sich selber oder Didi, scheißegal. Sie kannte ihn, sie waren viele Skitouren zusammen gegangen, Theo war trainiert und kräftig. Aber der Jüngste auch nicht mehr. Die Bangigkeit in ihr wuchs, sie versuchte, nichts davon in ihrer Stimme durchklingen zu lassen. »Ich finde, der Turm hier genügt vollkommen.

Wir machen ein schönes Picknick, dann breiten wir die Schlafsäcke aus.«

»Es ist erst Mittag«, sagte Didi.

Erklär du mir nicht, wann ich was zu tun habe!, dachte Alicia voll Zorn. Mit erzwungener Ruhe sagte sie: »Eine bessere Absteige als den Turm hier finden wir nie wieder – ich bitte euch: *Versammlung der Tugendhaften*! Das passt doch auf uns wie gemalt, oder nicht?« Jetzt war sie doch sarkastisch geworden, sie hatte es nicht mehr verhindern können.

»Also, ich geh da jetzt rauf!«, sagte Theo entschlossen und schob die Kappe wieder gerade. »Elias, kommst du mit? Wenn wir es schaffen, lassen wir euch Ladies nachkommen. Los geht's!« Schwungvoll schritt er aus, die ersten paar Hundert Meter waren problemlos zu laufen. Elias ging neben ihm.

Machte Didi ein bewunderndes Gesicht dazu? Mit aller Kraft kämpfte Alicia den Impuls nieder, den Kopf zu wenden, um Didis Miene zu studieren.

Zu zweit saßen sie im Gras, hatten ein Handtuch ausgebreitet. Sie besaßen Wasser, Cracker, zwei Dosen mit Fisch, Erdnüsse mit Rosinen, eine Gurke. Der Hauptteil ihres Proviants lagerte wohl jetzt noch in Lais Rucksack, und der war damit nach Hause gegangen. Der Zorn in Alicia wuchs und wuchs. Sie starrte den beiden Männern hinterher, deren Gestalten schon kleiner wurden.

»Was ist das?«, fragte Didi erschreckt.

»Was soll sein?«

»Ein Geräusch gerade.«

»Ich habe nichts gehört.«

»Aus dem Turm. Ob da Mäuse sind? Oder Ratten?«

»Beides.«

»Was?«

»Ich wusste nicht, welche Sorte authentischer ist, also habe ich beide bestellt!«

Didi neigte den Kopf zur Seite, ihre geschwungenen schwarzen Brauen zogen sich zusammen. »Du bist sauer, weil ich diesen Nepper entlassen habe«, riet sie.

»Lai ist kein Nepper! Er war unser Wanderführer.«

»Wanderführer? Bauer ist er, seine Frau verhökert Postkarten an die Touristen. Hast du seine Schuhe nicht gesehen? Ausgelatschte Stoffdinger – niemals wäre der damit hier hochgekommen!«

»Du bist ... weißt du was, Didi? Ich habe dich immer für klug gehalten, aber du bist ... wahnsinnig dumm. Dieses ganze Gequatsche, dass wir anders reisen als alle anderen, ist vollkommen bescheuert.«

»Alicia, was ...«

»Dass immer alles ganz authentisch sein soll, dieser China-hinter-den-Kulissen-Scheiß, das ist nichts als bescheuert.«

»Wie kommst du auf ...?«

»Lass mich ausreden! Jetzt sag *ich* dir mal was: Ein Bulgare als Reiseleiter in China – *das* ist authentisch! Ein Wanderführer mit Stoffschuhen, Souvenirverkäufer auf der Großen Mauer – *das* ist authentisch! Alles ist immer so, wie es einfach ist. Und wir sind auch nichts anderes als blöde Touristen!«

Eine längere Pause entstand.

Dazu fällt dir nichts mehr ein, dachte Alicia. Ein schäbiger kleiner Triumph regte sich in ihr.

Didi strich sich mit der Hand über das Kinn. »Es war ein harter Aufstieg, Alicia«, sagte sie mit weicher Stimme, »du bist erschöpft. Kein Wunder, dass du emotional wirst. Ich sag am besten gar nichts dazu.« Mit besorgtem Gesichtsausdruck blickte sie den beiden Männern hinterher, die jetzt das leichter zu gehende Wegstück hinter sich ließen und in dem grünen Dickicht am Steilhang verschwanden.

Alicia spürte, wie die Wut in ihr an einen neuen, bisher unbekannten Siedepunkt brodelte. Es war richtig, was Didi sagte. Vielleicht sogar gescheit. Gleichzeitig war es vollkommen falsch. Der Kuss von gestern Nacht fiel ihr wieder ein und eine unbändige Lust stieg in ihr auf, Didi anzuschreien, sie zu verletzen. Sie konnte spüren, wie köstlich es sich anfühlen würde, diese ewig überlegene Frau wirklich kleinzukriegen. Eine Didi zu sehen, die am Boden lag mit Alicias Stiefel im Nacken. Aber sie wusste, sie würde es bereuen. Es war niederträchtig. Nein, so eine Gemeinheit würde sie nicht begehen. Mühsam drückte sie die schönen Bilder von sich und Gregor zurück, die schon fertig im Kopf bereitlagen.

»Kann ich?«, fragte sie und wies mit dem Kinn auf die Reste ihres frugalen Mahls. Ein wenig Stolz überkam sie angesichts der eigenen Vernünftigkeit. Sie stopfte die Reste zurück in ihren Rucksack. Der Magen meldete ein klägliches Hungergefühl, sie hätte gerne noch wenigstens einen Cracker gegessen, aber sie wusste, dass sie für die Männer etwas übrig lassen mussten. Auch für den Abend? Wären sie da immer noch hier oben, so wie geplant? Heftig wünschte sie, dass Theo und Elias bald zurückkehrten, um mit ihnen zusammen den Rückweg anzutreten. Heute noch, bei Tage. Sie schaute sich um: unmittelbar nach dem Hinterausgang des Turms fiel die Mauer zur Linken wie zur Rechten jäh ab. Wer da abstürzte, würde metertief unten auf Fels knallen.

Rufe drangen zu ihnen herüber. Theo und Elias hatten es geschafft. Sie standen auf einer kleinen Terrasse neben dem riesigen Turm und winkten zu ihnen herüber. Theo drehte sich um und wanderte weiter, offenbar hatte er vor, sich die Rückseite des Turms anzusehen. Elias begann schon wieder mit dem Abstieg. Er hatte wohl Order bekommen, sie nachzuholen.

Didi erhob sich und lud sich ihren Rucksack auf.

»Willst du wirklich da rüber?«, fragte Alicia.

»Natürlich«, sagte Didi. Ihr Haar wehte, sie strich es zurück, der kleine, goldgefasste Karneol an ihrer Hand blitzte auf. Eine schöne, stolze Silhouette, so stand sie vor dem prachtvollen Panorama ringsherum. Nichts würde ihr je etwas anhaben können, nicht der tiefe Abgrund, an dem sie standen, Alicias harte Worte vorhin sowieso nicht.

Elias hatte das flachere Wegstück erreicht und winkte.

Alicia erhob sich und griff nach ihrem Rucksack. Hinter Didi her ging sie auf Elias zu, was blieb ihr anderes übrig?

Die ersten Schritte schienen leicht. Aber schon nach wenigen Minuten begann sie zu spüren, wie gut sich dieser Teil der Mauer gegen Eindringlinge zu wehren wusste. Die Ziegel des chinesischen Schutzwalles hatten sich mit der Flora der Berge verbündet. Es fing klein an mit Grasbüscheln und niedrigem Gestrüpp, das sich aus den Ritzen zwischen den Trittsteinen schob. Dann wurden die Attacken heftiger: Kleine, Harz verströmende Bäume, besenartiges Gebüsch stellten sich ihnen entgegen, bald nahmen die Pflanzen fast die ganze Breite der Treppe ein.

»Vorsicht!«, schrie Theo von oben. »Zieht euch an den Steinen am Rand hoch!«

Sie war zu klein für solche Steigungen, ihre Beine nicht lang genug, um die nächste Stufe zu erreichen. Von oben zog Elias sie mit hartem Händedruck, von unten schob Didi, es war unvermeidbar. Sie versuchte, nicht daran zu denken, wessen Hände da ihre Waden umklammerten, ihren Hintern nach oben drückten. Alles an ihr war verschrammt vom Stein, die Schultern zerkratzt von dem Gestrüpp, das ihr entgegenwuchs und sich gegen sie stellte wie eine Kohorte grüner Soldaten, Zweige peitschten ihre Wange. Einmal wich sie gerade noch einem dornigen Ding aus, das sie ins Auge stechen wollte. Noch ein Schritt nach oben, noch eine Schulter, die an Ästen vorbeischlüpfte, schmerzvoll gedehnte Sehnen.

Dann kam die letzte, lange Anstrengung, mit der Elias sie zu sich nach oben riss. Staub und kleine Zweige in den Haaren und überall am Körper, mit zerrissener Haut, einem zerfetzten Hosenbein tauchte Alicia aus der feindseligen Flora auf, gefolgt von Didi, deren Gesicht schwarz verschmiert war von Staub und Baumharz. Der Kampf mit der Mauer war beendet, sie hatten gewonnen.

»Herrgott«, sagte Theo, »das war tapfer!« Er breitete seine Arme aus und zog sie an sich. »Geht's wieder?«

Ohne zu denken, lehnte sie sich an seine Brust. Sie hätte gerne ein wenig geschluchzt. Dann sah sie, dass er Didi zulächelte und sofort setzten ihre Gedanken von vorhin wieder ein: *Betrügerin! Füchsin!* Wieder wischte sie sie beiseite, dieser Ort war zu bedrohlich für einen Zank.

Wie kam man in den Turm? Auf der Suche nach einem Eingang umrundeten sie das Bauwerk, balancierten auf großen, glatten Steinen. Der Turm wuchs steil und abweisend in den Himmel. Sie fanden keine Spalte in der Mauer, keinen noch so schmalen Einlass, es gab nur das riesige Tor auf der Nordseite in unerreichbarer Höhe.

Auf der Westseite ging die Mauer weiter. Aber nicht ebenerdig. Unmittelbar hinter dem Turm fiel der Weg ab, die Mauer stürzte geradezu in die Tiefe. Sie fing sich wieder, doch jetzt war ihre Oberfläche wulstig, und dann verjüngte sich der Steig noch einmal jäh. Nach wenigen Metern maß er gerade noch vierzig Zentimeter und gleich wieder brach er hinunter in einer Stufe, die kein normaler Mensch mit einem Schritt nehmen konnte. Der ganze weitere Weg auf der Mauer war so: ein steinernes Zickzack von Stufen hinab in eine schreckliche Tiefe, dazu verlief die Mauer nicht gerade, sondern schlängelte sich in Windungen über den Berg. Zu beiden Seiten nichts als blaue Luft; weit, weit unten Felsen und hie und da etwas Erde, aus der verbrannte Bäume ihre schwarzen Äste nach oben reckten. Jenseits des Tales schwang sich der nächste Berg nach oben, auf ihm erhob sich wieder ein Turm, schlank und schön. Die Mauer verband die beiden Türme, sie war eine Arkade, auf der sich durch die Lüfte spazieren ließ; sie war ein Drache, auf dessen Rückgrat sich große, rissige Schuppen aufstellten.

»Sky Bridge«, sagte Elias. »So bleibt das bis hinüber zum Mädchenturm. Seht ihr den? Dahinter kommt dann die Himmelsleiter, die muss ähnlich heftig sein.«

»Das ist wirklich heftig«, murmelte Theo.

»Gehst du das?«, fragte Didi. Es klang wie eine Herausforderung.

»Nein!«, sagte Alicia scharf. »Niemals! Keiner von uns geht das.«

»Willst du den Weg von vorhin wieder zurückkrabbeln?«, fragte Theo. Seine Augen funkelten nicht mehr so feurig wie vor einer Stunde. Aber geschlagen geben wollte er sich auch nicht, das spürte sie.

»Wir können es versuchen«, sagte Elias. »Aber nicht über die Sky Bridge. Wir gehen runter, durch die Büsche.«

So viel Geröll, kleines kratzendes, beißendes Buschwerk. Dann stupides Bergauf, Bergab, tückische Baumwurzeln mitten im Weg. Knie und Hände brannten, ihr Haar musste nach allen Seiten abstehen von dem stacheligen Kraut, das ihr ständig in den Schopf griff und daran zerrte. Immer wieder mussten sie suchen, bis sie schräg hervorstehende

Steinplättchen für die Füße fanden, einen Ast oder starke Wurzeln für die Arme, um sich daran vorwärtszustemmen. Sie erreichten fast den nächsten Turm und sahen, dass Elias recht gehabt hatte, auch von hier aus schlängelte sich die Drachenmauer mit ihren steilen, steinernen Stufen weiter hinein in die abendlichen Lüfte. Noch einmal mussten sie bergab, einen Pfad suchen durch den Berg, noch einmal kletterten sie nach oben und fanden einen Turm. Im letzten Licht schimmerte er über der mörderischen Luftbrücke.

Der Turm hatte einen Eingang, durch den sie ihn betreten konnten, aber der Raum innen war klein. Höchstens drei Leute hätten sich darin ausstrecken können. Theo und Elias packten ihre Schlafsäcke im Freien aus. Didi und Alicia rollten schweigend die ihren im Inneren des Turms auseinander.

Von draußen konnte man die Männer sprechen hören.

»... Tote unter der Mauer«, sagte Elias' Stimme.

»Witwe?«, sagte Theos Stimme.

»Unglück ... Tränen ... Mauer ...«

Alicia holte eine Kerze aus dem Rucksack und zündete sie an. Sie humpelte zu ihrem Schlafsack, setzte sich und rollte sich den Strumpf von der Wade, der Stoff war steif vom Schweiß. Sie spürte kaum Schmerzen, immerhin sah sie nun die klaffende Wunde an ihrem Knie. Sie war nicht sehr tief, dennoch konnte sie das Fleisch darin hellrot leuchten sehen. Am Rand hatte sich eine körnige Rostschicht gebildet. Als sie ein Steinchen entfernen wollte, zischte sie auf vor Schmerzen.

»Alicia?«, fragte Didi. »Was ist?«

Die Stimmen der Männer draußen waren verstummt.

Alicia streckte sich wieder zu ihrem Rucksack, wühlte nach dem Jodfläschchen. »Du und Theo«, sagte sie leise, »ihr habt euch gestern Abend geküsst. Ich hab's gesehen.«

Sie presste eine Kette dunkelbrauner Tropfen aus dem Fläschchen.

Von Didi kam keine Antwort.

»Willst du nichts dazu sagen?«

»Ich glaube, du nimmst solche Dinge viel zu ernst«, murmelte Didi. »Lass uns schlafen jetzt!« Sie wälzte sich auf die Seite. Alicia konnte ihren Atem hören.

Dann sprach Didi doch noch: »Das war anders, als du denkst, Alicia. Nichts Wichtiges, keine Panik. Deinen Theo betrachte ich höchstens als – nennen wir es – Leihgabe.«

Alicia schraubte das Fläschchen zu, sie kroch in den Schlafsack. »Gregor hat dich betrogen«, flüsterte sie. Ein Hammer schlug jetzt in ihrer Brust.

»Ach ja?«, flüsterte Didi nach einer Weile.

Alicias Herz begann zu rasen, sie spürte, dass sie es fast geschafft hatte. Die Füchsin saß fest in ihrem Bau!

»Du hast keine Ahnung«, flüsterte sie. »Er hat dich betrogen. Mit mir! Letztes Jahr, wir sind zusammen zu dieser Tagung gefahren. Erinnerst du dich? Ich hatte ihn als Fotografen empfohlen. Wir waren im Hotel zusammen.« Sie hatte ihren Pfeil in Gift getaucht, reines, tödliches Gift. Sie ritzte Didis Haut damit, jetzt gerade musste die spüren, wie ihre Kraft verging. Und damit waren alle Schmerzen vergessen, es blieb nur die Wonne, was für eine Lust! Die Feindin krümmte sich!

Das Kerzenlicht zitterte auf den Wänden. Aus einer Ecke ertönte vollkommen gleichmäßig ein schabendes Geräusch. Es brach ab, begann von neuem. Irgendein kleines Tier verrichtete seine abendlichen Arbeiten im Turm.

»Ach, Alicia«, sagte Didi leise, »Gregor hatte doch pausenlos Affären. Mit zig Frauen. Die meisten davon nicht mal schön. Und doof – ausnahmslos alle. Ihm war wirklich jede Kuh recht. Also, warum nicht auch du?«

In der Stille entstand wieder das Raspeln und Knuspern, penetrant und immer lauter werdend.

Alicia lag in der Dunkelheit mit offenen Augen. Sie spürte die Schauder über ihren ganzen Körper. Als würde sie gerade erwürgt. Sie wollte sich wehren! Wenn sie jetzt Didi die Mauer hinunterstoßen könnte, sie ertränken, unter Wasser tauchen! Die Mordphantasien jagten sich. Aber all ihr Pulver hatte sie gerade verschossen. Didi war unverwundbar, eine uneinnehmbare Burg.

»Weißt du was«, sagte sie heiser und schwer atmend, »ich hoffe, du begegnest dir irgendwann einmal selbst.« Sie wusste, wie nutzlos der Satz war. Was sie überhaupt nicht wusste, war, wie sie nach all dem Gesagten weiterleben sollte.

鴛鴦

ALS UNTERINSPEKTOR GAO am nächsten Morgen in aller Frühe den Hörer auflegte, hatte er das Gefühl, weise gehandelt zu haben. Je aufgeregter der Wächter oben an der Sperre gesprochen hatte, desto ruhiger waren seine Anweisungen ausgefallen: Touristen im verbotenen Bezirk? Der Wächter könne sehen, wie sie auf die Absperrung zukämen? Vom Katzenaugenturm? Wie viele? Passieren lassen. Einfach durchlassen. Ja, die Polizei stünde bereit. Man würde gleich losfahren und die Wanderer in Empfang nehmen. Nein, der Wächter müsse gar nichts machen.

Gao sah auf die Uhr und beschloss, sofort aufzubrechen. Je eher er weg war, desto geringer die Gefahr, einem Kollegen zu begegnen, der über seine Gänge Bescheid wissen wollte. Aber an der Tür stoppte er noch einmal. Der Onkel und die Ausländer, das waren zusammen fünf. Warum hatte der Guard von vier Personen gesprochen? Gao ging zurück an den Schreibtisch.

Automatisch senkte er sein Haupt, als er die Stimme des Onkels am Telefon hörte. Er erwartete einen Verweis für seine selbstständige Entscheidung. »Ich bitte um Verzeihung«, beendete er seinen Bericht.

Doch schon erhellte sich seine Miene wieder. Richtig gehandelt? Guter Neffe? Gao wippte auf den Zehen. Und nun wohin? Wo würde der Onkel auf ihn warten? Sehr gut. »Ich fahre gleich dahin. *Zaijian*, Onkel.«

Er griff nach seiner Dienstmütze und strebte zur Tür, als diese von außen geöffnet wurde. Vor ihm stand Stationschef Ma, das Gesicht rot vor Ärger.

»Wohin?«, schnauzte er.

Gaos Herz sank um drei Stockwerke und landete auf dem Magen. Ma musste wieder Streit mit seiner Frau gehabt haben. »Ich wollte Streife fahren«, erklärte er so artig wie ein dressierter Affe, der sich in seinem Anzug vor dem Publikum verneigt.

»Allein? Hast du geschlafen in der Polizeischule? Welcher Polizist fährt allein auf Streife? Also, wohin soll es gehen?«

Gao hatte das Gefühl, dass sein Chef anfangen würde, ihn an den Ohren zu ziehen, wenn er nicht sofort antwortete. »Zum See runter. *Yanmen Kezhan* – Hotel zum Tor der Wildenten.« Er zögerte, sah die Zornesfalte auf Mas Stirn und das Funkeln in seinen Augen. »Dort kommen Touristen von der verbotenen Zone herunter.«

»Woher weißt du das?«

»Der Wächter hat angerufen, Chef.«

»Ausländer?«

»Ja, Chef.«

»Hast du die Beschreibungen aufgenommen?«, fragte Ma. Das Glimmen in seinen Augen ließ schon nach. Die Nachricht gefiel ihm offensichtlich.

»Ja«, sagte Gao beklommen, während er den beiden Kollegen zunickte, die die Station betraten. Ausländer musste man nicht beschreiben. Sie sahen alle gleich aus mit ihren großen Nasen und dem hellen Haar. Noch dazu hatten diese vier eine Frau in Riesengröße dabei. Und wie sein Onkel aussah, wusste er durchaus auch.

»Worauf wartest du?«, fragte Ma und wies auf die Autoschlüssel. »Fahren wir!« An der Tür drehte er sich noch einmal um. »Dienstmütze gefälligst aufsetzen!«, bellte er.

DIDI

Sie erwachte aus einem schrecklichen Traum. Man hatte Steine um sie geschlichtet, etwas schlug sie, ihre Schultern schwollen an, drückten gegen die näher rückenden Wände. Als sie die Augen aufschlug, war es stockfinster. Dennoch drang von irgendwoher Vogelgezwitscher an ihr Ohr. War draußen Tag, hier drinnen Nacht? Ächzend rollte sie sich auf die Seite. Die Schmerzen in der Schulter waren Wirklichkeit, verstand sie. Sie lag in ihrem dünnen Schlafsack auf dem Boden zwischen Geröll, es roch muffig. Jetzt fiel es ihr wieder ein: die Wanderung auf der Chinesischen Mauer, der schreckliche Kampf gegen die Bäume. Sie tastete an sich herum. In ihrem Haar steckten kleine Stücke Holz. Sie hatte keinen Spiegel, um ihr Gesicht anzusehen. Noch immer pickte die Unruhe in ihr, dabei war doch das Schlimmste nun vorbei.

War es vorbei? Etwas Bedrohliches erwuchs aus der Unruhe, es wurde deutlicher, bekam Konturen und ballte sich auf einmal zu einem schwarzen Klumpen Erinnerung. Eine Erinnerung, die sie hören konnte. *Er hat dich betrogen. Mit mir!*, sagte Alicias Stimme.

Sie glaubte es nicht, so etwas konnte niemals gesagt worden sein, aber gleich darauf glaubte sie es doch. Gregor und Alicia. Sie hatten sie zusammen betrogen. Sich zusammen in einem Hotelbett gewälzt. Hatten sie auch über sie gelacht? Bestimmt.

Und dann – o Gott! – ihre eigenen Worte! Was um Himmels willen hatte sie gestern zu Alicia gesagt? Sie riss den Mund auf und legte sich eine Hand darauf, aber zu spät, gestern hatte sie alles ausgesprochen, ihr Geheimnis verraten, ihr ganzes Weißwarum, der Grund, warum sie mit nach China gekommen, über diese fürchterliche Mauer gelaufen war – alles war wertlos geworden! Sie hatte den so wohl verschnürten Sack geöffnet und alles darin Verborgene direkt vor Alicias Füßen ausgeschüttet. Jetzt konnte die sich mit diesem Spielzeug amüsieren, die Geschichte überall weiter erzählen von der betrogenen Frau, von der Witwe, über die gelacht werden durfte.

Ließe sich der Sack noch einmal flicken? Könnte sie Alicia erklären, dass das gestern alles nur dummes Zeug gewesen war – hastig stöberte sie Begründungen auf: zu wenig Wasser getrunken, dehydriert, Verwirrtheitszustand? Aber noch während sie fieberhaft an einem Plädoyer arbeitete, wusste sie, dass es zu spät war. Verschüttetes Wasser, entflogene Vögel, das waren eben die Dinge, die sich nicht mehr einfangen und verwahren ließen. Sie stöhnte laut auf und presste sich gleich wieder die Hand auf den Mund. Irgendwo hier im Dunkeln lag Alicia, vielleicht ganz dicht neben ihr. Um Gottes willen, sie sollte weiter schlafen. Sie bettelte, dabei wusste sie nicht, an wen sie ihre Gesuche richten sollte. Als gäbe es etwas Mächtiges über ihr, das sie beschützen könnte, als glaubte sie an einen Gott der Gnade, bettelte Didi um einen kleinen Aufschub. Sie hielt den Atem an, um Alicias Schlaf nicht zu stören, der doch irgendwann beendet wäre.

Dann hörte sie Stimmen draußen.

»Du bist ernsthaft Vegetarier?«, sagte Theo.

»Seit ich in Kanton war«, antwortete Elias.

»Wie lange gehen wir noch bis zum Hotel?«, fragte Alicia.

Didi verstand, dass ihre Mühe, sich nicht zu bewegen und lautlos zu atmen, umsonst gewesen war. Sie schlüpfte aus dem Schlafsack, zog sich ihre Stiefel an, wischte sich mit dem Ärmel ihres Shirts über das Gesicht.

Sobald sie aufrecht stand, wurde ihr ein wenig besser. Sie hatte eine Dummheit begangen, sagte sie sich, gut, zugegeben. Aber war damit nun wirklich schon alles verloren? Das konnte einfach nicht sein. So eine Macht hatte Alicia nicht, sie stand ihr nicht zu. War nicht eigentlich Alicias Radius um einiges geringer als der ihre? Wie viele ihrer Freunde kannte Alicia überhaupt? Hundert Prozent sicher war Didi nicht, aber mindestens all den Leuten aus ihrer Zeit in Florenz war Alicia doch hoffentlich nie begegnet? Und von der französischen Verwandtschaft – das wusste sie nun allerdings genau! – hatte Alicia noch nicht einmal gehört. Also bitte!

Mit zitternden Fingern stopfte Didi im Morgenlicht den zusammengefalteten Schlafsack in den Rucksack, während sie nach weiteren Kreisen suchte, in die Alicia nie würde vordringen können, und nach einem plausiblen Grund, der ihre unverzeihliche Entgleisung von gestern Nacht doch würde rechtfertigen können.

Sie setzte den Rucksack auf den Sims des Eintritts, um ihn von da hinauszuwerfen. Von draußen hörte sie Theo auflachen. Elias stimmte ein. Wie würden die drei auf sie reagieren? Hatte Alicia sie schon bei allen verraten? Von Gregors geheim gehaltenem Leben, seinen ständigen Affären erzählt? Sie sagte sich, dass all das hier nicht mehr lange dauern würde, gerade noch zwei Tage wären sie in China, dann befänden sie sich alle schon wieder auf dem Heimflug. Und hinterher – müsste sie keinen von ihnen wiedersehen. Dies Letzte war der beste Gedanke von allen, an den würde sie sich klammern.

Mit zusammengebissenen Zähnen tastete sie nach den aufeinandergeschlichteten Steinen vor dem Eingang zum Turm, um das wackelige Provisorium von Treppe hinunterzuklettern, als eine Hand nach der ihren griff. Elias! Dankbar lächelte sie ihn an. Elias war ein Segen. Der kannte niemanden von ihnen näher, wusste nichts von Gregor. Konnte sie nicht die nächsten Stunden alleine mit Elias sprechen, die anderen einfach ignorieren?

Noch war es nicht richtig hell, das machte es leichter. »Guten Morgen«, sagte sie in die Runde, ohne jemand Bestimmten anzusehen. Sie zwang sich ein Lächeln ab.

»Die Reste vom Frühstück«, sagte Theo freundlich und wies auf eine drei Viertel volle Wasserflasche und ein Stück Papier, auf dem eine Handvoll Erdnüsse mit Rosinen lag. »Elias sagt, was uns jetzt noch erwartet, wird einfach – in eineinhalb Stunden sind wir unten am Hotel. Da bekommen wir sicher ordentlich zu essen. Habt ihr eigentlich auch solchen Muskelkater?«

»Oh ja!« Sie lächelte schwach. Hatte Alicia nun Theo informiert? Sie saß verdächtig nahe neben ihm. Didi erinnerte sich an ihren Vorsatz und wandte ihr Gesicht ganz Elias zu. »Haben Sie gestern Abend hier nicht irgendwas Spannendes erzählt? Ich habe nur ein paar Worte gehört. Es hörte sich so nach Lagerfeuergeschichte an.« Ihre Stimme klang unbeschwert, sie hatte sie unter Kontrolle.

»Mauergeschichten«, sagte Elias, »es gibt viele davon.«

»Ich meine, ich hätte das Wort *Witwe* gehört.« Wie leicht sich dieses Wort aussprechen ließ!

»Ah«, sagte Elias, »die Sage von *Meng Jiang Nü*. Eine Frau sucht ihren Mann auf der Mauer, aber er ist gestorben.«

»Und dann?«, fragte Didi. Alicia hielt ihren Blick gesenkt. Jetzt konnte sie sich den Luxus leisten, dieses Gesicht von der Seite zu studieren: die roten Haare, die sich hinter den Ohren kräuselten, Alicias kleines, viereckiges Kinn. Konnte es wahr sein, dass Gregor diese Lippen geküsst hatte, die sommersprossigen Wangen, Alicias breite, rotbraune Brauen? Aber die Vorstellung war zu qualvoll, sie brach sie ab.

»Die Witwe hat so viel geweint, dass ihre Tränen die Mauer aufgeweicht haben, an der Stelle ist sie eingestürzt.«

»Wie schrecklich«, sagte sie automatisch, sie hatte kaum hingehört, ein neuer Gedanke war ihr gekommen, einer, der Erlösung brachte. So dumm es gewesen war, Alicia von Gregors Seitensprüngen zu erzählen – das Herzstück ihres geheim gehaltenen Kummers hatte sie ja gar nicht verraten: wem diese elende Mandarinente gegolten hatte, dass sie verlassen worden war, die ganze Geschichte mit Britta, all das, um dessen Geheimhaltung sie so gekämpft hatte – es blieb weiter verborgen. Auf denn! Keine weitere Trübsal mehr! Heute Mittag schon wären sie wieder in Peking. Die Dolmetscherin würde ihr eine kitschige chinesische Entenfigur aushändigen, damit würde sie nach Hause fliegen und dann war alles, alles vorbei.

Ein großer, grauer Vogel, eine Taube kam angeflogen und setzte sich auf einen Zweig über ihnen. Interessiert beobachtete sie, wie die Menschen unter ihr ihre Brosamen aufsammelten.

Sie luden sich ihre Rucksäcke auf.

Die Sonne war aufgegangen, die Vögel stellten das Singen ein. Als vollzögen sie eine Wachablösung setzten gleich darauf die Zikaden ein, überall herum knisterte schon wieder die Luft in zitterndem Rhythmus.

Theo half Alicia mit ihrem Rucksack. Auch dieser Anblick schmerzte, aber nur kurz. Wenn Theo von dieser Alicia-Gregor-Sache wüsste, dachte sie. Der Gedanke barg ein gewisses Potenzial zum Gegenschlag, sollte Alicia sie noch einmal angreifen wollen.

Sie atmete auf. Ich könnte wieder reisen, dachte sie. Die kleine Wohnung, in der sie in Florenz gelebt hatte, fiel ihr ein.

»Da vorn«, sagte Elias, »der eine Turm noch, dann kommt schon der ausgebaute Abschnitt von Simatai.«

Alles fiel von ihr ab. Nach der schrecklichen Strapaze gestern war es eine Lust, über die letzten unbehauenen Steine zu laufen. Sie hatte zu wenig gegessen und auf einem harten Grund geschlafen, aber trotz ihres Muskelkaters fühlte sie sich elastisch, voller Energie. Was für ein Wunder war die Mauer! Sie mäanderte auf den Bergkämmen, machte Kehrtwendungen, nahm Anlauf, um sich auf den nächsten Hügel zu schwingen, und überall da, wo sie die Richtung änderte, erhob sich ein Turm. Manche waren nur noch als kurze, mehlgraue Stumpen vorhanden, andere reckten sich ziegelrot und erhaben mit mehreren schwarzen Fensterlöchern übereinander.

Sie gingen dicht entlang der Mauer mit ihren scharfen Drachenzähnen, passierten den nächsten Turm. Kleine schwarze Frösche hüpften vor ihnen auf dem Weg. Eine verwehte Melodie streifte ihr Ohr. Etwa hundert Meter vor ihnen lehnte ein Chinese an der glitzernden Mauerwand. Er hatte ein Kofferradio neben sich stehen. Gleich hinter ihm erkannte sie eine Absperrkette. Sie war lächerlich leicht zu überwinden, ein einziger Schritt – schon war man hinüber. Gleich dahinter war ein Schild angebracht. Als sie die Kette überwunden hatte, sah sie die chinesische Aufschrift, darunter stand in Englisch, weiß auf blauem Grund: STOPP ... DANGEROUS AREA ... PROHIBITED ... VIOLATED ... FINED ... 200 YUAN.

»Was ist das?«, fragte Alicia. »Haben wir da gestern was

Verbotenes gemacht?« Sie fragte ausdrücklich Elias, jetzt erst fiel Didi auf, dass Alicia bis gerade eben fast nichts gesprochen hatte.

»Ja-ha, mein Gott«, sagte Didi leichthin. »Haben wir eben was Verbotenes gemacht – *so what*?« Es war nicht direkt an Alicia gerichtet, aber die kleine Schlappe sollte sie jetzt ruhig hinnehmen nach all ihren gestrigen Beleidigungen. Der charmante junge Polizist in Madrid fiel Didi ein, der sie einmal wegen Falschparkens hatte aufschreiben wollen. Sie musste lächeln in der Erinnerung.

»Ist der hier so was wie ein Wächter?«, fragte Theo, als sie an dem Chinesen mit dem Kofferradio vorbeigingen.

Ein Wächter? Das war ja fast noch ein Knabe, ein zum Erbarmen dünnes Bürschlein, die graue Uniform warf Falten über seinen Körper.

»*Ni hao*«, grüßte Elias.

»*Ni hao*«, antwortete der Junge artig und lächelte.

Na bitte.

Wunderbar schwang sich die ausgebaute Mauer hier nach unten, kleine Giebel und Türmchen begleiteten sie, die Türme standen stolz und schön. Im Tal unten blitzte blau ein länglicher Stausee.

»Der Mandarinentensee«, sagte Elias. »Er heißt so, weil er von zwei Quellen gespeist wird. Die Mandarinente bringen die Chinesen oft ins Spiel, wenn es um die Zahl Zwei geht. Sie ist das Symbol ...«

»... für treue Eheleute«, vervollständigte sie seinen Satz. Dass sie solche Worte nun so einfach aussprechen konnte!

Im Innenhof des kleinen Seehotels hatte man Leinen aufgespannt, auf denen gelbe und weiße Laken in der Sonne leuchteten, sie verliehen dem Raum einen sakralen Charakter. An einem der Tische saßen ein paar Männer beisammen.

»So! Und jetzt gibt es was zu essen!«, rief Theo. Er wand sich aus seinem Rucksack. »Schweinefleisch? Rind? Gemüse? Was wollt ihr?«

»*Doufu* für mich«, sagte Elias.

»Kein Fleisch?«, fragte sie.

»Ich bin Vegetarier.«

»Was?«, fragte sie ungläubig. Wie konnte er dann so dick geworden sein?

Die Männer erhoben sich. Es waren zwei. Jetzt erst bemerkte sie, dass sie Uniform trugen. Der jüngere von beiden sagte etwas auf Chinesisch. Der andere sprach kein Wort. Er war breit und rechteckig gebaut wie ein amerikanischer Kühlschrank.

»Hah«, machte Elias und nickte, während der junge Polizist weitersprach. Ein dunkelblaues, kurzärmeliges Hemd bauschte sich an seinen Hüften. Er sah geradezu beängstigend schlank aus.

»Was ist denn los?«, fragte Alicia in Elias' Rede hinein.

»Haa, haa«, nickte Elias weiter und lächelte verbindlich. Das Gesicht seines Gegenübers, hell und dreieckig, schien kein Lächeln zu kennen.

»Haben alle ihre Reisepässe da?«, fragte Elias.

»Ist was?«, fragte Theo zurück.

»Er sagt, man muss die Visa überprüfen«, rapportierte Elias, legte den Kopf schief und knetete seine Finger.

Ein Windstoß fuhr in die großen, gelben Laken, er hob eines davon in die Lüfte. Dahinter saß noch ein Mann. Er trug Jeans, ausgetretene Stoffschuhe, ein rotes Polohemd. Es war Lai.

Sie hatte nicht damit gerechnet, den Mann, den sie gestern davongejagt hatte, jemals wiederzusehen. Sie fror plötzlich, auf ihrem Kopf bildete sich eine Gänsehaut. Was wollte der hier? Hatte *er* vielleicht die Polizei informiert? Wollte er sich rächen? Oder einfach noch einmal Geld herausschlagen? Sie war der Chinesen inzwischen so müde, nie mehr würde sie dieses Land bereisen. Gleichzeitig spürte sie eine seltsame kleine Furcht und ärgerte sich darüber.

»Was will der hier?«, fragte sie kalt.

»Ist ja gut, Didi«, sagte Theo halblaut.

Jetzt erhob sich Lai und machte einen Schritt auf die Gruppe zu.

»Ich habe nicht die geringste Lust ...«, begann sie von neuem und zuckte gleich darauf zusammen.

Der größere der beiden Polizisten hatte sich zu ihr umgedreht und keifte ihr eine Silbe entgegen. Dann richtete er den Blick auf Elias und begann ein längeres, beleidigt klingendes chinesisches Geraunze, zu dem der Dolmetscher weiter nickte und nickte.

»Die Reisepässe«, wiederholte Elias in sanfter Monotonie.

»Das ist wirklich albern!«, sagte sie laut. »Von mir aus geben wir denen unsere Pässe, sie sollen sie ansehen und dann ist's aber auch wieder gut!« Es war unmöglich, wie sich dieser Dorfbulle hier aufspielte. Auch er hatte doch einen Vorgesetzten, bei dem sich über ihn beschweren ließ. Wusste er das nicht? Ein Cousin ihres Vaters war Diplomat in London. Sie würde ihn anrufen, sobald sie zu Hause war, und ihm diese lächerliche Geschichte erzählen.

Der Hof war eben noch so leer gewesen, plötzlich füllte er sich mit Chinesen. Von allen Seiten kamen sie daher, hübsche kleine Kellnerinnen in Uniform umringten sie, der Wirt eilte im Trab aus seinem Büro, er schaukelte mit dem Kopf und zischte durch die Zähne, Passanten strömten

in den Hof und rissen die Mäuler auf. Zwei weitere Polizisten tauchten auf.
Das Nächste kam in kurzen Schlägen wie bei einem Boxkampf.
Lai sagte etwas.
Didi wollte Elias bitten, für sie zu übersetzen.
Der Polizist unterbrach sie. Sein Greinen ging über in kurzes, scharfes Gebell. Der Wirt schnauzte die Mädchen an; die flatterten zurück ins Hotel.
»Die Pässe sind noch im Hotel«, rief Theo dazwischen.
»Man holt sie schon«, sagte Elias. »Wir müssen mit.«
»Was? Wohin?«
»Aufs Revier.«
»Was?«, fragte Didi. »Ich bin deutsche Staatsbürgerin. So leicht geht das nicht. Die können uns nicht einfach ...!«
»Doch«, sagte Elias. »Sie können. Wir sind alle festgenommen.«

鴛鴦

Peking, 25. Mai

Lieber Roland,

wie geht es dir in Heidelberg? Ich bin die Ping, Studentin aus deinem letzten Kurs hier an der Beiwai-Universität in Beijing. Du hast gesagt, dass du dich über Briefe freuen wirst, so ich schreibe dir heute.
Ich bin schon fertig mit Studium, aber ich möchte so gerne noch weiter in Deutschland studieren. Ich hoffe einfach darauf immer weiter. Lieber Roland, ich glaube, du hast nie es bemerkt, aber jetzt möchte ich es dir sagen und deinen Rat erbitten. Ich habe großes Problem mit R nach Konsonant in deutscher Sprache. Oft es funktioniert mit anderen Worten, aber manchmal es gibt nicht die passenden. Zum Beispiel Große Mauer – ich sage Chinesische Mauer, aber ich weiß, das ist nicht richtiges Wort. Wie ist möglich, R nach f oder g oder k oder p oder t sprechen? Kennst du eine Methode, um dieses zu lernen? Ich übe so oft, fast Tag und Nacht, aber es klappt nie. Manchmal das macht mich verzweifelter Mensch. Na ja. Man soll nie aufgeben, das stimmt auch.
Im Moment arbeite ich als eine Dolmetscherin. Morgen kommen meine ersten Kunden zurück von

einer schönen Wanderung auf der Großen Mauer (Große Mauer – ha-ha!). Sie sind sehr nett, zwei Frauen und ein Mann aus deiner Heimat. In Beijing ich habe für sie ein Souvenir gekauft: Tang Lao Ya, du kennst schon diese Figur, oder? Es ist bisschen seltsam, weil sie eigentlich doch zur westlichen Kultur gehört. Oder vielleicht das ist auch eine westliche Ironie?

Übermorgen fliegen die drei Gäste wieder in ihre Heimat, dann habe ich neuen Auftrag bekommen, nämlich ich soll deutsche Medizinstudenten betreuen. Sie wollen Traditionelle Chinesische Medizin lernen. Ah – ich übe schon dieses Wort: traditionell (ich denke, »altmodisch« geht nicht als ein Synonym?).

Lieber Roland, wenn ich genug Geld verdient habe, dann ich mache eine Reise und besuche dich in Heidelberg. Bist du einverstanden mit diesem Plan?

Viele Grüße aus China von deiner
Ping

ALICIA

Von einer Sekunde auf die andere schaute ihnen niemand mehr ins Gesicht. Der Wirt und die Mädchen, soeben noch wohlgesinnte lächelnde, zwitschernde Wesen, wandten die Blicke ab, als sie nun alle, eskortiert von vier Polizisten, zum Parkplatz hinuntergingen. Der jüngere der beiden Polizisten von vorhin kam an ihre Seite, einen Augenblick befürchtete Alicia, er würde sie anfassen, aber er ging nur mit ausdrucksloser Miene neben ihr her, der ältere war offenbar irgendwo hinter ihnen, sehen konnte sie ihn nicht und sich umzudrehen wagte sie nicht.

Didi, neben ihr, begann wieder zu sprechen: »Was soll das hier?!« Sie sprach in gereiztem Tonfall, bewegte die Hände so wie jemand, der ein lästiges Insekt aus seinem Drink schütteln möchte.

Das sind aber keine Insekten, dachte Alicia, die bis jetzt folgsam und fühllos wie ein Automat auf alle Anweisungen reagiert hatte und nun eine neue Nervosität in sich brummen spürte, die anschwoll mit jedem Wort, das sie aus Didis Mund hörte. *Lass sein, Didi, hör auf!* Wenn sie ihr diese Botschaft nur irgendwie lautlos morsen könnte: *Sei still, um Gottes willen!* Sie wusste, dass sie selbst jetzt nicht auch noch sprechen durfte. Die Situation würde sich verschlimmern, wenn noch einer laut würde, ja, wenn sie nur einen Mucks von sich gäben. Sie musste nur Elias und

Lai ansehen, um das zu wissen – wie die beiden wortlos und mit gesenkten Köpfen vor ihnen dahinschritten. Dies hier war die Szene, in der die berühmte Stecknadel nicht zu Boden fallen darf. Alicia kannte diese Szene, sie hatte sie öfter schon erlebt. *Didi, um Gottes willen, sei ruhig jetzt!*

Doch Didi sprach weiter, ungehalten und immer lauter: »Es ist einfach lächerlich, was die da machen! Ich habe keine Lust ... Wir haben absolut nichts ...«

Ein Wutschrei beendete ihre Rede. Abrupt blieb die ganze Truppe stehen. Der schwergewichtige Polizist war vor die drei Europäer getreten. Sein Gesicht glänzte vor Schweiß. Die Mundwinkel hatte er herabgezogen, so dass sein Mund ein umgedrehtes U bildete. Zwischen seinen Brauen hatte sich eine senkrechte Falte gebildet. Unter den halb gesenkten Lidern wanderten seine Augen hin und her, so als suche er noch nach etwas. Besser gesagt nach jemandem. Nach dem Richtigen. Dem, der seinen Zorn verdient hatte.

Alicia begann zu frieren. Ja, dieses Gesicht kannte sie. So hatte der Polizeihauptmann König ausgesehen, wenn er betrunken und schlecht gelaunt zu Hause an der Küchentür lehnte und seine zwei Untergebenen fixierte. *Also. Wer? Wer von euch hat es verdient?* Wenn er seine Dienstpistole zog und damit begann, erst auf seine Frau, dann auf die zwölfjährige Tochter zu zielen. *Du? Oder du? Alle beide?* Ein cholerischer Mensch, betrunken, beseelt von Zorn. Ausgerüstet mit einer Waffe. Die Pistole machte ihn gefährlich, aber vielleicht noch mehr, dass sein Zorn so gerecht war. Die gleichen Gedanken beherrschten den Mann, der nun vor ihnen stand – Alicia konnte es sehen, hören, fühlen. Auch dieser hier wusste sich vollkommen im Einklang mit dem Recht. Mit einem Recht, das über der normalen Justiz steht. Erwirkt von einem, der jahrelang seine Pflicht erfüllt und vor seinen Chefs gebuckelt hat. Die höchste Belohnung, ja Auszeichnungen hätte er verdient. Aber die bekommt er nicht, stattdessen wird er bestraft, immer wieder bestraft: durch einen mittleren Dienstrang, eine mittlere Ehefrau, ein schlampig eingepacktes Butterbrot, ein nicht auf den Punkt gekühltes Bier, eine durchs offene Fenster hereinfliegende Wespe. Da soll ihm dann nicht die Stirnader schwellen vor gerechtem Zorn? Jedes Recht der Welt hat er auf seinen Wutanfall, so ein Mensch genießt ein höheres Recht. Es ist das Recht des Cholerikers.

Alicia schielte auf die Hüfte des Mannes. Ein schwarzer Schlagstock baumelte am Halfter. Ob er auch noch eine Pistole darin stecken hatte, konnte sie nicht sehen.

Der Mann fauchte etwas Chinesisches. Seine Stimme kletterte nach oben, das Fauchen wandelte sich in ein Greinen, die ganze Zeit wanderten dabei seine Augen hasserfüllt von einem zum anderen der fünf Verhafteten. Unvermittelt wandte er sich einem Kollegen zu und bellte ihm einen Befehl entgegen.

Der marschierte jetzt voraus zu dem Polizeibus – jetzt erst sah Alicia, dass er quasi unmittelbar neben dem weißen Minibus von *Facing China* geparkt war – und riss die Tür auf. Einer nach dem anderen wurden sie in den Wagen geschoben, von hinten warf man ihnen ihr Gepäck hinterdrein, eine Lederschlaufe traf Alicia an ihrem verletzten Knie, zum ersten Mal spürte sie die Schmerzen und auch den Hunger, die beide vorher wie ausgeschaltet gewesen waren. Übelkeit überkam sie und gleichzeitig der lächerlich unangemessene Gedanke, dass sie ihren Malapropismus wohl wirklich überwunden haben musste – denn plötzlich stand ihr der chinesische Satz vor Augen, den sie zu Hause in Deutschland aus dem Reiseführer hatte lernen wollen: *Tjing dijau djintscha lai. – Rufen Sie bitte die Polizei!* Jetzt müsste ich nur noch wissen, was auf Chinesisch *Die ist schon da!* hieß, dachte sie, für eine Sekunde in grundlose Albernheit versetzt, aber diese Sekunde verstrich gleich wieder. Mitten in China saßen sie in einem Polizeibus – drei Touristen aus Europa und zwei Reiseleiter, ortskundig alle beide, aber letztlich genauso hilflose Würstchen wie sie. Man würde sie an irgendeinen unbekannten Ort bringen. Und dann? Was immer man mit ihnen vorhatte – sie würden sich nicht dagegen wehren können.

Lai sagte leise etwas zu Elias.

»Okay«, sagte Elias, gleichfalls leise, aber dann sprach er viel schneller, als sie es bisher von ihm gehört hatte: »Einer der Polizisten ist Lais Neffe. Ich weiß nicht, ob uns das hilft oder noch mehr Scherereien bringt. Auf alle Fälle müssen wir uns jetzt bitte extrem höflich verhalten.«

»Wie?«, stieß Didi hervor. »Höflich auch noch? Die behandeln uns hier wie Verbrecher, dabei ...«

»Wir machen alles so, wie Elias sagt«, bestimmte Theo. Er war blass geworden, jetzt sah es Alicia.

»Das ist ja nicht zu glauben!«, rief Didi mit erhobener Stimme. »Wir sind deutsche Staatsbürger. Die können doch nicht einfach mit uns verfahren, wie sie wollen!«

»Darauf wetten würde ich nicht«, sagte Elias. Alicia sah, wie er rasch einen Blick durch die getönten Scheiben des Wagens nach draußen warf, wo noch die beiden Polizisten und weitere Kollegen standen und offenbar Anweisungen entgegennahmen. »Der Chef von denen ist recht übel drauf. Wir müssen ruhig sein und die Köpfe senken, sonst eskaliert das Ganze!«

»Ich denke gar nicht dran!«, rief Didi und schüttelte zornig den Kopf. »Wir bringen diesem Land Devisen. Weiß der das nicht?«

Alicia tauschte einen Blick mit Elias. Noch einen mit

Theo, was erstaunlich leichtfiel. Sie sah Didi an, ihren roten, empörten Mund. Dann sagte sie leise: »Lass uns ruhig sein, Didi!«

»Wieso sollte ich?! Ich kenne meine Rechte!«

»Rechte? Der Mann da draußen ist gefährlich.«

»Wie bitte? Dieser aufgeplusterte Schupo?«

»Ich kenne solche Typen. Das ist ein Choleriker.«

»Er ist immerhin Polizist, Alicia!«

»Eben. Mein Vater war auch Polizist. Und ein schrecklicher Mensch. Ein richtiger Drecksbulle.«

Schwungvoll wurde die Fahrertür geöffnet, alle vier Polizisten stiegen ein, schon fuhr der Wagen an.

Ein paar Minuten sprach niemand.

So wird das nicht bleiben, dachte Alicia, plötzlich schreckenerregend hellsichtig geworden.

»Wo bringen die uns hin?«, fragte Didi prompt mit lauter, vor Angst schrill gewordener Stimme.

»Polizeistation«, murmelte Elias mit gesenktem Kopf.

»Und dann? Wollen die uns da irgendwie ... festhalten? Oder einsperren?« Es kam in einem Quietschen daher, Didi verhaspelte sich, wurde mit jeder Silbe lauter. »Das können die doch nicht tun! Oder?«

Heftig legte sich der Wagen in eine Kurve, sie schlingerten alle auf ihren Sitzen, Theos Rucksack sauste in eine Ecke.

»Gibt es das noch – Selbstkritik für Volksschädlinge?«, fragte Theo leise.

Elias, den er dabei angesehen hatte, nickte.

»Was?«, schrie Didi.

Lai, der die ganze Zeit den Kopf gesenkt hatte, hob ihn leicht und betrachtete Didi eine Sekunde lang mit einem skeptischen Gesichtsausdruck.

In diesem Moment begriff Alicia, was sie zu tun hatte.

Sie saß neben Didi, sah das angespannte Gesicht, die verkrampften Hände. »Didi«, sagte sie leise. Sie überwand sich und legte ihre Hände auf Didis Knie. In ihren Schläfen klopfte etwas. *Bourgeoise Gans.* Didis Französisch fiel ihr ein, der Kuss vorgestern Nacht, dass sie ihren Theo als *Leihgabe* betrachtete, sie selbst als – was? Hässlich? Dumm? Eine *Kuh*?

»Was ist, wenn die uns einsperren?«, flüsterte Didi. Sie grub ihre Zähne in die Unterlippe, eine Stelle an ihrem Oberarm war blau verfärbt, das Handgelenk aufgeschürft, weiß und rau ragten kleine Hautfetzen hoch. Alicia sah es, und das Mitleid half ihr über die nächste Hürde. Die linke Hand ließ sie auf Didis Knie, mit der rechten ergriff sie Didis Hand. »Das machen sie nicht«, sagte sie leise, »aber du musst ruhig sein. Versprich es mir!«

»Ich meine, China ... die haben hier doch Diktatur und ... Folter ... und Todesstrafe!«, brachte Didi schaudernd hervor. Alicia spürte, wie Didis Knie zitterten, sie sah ihre Unterlippe beben. »Dir passiert gar nichts!«, sagte sie wieder eindringlich und leise und drückte und streichelte dabei Didis Hand.

»Ich hab aber Angst.«

Wieder legte sich der Wagen in die Kurve. Sie schlugen mit den Hinterköpfen gegen die Fensterscheiben. Didi öffnete den Mund.

Alicia sah sie von der Seite mit hoch gezogenen Brauen an, dann senkte sie den Kopf, wie Elias befohlen hatte. Dabei drückte sie weiter Didis Hand. »Psch«, summte sie, kaum hörbar. »Psch, psch ...« Hass, Wut, Enttäuschung – alles, was sie gerade noch gefühlt hatte, war nun wie narkotisiert. Sie fuhren an einen ungewissen Ort, vor dem Didi sich fürchtete. Sie selbst, Alicia, fürchtete sich nicht minder.

鴛鴦

DER MOMENT, IN DEM INSPEKTOR MA von der Gesetzesübertretung in seinem Bezirk hörte, war der erste, in dem er wieder ordentlich atmen konnte. Der Krach mit seiner Frau gestern Abend war schlimmer gewesen als alle bisherigen. Er hatte nichts gemacht, außer die *laopo* um Geld zu bitten. Jawohl, gebeten hatte er sie, sehr höflich sogar, so wie das ein guter Ehemann tut, der alles Geld am Monatsanfang bei seiner Frau abgibt. Er hatte kaum angefangen zu sprechen, da schrie sie los, dass er gar nichts bekomme, dass schon viel zu viel Geld für seine Saufgelage draufgegangen sei, Zigarettengeld könne er haben, sonst nichts. Er wollte vernünftig mit ihr reden, sagte: »Frau, verehrtes Weib, die Freunde laden mich auch dauernd ein, jetzt bin ich dran, es ist doch sonst eine Schande ...« Aber da wurde sie erst recht giftig: Aus, Schluss, keinen einzigen *Fen* gebe es. Und die Freunde? Keine Gelage mehr, keine Einladungen, so einfach wäre das. Sie fing an zu kreischen, er wusste, dass er jetzt besser nichts mehr sagte, riskierte es trotzdem, da bäumte sie sich auf und schrie ihn an: »Du glaubst wohl, dass der Tiger hier ein Kätzchen ist? Jetzt sag ich dir was: Dein Zigarettengeld – kriegst du diese Woche auch nicht!« Das war ihr letztes Wort, es bewirkte, dass Inspektor Ma in dieser Nacht kein Auge zutat. Wie sehr wünschte er, dieses schreckliche Weib irgendwie zu bestrafen: sie an den Handgelenken aufzuhängen, ihr mit dem Besen das harte Herz im Leib weichzuprügeln. Aber er kannte seine Frau, am Ende wäre doch sie es, die den Besen über seine Schultern schwänge.

Übermüdet, verbittert, voll Hass im Leib verließ der Inspektor sehr früh morgens sein Haus und ging sofort auf die Station. Und da erwies sich, welch weise Entscheidung er damit getroffen hatte. Denn war es nicht eine hervorragende Entschädigung für die Schmach von gestern Abend, nun auf Verbrecherjagd gehen zu können? Als er hörte, dass es sich bei diesen Verbrechern um Ausländer handelte, verdoppelte sich seine Vorfreude. Er würde die fremden Teufel quälen mit allen Mitteln, die er hatte.

Im Hotel am See, wo sie die Landstreicher in Empfang nehmen würden, war es um diese Uhrzeit noch ruhig. Nur ein Mensch saß im Innenhof, ein einzelner Mann – das war seltsam. Noch seltsamer, dass der Kleine Gao sofort an seinen Tisch lief und sich dienstfertig zu dem Sitzenden herabbeugte.

»Wer ist das?«, schnauzte Ma den Unterinspektor an. »Was macht der da?« Die Auskunft, dass es sich um Gaos verehrten Onkel handle, der hier auf Leute wartete, machte Ma noch stutziger. Auf Leute warten? Etwa auf diese Verbrecher, die unser Gesetz übertreten? »In gewisser Hinsicht ja«, gab Gao zu, der Onkel sei doch als Wanderführer tätig. Immerhin – an der Gesetzesübertretung hatte er sich nicht beteiligt. Ma beschloss, den Onkel trotzdem im Auge zu behalten.

Vier Menschen erschienen im Eingang zum Hof. Es waren wirklich westliche Teufel. Ihr Anblick bewirkte eine tiefe Zufriedenheit in Ma. Als ob ihm auf eine pochende Entzündung eine Eispackung gelegt würde. Ein paar Sekunden lang betrachtete er die Gesichter der vier Teufel, er gönnte sich diesen von Wonne durchtränkten Abscheu.

Dann gab er Gao einen Wink. »Los, jetzt nehmen wir sie uns vor.«

Breitbeinig stellte er sich vor sie und bellte ihnen seinen Befehl entgegen. Visakontrolle! Mindestens ein paar Minuten konnte er das jetzt so treiben: die Teufel anschreien und ihnen Angst einjagen. Was für ein Spaß! Dann würde er sie in den Polizeibus packen, sie bis zur Grenze des Verwaltungsbezirks von Beijing fahren und jenseits der Grenze mitsamt ihrem Gepäck an der Straße aussetzen. Es war die gängige Art, wie die Polizei in China mit straffälligen Ausländern verfuhr. Ausländer zu verhaften, traute sich kein normaler Polizist, sie waren geschützt durch die chinesische Regierung, die sie alle bewachte, als wären sie Kostbarkeiten aus dem Kaiserpalast. Natürlich musste man als Polizist irgendwie handeln, sobald man sie einmal bei einer Gesetzesübertretung erwischt hatte. Andererseits durfte man sie auch nicht einfach einsperren wie einen Landsmann. Dadurch, dass man sie auf ein Gebiet verfrachtete, für das man nicht selber zuständig war, war das Problem gelöst. Zwei Falken schoss man so mit einem Pfeil: Der Verbrecher wurde gefasst und sein Verbrechen aus der Welt geschafft.

Auch Ma würde so handeln. Über die Bezirksgrenze mit den Ausländern! Sollten andere sich dann um sie kümmern, sollten sie selber zusehen, wie sie wieder vom Fleck kamen – allein mit ihren Koffern irgendwo auf einer Landstraße in China. Der Bus stand bereit, sie konnten im Grunde gleich losfahren.

Doch da passierte etwas, womit er nie im Leben gerechnet hätte: Die Ausländer schauten ihm ins Gesicht! Nicht nur das: Sie sprachen miteinander, als wäre er ein Bettler auf der Straße, den man ohne weiteres ignorieren konnte! Dann begann eine Frau – sie war riesig, er hätte nie gedacht, dass es irgendwo auf der Welt so große Weiber geben könnte! – damit, ihn anzusprechen! Ein Einziger aus dieser Truppe unverschämter Flegel tat das, was für jeden Chinesen in einer solchen Situation selbstverständlich war: den Kopf senken und schweigen.

Wussten die drei anderen nicht, mit wem sie es zu tun hatten? Jetzt kam auch noch Gaos Onkel angeschlurft, hatte der also tatsächlich etwas mit diesen Verbrechern zu tun? »Was willst du hier, du Faulwurm!«, herrschte er den Onkel an. »Maul halten!«, schrie er gleich darauf, denn die große Teufelin hatte angefangen laut zu kreischen und mit den Händen zu fuchteln.

Mas Wut begann zu glimmen wie Asche, in die hineingepustet wurde. Er suchte sein Gehirn ab nach einer Möglichkeit, wie er sie länger quälen könnte als nur die gute Stunde Fahrtzeit, bis sie aus dem Bus geworfen würden.

Der Wirt vom Hotel kam daher und erhob klagend seine Hände. Wollte der sich etwa in seine Angelegenheiten einmischen? »Schaff sofort das Gepäck von diesen Leuten her!«, raunzte Ma. »Und dann will ich endlich die Pässe sehen!«

Der Wirt trabte davon.

Ma wandte sich an Gaos Onkel: »Deinen auch, los!«

Was er mit dem chinesischen Reiseleiter machen sollte, wusste Ma noch nicht. Einsperren für eine Nacht? Eine schöne lange Selbstkritik verfassen lassen?

Den Polizeibus hatten sie draußen am Parkplatz stehen. »Los!«, sagte Ma grimmig. »Raus aus dem Hof und einsteigen! Alle! Schnell!«

Die große Frau schrie schon wieder, fuchtelte mit den Händen. Und die ganze Zeit sah sie ihm dabei ins Gesicht! Das war ungeheuerlich! »Rein mit ihnen in den Bus!«, befahl er.

Mit abgewandtem Gesicht zündete er sich eine Zigarette an, das Blut rauschte ihm in den Ohren.

Seine Kollegen warteten respektvoll, bis er zu Ende geraucht hatte.

»Also los, fahren wir!«, befahl er. Dann spuckte er sich eine große Ladung Rachenschleim aus dem Leib.

»Wohin soll es gehen, Herr Inspektor?«, fragte Gao.

»Zur Hebei-Provinz?«

»Nein!«, brüllte er. »Zurück auf die Station!« Er wusste noch nicht wie, aber er würde ihnen Bitteres zu kauen geben, diesen unverschämten langnasigen Teufeln. Sie würden weinen vor Angst und Ärger! Ma saß im Bus neben Gao, hinter sich wusste er die fünf Festgenommenen. Er zog die Brauen zusammen, bis eine tiefe Furche über seiner Nase entstand. Er atmete tief und langsam, seine Nüstern blähten sich.

Auf der Station ließ er die Festgenommenen unter Bewachung eines Kollegen auf der Bank im Vorzimmer sitzen. Er selbst zog sich in den hinteren Raum zurück.

Und nun? Inspektor Ma zog laut und schlürfend Luft zwischen den Zähnen ein, während er auf und ab ging. Ein Sturm tobte in ihm, aber er blieb weise, sammelte sich und sortierte die Fakten: Hatten die Ausländer chinesisches Gesetz gebrochen? Sie hatten eine verbotene Zone betreten – Fakt. Warum war der Weg in Simatai gesperrt? Weil an dieser Stelle ein *laowai* zu Tode gekommen war, ein Ausländer aus dem Westen – Fakt. Durfte so etwas passieren? Nein! China war das Land, in dem die Sonne strahlte, in dem es den Menschen wohl erging. Deshalb hatte die Regierung den Weg gesperrt – Fakt. Bei diesem Gedanken stieg die Hitze in ihm sofort wieder an. Was tat China nicht alles für die Ausländer! Schon bei der Olympiade damals war ständig die Rede von *unseren ausländischen Gästen* gewesen. Angeblich hatten die Kollegen in der Hauptstadt sogar die Sprache der Ausländer lernen müssen, damit die es noch komfortabler hätten. Und was machten die Teufel? Liefen einfach durch verbotenes Gebiet! Wenn auch nur einem von ihnen etwas zugestoßen wäre, dann hätte ganz China sein Gesicht verloren, dazu die chinesische Polizei, der Verwaltungsbezirk von Beijing und zuletzt auch noch er, Ma, persönlich. Nein, diese Personen hart zu bestrafen, war absolut gerechtfertigt.

Er betrat den Vorraum und tat so, als ob er Papiere suchen würde. Mit Befriedigung stellte er fest, dass inzwischen alle, wie es sich gehörte, ihre Köpfe gesenkt hatten.

Dann ging er zurück zu seinem Schreibtisch, jetzt endlich hatte er die Ruhe, sich zu setzen und eine Tasse Tee zu trinken. Er blätterte die Pässe durch, sah sich die Visadaten an. Alles in Ordnung. Ma seufzte. Es ging nicht. Er konnte die Ausländer nicht einfach über Nacht auf der Wache behalten, da würde er Schwierigkeiten bekommen. Verdammt, so gern hätte er ihnen hart zugesetzt! Gut, ein paar Minuten wollte er sich noch gönnen, in denen er sie richtig einschüchterte. Der dicke Westler sprach Chinesisch, das hatte er in der kurzen Zeit schon mitbekommen.

Er setzte sich die Dienstmütze auf und schnallte seinen Knüppel wieder an, nahm die Pässe in die Hand und betrat den Vorraum. Die fünf saßen mit gesenkten Häuptern vor ihm auf ihrer Bank.

Ma betrachtete sie eine Weile, seine Mundwinkel senkten sich, er schüttelte den Kopf über das Ausmaß an Schlechtigkeit in dieser Welt. Dann ging er hinter die Absperrung und setzte sich auf seinen fahrbaren Schreibtischstuhl. Er stieß sich mit den Füßen ab und ließ sich auf den Tisch zurollen, hinter dem die Festgenommenen saßen.

»So«, sagte er. »Ihr habt gegen chinesisches Gesetz verstoßen. Ihr habt euch auf einem von der Regierung verbotenen Gebiet bewegt.« Ohne sich umzudrehen, reichte er die Pässe hinter sich, wo Gao sie in Empfang nahm. »Auf verbotenem Gebiet.« Hob noch einer von denen jetzt den Kopf? Na also! »Was habt ihr auf verbotenem Gebiet verloren?«, wiederholte er.
»Herr Inspektor«, begann der Bulgare.
»Sei still! Rede, wenn du gefragt bist!« Befriedigt schaute Ma auf die gesenkten Köpfe. Sehr gut. Hatte sie der Mut verlassen? Wurden sie endlich demütig?
»Also«, knurrte er. »Was hast du dazu zu sagen?«
»Herr Inspektor, wir sind gewandert.«
»Das ist strafbar.«
»Ich weiß, Herr Inspektor.«
»Ihr habt es gewusst und gegen das Gesetz verstoßen?«
»Nur ich habe es gewusst, Herr Inspektor. Die anderen Ausländer kennen das chinesische Gesetz nicht.«
»Was ist mit dir?« Ma wandte sich an Gaos Onkel, der mit hängendem Kopf neben dem Bulgaren saß.
»Entschuldigung. Ich kenne das Gesetz.«
»Ihr kennt es also. Und habt trotzdem dagegen verstoßen.« Ma schwieg zufrieden. Überführt! Er kostete den Anblick der Verbrecher aus. Was noch konnte er sie fragen?
»Wie seid ihr an dem Wächter an der Absperrung vorbeigekommen?«
»Wir sind nicht an der Absperrung vorbeigegangen.«
»Der Wächter hat euch auf dem Rückweg gesehen. Wollt ihr jetzt anfangen, euer Verbrechen zu leugnen?« Ma erhob sich von seinem Stuhl.
»Herr Inspektor, wir sind auf einem anderen Weg in das Gebiet gegangen.«
Das war etwas Neues. Eröffnete etwa diese Information

neue Möglichkeiten? Ma überlegte. Wenn die Ausländer das Gesetz nicht buchstäblich übertreten hatten, ließe sich das so deuten, dass sie etwas Erlaubtes getan hatten, allerdings ohne die Erlaubnis dafür einzuholen. Er konnte sie nach Gubeikou überstellen lassen, um sie dort eine nachträgliche Sondergenehmigung für ihren Ausflug in das Sperrgebiet beantragen zu lassen. Ja, damit konnte er sie wirklich treffen! Eine tiefe Freude erfüllte seine gequälte Seele.

Ma hielt seine Hand zur Seite und winkte Gao, ohne den Kopf zu wenden. Sogleich drückte der Unterinspektor ihm die Pässe in die Hand. Noch einmal blätterte Ma darin. Schön langsam. Wann liefen die Visa ab? In drei Tagen. Dann hatten sie geplant, in wenigen Tagen auszureisen, vielleicht schon morgen oder übermorgen, ihr Ticket schon gekauft. Er konnte sie heute noch nach Gubeikou bringen lassen. Dort würden sie erneut befragt zu ihren Reisezielen, ihren wahren Vorhaben in China, ihren früheren Reisen ins Land, ihren Bekannten vor Ort, den Adressen der Aufenthaltsorte in China, den Gründen für den jeweiligen Ortswechsel und den Namen der Wirtsleute, die die Ortswechsel und Aufenthalte und Anmeldungen bezeugen und belegen konnten. Bis alles ordentlich protokolliert, übersetzt und beglaubigt wäre, wären die Visa abgelaufen. Dann müssten sich die Ausländer in Beijing um eine nachträgliche Verlängerung ihrer Aufenthaltserlaubnis bemühen. Auch das würde wieder Zeit in Anspruch nehmen, sie hätten Kosten für Hotels, weitere Gebühren und sehr viel Ärger mit den dortigen Behörden. Und zuletzt müssten sie Geld für neue Tickets ausgeben. Den Ausländern würden die Adern platzen von so viel Ärger.

Ein bisschen von dem kommenden Ärger wollte er mit ansehen. »Übersetze«, wandte er sich an den Chinesisch sprechenden Kerl, weil ihm eingefallen war, dass die drei Teufel bis jetzt noch kein Wort verstanden hatten. Seine Stimme wurde weicher mit jedem Wort, das er sprach. »Gubeikou«, sagte er, »Behörde. Nachträgliche Sondergenehmigung. Beijing. Visumverlängerung.« Er hielt immer noch die Pässe in der rechten Hand, schlug sie beim Reden nachlässig gegen die flache linke und genoss den Anblick der verschwitzten, erschrockenen Menschen vor sich, als sie die Aussichten verstanden, die ihnen eröffnet wurden. Die Freude über diesen Anblick erfüllte ihn vollkommen. Inspektor Ma spürte seine eigene Erhabenheit. »Ihr habt etwas Schlimmes getan«, sagte er. »Aber wer die Schuld zugibt, der bekommt mildernde Umstände – *tanbai congkuan*. Übersetze!«

Während der dicke Ausländer sprach, fiel ihm noch etwas ein: »Ihr seid fremd hier. Woher habt ihr diesen Weg gekannt? Wer hat ihn euch gezeigt? Übersetze, los!«

Bevor der Dicke anfangen konnte in ausländischer Sprache zu sprechen, erhob sich der chinesische Reiseleiter. »*Jingcha tongzhi* – Genosse Polizist«, sagte er, »*shi wo* – das war ich.« Respektvoll hielt er seine Kappe in beiden Händen, während er vor ihm stand.

Mas Augen verengten sich. Schön, dachte er, ausgezeichnet! Schon füllte sich sein Kopf mit neuer Wut, er tankte Zorn, Rache, nein Recht und Gerechtigkeit. »Du führst also Ausländer in das verbotene Gebiet«, knurrte er. »Du übertrittst unsere Gesetze, du Schädling! *Si hai* – vierfaches Ungeziefer!«

Immer noch stand der chinesische Reiseleiter vor ihm mit gesenktem Kopf. Er drehte seine Kappe in den Händen. »*Jingcha tongzhi* – Genosse Polizist. Ich kenne diesen Weg schon lange. Letzte Woche bin ich da mit Parteikader Liu die Mauer abgegangen. Parteikader Liu und ich, wir haben über die Restaurierungsarbeiten gesprochen. Er besucht mich regelmäßig deswegen.«

Ma kehrte zurück zu seinem Stuhl und ließ sich darauf nieder. »Setz dich!«, kommandierte er.

Sein Kopf begann zu schmerzen. Über wie viele Probleme sollte er an diesem Tag noch nachdenken? Die Botschaft eben hatte er wohl verstanden: Dieser Mann besaß *guanxi*, Beziehungen bis in hohe Kreise hinein. Parteikader Liu war nicht irgendwer. Ein Sprichwort fiel ihm ein: *Da shui chong le long wang miao* – Das Wasser will den Tempel des Drachenkönigs überschwemmen. Hatte er etwa gerade begonnen, sich mit einem Drachenkönig anzulegen? Nein, nein, er hatte sich immer als besonnener Mann gezeigt. Wie gut, dass sein Verstand ihn nie verließ, dass seine Weisheit ihn gerade noch zurückgehalten hatte! Was sagte das Sprichwort? *Gouyan bushi taishan* – Nur Hunde erkennen den Berg nicht. Wie hieß der Mann vor ihm noch mal? Erneut sah er in den chinesischen Ausweis: *Lai Fang Lei*.

Lai hatte wieder Platz genommen und drehte weiter die Kappe in seinen Händen. Ma warf einen Blick auf diesen Mann, dann tastete er in seiner Uniformtasche nach den Zigaretten. Es war doch immer besser, wenn man solche Angelegenheiten in Ruhe behandelte. Einmal noch schlug er mit der Hand leicht auf den Schreibtisch, dann stand er auf und nickte dem chinesischen Wanderführer zu: »Komm nach draußen mit mir. Diese Sache besprechen wir unter uns.«

DIDI

Es hatte geregnet, die Sonne stand als weiße Scheibe hinter den Dunstschleiern. Auf der Straße lagen große, dunkle Lachen, jedes Mal wenn der Bus hindurchfuhr, zischte das Wasser zu beiden Seiten hoch.
»Ich hab mal was gehört von so einem Fall«, sagte Theo. Er saß ihr gegenüber. Lai und Elias neben ihm. Zwischen Alicia und ihr erhob sich ein Hügel aus Rucksäcken. »Die Leute wurden nicht direkt verhaftet, aber sie mussten Selbstkritiken schreiben, ganze Stapel voll, und nie war die Polizei zufrieden. Eineinhalb Wochen oder so hat das gedauert.«
»Ich weiß nicht«, sagte Elias zögernd. »Normalerweise sind sie bei Ausländern vorsichtig. Bloß dieser Inspektor war ziemlich geladen. Das hatte ... was Bedenkliches.«
Jenseits des Rucksackturms war ein Räuspern zu hören. Dann Alicias Stimme: »Lai hat uns da rausgehauen, stimmt's?«
Eine kurze Unterhaltung auf Chinesisch.
Lai lachte leise.
Didi sah auf ihre Füße, die immer noch in den Stiefeln steckten. Seit Stunden spürte sie die Schmerzen darin, sie hatte sich Blasen gelaufen, sie sehnte sich nach einem Bad, einer Dusche wenigstens.
»Hoffentlich hat er jetzt nicht wegen uns noch irgendwelche Unannehmlichkeiten?«, fragte Theo.

Sie sprachen über den Mann, dessen Lächeln sie so verwirrt hatte, den Wanderführer, *local guide* oder Bauern. Sie hatte ihn nicht mehr ansehen wollen, aber jetzt hob sie doch den Blick.

Lai lauschte der Übersetzung, dann lächelte er. »Okay, okay, okay, okay.«

»Wirklich okay?«, fragte Alicia.

Lai lächelte weiter, während er sprach.

Theo beugte sich vor, um seine Antwort zu hören, auch Alicias Kopf erschien hinter den Rucksäcken. »Was hat er gesagt?«

Elias lachte. »Er hat ein *chengyu* benutzt, vier Silben, eine Art Sprichwort. *Ma, ma, hu, hu* – Pferd, Pferd, Tiger, Tiger. Es heißt so viel wie *geht schon, passt schon.*«

»Tiger? Pferd?«

»Hinter den *chengyus* stecken oft Geschichten. Bei dem hier soll ein Mann einen anderen gefragt haben, was für ein Tier das war, das gerade durchs Dorf gelaufen ist ...« Elias stockte, beriet sich mit Lai. »Genau. Der andere hat geantwortet: Vielleicht ein Pferd, vielleicht ein Tiger. Manchmal ist es vielleicht besser, wenn man nicht alles ganz genau weiß. So sieht man überhaupt die Dinge hier gern.«

Irgendetwas sollte sie auch zur Unterhaltung beitragen, dachte Didi. Je länger sie schwieg, desto verkrampfter würde die Stimmung. »Er hat aber doch mit diesem Polizisten gesprochen?«, fragte sie nach einiger Überwindung. »Was hat er dem denn erzählt?« Sie legte ihre Hand auf den Bauch, da wo die Speiseröhre auf den Magen trifft. Jetzt sah sie doch zu Lai hinüber, bemühte sich um ein sanftes Lächeln. Ob sie je wieder etwas zu essen bekommen würde?

»Er hat nur einen kleinen Trick benutzt«, übersetzte Elias. »Damit hat er ihn am Zopf packen können.«

Lai lächelte leise. Er schwieg. Mehr würden sie nie von ihm erfahren, allen war das plötzlich gleichzeitig klar.

Mitten auf der Straße hatte sich wie zu einer Ratssitzung eine Schar großer Vögel zusammengefunden. Der Wagen schoss auf sie zu. Erst als er sie fast erreicht hatte, flatterten sie gelassen auf, schräge, schiefergraue Silhouetten am Himmel.

Unvermittelt hielt der Bus an. Lai griff nach seinem Rucksack. Er kramte drei Visitenkarten hervor. Höflich, mit beiden Händen überreichte er jedem von ihnen eine, nickte kurz und freundlich in die Runde – »*zaijian!*« – schon war er ausgestiegen und schloss die Bustür von außen. Der Fahrer gab wieder Gas.

»Was war das?«, fragte sie verstört.

»Es wirkt ruppig, ich weiß«, antwortete Elias, »ist aber nicht bös gemeint. In China fackelt man einfach nicht lang, wenn es an den Abschied geht.«

»Ach«, sagte Alicia. »Wenn ich gewusst hätte ... Ich hätte noch gern ...« Sie brach ab.

Ich auch, dachte Didi. Ich hätte auch ... irgendetwas. Wieder presste sie sich eine Hand auf den Magen. Aber wer wusste schon, wie Chinesen auf Entschuldigungen reagierten? Vielleicht war das ja ebenso unüblich wie eine gepflegte Verabschiedung?

Die Lobby im Shatan-Hotel wirkte wie frisch gewienert, die goldene Theke glänzte, im Marmorboden spiegelten sich die Lämpchen der riesigen Deckenleuchte. Welchen Kontrast bildeten sie dazu – drei Europäer in ihren verschwitzten, zerrissenen Wanderkleidern. Didi war sich ihrer verkommenen Erscheinung bewusst, als sie auf die Mädchen an der Rezeption zuschritt.

In einem der großen Ledersessel im Schatten einer monströsen Topfpalme saß Ping, die Falten ihres Schottenrocks adrett um ihre Knie geordnet, die Augen geschlossen. Als ob sie sie wittern könnte, sah sie in dem Moment herüber, als die drei mit ihrem Gepäck auf die Rezeption zusteuerten. »Hallo! Wie war es auf der Chinesischen Mauer? Haben Sie Ihre Wanderung genossen?«

Didi beugte sich über die Theke und malte ihre Unterschrift auf das Formular, das ihr eins der Mädchen hingeschoben hatte. Sie hörte Alicia antworten und war dankbar, dass nicht sie selbst die Konversation übernehmen musste. Flüchtig überlegte sie, wie viel Trinkgeld sie für Ping beiseitelegen sollten.

»Nein, nein«, hörte sie Alicia sagen, »das gehört nicht mir, geben Sie es meiner Freundin.«

Didi legte den Stift auf die Theke der Rezeption und wandte sich um.

»Ah so«, sagte Ping. Der rot-weiße Faltenrock bauschte sich um ihre Knie. Wie immer wirkte ihre Haut wie frisch geschrubbt. Unter den linken Arm hatte sie sich ein längliches Paket geklemmt, in der rechten Hand hielt sie ein kleines Päckchen, beide aus braunem Karton.

»Ja?«

»Ich habe doch ein Geschäft gefunden für Ihren *Tang Lao Ya*«, sagte Ping mit bescheidenem Stolz. »Leider ich habe nicht gewusst, welches Ausmaß Ihnen angenehm ist. So, ich habe zwei gekauft. Wollen Sie gleich ansehen? Wir können noch einmal umtauschen, wenn Sie möchten. Oder zusammen zu dem Geschäft gehen.« Ping stellte das längliche Paket auf den blanken Boden der Hotellobby und nestelte an dem Karton. Ihr dicker, schwarzer Zopf fiel ihr über die Schulter.

»Na also!«, sagte Theo. »Deine Ente – da ist sie ja!«

Didi strich sich über die Mundpartie. Die Mandarinente, um derentwillen sie hierhergereist war, umsonst, wie sie inzwischen wusste. Sie öffnete den Mund für ein höfliches Lächeln. Diese kurze Strecke würde sie auch noch durchhalten. Es gab nichts mehr, was sie erschrecken könnte.

Die beiden Längsteile des Kartons kippten zur Seite. Auf orangeroten Entenfüßen, einen halben Meter hoch stand vor ihr *Tang Lao Ya* aus Plastik. Ein Erpel mit weißem, verwegen geschwungenen Pürzel, weit aufgerissenem gelben Schnabel und riesigen, erzürnt blickenden Augen. Er trug ein blaues Westchen und eine blaue Matrosenmütze, kampfbereit hielt er die weißen Plastikfäuste vor dem Leib geschwungen. *Tang Lao Ya* in seiner Pose als erzürnter ewiger Verlierer.

»Und hier«, sagte Ping diensteifrig und enthüllte das zweite Paket. Die Figur war klein genug für ihren Handteller. Dieses Mal kauerte der Erpel auf einem Steinchen, das Gesicht in die Fäuste gedrückt sann er verbittert über sein Schicksal nach.

»Donald Duck!«, sagte Alicia.

Die fünf uniformierten jungen Mädchen hinter der Theke pressten sich die Hände vor den Mund und kicherten entzückt.

»Gregor hat einen Donald für dich bestellt?«, fragte Theo und rieb sich die Augen.

Sie wagte kaum, einen von ihnen anzusehen. Hatte schon einer verstanden? Ahnten sie jetzt endlich, wen Gregor gemeint hatte? Keine Gravur hätte es doch deutlicher sagen können! Eine Art milder Krampf erfasste sie, sie spürte, wie es in ihren Händen kribbelte. Es wurde unerträglicher von Sekunde zu Sekunde.

»Tja«, sagte sie, immer noch auf der verzweifelten Suche nach einem Wort, das den Bann lösen könnte. Wie hatte ihre Stimme eben geklungen? Rau? Sie wollte sich räuspern und wagte es dann doch nicht.

»Gregor!«, sagte Theo. »Bis zuletzt noch einen Witz im Ärmel.« Er schüttelte den Kopf, grinste schief. »Bloß die Pointe verstehe ich nicht.«

Eine kleine Erlösung, ein Aufschub! »Ja«, sagte sie und hörte nur ein winziges Wackeln in ihrer Stimme, »das verstehe, wer will!« Sie riskierte einen kurzen Blick zu Alicia. Nahm die den Donald auch so philosophisch hin wie Theo?

»Welchen möchten Sie?«, fragte Ping.

»Um Gottes willen, was soll ich mit dem Riesending? Da brauche ich ja einen zweiten Sitzplatz im Flugzeug. Geben Sie mir den kleinen, bitte.«

Nur noch kurze Zeit, die sie durchhalten musste, aber es war schwer. Eine Depression regnete auf sie herab, es fühlte sich an wie Staub und Steine.

»Dann gebe ich den anderen zurück und Sie bekommen das Geld ...«, begann Ping und zog eine kleine Geldbörse aus knallroter Seide hervor.

»Nein, nein, bitte!« Abwehrend streckte Didi die Hand aus, »behalten Sie das Geld und auch den ... die große Ente! Bitte!«

»Oh!«, sagte Ping mit ihrer Glockenstimme. »Danke! Ich mag *Tang Lao Ya* auch. Sie sind so nett!«

Konnte sie jetzt endlich gehen? Sie wollte in ihr Zimmer, sich auf das Bett stürzen, ein Kissen an sich pressen. Didi fühlte, wie ihre Fußsohlen vibrierten.

»Bitte teilen Sie mir mit, wenn Sie noch etwas benötigen«, sagte Ping. »Ich kann Sie noch begleiten bis heute Mittag. Dann ich muss schon neue Gäste abholen. Schade. Für Ihre Fahrt nach Hause heute Abend kommt ein Herr aus der Schweiz.«

»Doch, ja, bitte!«, sagte Alicia. »Gibt es ein Kaufhaus in

der Nähe? Und ein Postamt? Wenn Sie mich dahin noch begleiten könnten, Ping?«
»Sofort.«
»In fünfzehn Minuten. Ich muss mich nur frisch machen.«
Fünfzehn Minuten, dachte Didi mit hämmernden Schläfen. Sie spürte, dass sie reizbar wurde. Wie eine Katze, die lange eingesperrt war. Wie viele Minuten dauerte jetzt noch der Abschied von Ping (leichte Umarmung), der Weg neben Theo, Alicia und dem Pagen mit seinem quietschenden Gepäckwagen vorbei an riesigen blau-weißen Porzellanvasen und Elefanten aus Messing? Eine lächerlich kurze Fahrt mit dem Lift in den ersten Stock. Das gekünstelte Nicken – »Wo seid ihr untergebracht? Hundertacht?« Endlich stand sie in ihrem Zimmer, spürte den elektrisch knisternden Plüschteppich unter den Füßen, konnte die Tür hinter sich schließen.

Sie setzte sich aufs Bett, schaute auf den Plastik-Donald in ihrer Hand. Sollte sie ihn gegen die Wand werfen? In Filmen machte man das so. Sie stellte ihn auf das Nachtkästchen neben dem Bett und zerrte sich die Stiefel von den Füßen. Die Füße waren unglaublich schmutzig, drei der vielen Blasen hatten sich geöffnet, alles war braun, schwarz, rot verschmiert und brannte, als hätte sie sich an Scherben geschnitten.

Sie duschte lange, zog sich den weißen Morgenmantel des Hotels an, schlüpfte in weiße Schlappen aus Papier. In der Minibar fand sie zwei Flaschen Mineralwasser und eine Rolle mit Crackern. Mit nassem Haar kauerte sie sich in einen der wuchtigen Sessel. Sie trank alles Wasser und aß bedächtig wie eine Bäuerin nach der Feldarbeit von dem geschmacklosen, krümeligen Gebäck.

Dann drehte sie sich im Sessel herum, schwang die

nackten Beine über die Seitenlehne und starrte auf das Nachtkästchen mit seiner Reihe elfenbeinfarbener Knöpfe. Unter einem davon stand die Aufschrift *The lamp before the mirror*. Direkt darüber saß auf Mahagoni, versunken in seine eigene Verbitterung, der quietschbunte Donald Duck alias *Tang Lao Ya* aus Plastik.

Hier in China würde nichts Schreckliches mehr geschehen. Theo und Alicia hatten beide keinen Verdacht geschöpft, woher auch? Aber gewundert hatten sie sich natürlich. Aus der Verwunderung wiederum würde der Drang zu erzählen erwachsen: *Stellt euch vor, Gregor wollte ihr aus Peking eine Donald-Duck-Figur mitbringen. Versteht ihr das?* – Eine Weile bliebe die Ratlosigkeit vielleicht erhalten, aber solche Geschichten machten ja immer ihre Runden, die Zirkel würden sich vergrößern. Und dann fänden sich bald die Ersten, die verstünden. Pips, der Britta vom Segeln kannte. Gut, der würde sich loyal verhalten. Aber Ellen. Joachim und Miriam, dann die Gutendorfs ... Ach, es waren ihrer genug. Mein Gott, Mutter! Dann flog jetzt also doch noch alles auf. Sie wäre die Betrogene, die beinahe Verlassene, eine komische Witwe, die keiner mehr wollte. Sie wusste doch, wie das Leben der verlassenen Frauen aussah: Sie blieben alleine in ihren Häusern und Wohnungen, sie kochten sich ein lustloses Mahl – wer wollte schon ohne Begleitung zum Essen gehen? Die großartigen Gastmähler mit Freunden, wie sie sie kannte, die Einladungen in ihre geschmackvollen Häuser, wo man beim Krebsessen interessante neue Leute kennenlernte, gemeinsame Segelausflüge, bunte Vernissagen mit Kelchen voller Champagner – all das würde ausbleiben. Keiner ihrer Freunde belastete sich gerne mit einer nach Geselligkeit gierenden, älteren Witwe, man lud sich immer paarweise ein. Ellen vielleicht würde sich hie und da erbarmen. Pips natürlich auch. Doch die meiste Zeit würde sie ein Leben führen wie eingekerkert, wie in Isolationshaft. Sie könnte sich einen Dackel anschaffen. Sehr schön. Damit alle sähen, dass sie tatsächlich resigniert hatte. *Die ältere Person da – wie hieß sie noch mal? Tiziana Serowy? Ach, die Ärmste, das war doch die, die ihr Mann verlassen wollte, ja, jetzt erkenne ich sie wieder! Guter Gott, die sieht vielleicht alt aus jetzt!*

Ihr schauderte. Sie rutschte in dem Sessel hin und her, zog sich den Morgenrock enger um die Schultern, sie wollte dieses Zimmer am liebsten nie mehr verlassen.

Ihr Haar war noch feucht, sie hatte es mit ihrem eigenen Shampoo gewaschen, als sie es nun mit den Händen knetete, roch sie schwach den vertrauten Zitrusduft. Sie stand auf, wühlte in ihrem Koffer, zog ein langes Kleid aus Chiffonseide heraus. Es war schwarz mit darauf verstreuten, blassrosa Blumen. Sie kleidete sich an, föhnte das Haar, hängte sich Perlen an die Ohren, nahm sie wieder weg. Vor dem Spiegel stand eine Glasvase mit Madonnenlilien, sie schob sie beiseite und drehte sich einmal um sich selbst. Die Ränder ihrer schwarzen Pumps drückten schmerzhaft auf die geschwollenen, zerschnittenen Füße. Sie biss die Zähne zusammen.

Draußen auf dem Flur war es still. Nur durch ein geöffnetes Fenster drang in gleichmäßigem Rhythmus ein dumpfer Aufschlag herein, wie wenn ein Ball gegen eine Mauer geworfen wird, einmal, noch einmal und immer weiter. Ihre Füße versanken im Flor des Hotelteppichs. Schritt für Schritt ging sie in den quälenden Schuhen bis zur Tür mit der Nummer 108.

»Ach!«, sagte Theo. Er trug ein sauberes, aber zerknittertes schwarzes T-Shirt, das gerade über die (hoffentlich vorhandene) Unterhose reichte. Sein Haar war verstrubbelt.

»Hast du geschlafen?«

»Uhmm!« Seine Mundwinkel verzogen sich, die Nasenflügel wurden weit, sichtlich unterdrückte er ein Gähnen. »Ist was? Brauchst du was?« Dann erst fiel es ihm ein, die Tür weiter zu öffnen: »Komm rein!«

Sie zögerte, es war reiner Instinkt. Natürlich wollte sie eintreten, deshalb war sie doch über diesen Flur gegangen!

Theo kratzte sich am Kopf, er drehte sich zur Seite, um auf einen Sitzplatz zu weisen, aber alle beiden Sessel waren bedeckt mit Wäschestücken. »Geht das?« Er drückte die weiße, zu einer großen Wurst zusammengedrehte Bettdecke zur Seite und zeigte auf den Bettrand.

Sie ließ sich darauf nieder.

»Was ist?«, fragte er.

»Setz du dich auch«, bat sie.

Er zögerte. Bekam er es jetzt mit der Angst? In der Zeit, die dieser Mann braucht, um sich zum Sitzen zu entschließen, hätte Gregor mir den Morgenmantel heruntergerissen und mich aufs Bett geworfen, dachte sie. Dann fiel ihr ein, dass Gregor nichts dergleichen getan hätte, weil ihn die Morgenmäntel und Dessous anderer Weiber beschäftigt hätten, und ihr Zorn auf Theo legte sich. Die kleine Donald-Figur fiel ihr ein und die, der sie zugedacht war. Erneut regte sich Hass. Auf Gregor. Oder die Männer. Oder die Welt, wie sie war. Sie atmete heftig und schüttelte den Kopf. Weder Hass noch Ärger würden etwas fruchten. Sie wünschte, sie würde etwas Weicheres fühlen. »Mir geht es scheiße!«, sagte sie leise.

Theo blies die Backen auf. Dann setzte er sich doch neben sie auf das Bett. Vorsichtig, er ließ zehn Zentimeter Abstand zwischen ihren Hüften. Seine nackten Beine waren über und über mit krausem, hell schimmerndem

Haar bedeckt. »Kein Wunder!«, sagte er. »Nach all diesen Strapazen. Und dann noch der Stress heute mit der Polizei.«

»Nein!«, sagte sie laut. Jetzt drückte ihr die Wehmut die Kehle zu, ja, dies war das richtige Gefühl, es hatte nichts Hässliches. »Ich quäle mich die ganze Zeit damit herum. Schon zu Hause. Wegen Gregor ...« In ihren Augen begann es zu brennen, gleich würden die ersten Tränen rollen. »Er hat ... er hat gesagt ...« Eine Sekunde lang überlegte sie, ob Weinen wirklich klug war, es würden sich Falten um die Augen bilden, alles schwoll an und in ihrem Alter brauchte es eine Weile, bis die Haut sich wieder glättete. Aber dann beschloss sie, es doch zu tun und presste sich die Fäuste auf die Augen – verdammt, es waren schließlich ihre echten Gefühle!

»Was ist denn?«, brummte Theo. Sie hatte schon nicht mehr zu hoffen gewagt, aber nun spürte sie tatsächlich seinen Arm um ihre Schulter.

Ein wenig Erlösung brachte es. So viel, dass weitere Schleusen sich öffneten, laut schluchzend legte sie ihren Kopf an seine Brust. »Es ist so schrecklich! Ein paar Wochen, bevor er verunglückt ist, da hat er ... Das weißt du ja alles nicht: Er hat mich verflucht!«

»Verflucht?? Gregor? Dich?« Theo fasste sie bei beiden Schultern und drückte sie etwas weiter weg, um ihr ins Gesicht zu sehen.

Ach, es war ihr egal, wie sie jetzt aussah (wie ein rot geweinter, nasser Säugling?). Der Kummer bohrte und drehte Schrauben durch ihr Herz, sie begann zu zittern. »Er hat ... hat ...« – sie stieß auf wie ein Kind – »hat gesagt, dass ich mich nie mehr verlieben werde. Dass er ... a-alle Liebe in mir aufgebraucht hat!« Wieder heulte sie laut.

»Na, na«, murmelte Theo. Er hielt sie im Arm und wiegte sie sanft. »Das kann er nicht so gemeint haben. Ruhig, ruhig ... Wird alles wieder gut ...«

»Und da-hann«, hickste sie weiter, »dann habe ich geglaubt, ich hä-hätte ihn ausgetrickst und es geschafft, und dann ging es mir auch wirklich zuerst besser, weißt du?« Sie schniefte auf. Der Druck auf ihre Füße war unerträglich. Verstohlen schlüpfte sie erst aus dem einen Schuh, dann aus dem anderen. Ihr fiel wieder ein, wie schrecklich ihre Füße aussehen mussten. Sie schämte sich und schob den rechten unter den linken.

»Hm, hm«, brummte Theo weiter und drückte ihr den Oberarm, »alles ist gut, wenn es dir dabei besser geht ...«

»Ja, weil ich mich eben doch verliebt habe.« Sie weinte in kleinen Stößen.

»Verliebt«, sagte Theo, »das *ist* doch auch was Schönes, oder?«

»Aber ich habe mich so blö-blöd verhalten die ganze Zeit!«

»Du warst überfordert«, murmelte Theo und streichelte unbeholfen ihren Oberarm, »es ist alles okay, gräm dich nicht so.«

Wie freundlich er war, wie verständnisvoll! Sie war so dankbar. »Du hast alles mitgekriegt, ja?«, flüsterte sie, aber gleich überkam sie wieder die Scham über ihr lächerliches Verhalten. Sich in einen chinesischen Bauern zu verlieben!

»Klar«, sagte er mit fester Stimme. »Du hast dich verliebt, das ist gut! Und du wirst dich noch öfter verlieben, und andere Männer werden sich in dich verlieben, das wäre doch gelacht – eine Frau wie du!«

»Aber es war doch der komplett Falsche!« Sie drehte sich in seinen Armen und ließ ihn ihr verzerrtes, verweintes Gesicht sehen. »Weil ... das alles nur ... wegen der Ohren.

Die waren gleich. Ich dachte die ganze Zeit, ich sehe Gregors Ohren!« Sie schniefte laut auf.
»Gregors Ohren?«
»Ja! Als ob ich mich in einen Esel verliebt hätte!«
»Äh ... einen ... Esel?!«
»Das ist doch komplett – bin ich eigentlich wahnsinnig geworden hier in China? So was ist doch verrückt. Alles fühlt sich so verschoben an in mir drin!«
»Nein.« Er drückte sie sanft an der Schulter, dann stand er auf, ging ins Bad und kam mit einer Handvoll Klopapier zurück. »Hier, schneuz dich mal!«
Dankbar nahm sie das Papier, drückte ihre Nase hinein und pustete.
Er ging vor ihr in die Hocke und sah ihr ins Gesicht. Was für eine freundliche Miene er hat, dachte sie.
»Du hast dich also in einen Esel verliebt, ja?«, fragte er amüsiert.
»Na ja, ein richtiger Esel war er auch nicht gerade ...« Sie betupfte sich die Augen mit dem Toilettenpapier.
»Ich glaube schon.« Er lächelte, ein listiges Funkeln erschien in seinen Augen. »Aber das macht nichts. Die Hauptsache ist, dass du dich verliebt hast! Dieser Fluch, an den du glaubst, hat keine Wirkung. Ein Fluch – was ist das überhaupt für ein bescheuerter Gedanke!«
»Meinst du?« Mit feuchten Wimpern sah sie ihn an. »Ich komme mir trotzdem so blöd vor.«
»Da bist du nicht allein.« Er seufzte. »Irgendwie hatte China, glaube ich, eine recht außerordentliche Wirkung auf uns alle. Ob es das Essen ist? Oder hatte etwa dieser Zauberdoktor seine Hände im Spiel?«
»Hast du denn wirklich etwas gespürt bei dem?«
»Aber hallo! Hätte ich nie für möglich gehalten.«
Der legere Tonfall, in dem er plötzlich sprach, beunru-

higte sie. Es war, als ob sich die schöne, intime Stimmung von eben in etwas Öffentliches verwandelte. Als stünden sie zusammen mit vielen Unbekannten auf einem Rummelplatz.

»Ich weiß nicht, ob es an China lag. Ich hatte manchmal so ein Gefühl, als wäre Gregor immer noch da.«

»Das hatte ich auch«, sagte er ernst, verbesserte sich: »Habe ich auch. Passen würde es ja zu ihm. Weißt du, dass ich Gregor mal als Puck bezeichnet habe?«

»Puck?« Sie verstand nicht, wovon er sprach.

»Shakespeare. Sommernachtstraum. Puck, der nächtens durchs Gebüsch schlüpft und den Menschen Zaubersaft auf die Augen träufelt. Und dann verlieben sich alle wild durcheinander.«

»Und machen sich wahnsinnig lächerlich«, seufzte sie, »ja, so was hätte ihm gut gefallen. Er hat mich manchmal Titti genannt, ich weiß nicht, ob es dir aufgefallen ist.«

»*Titti*??«

»Erst Tiziana, dann hat er Titania daraus gemacht, dann Titti, er hatte doch dauernd irgendwelche Namen für alle. Nur du warst immer Theo.«

»*Titania* ...«, sagte er und lächelte, »da schau her. Die Göttin, die sich in den armen Zettel verliebt.« Er schüttelte den Kopf. »Mit einem Eselskopf. Und Eselsohren. Nicht zu fassen!«

Wenn sie in sein Lachen einstimmte, dann liefe endgültig alles in die falsche Richtung, dann blieben sie bestenfalls Bruder und Schwester. Sie schlüpfte zurück in einen Schuh, spürte gleich wieder das Brennen, und – wunderbar – noch einmal ließen sich all ihre Qualen an die Oberfläche rufen. »Du verstehst nicht, was los ist!«, sagte sie mit verzerrtem Gesicht. »Ich habe mich gestern Nacht entsetzlich mit Alicia gestritten!«

»Mit Alicia, hm«, brummte Theo. »Da ist bei mir auch was schiefgelaufen.«
Sie legte den Kopf schräg. »Hast du noch mein Medaillon?«
»Welches Medaillon?«
»Ich habe es dir am ersten Tag in diesem Park gegeben.«
Er schritt um das Bett herum zu den Sesseln mit den vielen Kleidungsstücken, stieß sich an einem einzelnen Schuh, der am Boden lag, er hob eine Männerhose hoch und begann in den Taschen zu wühlen, fegte ein paar Socken und Unterhosen beiseite, griff sich eine Jacke und schüttelte sie. Ein zerknülltes Taschentuch und eine silberne Kette mit Anhänger fielen heraus.
»Da ist es ja!« Er hob das Medaillon auf und hielt es ihr hin. Offenbar glaubte er, dass sie es hatte zurückfordern wollen.
Sie nahm es in die Hand und presste die Faust darüber zusammen. Die Metallränder schnitten sie in die Haut.
»Weißt du, was Alicia mir erzählt hat?«, fragte sie leise. Ohne eine Antwort abzuwarten, sprach sie weiter: »Dass sie mit Gregor geschlafen hat. Letztes Jahr, als sie mit ihm zusammen zu dieser Tagung an den Ammersee gefahren ist. Sie haben beide in dem Hotel da übernachtet. Erinnerst du dich?« Sie hob den Blick zu ihm.
Er stand vor ihr mit herabhängenden Schultern. Er sah zu Boden.
»Sie haben uns beide betrogen«, sagte sie sehr leise.
Mehr würde sie nicht mehr erklären. Jetzt war nicht die Zeit, um wieder zu weinen, sie konnte es nicht noch einmal herausfordern, dass er seinen Arm um sie legte und tröstete, das wusste sie. Theo brauchte Zeit, bis er das verdaut hatte. Er würde nachdenken müssen, er war so ein Typ, sie würde warten. In Deutschland. In ein paar

Tagen. Theo war es wert, dass sie die Geduld wahrte. Seine Freundlichkeit, seine zärtlichen Gesten warfen sie um. Ich hätte von Anfang an auf ihn setzen sollen, dachte sie, ob bei diesem chinesischen Liebeswahn tatsächlich Gregor seine Hand im Spiel hatte? Als gutartig gewordener Puck? Vom Himmel aus?

Sie schlüpfte in den zweiten Schuh und erhob sich. Das zerknüllte Stück Toilettenpapier schob sie in den Ärmel ihres Chiffonkleids, rückte sich den verrutschten Ausschnitt gerade. »Danke, Theo«, sagte sie mit ihrer dunklen Stimme. »Für alles.«

Er hob den Kopf, sein Mund stand schief, die Haare standen immer noch verstrubbelt zu allen Seiten. Er nickte. »Ist schon gut.«

Auf sanften Füßen ging sie zur Tür. Jetzt waren alle Schmerzen abgefallen, ihr Bauch war weich. Sie würde sich später im Hotelrestaurant etwas zu essen bestellen und anschließend packen. An der Tür zum Flur ragte unterhalb der Garderobe ein kleiner Sims aus Holz hervor. Die Idee kam ihr spontan beim Hinausgehen. Sachte legte sie das Medaillon darauf ab. Dann öffnete sie die Tür und ging hinaus, den stillen Flur zurück zu ihrem Zimmer.

鴛鴦

AM FRÜHEN NACHMITTAG DES SELBEN TAGES stand Ping Ye an fast exakt derselben Stelle in der Ankunftshalle des Beijing Capital International Airport wie vor sechs Tagen und wartete auf ihre neuen Kunden. Der Flieger aus Frankfurt war schon gelandet, die Passagiere mussten sich an der Gepäckausgabe aufhalten.

F-Rankfurt! Aber es käme wohl kaum dazu, dass sie mit den neuen Kunden über ihren Heimatflughafen sprechen musste. Die Namen der Gäste selbst waren alle problemlos – Jackel, Putz, Pawlowski, Schmied und Zaglauer –, und da es sich um fünf Herren handelte, fiel auch der Schrecken mit dem F-Rau-Problem diesmal weg. Ping überlegte, ob sie sich mit ihren Vornamen vorstellen würden, so wie Alicia, Theo und Didi es getan hatten. Aber das waren jetzt natürlich andere Leute, es konnten ja nicht alle aus Deutschland die gleichen Sitten haben. Ping holte ihren Taschenspiegel hervor, überprüfte ihr Aussehen und steckte ihn wieder weg. HEAZLICH WILLKOMMEN IN BEIJING, HERR PUTZ, flüsterte sie zur Probe und hielt ihr Schild in die Höhe.

Fünf Europäer mit ihren Koffern. Einer nach dem anderen betraten sie das Rondell. Alle waren sie riesengroß. Sie schauten suchend umher, der erste entdeckte sie und wies die anderen auf sie hin. Sie schienen ziemlich jung zu sein. Und sie sahen nett aus. Plötzlich wurde Ping nervös. Es war wie das Lampenfieber bei Schauspielern.

Jetzt trabten sie schon durch die Absperrung, der erste, der längste von allen, kam mit ausgestreckter Hand auf sie zu.

»Heazlich willkommen ...«, stammelte Ping. Der Mann sah aus wie ein jüngerer Bruder von Roland Ackermann. Er hatte hellbraunes Haar, graue Augen, eine Nase, die sowohl lang als auch breit war, und das schönste Lächeln, das sie je gesehen hatte.

»Hallo!«, sagte er und ließ ihre kleine Tatze in seiner mächtigen Hand verschwinden – ohne sie darin zu zerquetschen, wie sie befürchtet hatte!

Eine nie gekannte Kühnheit überkam sie. »Ich bin die Ping«, sagte sie. »Wollen wir duzen?«

»Die Ping!«, antwortete der Mann und betrachtete sie ergriffen. Immer noch hielt er ihre Hand in der seinen. »Ich freue mich.« Dann, nach einer kurzen Pause, als ob er nicht gleich darauf gekommen wäre, setzte er hinzu: »Ich bin der Fritz.«

»Fu-litz!«, sagte Ping. »Ich fu-leue auch. Ich bin enorm erfu-leut!«

ALICIA

Von der Wusi-Strasse aus lief Alicia (Pings Faltplan in Händen) durch den Hutong zurück zum Hotel, vorbei an grauen Hauswänden, an schwer beladenen Lastenrikschas, Teigtaschenverkäufern mit ihren runden Dampftöpfen aus Spanholz, chinesischen Jugendlichen mit verrücktem blau und gelb gefärbten Haar, an alten Herren, die Singvögel im Käfig ins Freie trugen. China hatte so viele Gesichter. Wie es wohl wäre, hier zu leben? Ob man sich an all den Lärm und Staub gewöhnen würde, an die Klänge der Stadt? Ein paar Radfahrer gondelten neben ihr her, betrachteten sie neugierig von der Seite. Sie suchte nach Worten, die sie demnächst sprechen würde: *Wir waren doch mal ein gutes Paar! Verdammt, wieso glaubst du ihr und nicht mir?* Beschuldigung stand auf dem Plan. Entschuldigung auch. Wenn Alicia daran dachte, dass sie Theo bald alleine in ihrer Münchener Wohnung gegenübersäße, wurde ihr schwindelig.

Im Hotel nahm sie nicht den Lift, sondern lief zu Fuß die Treppe hinauf. Sie hatte keinen Schlüssel und musste klopfen. Theo öffnete sofort, als hätte er hinter der Tür gestanden und auf dieses Klopfen gewartet.

»Wo warst du so lang?«
»Du hast geschlafen?«
»Hör mal, Kleine! Ich denke, wir sollten reden.«
»Das denke ich auch.« Sie sprach mit abgewandtem Ge-

sicht, beugte sich über ihren Koffer und spreizte mit den Fingern die Fächer aus Nylonstoff auseinander. Sie war froh, dass er gleich zur Sache kam, obwohl sie sich vor dem fürchtete, was folgen würde.

»Hier oder draußen?«

Sie hatte gefunden, was sie suchte und stopfte es sich in die Jackentasche. »Stand nicht noch die Verbotene Stadt auf dem Plan?«, fragte sie. Der Magen knurrte ihr.

»Hast du gar keinen Hunger?«, fragte er, als hätte er sie längst durchschaut.

»Wir finden was unterwegs«, sagte sie. So viel wusste sie inzwischen über Beijing, dass es in den Hutongs überall zu essen gab.

Theo sah sie mit einem Ausdruck an, der ihr ins Herz schnitt. Die drei horizontalen Wellen auf seiner Stirn, der besorgte Blick, seine Lippen, die sie immer geliebt hatte.

»Sollen wir Didi Bescheid geben?«, fragte sie. »Sie sollte zumindest wissen, wo wir sind.« Immer noch war es ihre Reise. Morgen, dachte sie, sobald das Flugzeug gelandet wäre, morgen wäre sie diese Verantwortung los. Endgültig.

»Du brauchst dich nicht dauernd um Didi zu sorgen«, sagte Theo, »die kommt schon klar.« Er ging zur Tür.

Sie folgte ihm. Sein letzter Satz hatte irgendwie die Luft leichter gemacht. Beim Hinausgehen, sie wollte gerade die Tür schließen und drehte sich dazu um, sah sie auf dem kleinen Vorsprung etwas liegen, eine dünne Silberkette, daran ein Medaillon aus Glas. Sie erkannte es sofort. Angst und Zorn brandeten auf. Dann ist es wohl doch vorbei, dachte sie.

In einer Seitenstraße standen Tische auf dem Gehsteig, die Leute schmausten. Rechteckige Päckchen wie aus grünem Packpapier, gefüllte Dampfnudeln, Marmoreier. Sie deuteten darauf. Sofort standen Schalen und Gläser vor ihnen. Zwei Flaschen eiskalter Cola, nackte, glänzend weiße Nudeln. Alicia mühte sich mit den Stäbchen ab, der Heißhunger wühlte in ihrem Inneren, aber die Dampfnudeln waren dick und ließen sich mit den Stäbchen nicht fassen, noch schlimmer die Eier, die beiseite glitschten, sobald sie sie zwischen zwei Stäbchen zwängen wollte.

»Mach's dir doch nicht so schwer!«, empfahl Theo. Er nahm ein Ei in die Hand, tunkte es in die dunkle Essigsauce und biss ab.

»Nein!«, sagte sie wütend. Sie ergriff ein einzelnes Stäbchen und durchbohrte damit die weißbraune Haut des Eis. Sie biss in das aufgespießte Ei. Die Sauce lief ihr die Mundwinkel hinunter, sie wischte sie mit dem Handrücken ab.

»Alicia, kann es sein, dass ich dich durch irgendetwas verletzt habe?«

Die Chinesen um sie sahen herüber, lachten, reckten den Daumen hoch. Wahrscheinlich war es nicht beste chinesische Sitte, seine Stäbchen einfach in die Nahrung zu bohren, die Leute um sie waren einfach freundlich, machten Komplimente, auch wenn man sich danebenbenahm. Trotzdem! Sie würde nicht anfangen mit den Händen zu essen. Theo – natürlich! –, der hatte kein Problem damit, der aß mit den Händen. Aber der küsste auch fremde Frauen, empfing sie auf seinem Zimmer ...

»War sie bei dir? Im Hotel, meine ich?«

»Wer? Didi?«

»Nein, die Muttergottes von Lourdes! Jessas – wen könnte ich wohl gemeint haben?!«

»Alicia, Kleine, es ist alles ...«

»... ganz anders, als es aussieht?« Sie bohrte das Stäbchen in eine der nackten Dampfnudeln. »Und? Seid ihr euch einig geworden? Hast du den Posten bekommen? Als Witwentröster?« Ihr Atem ging schneller.

»Alicia«, sagte Theo. Er hatte aufgehört zu essen und legte seine Hand auf ihre. »Meine Liebste! Glaubst du wirklich, ich möchte eine andere Frau, wenn ich dich haben kann?«

»Und warum liegt dann ihr Medaillon in unserem Hotelzimmer?«

»Aber ich habe doch ... Okay: Sie hat es mir vor ein paar Tagen gegeben, und – ich schwöre dir, Alicia – ich habe nicht verstanden, warum. Ich weiß nicht mal, wer auf diesem Foto abgebildet ist.«

»Sie, wer sonst? Es ist ein Kinderbild von ihr. Meinst du, Didi trägt jemand anderen um den Hals als sich selbst? Selbstverliebt, wie sie ist? Scheiße! Wieso hast du sie geküsst?«

»Hör zu, Alicia. Nein, warte ... Ja, ich habe sie geküsst. Aber nur einmal. Und nur so – auf den geschlossenen Mund, siehst du?« Er rollte seine Lippen ein, bis nur noch ein Strich zu sehen war.

»Soll ich jetzt dankbar sein, weil du mit einer Trockenübung gestartet hast?«

»Das war an dem Tag nach dem Zauberdoktor. Ich weiß auch nicht, was der mit mir gemacht hat. Aber ich habe mich auf einmal so – lebendig gefühlt. Wie ein Abenteurer, ein Pirat auf seinem Schiff.«

»Piraten brauchen ihre Freiheit. Nur zu! Sobald wir zu Hause sind, stecht ihr beide in See – was hindert euch?«

»Alicia, bitte! Du hast nicht den geringsten Anlass ... oder doch, okay, du hast einen Anlass, ich seh's ein. Aber eben nur den geringsten! Außerdem – bitte lach mich nicht aus! – hatte ich an dem Abend auf einmal das Gefühl, dass ich so etwas wie eine Anweisung von oben erhalte.«

»Anweisung? Von oben? Ist dir ein Engel erschienen?«

»Es klingt nicht so, als könnten das Worte von mir sein, ich weiß.«

»Und wie hat die Order gelautet? Dass du dich auf die Frau von deinem besten Freund stürzen sollst?«

»Ich habe mir – lach mich nicht aus, bitte –, ich habe mir an dem Abend eingebildet, ich könnte Gregors Stimme hören. Die zu mir sagte: *Na, los, jetzt küss sie endlich, die braucht das auch mal.* So was in der Art. Glaubst du mir? Und jetzt: Bitte verzeih mir das, meine Liebste, die restlichen Küsse in meinem Leben sind alle für dich reserviert, das schwöre ich!«

Sie schwieg. Die Umschwünge kamen allzu rasch.

»Übrigens war sie gar nicht richtig in mich verliebt. Sie hat selber von einer Eselei gesprochen. Und recht hat sie – ich war ein ziemlicher Esel!«

Die demütige Geste sollte sie beruhigen, verstand Alicia, aber der Gedanke gefiel ihr ganz und gar nicht. Didi gab ihr also großmütig ihren Eselsgemahl zurück? Nachdem sie ihn beschnüffelt, betastet, geküsst und schließlich für unwert befunden hatte? Alicia wäre gern noch ein wenig dabeigeblieben, Theo in die Ecke zu treiben, aber nun begann wieder der Hass auf Didi hochzuschäumen. »Ist mir egal, was sie sagt«, stieß sie hervor. »Ich werde ihr sowieso nie mehr irgendetwas glauben!«

»Oho? Bis jetzt war Didi doch immer sakrosankt?«

»Sie lügt, wenn sie den Mund aufmacht! Und das jetzt – es ist so typisch für sie: Erst tut sie lieb und schmachtet, und dann soll alles nur eine Eselei gewesen sein. Sie ist ein Wolf im Lammfell!«

Die drei Wellen auf Theos Stirn bewegten sich. Lachte er? Tatsächlich, in seine Augen trat das kleine Leuchten, das sein Schmunzeln immer begleitete.

»Was ist los? Was habe ich gesagt?« Aber dann fiel es

ihr selbst ein. »Scheiße!«, sagte sie. »Ich dachte, das wäre vorbei. Wie heißt es richtig? Lammpelz?«

»Das sage ich dir nicht«, sagte Theo, »du behältst gefälligst deinen Malapropismus, es ist eins der Dinge, die dich so entzückend machen. Genau wie deine Sommersprossen, deine Ehrlichkeit, dein Hintern ...«

Sie trank einen großen Schluck von der kalten Cola, verschluckte sich und ärgerte sich noch mehr über das anschließende Husten und Krächzen. Wie sollte sie so in Würde weiter streiten? »Ich bin immer noch wütend!«, brachte sie schließlich hervor. »Auf euch alle drei: dich, sie und Gregor.«

Aber noch während sie sprach, spürte sie, dass der größte Ärger sich gerade verzog wie eine Rauchschwade, die vom Wind weggetragen wird. Sie nahm das zweite Stäbchen und pflückte damit in der Dampfnudel herum. Die Nudel brach auseinander, träge kippten die beiden Teighälften zur Seite. Der Duft von Gebratenem stieg auf: Schweinemett, Zwiebel, Koriander. Sie begann zu essen. Nie mehr würde sie etwas Vergleichbares schmecken.

Theo räusperte sich. »Wo warst du eigentlich heute mit Ping?«

»Ich habe Schuhe gekauft.«

»Schuhe?«

»Wanderstiefel. Für Lai.«

»Echt? Was für eine Idee!«

»Didi hat gemeint, dass er kein richtiger Wanderführer ist, würde man daran sehen, dass er keine gescheiten Schuhe hat. Ich wollte, dass ihm so etwas nicht noch mal passiert.«

Theo ergriff ihre Hand. »Du bist wundervoll, Alicia!«

Sie saß und schaute auf diese Hand, die ihr so vertraut war, die viereckige Form seiner Nägel.

»Kriegen wir es wieder hin?«, fragte Theo.
»Was denkst du?«
»Dass du das entscheiden wirst. Was mich betrifft – ich hänge an dir bis in Ewigkeit.«
»Aber ich will doch auch!«, stöhnte sie. »Ich muss vielleicht nur ein paar blöde Bilder vergessen!«
»Die werden von selber blass. Dafür musst du gar nichts tun. Etwas anderes fände ich viel wichtiger.«
»Was?« Meinte er das Gleiche wie sie? Vermisste er es auch? Ihr altes Getümmel zwischen den Kissen in ihrem Bett? Eine vage Hoffnung stieg in Alicia hoch.
»Du solltest dich mit Didi aussprechen. Am besten noch heute. Hier in Beijing.«
»Wieso fällt dir jetzt ausgerechnet wieder diese Frau ein?!« Sie schnaubte vor Entrüstung.
»Ich weiß, wie dir zumute ist. Trotzdem. Ruf sie an, bestell sie hierher. Ich gehe solange ins Hotel und packe.«
»Ich denke nicht daran. Wenn schon, dann müsste sie mich anrufen!«
»Sie wird sich nicht melden, aber das ist egal. Es geht um dich bei diesem Gespräch, nicht um sie. Sie war so lange Zeit so wichtig für dich.«
»Puh! Und wenn Gregor noch am Leben wäre – dann sollte ich mich mit dem auch noch aussprechen, oder was sonst fällt dir dazu noch ein?«
»Das solltest du, in der Tat. Ich weiß, er hat dich gequält. Aber irgendwann mochtest du ihn auch. Vielleicht gelingt es dir ja, dass du ihm verzeihst?«

Ein Abgrund tat sich auf. Schwindelerregend tief. Wie kam Theo plötzlich darauf, dass sie Gregor einmal gemocht hätte? Hatte Didi ihre Lüge weitergegeben? Der Schweiß trat Alicia auf die Stirn. »Findest du nicht, dass das alles ein bisschen viel ist?«

»Ist es. Aber du schaffst das!«
Er sprach, als ob es nicht den geringsten Zweifel gäbe.
»Alicia, du bist über die Wilde Mauer gekraxelt, du hast einem tollwütigen Polizisten die Stirn geboten ...«
»Ich hab einfach nur die Schnauze gehalten.«
»Das ist das Gleiche.«
»Du meinst wirklich, ich soll mich mit Didi aussprechen? Und was wird daraus folgen?«
»Das weiß ich nicht. Aber wenn du es nicht tust, wirst du immer das Gefühl haben, als ob ... es irgendwo in deinem Haus zieht, als ob eine Tür nicht ordentlich geschlossen wäre.«
»Schön«, sagte sie und stand auf. »Ich gehe.«
»Zurück ins Hotel?«
»Wolltest nicht du ins Hotel und packen?«
»Jawohl, meine Generalin!«
»Ich laufe hier noch ein bisschen herum.«
»Jawohl, meine Generalin.«
Sie zeigte auf das Handy, das neben ihr auf dem Tisch lag. »Keine Sorge. Verschwinde du jetzt mal. Ich rufe sie erst an, wenn du weg bist.«

Hinter dem Nordeingang zur Verbotenen Stadt lagen die Kaiserlichen Gärten. Die Azaleen blühten, ihr Rot flammte überall zwischen Zypressen und Kiefern hindurch. Besucherströme wälzten sich durch den Eingang, Gruppe an Gruppe zogen sie an Alicia vorüber.

Inzwischen hatte sie sich fast schon daran gewöhnt: China hieß Menschen, viele Menschen, sehr viele davon in Gruppen.

So in der Masse sehen wir wohl wirklich alle gleich aus, dachte sie, Chinesen wie Europäer. Unverwechselbar werden nur die, die sich kennengelernt haben. Lai zum

Beispiel. Und Ping, auch sie einzigartig mit ihrer Marzipanhaut, ihrem reizenden Eifer. Auf dem Postamt hatte Alicia sie gebeten, Lais Adresse auf das Paket zu malen. »Warten Sie«, bat sie die Dolmetscherin, sie wollte einen Brief beilegen. Nichts Kompliziertes. Der Mann sollte nur verstehen, dass die Schuhe ein Dankeschön waren. Alicia überlegte kurz. Dann schrieb sie auf einen Zettel: *Sie sind ein guter Mensch. Wir danken Ihnen.* und reichte ihn an Ping weiter. Noch bevor sie sie darum bitten konnte, den Text zu übersetzen, hatte Ping ihn gelesen und wurde rot wie eine Himbeere. Sie verneigte sich. »Danke schön!«, hauchte sie. »Aber ich habe nichts Besonderes gemacht.« Dann begriff sie und malte immer weiter lächelnd die Zeichen auf ein separates Stück Papier.

Didi kam durch das Tor, sie trug ein langes, schwarzes Kleid. Sie blieb stehen, schaute sich um, sah sie und ging mit raschen Schritten auf Alicia zu.

»Nett von dir, dass du mich hergerufen hast.«

»Hm.«

»Sonst hätte ich am Ende noch den letzten Nachmittag in Beijing in meinem Hotelzimmer verbracht.« Sie lachte ihr leichtes Didi-Lachen.

»Findest du nicht, dass wir miteinander reden sollten?« Alicia hatte gewusst, dass ihr der Satz schwerfallen würde. Ihn auszusprechen war, als müsste sie einen schweren eisernen Klotz beiseiteschieben, als stemmte sie sich gegen heftigen Gegenwind.

Didi strich sich mit dem Finger über den Mund. Ihre Brauen flatterten. Dann begann sie zu sprechen, die Worte flogen ihr aus dem Mund, als hätten sie endlos lang schon auf ihre Befreiung gewartet, ein paar Mal verhaspelte sie sich beim Sprechen. »Ich weiß, du meinst diesen dummen Streit gestern Nacht. Darüber habe ich auch schon nachgedacht. Aber was ich gesagt habe, das war nicht so gemeint, ich habe nur ..., weil ... es kann sein, dass wir vielleicht beide irgendwie ein wenig ..., wir werden doch nicht unsere schöne Freundschaft riskieren! Das täte mir ja so unglaublich leid!«

Sie wiederholt sich die ganze Zeit, dachte Alicia. Gleichzeitig machte all dies verkrampfte Geplapper irgendwie die wahre Didi sichtbar, das Innere, die Unruh hinter dem Silberdeckel. »Weißt du, was *ich* gesagt habe, das hatte ich so gemeint«, unterbrach Alicia sie. »Ich *wollte* dich beleidigen ...«

»Verstehe ich auch, verstehe voll und ganz, ich habe sicher auch viel Dummes gesagt, dazu die Erschöpfung, sonst hätte ich niemals...! Was glaubst du denn, Alicia?! Niemals hätten wir ...«

»Stopp!«

»Was?«

»Stopp, Didi, bitte.«

»Aber ...«

»Hör zu: *Ich* habe alles so gemeint, wie ich es gesagt habe. Trotzdem habe ich dich angelogen. Weil ich nicht mit Gregor geschlafen habe. Nicht damals am Ammersee ...«

»Das hätte ich doch sowieso nie wirklich geglaubt, ich meine, wir sind Freundinnen. Es wäre so schade. Und ich habe bestimmt nie, falls du jetzt vielleicht denkst ...«

»Jessas, kannst du vielleicht für einen Augenblick den Mund halten und mich ausreden lassen?«

»Was? Ach so, ja natürlich, entschuldige bitte!«

»Ich habe nicht mit Gregor geschlafen. *Never*. Nicht damals in diesem Hotel und auch sonst nirgendwo. Ich habe das gesagt, weil ich dich in dem Moment so gehasst habe. Wegen Lai. Und wegen Theo. Vielleicht auch wegen ... egal, nicht so wichtig.« Sie hatte den eisernen Klotz zur

Seite geräumt. Erschöpfung überkam sie, aber auch ein Gefühl von Befreiung, so mussten sich ihre Schulkinder fühlen, wenn die großen Ferien begannen.

Didi sagte nichts. Immer noch gingen sie vor dem Azaleenfeld auf und ab, um sie herum große Trupps chinesischer Besucher, alte Herrschaften mit Sonnenhüten. Mädchengruppen, die sich gegenseitig fotografierten, vereinzelt ein langer Tourist aus dem Westen.

»Das da müssen diese Ehepaarbäume sein«, sagte Alicia, »Ping hat mir davon erzählt.«

Zwei bizarr gewachsene Bäume neigten sich einander zu, sie umschlangen sich geradezu mit ihren Ästen und bildeten eine Art Tor für den Weg dahinter.

»Wie Philemon und Baucis?«, fragte Didi

»Da drüben ist irgendwo ein Pavillon, von dem aus hat sich der Kaiser immer neue Konkubinen ausgesucht. Vielleicht sollten ihn die Bäume nur daran erinnern, dass er außer den Konkubinen noch eine richtige Frau hat.« Sie machte eine Pause. »Manchen Leuten ist das mit der Treue halt wichtig, anderen nicht«, setzte sie hinzu.

In Didis Gesicht zuckte es. Sie grub die Zähne in die Unterlippe, ihr Kinn bebte. »Gut«, sagte sie leise, »hast du's mir gegeben, Alicia.« Sie drehte sich um, murmelte etwas.

»Was? Was sagst du?«

»Dass das von mir auch nicht gelogen war, was ich über Gregor gesagt habe, Herrgott noch mal! Er hat mich wirklich betrogen. Andauernd. Mit Frauen, die du dir im Leben nicht ...« Sie unterbrach sich und atmete laut ein und aus. »Er hat auch ... Er hat immer gesagt, dass er keine davon liebt. Bloß die letzte jetzt – auf einmal hat sich alles gedreht!« Eine harte, bittere Falte war auf ihrer Stirn entstanden. Sie verkrampfte die Hände.

»Komm, setzen wir uns!«, sagte Alicia und schob sie auf eine Bank zu.

Didi setzte sich, presste die Knie aneinander. »Sie ist gerade siebzehn geworden!«, sagte sie mit dünner Stimme. Sie räusperte sich. »Nächstes Jahr macht sie Abitur. Aussehen tut sie wie der Frühling bei Botticelli, schlank, hell, blonde Locken, du weißt schon. Wir sind ... wir waren mit ihren Eltern befreundet. Früher, als sie zehn oder zwölf war, kam sie manchmal mit auf Ausflüge oder zum Abendessen. Sie hat bei uns Trickfilme angesehen und auf dem Sofa geschlafen, bis ihre Eltern mit ihr nach Hause gingen. Dann letzten Herbst. Er war mit ihr allein beim Segeln, da ist es losgegangen. Erst hat er sich geschämt. Und gelogen. Ein Kind, mein Gott! Das ganze Zimmer hat sie noch voller Teddybären! Britta heißt sie. Aber zuletzt ... Ich hab gemerkt, wie er anfing, stolz zu werden. Ich habe ... ich hatte nicht die geringste Chance gegen sie.«

Das Kätzchen, dachte Alicia. Sofort sah sie sie wieder vor sich auf dem U-Bahnsteig, das Liliengesicht, die übermütigen Augen, die weißen Zähne. Britta hieß sie also. Und Didi kannte sie. Sie hatte die ganze Zeit von dieser Affäre gewusst.

»Er hätte mich verlassen.« Didis Stimme hatte sich geändert, sie sprach jetzt mit einem kalten Ton, wie eine Priesterin, die unheilvolle Flüche verliest. »All die anderen Weibsen ... es war immer klar, dass er danach wieder zu mir zurückkommt. Es hat sich fürchterlich angefühlt, wenn er nicht nach Hause kam, es war grässlich, aber irgendwie hab ich es ausgehalten. Nur dieses Mal ... mein Gott, ich hätte ihm das Herz herausschneiden sollen! Es war so unfair von ihm, so verdammt unfair. Er hat mir einfach keine Chance ...«

»Wieso hast du uns dann alle auf diese Reise gebeten?«,

fragte Alicia. »Du wusstest doch damals schon Bescheid?«
»Zuerst wollte er alleine fahren. Hat er jedenfalls gesagt. Dann habe ich mitbekommen, dass man ihm eine Begleitperson spendieren würde. Er hat alles abgestritten und gesagt, er würde wirklich alleine reisen, es wäre ihm lieber so. Weil er nachdenken muss. Darüber, ob er bei ihr bleibt oder doch bei mir. Selbst wenn das stimmte – ich hab doch gewusst, was bei so einem Experiment herauskommt. Er in China, sie in Deutschland, das heißt pausenlos Telefonate, die Sehnsucht wächst, die Liebe wird immer heißer. Da dachte ich, wenn ihr mitkommt, dann muss er sich zusammenreißen. Kann sich nicht dauernd mit dem Handy davonstehlen. Und wenn er sich mit Theo unterhält ... oder mit dir, dann merkt er vielleicht wieder, dass er eben in unserem Alter ist und keine zwanzig.« Didi presste sich die Hände auf den Bauch und beugte sich vornüber. »Ich hätte euch was damit angetan, das ist mir klar«, sagte sie. »Ihr hättet für mich die Kastanien aus dem Feuer holen sollen. Verstehst du mich trotzdem, Alicia?«

»Ja«, sagte Alicia, »klar versteh ich dich. Das muss furchtbar gewesen sein für dich.« Sie verstand sie wirklich, die arme, sich krümmende Didi. Aber gleichzeitig ließ sie der Gedanke nicht los, wie viel Kummer, Angst und Verwirrung allen erspart worden wäre, wenn Didi nur einen Funken Vertrauen in sie gehabt hätte.

Chinas Massen schoben sich an ihnen vorüber, alte Damen mit faltigen Hälsen, Männer mit gläsernen Teekannen in den Händen.

»Was willst du jetzt machen?«, fragte Alicia. »Wenn wir wieder zu Hause sind?«

Didi verkrampfte die Hände ineinander, ihr Kinn begann zu zittern. Dann riss sie sich zusammen. »Darüber denke

ich die ganze Zeit nach. Vielleicht reisen. Nicht so was wie hier ... Vielleicht ziehe ich auch ganz nach Florenz. Ich habe ja noch Freunde dort.« Sie sah auf die Uhr. »Müssen wir zurück?«
»Ja«, sagte Alicia, »lass uns gehen.«
Sie gingen am Einlass vorbei nach draußen. »Danke, Alicia«, sagte Didi.
»Wofür?«
»Ach ... na ja. Ich weiß nicht. Hast du schon mal was von den Donaldisten gehört? Ist so eine Art Fanclub. Die erforschen Entenhausen. Wer mit wem was hat: Mickey mit Minni und so. Ziemlich kindischer Zeitvertreib.« Sie lachte kurz auf. »Da ist sie Mitglied, Britta meine ich. Deshalb der Donald Duck.«
»Ach so«, sagte Alicia. »Jessas, Didi, fast hätte ich's vergessen. Ich wollte sie eigentlich hier irgendwo aussetzen. Willst du die hier?« Sie griff in ihre Tasche, fischte eine zierliche Ente aus blassgrüner Jade heraus und hielt sie Didi hin. »Dann wäre der Donald bei dir nicht so allein.«
»Wo kommt die jetzt her?«
»Nicht so wichtig. Auf jeden Fall ist es eine Mandarinente. Und sie ist für dich, für niemanden sonst.«

In der Lobby erwartete sie ein Europäer. »Schnitzler«, stellte er sich vor, er hob die letzte Silbe an, wie es die Schweizer tun. Er war mager und bewegte sich hektisch, während er sprach: »Ich hoffe, Sie hatten einen schönen Aufenthalt?« Gleich darauf brach er in eine chinesische Schimpftirade gegenüber dem Fahrer aus, der ins Hotel gekommen war, um das Gepäck nach draußen zu tragen. »Bei Chinesen weiß man nie, was sie als Nächstes machen«, erklärte er, »da muss man schon hinterher sein!«

»Theo«, flüsterte Alicia, »ich muss dich was fragen.«
Der Gedanke war ihr erst heute gekommen, und er klopfte in ihrem Inneren wie ein beginnender Zahnschmerz. Theos Rückzug aus ihren fleischlichen Gewohnheiten und jener ominöse Aufenthalt von Alicia Berzelmayer und Gregor Serowy in einem Hotel am bayerischen Ammersee – zeitlich stimmte das überein. Konnte es sein, dass Theo damals einen Gedanken gefasst hatte, der ihm heute durch Didi bestätigt worden war? Ließ er sie etwa die ganze Zeit in Ruhe, weil er glaubte, sie sei im Geiste bei einem anderen?

Schon kletterten sie in den weißen Minibus, der draußen bereitstand. Sie setzte sich neben ihn.

Didi nahm eine Reihe vor ihnen Platz, sie trug immer noch ihr schönes, schwarzes Kleid, ihr Haar glänzte. Sie strich sich mit den Händen darüber, der goldgefasste Karneol an ihrem Finger schimmerte auf.

»Wenn dir jemand zum Beispiel – nur zum Beispiel – erzählen würde, dass ich einen anderen Mann geküsst habe, ich meine *hätte* – was würdest du dann denken?«

»Alicia! Wie kommst du denn jetzt auf so was?«

»Na, ich frage einfach nur.«

Sie flüsterten beide, obwohl der Lärm von draußen ihre Stimmen sowieso überdeckte.

»Ich würde sagen ... Ich glaube das einfach nicht und aus. Was soll überhaupt die Frage?«

»Nur mal angenommen – was wäre wenn?«

»Na schön, wenn du auf einer Antwort bestehst – meine Moral ist, fürchte ich, einfach nicht hoch genug, um dich für so etwas zu verurteilen.«

Der Bus fuhr los, Schnitzler saß vorne neben dem Fahrer, er kurbelte ein Fenster herunter und fluchte in den abendlichen Verkehr hinaus.

»Und wenn man dir erzählen würde, dass außer dem Kuss noch mehr passiert ist?«

Schnitzler drehte seinen Kopf zu ihnen um. Die beiden tiefen Falten zwischen Nase und Mund bewegten sich grämlich. »Chinesen können nicht Auto fahren!«, klärte er sie auf. »Das lernen die einfach nicht. Und alle anderen außer der Familie sind ihnen egal!« Er unterbrach sich, schnarrte etwas zum Fahrer, dann reckte er wieder den Hals nach hinten. »Haben Sie den Smog bemerkt? Und die Korruption überall! Da: die schwarzen Limousinen! Alles Militär und Polizei oder Parteimitglieder.«

Alicia fasste Theos Hand und drückte sie. »Also ...?«

»Du willst unbedingt eine Moralpredigt von mir hören, Alicia?«

»Jetzt haben sie auch noch Geld«, fuhr Schnitzler fort, »kaufen den teuersten Rotwein und dann kippen sie Cola hinein – unglaublich! Weil es hier immer und ewig nur ums Gesicht geht. Face – verstehen Sie?«

»Nein!«, sagte Alicia. »Ich möchte einfach wissen, wie das für dich wäre.« Sie musste das wissen, sonst würde die Vorstellung immer wieder vor ihr Gesicht treten, wie Didi ihm Andeutungen gemacht hätte. Wie er sie daraufhin angesehen hätte. Entsetzt. Schockiert. »Sag mir einfach, wie du dich dann fühlen würdest!«

»Warte mal, hm ... Wie gefiele dir *Pferd, Pferd, Tiger, Tiger*? Wäre das eine angemessene Antwort?«

Im schwindenden Licht konnte sie seinen Gesichtsausdruck höchstens ahnen. Ein kleines Aufblitzen war darin, sie kannte es aus den Tagen, in denen sie sich in Kneipen Liebesbriefe auf Bierdeckel geschrieben hatten. Sie reckte sich, um einen letzten Blick auf die Stadt zu werfen, die Halle des Volkes, die rötliche Mauer um die Verbotene Stadt, die vielen Leute zu Fuß, auf Rädern, die Rikscha-

fahrer, Essensverkäufer. Im Abendlicht wirkte Beijing grenzenlos, immer weiter würden sich Straßen und Häuser aneinanderreihen, immer mehr Menschen hier ihre Wege entlangschlendern, laufen, ihren Zielen hinterherjagen.
»Und?«, fragte Theo. »Was meinst du?«
Sie drückte seine Hand. Er kommt zurück zu uns, dachte sie, er kommt zurück zu mir. Wir fliegen nach Hause. Eins nach dem anderen.
»Komisch«, sagte Theo. »Die paar Tage hier. Erinnerst du dich an meinen Trick? An unserem vorletzten Abend mit Gregor habe ich ihm davon erzählt. Dass man die Zeit verlängern kann, wenn man sich etwas Unangenehmes antut: Zahnarzt, Ehekrieg.«
»Ja?«
»Es war alles so unglaublich bunt hier. Alles hat gedampft vor Leben, wir sind gerast. Und trotzdem kommt mir die Zeit in China viel länger vor als nur acht Tage.«
»Na?«, rief Schnitzler nach hinten. »War es schön auf der Großen Mauer? Da ist wenigstens Ruhe, was?«
Gregor, dachte Alicia. Theo hatte den Abend nur erwähnen müssen, schon sah sie ihn wieder vor sich, mit seinem Champagnerglas, seinem Entenbraten, dem Spott in den Augen. *Na, Bürzelchen?* Er zupfte an seinem Bärtchen, maß sie mit seinem Blick. *Du solltest mich schimpfen. Intelligente Leute tun das.* Sie hatte ihm diese Reise widmen wollen, um endlich Ruhe zu haben, nun sah sie, dass Theo recht hatte. Die Tür, von der er gesprochen hatte, sie stand immer noch offen. Einen kleinen Spalt nur, aber dahinter konnte sie ihn rumoren hören, albern und feixen: Gregor Serowy – Puck, Verführer, Zauberer mit der Macht, Theo Anweisungen zu erteilen. Wie ließ sich diese Tür schließen, hinter der Gregor lauerte – der lebendigste Tote aller Zeiten? Bloß kein langes Palaver!

Wenn sie anfinge zu argumentieren, hätte er sofort einen Konter parat, dann müsste sie wieder nach einer passenden Entgegnung suchen, Runde um Runde, ewig ginge das so weiter. Etwas Kurzes, das brauchte sie. Die Chinesen hatten es gut mit ihren Sprichwörtern: vier Silben – *ma, ma, hu, hu* – fertig.

Der Bus brachte sie von der Abflughalle zu ihrem Flieger. Alicia klammerte sich an eine der Metallstangen. Welche Worte hatten die Chinesen gebraucht, um einander nach der Kulturrevolution zu verzeihen? Was hatte Ping Ye da gesagt? *Meishi meishi?* Andererseits – was würde ihr das nützen? Gregor verstand ja kein Chinesisch.

Sie schritten die Treppe zum Flieger hinauf, im Eingang lächelten ihnen die wohl frisierten chinesischen Stewardessen entgegen. Alicia neigte den Kopf zur Seite und blickte noch einmal rasch hinauf zu dem jetzt schon dunkel gewordenen Himmel, einer Tradition folgend, an die sie selbst nicht wirklich glaubte. Aber wo sonst ließe Gregor sich jetzt verorten?

Dann kam ihr die Eingebung: Lais einziges englisches Wort. Ob er etwas dagegen hätte, wenn sie es sich von ihm borgte? Sicher nicht. Und es wäre eine Sprache, die Gregor verstünde. »Okay«, sagte sie unhörbar. »Okay, okay, okay, okay.«

鴛鴦

Zehn Stunden dauert ein Flug von Beijing nach Deutschland. Man fliegt der Sonne davon, startet um zwanzig Uhr und landet um null Uhr desselben Tages in München. In Beijing ist es da sechs Uhr morgens.

Wie jeden Tag um diese Stunde kletterte Dr. Cheng über die Feuerleiter auf das Dach des Hospitals, er ging ein paar Schritte mit rudernden Armen und stellte sich so hin, dass er in Richtung Norden blickte. Nach einer Weile bückte er sich, fasste nach einem großen, imaginären Ball und hob ihn hoch. Dann umarmte er den Ball und ließ sein Qi kreisen.

Zur Aussprache der chinesischen Wörter

Für die chinesischen Namen und Ausdrücke habe ich die Pinyin-Umschrift des regierungsamtlichen Verschriftungssystems verwendet. Danach schreibt man heute »Beijing« statt früher »Peking«. (Den Europäern habe ich allerdings die alte Sprechweise – Peking – gestattet.)

Die folgenden Erklärungen sollen es dem Leser ermöglichen, sich den Klang der im Roman verwendeten Worte vorzustellen. Dabei habe ich mich auf die markanteren Abweichungen beschränkt und auf eine wissenschaftliche Transkribierung verzichtet, auch die für uns kaum nachvollziehbaren, im Chinesischen jedoch bedeutungsunterscheidenden Tonhöhen nicht markiert.
Es sei betont, dass die Vergleiche nur als Annäherung zu verstehen sind.

Konsonanten:

c	ts wie in *Zug*
ch	*tsch* wie in *deutsch*
j	*dz* wie in Englisch *jeep*
q	*tsch* wie in *Tschüss*
s	*s* wie *S* in *Szene*
sh	*sch* wie in *schlau*
w	stark behauchtes *w* wie in *wringen*, fast unhörbar
x	wie *sch* wie in *schön*
y	*j* wie in *ja*
z	ds wie stimmhaftes *s* in *lesen*
zh	*dsch* wie in *Dschungel*

Vokale und Diphtonge:

e	Schwundlaut wie *e* in dank*e*
ei	*ey* wie in Englisch *day*
en	Schwundlaut wie *en* in *Leben*
eng	nasale Aussprache
ian	wie *jän* in *Jänner*
iong	wie *i* + *jung*
ong	wie *ung* in *Junge*
ua	wie *wa* in *wahr*
yu	wie *ü*

Chinesische Namen und ihre Aussprache

Cheng	Tscheng
Gao	Gao
Lao Lai	Lao (alter, großer) Lai
Ma	Ma
Ping Ye	Ping Ije
Wu	U
Xiao Elias	Schjao (kleiner, junger) Elias

Straßen und Plätze in Beijing

Dazhalan	(Dadschalan)	(Marktstraße)
Fuchenglu	(Futschenglu)	(Straße)
Jingshan	(Dschingschan)	Kohlehügelpark
Sanyuanquiao	(Sanjüantschao)	(U-Bahn-Station)
Wangfujing	(Wangfudsching)	(Straße)
Wusi	(Wusi)	(Straße)

Ortschaften und Abschnitte an der Großen Mauer

Badaling (Badaling)	Mauerabschnitt
Gubeikou (Gubeykou)	Kreisstadt
Huanghuacheng (Huanghuatscheng)	Mauerabschnitt
Jinshanling (Dschinschanling)	Mauerabschnitt
Mutianyu (Mutjänjü)	Mauerabschnitt
Simatai (Simatai)	Mauerabschnitt

Türme an der Großen Mauer

Juxianlou (Dschüschjänlou)   Turm der Versamm-
                             lung der Tugendhaften
Wangjinglou (Wangdschinglou) Pekingblickturm

Im Roman gebrauchte chinesische Ausdrücke und ihre Aussprache

baozi (baoze)	Hefeklößchen
Baojialiya (Baodschjalija)	Bulgarien
chengyu (tschengjü)	viersilbiges Sprichwort
didi (didi)	kleiner Bruder
dui (dui)	einverstanden (wörtlich: richtig)
Faguo (faguo)	Frankreich
Fen (fen)	kleinste Währungseinheit
gaiside (gaisida)	geh zum Teufel (wörtlich: du sollst sterben)
gan bei (gan bey)	Prost (wörtlich: leeren wir das Glas!)
guanxi (guanchi)	Beziehungen
hutong (hutong)	Wohnhöfe in Beijings Altstadt
jiaozi (dschaoze)	Dampfklößchen
jingcha tongzhi (dschingtscha tongdschi)	Genosse Polizist
kang (kang)	gemauertes Bett
lao (lao)	alt, ehrwürdig, groß
laopo (laopo)	ehrwürdiges Weib
laoshi (laoschi)	Lehrer
laowai (laowai)	westlicher Ausländer
ma ma hu hu (ma ma hu hu)	Pferd Pferd Tiger Tiger
mahjong (madschjang) [kantonesische Aussprache]	chinesisches Würfelspiel
mao (mao)	Katze
mazha (madscha)	Heuschrecke
mei shi (mey schi)	nichts passiert

mu (mu)	Maßeinheit für Ackerland (1 mu / ca. 667 m2)
ni hao (ni hao)	guten Tag
pai mapi (pai mapi)	schmeicheln (wörtlich: dem Pferd die Kruppe tätscheln)
qi gong (tschi gong)	taoistische Atemgymnastik
qi (tschi)	Lebensenergie
shi wo (schi wo)	das bin ich / war ich
sihai (sihai)	vierfaches Ungeziefer
taitai (taitai)	Ehefrau (höflich)
tamade (tamade)	fick deine Mutter
tanbai congkuan (tanbai tsongkuan)	mildernde Umstände
tanglang (tanglang)	Gottesanbeterin
waiguoren (waiguoren)	Ausländer
wei (wey)	hallo
wo hai you shir (wo hai you schir)	ich habe noch zu tun
wulong (ulung)	Teesorte
xiansheng (schjänscheng)	Herr
xiao (schjao)	klein
xiaojie (schjaodschje)	Fräulein
xiexie (schjeschje)	danke
yangguizi (jangguize)	räuberische Teufel (gemeint sind Engländer, Franzosen)
yi er san si (i ar san si)	eins zwei drei vier
yin yang (in jang)	daoistisches Prinzip zweier polarer Kräfte
Yuan (jüan)	chinesische Währungseinheit
zaijian (dsaidschjän)	auf Wiedersehen

Diverse Nachweise

Die Geschichte von dem Liebespaar ungleicher Größe, an die Lai sich auf S. 196/7 erinnert, geht zurück auf die Kurzgeschichte »Frau Groß und Herr Klein« von Feng Jicai.

Die Ereignisse auf der Großen Mauer in diesem Roman sind fiktiv. Wahr ist der tödliche Unfall eines Ausländers in der Gegend von Simatai, der zur Absperrung der Mauer am 14. Turm führte. Die Autorin hat sich während eines Besuchs im Jahr 2009 vor Ort persönlich informiert und dabei auch den jugendlichen Wächter kennengelernt, der sich dort jeden Tag langweilt.

Wahr ist auch, dass Übernachtungen auf der Großen Mauer sich immer größerer Beliebtheit unter westlichen Touristen erfreuen. Die Begeisterung auf chinesischer Seite und unter den Freunden der Großen Mauer hält sich in Grenzen, wie heftige Diskussionen darüber in einschlägigen Foren zeigen.

Die Figuren im Roman sind natürlich alle erfunden. Mit einer Ausnahme: Dr. Cheng, Kardiologe und Qigong-Meister, existiert – unter anderem Namen – wirklich. Er lebt in China. Auch das von ihm erfundene Ball-Qigong gibt es.

Ich danke

meiner Agentin Beate Riess und den Kollegen von dtv.

Ein großer Dank geht zudem an die vielen Menschen, die mir bei der Recherche zu diesem Roman geholfen haben, allen voran:

vom Great Wall Forum den erfahrenen Mauerläufern Bryan Feldman und Andreas C. Lehmann für die vielen Informationen, Fotos und Videos zur Wilden Mauer; außerdem Christof Gebhardt vom Chinaforum und Reisebüro »China by Bikes«. Sollten sich trotz meiner zuverlässigen Informanten Fehler im Roman finden, gehen sie sämtlich zu meinen Lasten.

Meinem alten Kumpel Hansi Constantinides: Die Idee von Gregors »Filmvorführung« ist in Wahrheit auf seinem Mist gewachsen; meiner Kollegin und Freundin Juliane Breinl für ihre Informationen zum linguistischen Versprecher und dafür, dass sie mir den Begriff des »Malapropismus« nahegebracht hat; Bernhard Detsch, der die Idee zur Zeitstreckung entwickelt hat, Lenke Jaumann und Andrea Geier, die sich Zeit für Interviews genommen haben, und meinem Mann Martin, der mir Blicke ins Innere eines chinesischen Krankenhauses ermöglicht hat.

Dr. Li-Yun Bauer-Hsieh, die ein Füllhorn voll chinesischer Redewendungen, Sprichwörter und Gedichte vor mir ausgeschüttet hat.

So vielen meiner chinesischen Studenten für ihre Geduld und den Witz, mit dem sie meine tausend Fragen zu chinesischem Denken, Essen, Trinken und Sprücheklopfen beantwortet haben. Besonders hervorgehoben seien Zhuo Hong Cheng, Jingwei Wu und Minna Xi.

Wie immer Andreas Götz für unsere vielen gemeinsamen Reisen, seine Kritik und dafür, dass er mein Freund ist.

Gar nicht genug danken kann ich einem jungen Mann, der mich einst durch China geführt hat, inzwischen mein Sohn geworden ist und dem ich dieses Buch gewidmet habe.
谢谢你,亲爱的儿子!